L'Aventure

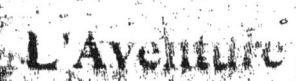

# Ladislas Bolski

### VICTOR CHERBULIEZ

LIBRAIRIE HACHETTE

# BIBLIOTHÈQUE VARIÉE FORMAT IN-16

## ROMANS, NOUVELLES ET OUVRAGES DIVERS

# L'AVENTURE

## DE

# LADISLAS BOLSKI

# VICTOR CHERBULIEZ

De l'Académie française.

# L'AVENTURE

## DE

# LADISLAS BOLSKI

DIXIÈME ÉDITION

PARIS

LIBRAIRIE HACHETTE ET C^io

79, BOULEVARD SAINT-GERMAIN, 79

1905

# L'AVENTURE

## DE

# LADISLAS BOLSKI

LE DOCTEUR G.... A SON CONFRÈRE LE DOCTEUR H...

Mon cher confrère, vous n'avez pas oublié, je
pense, mon Polonais, mon petit Bolski, comme je
l'appelle, cet Apollon du nord doublé d'un don Quichotte, disiez-vous un jour. Il vous souvient de cette
crinière fauve, de ce visage maigre d'un fier dessin,
de ce corps élancé et svelte, de ces yeux de teinte
indécise dans lesquels on voit tourner des moulins
à vent, de ces mains fines et nerveuses qui semblent
faites également pour allonger des estocades et pour
tricoter de la dentelle. De tous les cerveaux creux,
ou timbrés, ou fêlés, ou brûlés, que renferme mon
établissement et avec lesquels j'ai le bonheur de
passer ma vie, mon Polonais me paraissait le plus
incurable : de quoi j'étais navré, car c'est mon Ben-
jamin, mon fou de prédilection. Vous savez où il en
était : un idiotisme de franc aloi. Ce beau garçon de
vingt-cinq ans avait la tête aussi vide que l'enfant
qui vient de naître. Table rase : il avait tout oublié,
jusqu'à sa croix de par Dieu, et, mieux que cela,
jusqu'à son nom. Eh bien! je l'ai radicalement guéri.

1

Il raisonne aujourd'hui comme vous et moi. Ah! par exemple, mon remède fut héroïque; vous allez bien voir.

Je me promenais avec lui le long de la berge. Je fais une glissade, je tombe dans l'eau. Mon cher confrère, je faillis me rompre le cou. Eh! que ne fait-on pas pour l'amour de l'art? Je barbote un instant, et je vais au fond. Je me disais : le scélérat me laissera-t-il noyer? et je me promettais d'en appeler; mais j'avais eu raison de compter sur son bon cœur. Pif! paf! il plonge, m'empoigne par les cheveux, fait trois brassées et me ramène au bord. Je lui rends grâce, et nous nous secouons comme deux chiens caniches. Tout à coup le voilà qui se tâte le front, qui se gratte les tempes, qui tord sa moustache et qui frissonne, non de froid, mais de peur. Je vis clairement que ce bain lui avait rappelé quelque chose, que sa cervelle travaillait, qu'il venait de retrouver une piste perdue, qu'il avait peur de ce qui allait lui apparaître. Sa pensée allait et venait dans sa tête vide et craignait d'y faire une mauvaise rencontre. Je le regardais sans mot dire. Il me saisit au collet et me crie : — Vous êtes un méchant homme! — Et là-dessus il partit en courant comme s'il avait eu le diable à ses trousses. Je courus aussi; je ne pus le rattraper que dans sa chambre, où il venait de retrouver le diable. J'avais donné l'ordre de déposer sur sa table, pendant notre promenade, un plumet rouge et blanc, qu'il laissait dormir au fond d'une malle. Quand j'ouvris sa porte, il tenait le plumet dans ses mains, et il était évanoui.

Le soir il me fit appeler. Je vis un homme qui avait recouvré sa raison et qui en était au désespoir.

*Ingemuitque reperta.* Je le consolai à ma façon. —
Eh! eh! mon cher enfant, lui dis-je, elle était donc
bien belle, la malheureuse? A votre âge on s'imagine
qu'il n'y a qu'une femme. Il y en a cent mille qui se
valent toutes à peu près les unes les autres. Polonais que vous êtes! qui n'a pas eu son aventure, et
qui ne s'est pas persuadé qu'elle était unique?

J'étais en verve, et vous connaissez le mot du
sage : il n'est que de tenir le bout du fil, on en dé-
vide tant qu'on veut. Mais les yeux caves du pauvre
garçon, ses joues cousues et ses lèvres tremblantes
me faisaient peine.

Il me répondit : — Mon aventure n'est pas ce que
vous pensez. Je veux tout vous raconter; il faut que
vous sachiez tout. — Il entama son récit, et bientôt
s'arrêta court, non que la mémoire lui manquât;
mais il paraît que le son de sa voix l'inquiète ou
l'épouvante. Vous savez que pendant six mois je l'ai
cru muet.

— J'aime mieux écrire, me dit-il; décidément
j'aime mieux écrire.

— Écrivez, écrivez, lui dis-je, cela vous fera du
bien. C'est en mâchant et remâchant ses souvenirs
qu'on réussit à les attendrir et à les digérer.

Pendant quinze jours, sa plume a trotté sans dé-
brider. Il m'envoyait chaque matin son griffonnage
de la veille. Je viens de lire son dernier chapitre, et
savez-vous ce qui m'arrive? Je ne suis plus si content, je me demande si je n'ai pas fait une sottise en
guérissant mon Polonais. Je vous envoie son manuscrit, mon cher confrère. Vous me direz ce qu'il vous
en semble; mais ne le laissez pas courir, vous risqueriez de m'attirer des ennuis.

## L'AVENTURE DE LADISLAS BOLSKI

### I

Je suis né à Varsovie en 1839. Je n'avais pas quatre ans, quand mon père, le comte Stanislas Bolski, m'emmena courir le monde. Quinze mois plus tard, il écrivit à ma mère de venir nous rejoindre à Genève. La chose se trouva plus difficile qu'il ne l'avait pensé. Ce ne fut pas assez d'un certificat de médecins attestant que la comtesse Bolska, atteinte d'une maladie de poitrine, ne pouvait vivre sous le rude climat de la Pologne; il fallut encore des démarches, des requêtes, des écritures à perte de vue. Finalement mon père dut retourner de sa personne à Varsovie pour invoquer l'intercession d'un grand personnage dont il avait l'oreille. Il me laissa aux soins d'un valet de chambre nommé Jean, qui me chérissait comme la prunelle de ses yeux. Il me disait de temps à autre : « Cette pauvre maman, on ne veut donc pas lui donner la clé des champs ! » Je ne savais pas qui était ce *on*. Je crois que la première réflexion que j'aie faite en ma vie fut celle-ci : « Papa va et vient comme il lui plaît. Qu'a donc fait maman pour être ainsi en retenue? » Cela me donnait beaucoup à penser. Pour couper court à mes rêveries, Jean m'acheta un polichinelle et un sabre en fer-blanc. Je n'eus pas de repos que je n'eusse décapité le polichinelle avec mon grand sabre, et de ce jour je commençai à me prendre au sérieux.

Enfin mes parents arrivèrent. Après quelques mois passés à l'hôtel, nous nous installâmes aux

Pâquis, à un quart de lieue de Genève, dans une jolie villa. Ce fut pour moi une délicieuse nouveauté. A Varsovie, nous habitions un grand hôtel délabré où nous vivions chichement; tout juste le nécessaire, une gêne mal déguisée par un vieux luxe fripé. Et maintenant une maison charmante et en plein soleil, une table bien fournie, un nombreux domestique, des chevaux, des voitures, un beau jardin qui descendait jusqu'au lac, le bain et la pêche sous la main, toutes les aises de la vie. Ce changement me surprenait. Je questionnai l'oracle, c'est-à-dire Jean. Il me répondit que mon père avait hérité de ses aïeux une grande marmite pleine d'or, qu'on lui avait volé sa marmite, qu'il avait fini par la rattraper. Toujours ce *on* mystérieux. Du reste cette histoire de marmite me parut claire, concluante; je n'en demandai pas davantage. La vérité est que mon père, par d'habiles placements, avait réussi à faire passer secrètement toute sa fortune à l'étranger. Ses écus avaient émigré avant lui, il était venu les rejoindre à Genève. Je ne songeai pas longtemps à m'étonner, je fus bientôt fait à notre nouvelle fortune. Mon père me fit cadeau d'un poney; c'était bien autre chose qu'un sabre en fer-blanc. Dans le moment, je ne me sentis pas de joie; mais je m'accoutumai si promptement à mon aventure qu'il me semblait que j'étais né avec un cheval entre les jambes, et j'avais peine à comprendre qu'on pût aller à pied. Les Polonais ne s'ébahissent guère des bonnes fortunes qui leur surviennent; ils partent de ce principe que tout leur est dû. Il ne faut pas leur en vouloir; ils savent aussi se familiariser avec les extrémités de la misère et de la souffrance. Leur

imagination vit dans l'extraordinaire comme le poisson dans l'eau. S'ils découragent souvent le bonheur
par leur folie, en revanche leur héroïsme a plus
d'une fois étonné le malheur.

Mon père faisait à tout coup des absences mystérieuses. Je supposais qu'il avait enterré quelque part
sa marmite, et qu'il allait s'assurer qu'on n'y tou-
chait pas. La plupart du temps nous étions seul à
seul, ma mère et moi. Quelqu'un a dit que rien ne
ressemble plus au ciel que le regard d'une Polonaise. Ce quelqu'un connaissait ma mère. Elle avait
dans les yeux je ne sais quoi qui n'était pas de ce
monde et qui allait plus loin que la vie. Ses actions
les plus ordinaires étaient accompagnées d'une sorte
de grâce sublime et toujours naturelle. Un jour que
nous faisions une partie de montagne, elle entra dans
un châlet pour se rafraîchir. On lui apporta de la
crème dans une écuelle de bois. Il se trouvait là un
touriste anglais, qui s'amusait à prendre un croquis.
Il laissa tomber ses crayons et tint ses yeux braqués
sur ma mère qui buvait. Je l'entendis grommeler entre ses dents : *A stately way of drinking !* une façon
de boire vraiment splendide! Quand nous partîmes,
le berger nous dit : « Il a un fameux coup de mar-
teau le milord! Il m'a donné dix francs de mon
écuelle. »

Toutes les personnes de notre entourage ressen-
taient pour ma mère une admiration mêlée d'une res-
pectueuse pitié. On la croyait profondément atteinte,
blessée à l'aile. Elle avait cependant une santé de fer;
je ne me souviens pas de l'avoir vue malade; mais
c'était une âme brisée, et son sourire mélancolique
exprimait une gaîté voulue, qui n'espérait rien.

Depuis longtemps, elle avait perdu toutes ses illusions et ne voyait plus dans ce monde que des devoirs. Je me trompe : elle a gardé jusqu'au bout les
illusions de la charité. A ses yeux la pauvreté était
sainte et purifiait toutes les souillures. Les plus
grands scélérats de la terre, dès qu'ils étaient dans
le malheur, lui paraissaient blancs comme neige.
Aussi était-elle à la merci de toutes les fables qu'on
lui débitait; son cœur se fondait, elle croyait sur
parole tous les faux boiteux, tous les grapilleurs
d'aumônes, tous les escrocs en guenilles, et impo-
sait silence à qui essayait de la détromper. Sa charité était une passion autant qu'une vertu; elle
n'était pas compatissante pour ses pauvres, elle en
était amoureuse. Elle n'a jamais donné un morceau
de pain sans donner un morceau de son âme.

Je lui rendais un culte; je la considérais comme
une sainte, comme un être d'une autre espèce que
le commun des mortels; mais je la vénérais trop
pour me familiariser avec elle. Il y avait peu d'é-
change entre nous. Je me sentais petit, tout petit
devant elle. Il me semblait que ses regards, sa voix,
ses conseils me passaient à cent piques par-dessus
la tête. Je n'osais lui faire part de mes imaginations
d'enfant, ni essayer de l'intéresser à mes jeux. Je
comprenais que c'était déjà beaucoup qu'elle consentît à vivre, qu'on ne pouvait lui demander davantage.

De mon père à moi, c'était une autre affaire. Je
tenais de lui, je me sentais de sa race. Comme lui,
j'aimais passionnément l'écarlate, le son de la trompette, les fanfares, les feux d'artifice et les chevaux.
Cavalier incomparable, il m'apprenait à monter.

Nous faisions ensemble des courses extravagantes, où je surmenais mon poney. Souvent aussi il me promenait dans son phaéton attelé de quatre chevaux noirs empanachés, qu'il conduisait lui-même. Nous allions comme le vent; les passants se retournaient; je planais dans les nues, je me croyais le roi de la création.

Mon père me mettait à l'aise; à lui seul j'osais tout dire. De son côté, il aimait à jaser, à papoter avec moi; j'étais un auditeur commode, admiratif et béant. Il me contait ses petites faiblesses, ses petites glorioles, les paris qu'il avait gagnés; comme quoi, par exemple, après avoir bu trois bouteilles de vin de Porto, il avait eu la tête assez libre pour déchiffrer un rébus de journal illustré. Il y avait en lui des enfances; c'était ma part. Il se baissait un peu, je me dressais sur la pointe de mes orteils, et nous communiquions de plain-pied. Il était à la fois mon idéal et mon camarade; j'étais son joujou et son accoudoir. Durant ses absences je ne vivais qu'à moitié, j'attendais son retour avec une fébrile impatience. Il était parti en tapinois, il revenait avec fracas. En ce temps-là, Genève était un lieu d'asile politique; elle abondait en réfugiés de tous pays, bizarre cohue de héros et d'aventuriers. Tout ce monde s'empressait autour de mon père. Au jour fixé pour son retour, amis et pique-assiettes fondaient sur nous comme une volée d'étourneaux. Le jardin en était noir et la maison sens dessus dessous. On tenait table deux jours et deux nuits sans désemparer. J'étais hors de moi, gris, titubant, à ne pouvoir me tenir sur mes jambes; je poussais des cris, je chantais à tue-tête, et il fallait

m'emporter. Cependant on ne me laissait pas boire
une goutte de vin; mais on ne pouvait m'empêcher
de respirer et l'air était capiteux.

Amoureux de bruit, de mouvement, de représentation, ardent, fiévreux, toujours hors d'haleine, mon
père entendait comme personne la mise en scène du
bonheur; peut-être tenait-il plus au décor qu'à la
pièce. Caractère extrême, l'ivresse du plaisir ou
l'ivresse du danger, il ne connaissait que cela; l'en-
tre-deux lui faisait pitié. Par moments, il devenait
en quelque sorte électrique; la vie lui pétillait dans
les veines, et on ne pouvait le toucher sans qu'elle
jaillît en étincelles. Une fois par mois il éprouvait
quelque lassitude; alors il se laissait tomber dans un
fauteuil, les mains moites, la tête fumante, les yeux
morts. L'instant d'après, il était debout. J'ai appris
plus tard qu'un de ses amis l'avait défini un héroïque
épicurien. Ajoutez que ses mains étaient un creuset
où fondait l'argent. Un jour que je l'accompagnais à
la chasse, la bourre venant à lui manquer, il tira de
sa poche deux billets de mille francs qu'il fourra
négligemment dans le canon de son fusil. Il répétait
souvent : autant dépense chiche que large. C'était
son adage favori.

Le fait est que nous nous adorions l'un l'autre. Il
me trouvait charmant, je le trouvais superbe. Ma
mère prétendait que nous formions à nous deux une
société d'extase mutuelle. Sa prestance, ses airs de
tête, ses attitudes de paladin, sa manière de relever
le menton quand il riait, cette mousse de folie qui
pétillait dans ses yeux, le frémissement de ses narines, la frisure de sa moustache, la chamarrure de
son vêtement, ses brandebourgs, ses soutaches ses

breloques, ses bagues, ses étourdissantes cravates,
je ne savais en vérité qu'admirer davantage. Peut-
être donnais-je secrètement la palme à ses chemises,
qui étaient toutes plus plissées, plus brodées les
unes que les autres. Il en dessinait lui-même les
patrons. Il daignait s'entretenir avec moi de ces profondeurs. Il me dit un jour qu'il avait dans la tête
une chemise telle que le monde n'en avait jamais
vu. Il est mort, le monde ne la verra pas.

Une chose me chagrinait : il y avait dans sa vie
des mystères auxquels je n'étais point initié. Quelle
était la raison de ses brusques et fréquents départs?
car vous pensez bien que je ne crus pas longtemps
à la marmite. Les longues conférences qu'il avait
souvent avec ma mère m'intriguaient aussi. Dès que
j'entrais, ils baissaient la voix ou rompaient les
chiens. C'était parti-pris de ne jamais parler devant
moi de certaines choses. On avait fait leur leçon à
tous nos hôtes; oubliaient-ils la consigne, ma mère,
d'un geste ou d'un clin d'œil, les rappelait à l'ordre.
Il y avait donc en ce monde des questions réservées,
qu'on dérobait à ma curiosité. Se défiait-on de ma
capacité ou de ma discrétion? J'en pleurais de rage
quelquefois, mais pas longtemps. Mon caractère
était si mobile que je ne retrouvais jamais le matin
sur mon oreiller les pensées que j'y avais laissées la
veille en m'endormant : non que je fusse un écer-
velé; j'avais des cerveaux de rechange. Au surplus,
j'avais appétit de bonheur; ma vie abondait en sensations agréables, et je n'avais garde de m'attacher
à l'article en souffrance; je retournais bien vite et
de plein vol à ce qui me plaisait. On me jugeait indigne d'être initié à certains mystères. Soit! mon

amour-propre trouvait à se dédommager ailleurs. A
neuf ans, je savais sur le bout du doigt la différence
d'un phaéton, d'un break et d'une barouche; je connaissais le menu détail du gréement d'une chaloupe,
et j'aurais distingué du premier coup d'œil un pur
sang d'un demi-sang, pour ne rien dire de mes lumières en chemiserie.

Et cependant, malgré mes légèretés d'oiseau, je
sentais obscurément qu'il se tramait quelque chose
autour de moi et qu'un péril était suspendu sur mon
bonheur, comme l'épervier plane sur la colombe.
Une après-midi, comme je m'amusais dans le jardin,
j'entends marcher derrière moi. Je me retourne;
j'aperçois un homme de piètre mine, vêtu d'un habit râpé, le regard oblique, les cheveux huilés, le
teint jaune, et dont toute l'apparence me rappelait
certains courtiers juifs que j'avais vus jadis en Pologne. Cet homme s'approche, me baragouine une
longue litanie dont je ne comprends pas un mot;
puis il ricane, me demande mon nom. Je refuse de
le lui dire. Il insiste d'un ton de menace; je l'envoie
promener. Il s'avance sur moi, son bâton levé. Le
rouge de la colère me monte aux joues, je serre les
poings, je me campe sur mes petites jambes, prêt à
boxer. — Il n'a pas peur, bon sang ne peut mentir!
s'écrie le baragouineur. Et tout à coup, changeant
de visage et de voix : — Admirable! tu ne m'as pas
reconnu. — C'était mon père. Je le contemplai un
instant avec stupeur, puis je fondis en larmes; j'avais
peine à lui pardonner cette odieuse plaisanterie, ce
cruel travestissement de mon idéal. Il me consola de
son mieux, disant qu'il avait voulu mettre mon courage à l'épreuve. J'essayai de lui arracher la pro-

messe qu'il ne se déguiserait plus. — Oh ! pour cela,
non, me répondit-il. C'est un talent qui peut servir.
— Le lendemain il partit, et pendant les six mois
que dura son absence, ma mère parut à plusieurs
reprises mortellement inquiète.

Enfin il revint. C'était au commencement de l'automne de 1848. En le revoyant, je fus frappé de l'é-
trangeté de sa physionomie. Il avait un feu sombre
dans le regard, il respirait bruyamment; on eût dit
qu'il n'y avait pas assez d'air autour de lui pour ses
poumons. Nous sortîmes ensemble; il faisait de telles
enjambées que je m'essoufflais à le suivre. Par intervalles il me regardait sans me voir, puis il disait
tout à coup : — Ah! te voilà! — Qu'avait-il dans
l'esprit? Je ne pouvais distinguer s'il était triste ou
content. A coup sûr il avait la fièvre.

Le lendemain, à mon réveil, je demande : — Où
est mon père? — On me répond : — Dans son cabinet. Il a une visite. — Deux heures plus tard, même
question, même réponse. Il ne parut pas au déjeuner. Fort intrigué, je jurai de découvrir le pot aux
roses. Je fus m'embusquer au bas de l'escalier. Le
mystérieux visiteur sort enfin, et je le reconnais :
c'était un tailleur. À quelques jours de là, comme
j'arrosais mes fleurs, mon père passe la tête à la fenêtre et me fait signe de monter chez lui. J'accours.
A peine avais-je franchi le seuil, je m'arrêtai frappé
d'un éblouissement. Il portait un uniforme de fantaisie qui me parut un chef-d'œuvre. Sa taille était
admirablement prise dans une tunique écarlate, relevée de parements et de revers blancs, agrémentée
de soutaches et d'aiguillettes d'or. Sur sa tête se
dressait un shako polonais d'une coupe exquise, orné

d'un plumet tombant rouge et blanc. Mon père sourit de mon ébahissement. — Eh bien! Ladislas, là,
franchement, comment me trouves-tu? — Mes yeux
répondirent pour moi. Quand je pus parler, je lui
dis : — Je te trouve superbe. Voilà un déguisement
que je te permets. — Il rajusta son hausse-col, et
tour à tour il se regardait dans la glace et dans mes
yeux. Je courus me jeter dans ses jambes.

— Où vas-tu? lui dis je.

— A Varsovie.

— Quoi faire?

— Je suis invité là-bas à un grand bal costumé.
La cour y sera.

— Emmène-moi.

— Tu ne sais pas danser.

— Quand reviendras-tu?

— Qui le sait?

Nous sortîmes; je l'accompagnai dans un atelier
de photographe, où il posa de face, de profil et en
trois quarts. Le lendemain, les cartes étaient prêtes;
nous allâmes les chercher ensemble. — Décidément,
fit-il en les étalant sur une table, je ne suis pas trop
mal. — Tu es le plus bel homme, lui dis-je, et maman la plus belle femme de tout l'univers. Il fit
claquer sa langue et me répondit : — Ta mère a la
beauté des anges. Tu découvriras un jour ou l'autre
que le diable a la sienne. Puis il prit une carte, grif-
fonna quelques mots sur le revers, la mit sous enveloppe, et en sortant nous la jetâmes à la poste. Il
partit dans la nuit.

A la fin de l'hiver, un soir, vers neuf heures, ma
mère me fit appeler dans sa chambre. Elle tenait
une lettre à la main. Elle fut quelque temps sans

parler. Ses lèvres se tordaient, mais elle ne pleurait
pas; je ne l'ai jamais vue pleurer. — Il est mort! me
dit-elle enfin. Je crus voir le plancher tourner autour de moi; il se fit au milieu un trou noir où tout
disparut. — Il est mort à la chasse, reprit-elle, d'une
chute de cheval. — Elle ajouta : — Pensons-y toujours, n'en reparlons jamais. — Elle me prit sur ses
genoux, me tint longtemps pressé sur son cœur.
Elle m'embrassait follement, à m'étouffer, et mur-
murait avec un accent d'effroi :

— Grand Dieu! comme tu lui ressembles!

Pendant bien des jours, je languis. Mon père de
moins dans le monde, cela faisait un monde vide.
Tout m'était devenu indifférent; ma vie avait perdu
sa saveur; j'étais comme ces malades pour qui tous
les aliments ont le même goût. Je ne marchais plus,
je me trainais ; je ne parlais plus, je marmottais. Il
me semblait qu'un grand silence venait de se faire
autour de moi, et je me faisais scrupule de le troubler; le bruit de mes pas et de ma voix m'inquiétait.
Quand je sortis de mon engourdissement, je revins
à moi, pour ainsi dire, pièce à pièce. Ce fut mon
imagination qui se réveilla la première. Ma principale occupation fut de me représenter dans tous ses
détails cette partie de chasse où mon père était
mort. Je le voyais tombant de cheval. Sa pose était
tragiquement belle. Elle ne l'était jamais assez à mon
gré; j'y faisais sans cesse des retouches, modifiant
la disposition des bras, des jambes, l'expression na-
vrante du dernier sourire. — Ah! oui, me disais-je,
il a été très beau en mourant et il a souri. — Je me
demandais : où l'a-t-on enterré? J'aurais bien voulu
savoir ce qu'était devenu le plumet rouge et blanc.

Je fus vingt fois sur le point d'interroger ma mère à ce sujet; mais sa douleur fixe et muette me glaçait la parole sur les lèvres.

Après quoi les arbres reverdirent et mon chagrin s'envola. Je n'avais pas douze ans.

## II

Six mois plus tard, je me trouvai transplanté dans une petite maison carrée entre cour et jardin, située à droite de la mairie et à gauche du presbytère d'un village franc-comtois.

En quittant Genève, j'avais pris sur moi de questionner ma mère et de lui demander quelle mouche l'avait piquée et quelles raisons nous pouvions avoir d'aller nous enterrer dans un village. Elle me tut ses vrais motifs, se contenta de me dire que nos revenus étant fort diminués, elle désirait faire des économies. Elle ajouta que le curé de Mirion, l'abbé Pontis, était un homme d'un mérite rare, lequel voulait bien se charger de mon éducation. Un village! un curé!... Chemin faisant, je rêvai de mon père conduisant à grandes guides ses quatre chevaux noirs, et je me demandai plus que jamais ce qu'était devenu son plumet.

Aussitôt après notre arrivée, je fus présenté à l'abbé Pontis. Il me prit par le menton, me regarda dans le blanc des yeux : — Madame, dit-il à ma mère, voilà un élève qui me donnera du fil à retordre.

Je me pris à sourire. Il me demanda à qui j'en

avais. Je lui répondis : — Je sais pourquoi je vous
donnerai du fil à retordre.

— Dites-le-moi.

— Vous n'oserez jamais me punir.

— Pourquoi donc cela, mon petit ami?

Je lui repartis en faisant flotter mes cheveux sur
mes épaules :

— Parce que je suis trop beau.

A cette explosion de naïve fatuité, ma mère fronça
le sourcil.

— Ne le grondez pas, dit l'abbé.

Et se retournant vers moi : — Comment savez-
vous que vous êtes beau?

— A Genève, les passans se retournaient souvent
pour me regarder.

— Et cela vous faisait plaisir?

— Oh! oui.

— Je vous prie, si vous étiez dans l'alternative ou
de rester beau et d'être très-malheureux, ou d'en-
laidir et d'être très-heureux, que choisiriez-vous?

— Je resterais beau, répondis-je sans hésiter.

Il se mit à rire : — Allons, allons, il y a de la ressource, — dit-il à ma mère en me donnant une tape
sur la joue. — Avec l'aide de Dieu, nous ferons de
lui quelque chose. Il est transparent comme un
cristal.

Hélas! l'abbé Pontis n'a pas fait de moi grand'
chose. Ce ne fut pas sa faute. Quel excellent homme!
Bon théologien, disait-on, une conscience délicate qui ne se passait rien, beaucoup d'instruction,
surtout dans les sciences naturelles qu'il aimait de
passion, avec cela nullement pédant, un esprit
ouvert à tout et qui s'était frotté à la vie. Il avait

perdu à ce frottement tous ses préjugés de sémi-
naire sans perdre un seul de ses scrupules. Sévère
à lui-même, indulgent aux autres, par-dessus les
collines basses qui bornaient son horizon, il avait
aperçu l'univers et les hommes. Il estimait que ce
monde est un laboratoire, la vie une grande expérience, et il voyait Dieu partout.

Il commença par me tâter le pouls, et demeura
confondu de ma crasse ignorance. Il entreprit bra-
vement de me dérouiller. Il me montrait le latin, où
je ne mordis guère, la botanique, un peu de géologie,
un peu de chimie agricole, les élémens de l'économie
rurale. Le malheur est qu'il avait l'esprit fin, mais
nulle finesse dans la conduite. Comme on dit, il n'y
allait pas par quatre chemins. Je sus bientôt de quoi
il retournait, et que le rêve de ma mère était de
faire de moi une façon de gentilhomme campagnard.
On espérait m'inspirer le goût de ce beau métier.
L'abbé Pontis s'y employait de son mieux. — Est-il
un sort plus doux, plus charmant, me disait-il, que
celui d'un propriétaire qui a du foin dans ses bottes?
Je suppose que d'ici à quelques années vous achetiez
un domaine dans ce pays-ci, par exemple, où la
terre est bonne. Vous commencerez par vous bâtir
un château, cela va sans dire. Faisons bien les
choses, quatre tourelles et des girouettes! voilà qui
est convenu. Avec cela des champs, des vignes, des
bois... Est-il une étude plus intéressante que l'art
d'amender la terre, d'en varier les façons, d'en ac-
croître le rendement? — Et, s'échauffant dans son
harnais, il entonnait un hymne en l'honneur de la
charrue mécanique, du chaulage et des engrais. Dans
la chaleur de son discours, il ne s'apercevait pas d'u

2

nuage sombre qui s'amassait sur mon front. Il terminait son dithyrambe en s'écriant : *O fortunatos ni-
mium!*... Cette citation eût suffi pour me faire prendre en horreur le latin. J'avais dans la tête un em-
bryon de roman, à peine un fœtus, quelque chose
de vague, de confus, un rêve nageant encore dans
les eaux de l'amnios, mais qui assurément ne promettait pas de ressembler jamais à une idylle. Ma
grossesse se révélait par des envies. L'abbé me van-
tait le silence des champs, je n'avais de goût qu'aux
plaisirs qui font du bruit; il célébrait la vie tranquille et pacifique de l'agriculteur, je soupirais secrètement après des hasards, et je les flairais dans
l'air; il me représentait que le bonheur suprême
réside dans le témoignage d'une bonne conscience,
j'estimais que c'était peu de chose, si l'on n'avait
rien à mettre dessus, — un peu de gloire par exemple; je voulais tout le bien du monde à la vertu,
mais à la condition qu'elle fît figure. En quittant
l'abbé, j'étais rêveur, et, passant la main sur ma
chevelure blonde, dont les boucles me retombaient
sur les épaules : — Gentilhomme campagnard! me
disais-je. De quoi donc me serviraient mes cheveux?

Mon curé était pour moi un mystère, presque
un scandale. Sa belle humeur, son inaltérable séré-
nité, me dépitaient. Il ne riait guère, mais il y avait
comme un perpétuel sourire dans ses yeux clairs,
qui attachaient sur toute chose le même regard
doux et caressant. On eût dit qu'il retrouvait partout des figures de connaissance, que plantes et
pierres, bêtes et gens, tous les habitans de ce bas
monde étaient de sa famille. Cette amitié qu'il avait

avec toute la création était le secret de son bonheur.
Sa maison nue, la fumée de son toit, son bréviaire,
son jardin, son plant de vigne, ses herbiers, ses
abeilles, tout ce qui l'entourait lui donnait de la joie,
et je m'indignais qu'on pût être heureux à si bon
compte. En été, nous faisions ensemble de longues
promenades, lui monté sur une jument grise qui
avait des rhumatismes, un épi au front et une molette
à la jambe gauche; moi, juché sur un énorme per-
cheron, vrai cheval de charrette, fort en bouche,
dur à l'éperon, et qui ne trottait qu'à son corps dé-
fendant. Il me semblait qu'à nous deux nous compo-
sions un tableau d'un ridicule achevé. Ce n'était pas
son avis; il prenait sa monture au sérieux, se tenait
en selle droit comme un piquet. De temps à autre,
quand il était au bout d'une phrase, il fouettait l'air
de sa baguette de noisetier en disant : — Hop, hop,
Sanchette! — Sur quoi l'efflanquée Sanchette trottait en clopinant. Alors la figure de l'abbé s'épanouissait, il arrondissait moelleusement ses coudes
et regardait avec un redoublement de tendresse les
cailloux du chemin. — Être heureux, pensais-je, en
trottant sur une haridelle qui a une molette à la
jambe gauche! — Ce bonheur était pour mon esprit
un abîme. Je m'y perdais.

Peu s'en fallut que je ne mourusse d'ennui dans
mon village; mais j'étais un garçon de ressource : je
fis bonne mine à mauvais jeu, et je finis par gagner
la partie. J'eus bientôt lié connaissance avec tous les
galopins de l'endroit. Nos relations furent d'abord
difficiles, orageuses. Pur malentendu! Certaines vi-
vacités d'humeur, quelques vantardises déplacées,
des fiertés et des façons cavalières où perçait ma

rage de primer, firent croire à mes nouveaux camarades que j'étais un faquin. Il y eut entre nous de
violentes prises de bec, il s'ensuivit des échanges
de horions. J'en donnais plus que je n'en recevais,
ce qui ne m'empêchait pas de rentrer quelquefois
au logis l'oreille déchirée, l'œil poché. On m'avait
d'abord traité de blondin, de gringalet. On s'aperçut
qu'en dépit de mes mains blanches et fluettes j'avais
un poignet de fer, et que j'étais terrible dans mes
colères. Alors on me surnomma le *comte de la poigne*,
et on s'écarta de mon chemin; mais à la longue
tout s'arrangea. J'avais pour moi d'être le fils de ma
mère, de la dame triste, comme on l'appelait, laquelle
au bout de huit jours s'était fait adorer de tout le
monde. Ensuite on découvrit que, prompt à la colère,
j'étais incapable de rancune, qu'au surplus il faisait
bon être de mes amis, que je donnais libéralement
tout ce que j'avais, et que dans nos expéditions
diurnes ou nocturnes je réclamais la plus grosse
part du péril, la moindre part du butin. On découvrit aussi que je ne m'attaquais jamais à plus faible
que moi, que j'étais au contraire l'intrépide défen-
seur des petits, le grand redresseur de torts. Le
*comte de la poigne* fut rebaptisé; on l'appela désormais *monsieur Biceps*, petit nom d'amitié dont il
était fier. Un incident où se révéla mon caractère
acheva de me poser. J'eus un jour une violente alter-
cation avec l'un de mes camarades, qui m'accusait
faussement de je ne sais quelle peccadille. Nous en
vînmes aux gourmades; je lui en appliquai une si
vigoureuse en pleine poitrine que je l'envoyai tomber
sur le revers d'un fossé, où il demeura étendu, respirant à peine, pâle comme la mort. A cette vue,

j'eus horreur de moi-même, et, tirant un canif de
ma poche, je m'en portai un grand coup au bras
gauche; mon sang jaillit avec abondance : — Paul,
m'écriai-je, je t'ai vengé! — Mes camarades interdits
se regardèrent; ce trait-là les dépassait. De ce jour,
ils sentirent confusément que je ne ressemblais pas
à tout le monde, et, par l'effet d'un accord tacite,
personne ne me contesta plus la primauté que je
m'arrogeais. Monsieur Biceps tint désormais la haute
main en tout et partout; il était l'ordonnateur de
tous les plaisirs, l'arbitre de tous les procès. Ce qui
le flattait davantage, il eut la conduite de toutes les
expéditions. C'était surtout dans la maraude que se
déployait mon génie. J'avais divisé mon monde en
escouades, et je le menais militairement. J'avais mes
avant-postes, mes sentinelles, mes vedettes, mes
signaux. D'un coup de sifflet, je lançais ou je repliais
mes colonnes d'attaque. Que d'exploits! que de
prouesses! Nous étions le désespoir du garde champêtre, les espaliers tremblaient en nous regardant
passer.

Vous pensez bien que ce train de vie polissonnante,
grappillante et picorante, n'était pas du goût de ma
mère. Malgré ma vigilance, nos hardis coups de main
étaient souvent découverts; les plaintes succédaient
aux plaintes, d'autant que ma mère s'empressait de
payer au centuple les dommages-intérêts. — Ladislas,
me disait-elle, êtes-vous content de vous? — Je n'o-
sais dire que oui, et, de fait, je ne l'étais qu'à moitié;
j'aurais voulu que tout le monde fût heureux de mon
bonheur. L'abbé Pontis me chapitrait dans le tête-à-
tête; devant ma mère, cet indulgent vieillard plaidait
les circonstances atténuantes. Il espérait obstiné-

ment la conversion du pêcheur... Ses douces mer-
curiales se terminaient toujours par ces mots : —
j'espère que tout cela va changer. — Dans notre
village, où chacun avait son sobriquet, on l'avait
surnommé : Monsieur Espérance. Il disait à ma mère :
— Ce garçon a les meilleures intentions du monde;
mais il les oublie. C'est un vase d'or où il y a des
fuites. — Hélas! il avait beau étouper, tamponner,
calfater, le vase fuyait toujours; l'abbé n'y retrouvait
plus le matin ce qu'il y avait mis la veille; son latin,
sa botanique, ses morales, tout s'en allait. Ce qui
désespérait surtout ma mère, c'était l'ardeur fébrile
et pour ainsi dire la violence de sensation que je portais dans tous mes jeux. Ma tête se prenait, mes
nerfs battaient la campagne. Je rentrais au logis les
cheveux au vent, l'œil égaré, l'air à demi fou. — Je
crois vraiment qu'il a bu, disait ma mère. — Bah!
répondait l'abbé Pontis en souriant, il n'est ivre que
de vent, et jamais il n'en faudra davantage pour le
griser. — Quand donc prendra-t-il goût aux plaisirs
tranquilles? disait-elle encore. — Que voulez-vous?
répliquait-il. Notre petit bonhomme est né avec un
tambour dans la tête; mais j'espère que nous le crè-
verons.

Un beau matin, le tambour creva sans que l'abbé
y fût pour rien. Le jour même où j'achevais ma qua-
torzième année, un inconnu vint frapper à notre
porte. J'étais au jardin, je le vis entrer, et sa figure
me frappa comme une apparition. C'était un homme
entre deux âges, de haute taille, de forte carrure, le
front largement ouvert, la poitrine bombée, les narines et les mains velues, une tête de lion, un cou
de taureau renflé à la nuque d'un triple bourrelet de

chair. Ses orbites profondes, ses pommettes saillantes, son grand nez fièrement découpé donnaient à
son visage une expression d'extrême énergie. Sa peau
était sillonnée d'une multitude de petites rides qui la
plissaient en tout sens ; sa joue gauche était traversée
du haut en bas par une formidable couture. Quand
sa figure était au repos, on apercevait à peine ses
yeux enfouis sous la broussaille de ses énormes sourcils, et sa bouche qui se dissimulait dans l'ombre de
sa barbe grise. Aussitôt qu'il s'animait, ses prunelles
enfoncées luisaient comme braise ; il en jaillissait
des regards ardents, qui vous frappaient en plein
visage comme des balles de plomb, et l'on voyait
glisser sous l'épaisseur de sa moustache grise un
sourire étrange, qui égalait en mystère celui de la
Joconde. Somme toute, sa figure n'était pas belle,
mais c'était en quelque sorte une figure historique ;
elle racontait des évènements, des aventures, tout
un passé ; elle disait clairement : J'ai vécu, j'ai souffert, et nonobstant me voilà.

Conrad Tronsko, — c'était le nom de mon inconnu,
— s'approcha de moi et me considéra un instant
avec attention. Je le regardais aussi de tous mes
yeux. Ce qui me frappa tout d'abord, ce fut sa joue
tailladée. Je lui enviais du fond de l'âme cette balafre,
je fus sur le point de lui demander où cela s'achetait.
Comme moi, il semblait faire ses réflexions, qu'il
garda pour lui. D'une voix claire, argentine, qui con-
trastait avec sa physionomie et sa tournure athléti-
que, il me demanda si la comtesse Bolska était chez
elle. Je lui répondis que oui. Il promena ses regards
autour de lui, et, avisant dans une plate-bande un
œillet qui s'était détaché de son tuteur et dont la tête

pendait jusqu'à terre, il releva la fleur et la rattacha
avec une grande délicatesse de doigts; on eût dit
qu'il craignait de lui faire mal.

Il revint à moi. — Tu es donc le petit Ladislas
Boleki ? me dit-il.

Je ne m'offensai point de sa question ni de son ton
familier. J'avais pris tout de suite une haute idée de
lui; je le jugeais digne de me tutoyer.

— Oui, lui répondis-je, je suis Ladislas Boleki. C'est
un beau nom.

Alors, pour la première fois, je le vis sourire.
Etrange sourire! Qu'exprimait-il? De l'ironie? de la
pitié? de la bienveillance? du dédain? Ce déchiffre-
ment passait mon savoir. En cet instant, ma mère
avança la tête à la fenêtre — C'est vous, Tronsko!
vous, ici! s'écria-t-elle en frappant ses mains l'une
contre l'autre. En un clin d'œil, elle fut auprès de
lui, et, le prenant par le bras, elle l'emmena au salon, dont la porte se referma derrière eux.

J'arpentai longtemps l'une des allées du jardin. Je
pensais à la balafre de Tronsko. Dans ce moment,
j'aurais troqué mes cheveux contre sa couture. — Je
puis me vanter, me dis-je, d'avoir vu aujourd'hui un
héros, car je gagerais ma tête que cet homme est un
héros. C'est donc ainsi qu'ils sont faits?... Il me tardait de revoir Tronsko; je me promettais de l'entretenir en particulier, de m'informer de lui comment
il s'y était pris pour devenir un héros. Il me semblait
que le plus difficile était le commencement. Il y avait
sans doute une méthode à suivre. — Ce n'est pas
l'abbé Pontis, pensais-je, qui pourrait me renseigner
là-dessus. Un homme qui éprouve de la joie quand
il a réussi à faire trotter sa jument et qui mourra

avant de s'être aperçu qu'elle a une molette à la jambe gauche!

Je n'y tins plus, je m'acheminai résolûment vers le salon. En approchant, j'entendis des éclats de voix. On agitait sûrement une question du plus haut intérêt. Peut-être Tronsko racontait-il l'histoire de sa balafre. J'entrai. Aussitôt ma mère fit un signe de la main et un *chut* que Tronsko comprit. Ils ne parlèrent plus que de questions de ménage et de pot-au-feu. Je fus frappé du profond respect que l'inconnu témoignait à ma mère. Il était comme suspendu à ses lèvres. Elle laissa tomber son éventail, il se précipita pour le ramasser, et, avant de le lui rendre, il le baisa dévotement comme une relique. Je me tenais debout près d'elle. — Tronsko, vous devriez faire entendre raison à ce mauvais sujet, dit-elle en me donnant un coup de son éventail sur les doigts. Nous ne savons qu'en faire.

Il me regarda. — Monsieur s'ennuie au village? me dit-il de sa voix chantante.

— On me reproche de m'y trop amuser, lui répondis je en baissant les yeux.

— Et d'être un fier paresseux, reprit-elle, et de manquer d'ordre, de tenue.

Il répondit : — Que voulez-vous? il est de son pays. Nous sommes un peuple d'hidalgos dans le siècle de la vapeur, des bureaux et de la police. Qu'est-ce que la Pologne? Une Espagne peinte en gris. Nous avons la paresse andalouse avec les brouillards en plus et le désordre du rêve... Oui, les Polonais sont des Espagnols de nuit, les phalènes de l'Europe. Le malheur est qu'il fait grand jour.

— Taisez-vous donc! fit elle en rougissant de co-

lère. Il suffirait d'un homme tel que vous pour hono-
rer tout un peuple, et vous êtes légion.

Il s'inclina. — Sans compter, reprit-il, que la
comtesse Bolska n'a pu naître qu'à Varsovie... Bah !
je ne dis jamais de mal que de ce que j'aime. Sur
tout le reste, je me tais.

Puis souriant de ce mystérieux sourire qui ne se
laissait pas traduire dans ma langue : — Que craignez-vous ? Ce marmot est un vrai petit Français, un
vrai papillon de jour... Vous prenez trop de précautions. Laissez-lui seulement la bride sur le cou. Il
n'y a pas de danger.

A ce mot, ma mère pâlit. — Que dites-vous là ?
s'écria-t-elle d'une voix vibrante. Vous ne le connaissez pas... Ah ! c'est que je n'entends pas qu'on me le
tue ! — Et elle me pressa convulsivement sur son
cœur, me faisant de ses deux bras un rempart
contre je ne sais quel invisible ennemi. Ce mouvement et ce cri me transportèrent. — Je n'entends
pas qu'on me le tue ! Jadis Jean m'avait dit : *On* ne
veut pas que maman vienne à Genève ; puis : *On* a
pris sa marmite à ton père. — Et maintenant on voulait me tuer. Je n'y comprenais rien ; mais tout cela se
tenait, avait un sens. C'était comme un air d'opéra
dont les paroles étaient pour moi de l'hébreu, mais
dont la musique me faisait bondir le cœur. La tête
me sautait. Le feu venait de prendre aux étoupes.

Tronsko se leva. Ma mère essaya vainement de le
retenir à dîner. On l'attendait à Genève, et il avait
fait un détour pour nous voir, il ne pouvait s'attar-
der. A peine fut-il sorti que je demandai à ma mère,
qui était ce Tronsko. Elle me répondit d'un ton bref :
— Le fils d'un tailleur et un fameux professeur de

langues... — Je tombai de la lune, et je crus me cas-
ser le nez. Quoi ! mon prétendu héros, cet homme
qui honorait son pays était tout simplement un professeur de langues ! Et sa couture ? Apparemment il
s'était laissé taillader par un barbier pris de vin.
— Que je suis bête ! me disais-je. Son habit indique
bien ce qu'il est. Les manches en sont usées et
blanchies à l'avant-bras ; cela dénote le gratte-papier.
Sans compter que, lorsqu'il est debout, son pantalon se ballonne et fait ventre à l'endroit des genoux.
— Il me paraissait évident que de pareils accidents
n'arrivent jamais au pantalon d'un héros. Autrement
que vaudrait le métier ?

Ainsi déception complète au sujet de Tronsko. Je
le rayai sur l'heure de mes papiers. En revanche, le
cri de ma mère... Oh ! quant à cela, c'était de la
bonne marchandise, sans tare ni déchet. Il n'y avait
pas à revenir là-dessus. Elle avait dit : — Je n'entends pas qu'on me le tue. — Il y avait donc quelque
chance qu'on voulût me tuer ! Si je sortais de mon
village et que je rencontrasse en chemin certaines
gens, ces certaines gens auraient peut-être l'idée
de m'expédier en bonne forme ! Cela était acquis au
procès. Donc j'avais des ennemis, donc j'étais un
personnage. Je bâtis là-dessus mille histoires fabu-
leuses, saugrenues. Dans mon enchantement, je fus
me planter devant une glace ; il me parut que depuis une demi-heure j'avais grandi d'une coudée. Je
passai la main dans mes cheveux et je les fis bouffer sur mon front ; puis j'essayai des poses, des airs
de tête appropriés aux circonstances, toutes les variétés de physionomie qui seraient de mise dans les
conjonctures tragiques que je prévoyais, et par

exemple dans le cas où j'apercevrais tout à coup un canon de fusil braqué sur moi. Je m'accoutumais à regarder fixement dans l'espace, le menton relevé et sans cligner. Quand je fus las de cet exercice, je m'assis à une table et je transcrivis exactement toute la conversation de Tronsko et de ma mère, sans oublier certains mots que je ne comprenais guère, comme *hidalgos*, *bureaux*, lesquels s'étaient incrustés dans mon cerveau, paresseux de penser, ardent à imaginer.

Je posais la plume quand un coup de sifflet m'avertit que mes camarades m'attendaient dans la rue. Au lieu de les rejoindre en hâte, comme je faisais d'ordinaire, je m'approchai de la fenêtre et je les regardai au travers de la persienne. Ils levaient la tête de mon côté sans me voir. Je passai en revue leurs honnêtes et candides figures, et je les pris en pitié. — Ils mourront tous dans leur lit, me dis-je. Du diable si personne a jamais envie de les tuer ! — Je leur laissai faire le pied de grue. N'était-il pas convenable que mes hautes destinées fissent bande à part ? Ma mère m'avait donné un petit pistolet de tir. Je l'allai chercher et je montai dans un long galetas à l'extrémité duquel j'avais dressé une cible. Il y avait dans ce galetas une armoire en vieux chêne qui était toujours fermée à double tour. Il se trouva qu'on avait oublié la clef dans la serrure. Une curiosité me prit ; j'ouvris l'armoire. Elle renfermait une malle dont je soulevai le couvercle. Quelle ne fut pas ma surprise, mon émotion, en apercevant l'uniforme de mon père, cette fameuse tunique écarlate qu'il avait emportée dans son dernier voyage en Pologne ! Apparemment un ami pieux l'avait renvoyée à

ma mère. Je touchai la tunique, mais je n'osai la dé-
plier. Elle était maculée, tachetée de plaques brunes;
sur l'un des revers, il y avait une éclaboussure de
sang. Je détournai les yeux, et j'allais refermer la
malle, quand j'avisai dans un coin une gaîne en peau
de chagrin. Je l'ouvris, elle contenait le plumet
rouge et blanc. Je serrai précipitamment la gaîne
dans ma poche, et je refermai l'armoire.

Au même instant, j'entendis du bruit dans la rue.
Je courus à la lucarne. Une femme s'enfuyait en
criant : Un chien enragé! Elle disparut dans une
allée. La minute d'après, je vis paraître un gros
chien qui descendait la rue, la queue entre les
jambes, la tête basse, la gueule écumante. Il arriva
devant la grille ouverte d'un potager clos de mur. Il
entra dans le jardin. Une servante sortit de la maison voisine et referma vivement la grille en disant :
— Le voilà sous clé; qui se chargera de l'abattre ?
Toutes les commères du village accoururent; il
s'amassa beaucoup de monde. Un homme se détacha du groupe, disant : — Je vais quérir mon fusil.
— Aussitôt je sortis la gaîne de ma poche, j'en retirai le plumet, je l'ajustai à mon chapeau, que j'en-
fonçai sur ma tête; puis, mon pistolet à la main, je
m'élançai dans la rue. Je la traversai sans être
aperçu, tant les têtes étaient en l'air; je remontai
un petit chemin pavé qui côtoyait le jardin. J'avisai
un endroit où la muraille dégradée permettait l'escalade. Me voilà sur le chaperon. Le chien, qui faisait le tour du jardin en cheminant toujours droit
devant lui, m'aperçoit et fait un bond énorme pour
me happer; mais j'étais hors d'insulte. J'arme mon
pistolet, j'ajuste l'ennemi. A l'instant de lâcher mon

coup, une réflexion m'arrêta. — Le combat n'est pas égal, pensai-je. Il ne peut rien me faire. — Aussitôt je me laisse couler en bas du mur. Le chien, qui s'était éloigné, revient sur moi. Je l'attends de pied ferme. J'enfonce mon pistolet dans sa gueule béante et je presse la détente. L'animal tombe raide mort. Quand arriva l'homme au fusil, il me trouva le pied posé sur le cadavre de ma victime et agitant avec frénésie mon chapeau à plumet.

Cette aventure fit du bruit. Le lendemain, à ma grande surprise, mes camarades, au lieu de me fêter, me firent froide mine. Je voulus entamer le récit de ma prouesse, ils secouèrent les oreilles. L'un me traita de cerveau brûlé; un autre me dit qu'il était souverainement ridicule de se battre en duel avec un quadrupède; un troisième ajouta en ricanant que j'avais mal fait les choses, que j'aurais dû passer au chien mon pistolet et ne me servir que de mes dents; d'autres insinuèrent que le pied m'avait manqué, et que j'avais fait de nécessité vertu. — Ce pauvre diable de Biceps! disaient-ils, quelle mine il a dû faire en tombant de son mur! Enfin il a tiré au hasard; le roquet y a mis de la complaisance. — Je les écoutais avec une stupeur indignée. — L'épaisseur de leurs cerveaux, me disais-je, et la basse jalousie de leurs petites âmes, les rendent incapables de me comprendre. Tas de ganaches! m'écriai-je enfin. Et, séance tenante, je rompis net avec eux, et me démis de tous mes emplois.

C'est ainsi que mon tambour creva, et que, grâce à Tronsko, du jour au lendemain, je devins autre. Je tombai dans une morne langueur. Achille s'était retiré dans sa tente, résolu à vivre en loup-garou et

à ne se plus commettre avec les petites âmes. Ce
goût de solitude qui m'était venu ne profita guère à
mon travail. Je passais mes journées dans une stupide flânerie. Je commençais mes devoirs, mais à
peine avais-je ouvert mon Virgile, je me levais, je
bricolais dans ma chambre, ouvrant et refermant
mes tiroirs, remuant tout de mes doigts inquiets et
distraits, passant mes cravates en revue, défaisant
et refaisant ma toilette selon ma fantaisie du moment. Je sentais en moi une passion désoccupée qui
ne savait à quoi se prendre. Le temps pesait à mes
désœuvrements. Mon seul plaisir était de fumer en
cachette, étendu de mon long sur un sofa. Souvent
ma mère me surprit dans cette noble attitude. Elle
humait l'odeur du cigare, me montrait du doigt le
plancher, où traînaient pêle-mêle hardes, papiers,
brosses et livres. Elle disait : — Quelle paresse ! quel
désordre ! — et me regardait d'un œil sévère. Elle
me grondait surtout avec les yeux. Je désespérais de
lui faire comprendre 1° que la moindre application
d'esprit me causait une douleur physique, 2° que
j'étais dans l'impossibilité matérielle de remettre une
brosse où je l'avais prise, 3° que, faute de mieux,
faire de la fumée, c'est faire quelque chose.

Ma subite métamorphose inquiéta l'abbé Pontis ;
il me trouvait par trop changé. Pour réveiller ma
torpeur, il obtint de ma mère qu'elle me donnât un
cheval, un vrai cheval de selle. A peine l'eus-je tenu
un quart d'heure entre mes jambes, je me sentis revi-
vre. Il avait ceci de particulier qu'on ne l'avait jamais entendu hennir ; je lui donnai le nom de Taciturne. Quand, monté sur son dos, je descendais la
grande rue du village et que je rencontrais mes an ;

ciens camarades, je les narguais du regard; ils m'apparaissaient gros tout au plus comme des cirons.

Me voilà remis sur pied. L'abbé Pontis aurait dû s'en tenir là; mais il fit si bien qu'au bout de huit jours je ne touchai plus terre. Le digne homme avait pour principe qu'il fallait faire la part du feu. Il trouva bon de me faire lire quelques ouvrages d'imagination. Le premier qu'il me mit dans les mains fut *Don Quichotte*. Impossible de vous rendre dans toute son énergie l'impression que me causa ce chef-d'œuvre : sympathie passionnée pour le héros, mépris incommensurable pour l'auteur, lequel avait été stipendié par les *bureaux* pour déverser des flots de ridicule sur la fleur de la chevalerie, sur le dernier des grands-justiciers. Je ne reprochais rien au chevalier de la Triste-Figure que son cheval. Un héros mal monté ne pouvait m'entrer dans l'esprit : à tout don Quichotte polonais, il faut au moins un demi-sang; mais, Rossinante à part, j'admirais ce grand homme sans réserve, et je conçus le beau projet de l'imiter. A cet effet, j'entrepris de me chercher une Dulcinée; mon dévolu tomba sur une jouvencelle de mon âge, qui avait de la fraîcheur. Elle s'appelait Toinon et habitait avec ses parens une ferme située à deux portées de fusil du village. Je l'avais aperçue une ou deux fois ravaudant une jupe sur le pas de sa porte ou cueillant un légume dans son jardin. Avant de confesser ma flamme à Toinon, je résolus de me rendre digne de ma princesse en accomplissant coup sur coup une demi-douzaine de hauts faits. Je battais la plaine et les bois dans l'espérance d'une aventure qui ne venait pas. Je décou-

vrais avec amertume que dans ce siècle de bureaux
il y a peu d'occasions et beaucoup de gendarmes.
Faute de mieux, je me rabattis à faire des folies avec
Taciturne; je le lançais à corps perdu dans des fon-
drières, je lui faisais franchir échaliers et fossés;
nous culbutâmes un jour l'un par-dessus l'autre
dans un ruisseau. Il y avait à deux lieues de Mirion
un vieux château ruiné; il ne restait du premier
étage que l'une des solives du plancher; bravant l'a-
bîme du regard, je m'amusais à courir le long de
cette solive vermoulue et fléchissante, après quoi
je gravais sur la pierre le nom de Toinon en prenant le ciel à témoin de mon amoureux délire. A la
troisième représentation, la poutre craqua, s'effon-
dra sous moi. Par un insigne bonheur, je tombai
sur mes pieds dans un tas de gravats qui amortit ma
chute; j'en fus quitte pour une contusion. Je décidai que désormais j'avais le droit de parler. Je rencontrai Toinon comme elle revenait de la fontaine,
portant sur sa tête un coussinet et un baquet d'eau.
Je l'accostai, je lui offris mon cœur dans un bouquet
de roses. Ma main effleura la sienne. Je rougis jusqu'au blanc des yeux; elle rougit aussi. Je ne trouvais
pas un mot à lui dire, et je m'enfuis à toutes jambes;
mais le lendemain je la revis, je m'enhardis, j'osai
me déclarer; je contai mes prouesses, la culbute
dans le ruisseau, l'aventure de la poutre. Toinon
ouvrit de grands yeux, ne connaissant rien aux us et
coutumes de la chevalerie. Toutefois elle s'appri-
voisa peu à peu avec ma folie, et ses yeux me tinrent un langage assez doux.

J'abrége l'histoire de ce roman. J'obtins un rendez-vous nocturne à l'ombre d'un poirier sauvage.

3

J'arrive à minuit; ma belle m'attendait. J'avais alors
seize ans et j'étais d'une parfaite, d'une incomparable innocence; à la lettre, je ne savais que faire de
Toinon. Soit dépit amer de mon ignorance, soit
effarement de mon imagination qui ne pouvait se
reconnaître dans son désordre, à peine eus-je serré
dans mes bras ma Dulcinée, je perdis contenance,
je reculai de deux pas, et, me laissant tomber sur
le gazon, j'éclatai en sanglots. Elle prit peur, m'interrogea, et, mon trouble la gagnant, elle se mit
aussi à pleurer. En cet instant apparut la lueur d'une
lanterne traîtresse; un père en furie, qu'escortait
un valet de ferme, me saisit au collet; se mépre-
nant aux larmes de Toinon, il me croyait plus coupable que je ne l'étais. Je me dégageai, je mis
flamberge au vent, je menaçai d'embrocher le té-
méraire qui porterait la main sur moi. Ma flère
attitude tint l'ennemi en respect, et je me retirai la
tête haute, en protestant à ma princesse que je ne
l'abandonnerais jamais.

Dès le lendemain matin, M. Espérance et ma
mère furent instruits de tout. Je fus mis aux arrêts.
Je passai la journée dans ma chambre, marchant à
grands pas, parlant aux murailles, la tête en feu et
Toinon dans le cœur. Par intervalles je me mor-
dais les poings et je donnais du pied contre les meubles. Des mille plans que je formais, le plus raisonnable était d'enlever Toinon à la pointe de l'épée et
de l'emporter en croupe... où donc? dans une île
quelconque. Je croyais encore aux îles.

Vers le soir, l'abbé Pontis vint trouver ma mère.
Ils restèrent longtemps enfermés. Enfin je les entendis sortir. Ils s'arrêtèrent un instant à causer

dans le vestibule. Je collai mon oreille à ma serrure.

— Vous avez fait une expérience, disait l'abbé.
Elle n'a pas réussi. Vous auriez tort de vous obstiner.
Autrement nous risquerions d'estropier ce garçon,
de faire de lui je ne sais quel être amphibie, un fier-
à-bras de village, un hidalgo à Toinettes et à Toinons,
un meunier à brandebourgs qui le jour moudra son
blé et toutes les nuits rêvera de pourfendre son
moulin.

— C'est un peu la faute de votre *Don Quichotte*,
monsieur le curé, lui repartit ma mère d'un ton de
reproche.

— Il a déterminé l'accès, répliqua-t-il ; mais la
fièvre était là. Les maladies latentes ! rien n'est pire.

— Vous me conseillez donc de lui faire voir le
monde ?

— Point de demi-mesures. Je vous conseille de
l'emmener résolûment à Paris.

— Et les tentations !...

— Desquelles parlez-vous ?

— De toutes. S'il évite le danger que je crains, ce
sera pour devenir un homme de plaisir.

— Espérons que d'expérience en expérience il
deviendra un honnête homme. A la garde de Dieu !
La sagesse consiste à vouloir ce qu'on ne peut empêcher.

Ils descendaient l'escalier, je n'entendis plus rien ;
mais qu'avais-je besoin d'en savoir davantage ? Paris !... les tentations !... J'étais demeuré sous le
coup. Ces deux mots avaient produit sur moi comme
une secousse électrique. En un tour de main, tout le
cours de mes idées avait changé. Qu'est-ce donc que

les tentations? me demandai-je. A force d'y rêver,
je décidai que c'étaient des Toinons en dentelles, et
il me courait des frissons par tout le corps. Pour la
première fois je me connus. Je suis bien le fils
de mon père; comme lui, je portais en moi deux
âmes, deux imaginations, l'une amoureuse des
grandes choses, l'autre affamée de jouissances, l'une
qui rêve de hasards et d'héroïques entreprises, l'autre qu'un sourire de femme affole et qui trouve dans
l'éclair d'une sensation de quoi faire le bonheur d'un
dieu. Si j'avais été maître d'arranger ma vie selon
mes instincts, j'y aurais fait alterner les dévouements
avec les voluptés : chacune de mes deux âmes aurait
eu ses saisons; mais cela ne s'est pas trouvé ainsi.
Il m'a fallu choisir, et au plus profond de mon être
ont éclaté d'effroyables mêlées où ma raison s'est
perdue.

Cependant, je vous le jure, la première fois que
j'ai senti tressaillir en moi ma seconde âme, je fus
ivre de joie. Mon roman avait crevé après mon tambour, et je me démenais, je criais comme un désespéré. Et tout à coup deux mots prononcés dans une
antichambre venaient d'éveiller un écho dans mon
cœur et de me révéler une moitié de moi-même que
j'ignorais. Je découvris qu'il y avait en moi de l'é-
toffe; je pouvais suffire à tout, nous étions deux. Je
sentais ces choses très-obscurément, comme on les
peut sentir à seize ans. Le fait est que, sans renoncer
à rien, je me dis qu'il y avait temps pour tout; avant
de hasarder ma vie, je résolus de la savourer et
d'aller à la gloire en passant par l'eldorado. Étendu
sur mon sofa, je passai toute la nuit à fumer cigare
après cigare; j'entendais autour de moi des frôle-

ments de fantômes et j'entrevoyais des mains blanches qui me faisaient signe.

Le lendemain, ma mère m'annonça ses nouveaux projets, et que je devais prendre mon parti de quitter à jamais Toinon. Je me tins à quatre pour ne pas lui sauter au cou, je protestai pour la forme, pour l'acquit de ma conscience. Dix jours plus tard, nous partîmes. En passant devant le poirier qui avait abrité mon rendez-vous, je détournai les yeux avec confusion. Je rougissais de mon erreur. Que le voyage me parut long! J'aspirais dans le vent l'avenir et Paris, et je passais ma langue sur mes lèvres sèches. J'avais soif. De quoi? Mon esprit avait marché; désormais il me fallait autre chose encore que des Toinons en dentelles.

## III

Ce que je fis à Paris pendant quatre ans, je voudrais vous le dire en quatre mots. J'étais arrivé la poitrine gonflée de désirs, le cœur bouillant d'impatience; mais il y a toujours du temps perdu dans la vie. Une année durant je m'abstins. J'avais changé tout à coup du noir au blanc, j'étais devenu grave, réfléchi, silencieux. J'adoptai sans discussion le plan d'études que ma mère me proposa. Je suivais des cours, je travaillais ou du moins j'en avais l'air. Ma pauvre mère en conçut d'abord le plus favorable augure; elle était loin de se douter de ce qui se passait en moi.

La première fois que j'avais traversé le boulevard

promenant autour de moi mes yeux ahuris, ébloui
des splendeurs et des élégances qui m'apparaissaient,
je m'étais dit : « Ladislas Bolski est un coq de village! » et je m'étais senti comme perclus de timidité
et de honte. Mon premier mouvement fut de me sauver chez moi, de me mettre au lit, de tirer mes rideaux et de rester là sans parler ni souffler jusqu'à
la fin de mes jours. Je résistai à cet accès de lâche
désespoir, et peu à peu le courage me revint. J'avais
un stage, un noviciat à faire, il y avait en moi de la
ressource; un jour l'apprenti passerait maître. Cependant je résolus de ne rien précipiter, d'attendre
mon jour et mon heure. Je voulais au préalable étudier la carte; je travaillais consciencieusement à me
dégrossir l'esprit et les manières. J'avais décidé
qu'un Bolski ne devait jamais être ridicule, que, sous
peine de déroger, il lui était défendu d'aller, soit au
feu soit au plaisir, avec l'air emprunté d'un conscrit.
Aide-toi, le ciel t'aidera. Il me vint du secours de
deux côtés. Je me souvenais que mon père m'avait
dit un jour : — La plus heureuse chance qui puisse
arriver à un homme, c'est de trouver un tailleur qui
le comprenne. — Je trouvai un tailleur qui me comprit, et, grâce à lui, je recouvrai ma propre estime.
Autre bonne chance : je fis un matin chez ma mère
la connaissance d'un journaliste parisien qui dans le
temps avait voyagé en Pologne et auquel mes parents
avaient fait les honneurs de Varsovie. Je lui plus;
dès notre première rencontre, il me voulut du bien.
J'allai le voir, je m'ouvris naïvement à lui de mon
ignorance et de mon désir de m'instruire. Ma candeur le réjouit, mes innocences le firent rire jusqu'aux
armes. Il consentit à se charger de mon éducation,

me promena dans Paris, et, sous la conduite de ce mentor, j'acquis en peu de temps des lumières surprenantes. Il finit par m'introduire dans une maison où l'on jouait gros jeu. Là se réunissaient chaque soir des femmes beaucoup plus charmantes que Toinon, beaucoup moins sujettes à rougir, et des jeunes gens qui avaient peu de cheveux, encore moins de scrupules, et dont la conversation me parut pleine d'agrément. A peine eus-je mis les pieds dans cette délicieuse caverne, qu'à la vue de ce tapis vert et de ces visages plâtrés, ma tête se prit; mon émotion fut telle que je faillis me trouver mal. On me regardait, on commençait à sourire; je barbotai quelque temps et j'allais me noyer, quand, par une violente tension de volonté, je réussis à surmonter mon trouble. Mon cerveau s'éclaircit, ma langue se délia, toutes les audaces me vinrent, et, le hasard m'aidant, je fis un début prodigieux... Je rentrai chez moi au matin plein de science et les poches pleines d'or, soûl de plaisir jusqu'à rendre gorge, mais fier, très-fier de moi; j'avais découvert un monde, ou, pour mieux dire, deux Amériques à la fois, le baccarat et la femme. De ce jour, le torrent m'emporta, et je ne me connus plus.

Ma mère ne fut pas longue à revenir de son illusion; à moins de se crever les yeux, il fallait bien qu'elle se rendît à l'évidence. D'ailleurs je ne prenais aucune peine pour lui rien cacher; il m'a toujours été impossible de me contraindre, de me déguiser, surtout de mentir aux gens que j'aime. Si elle m'eût questionné, je lui aurais tout dit; mais il semblait qu'elle se fût résignée à me laisser jeter ma gourme, et, selon l'expression de l'abbé Pontis, à vouloir ce

qu'elle ne pouvait empêcher. J'avais mon entière
liberté et toutes les facilités de me procurer de l'argent; il est vrai que je n'en abusai jamais; la fortune
avait pour moi des complaisances, et le jeu était mon
infatigable pourvoyeur, il pleuvait dans mon escarcelle. Au fond de son cœur, ma mère souffrait cruellement; elle se consolait auprès de ses pauvres;
c'étaient ses aventures, à elle. Pendant que je courais
de folie en folie, elle allait de grenier en grenier,
soignant les malades, préparant des tisanes et des
bouillons, bordant des grabats de ses blanches mains
ou balayant des taudis, jetant aux affamés son or et
son cœur, ivre de charité comme je l'étais de plaisir.
Nous dînions ensemble de loin en loin; j'étais frappé
de sa pâleur, du tremblement fébrile de ses mains.
De son côté, elle me jetait un premier regard plein
de questions et de reproches, après quoi nous causions de choses indifférentes.

Un jour, elle se décida à m'écrire. Je retrouve sa
lettre parmi mes papiers ; la voici :

« Mon cher enfant, je sais qu'il ne tiendrait qu'à
moi de vous questionner : vous me diriez tout; mais
il est des choses que je rougirais d'apprendre de
vous, c'est bien assez que je les devine. Et que vous
serviraient mes remontrances? Je ne me sens pas
de force à lutter contre la fougue de votre caractère,
contre la violence de vos déraisons. Je me souviens
que tout petit, un jour que je vous reprenais d'une
mutinerie, vous me répondîtes : « Je ne sais qu'y
faire; c'est mon idée. » Ce sera toujours votre réponse; toujours vous aurez votre idée, et vous ne
verrez et n'entendrez qu'elle, et votre idée sera
votre idole, votre dieu auquel vous vous donnerez

corps et âme. Vous êtes arrivé à Paris honteux de vos romans de village, de Toinon, de votre poirier, et avec l'idée de devenir au plus vite un homme. Sûrement vous avez pris pour cela les meilleurs moyens. J'ai cependant un mot à vous dire; mais je n'ose vous le dire, et je l'écris en vous priant de n'y point répondre, et qu'il n'en soit jamais question entre nous. Prenez-y garde, Ladislas, la vérité se venge. Quiconque la hait ou la méprise tôt ou tard sera sa proie.

« Il ne se peut faire que, dans la vie que vous menez, il n'y ait des heures de dégoût et de lassitude. Vous avez l'âme trop généreuse pour vous contenter longtemps du premier bonheur venu et de la première venue. Je me suis souvent plainte de ce tour romanesque que vous avez dans l'esprit. J'avais tort, c'est peut-être ce qui vous sauvera. Convenez-en, à de certains moments le plaisir ne vous suffit plus; vous éprouvez le besoin de l'ennoblir par quelque chimère, vous cherchez à vous donner le change en mettant un peu de votre âme où elle n'a que faire, un peu d'imagination où il n'en faut point; vous êtes las de nommer toujours les choses par leur nom, et vous découvrez avec dépit que rien ne se prête moins à l'illusion que le regard d'un joueur ou d'une courtisane, que ces gens-là sont terriblement positifs, que chez eux le tuf est à fleur de peau, qu'ils sont plongés jusqu'au cou dans le réel de la vie, que leurs aventures ne sont que des affaires plus chanceuses que d'autres, leurs passions des calculs enfiévrés, et qu'il y a autant de méthode dans leurs vices que dans les vertus d'un épicier. Je suis bien trompée, ou vous ne pourrez trouver long-

temps le bonheur dans une fièvre sans poésie, dans
une ivresse sans rêves. Je fais la part de votre jeunesse, de votre inexpérience, de l'étourdissement où
vous jettent toutes les nouveautés; mais je pose en
fait qu'un jour au moins par semaine vous avez un
quart d'heure de dégrisement. Oh! que ces quarts
d'heure sont précieux! qu'il soit permis à votre
mère d'en régler l'emploi.

« Je voudrais que dans ces courts instants où vos
fumées se dissipent, où vous réussissez à vous revoir
et à vous ravoir, vous vous adressiez une question,
une seule : n'y a-t-il dans la vie que je mène rien
qui mette mon honneur en péril? Je vous entends
vous récrier. Votre honneur! mais vous y tenez
comme à la prunelle de vos yeux! Un Bolski faire
quelque chose de contraire à l'honneur!... Écoutez-
moi. Vous allez me trouver bien bourgeoise : l'honneur, tel que je l'entends, n'est que la parfaite hon-
nêteté, et j'ai toujours rêvé de faire de mon fils un
parfait honnête homme. Voilà un roman bien terre-
à-terre! direz-vous encore. Pas tant qu'il vous semble, et je vous tiens la dragée haute. Vous êtes né
avec une âme ardente, enthousiaste; mais les sentiments exaltés sont de peu de secours dans l'habitude de la vie, et c'est le propre d'un honnête
homme de faire sans enthousiasme des actions fortes et difficiles.

« Oui, mon enfant, demandez-vous si, dans le
monde où vous vivez, votre honneur ne court aucun
risque, et réfléchissez, s'il se peut, sur la puissance
des entraînements. On a beaucoup glorifié les passions dans ce siècle. Sans doute elles ont fait faire
de grandes choses; elles ont inspiré aussi bien des

lâchetés et des mensonges. Je crains surtout leurs
sophismes. Elles sont si habiles à plaider le pour et
le contre, à justifier l'injustice, à colorer le mal! La
conscience leur résiste quelque temps et les fait
taire; puis elle finit par écouter, elle hésite, elle se
trouble, et de faiblesse en faiblesse elle déserte et
passe à l'ennemi. On commence par dire : Impossible! Un beau jour, on dit : Bah! nous n'en
mourrons pas... Ladislas, il est beau d'être un
héros; mais il faut pour cela des occasions et des
circonstances. Il est encore plus beau d'être une
conscience, cela ne dépend que de nous, et c'est la
gloire que je vous souhaite.

« Si je vous suppliais de rompre les relations dangereuses où vous vous êtes engagé, vous me renver-
riez bien loin. Soit! que cette expérience s'accom-
plisse! Voici la grâce que je vous demande : vivez
comme vous l'entendrez, mais faites-vous une règle
de ne jamais rentrer chez vous le soir ou la nuit
sans avoir fait dans la journée quelque chose qui
vous ait coûté. Ce quelque chose ne sera, si vous le
voulez, qu'une bagatelle, — une lecture par exemple, une heure de travail, vingt minutes employées
à mettre vos papiers en ordre, quelques instants de
recueillement dans une église. En faisant ce que je
dis, vous apprendrez peu à peu à vouloir, vous vous
sentirez capable de vous dominer, et vous serez à
tout le moins un honnête homme commencé. Ces
quarts d'heure volés chaque jour à vos plaisirs, c'est
toute la part que je réclame dans votre vie. Je vous
demande l'aumône, vous ne me la refuserez pas.

« Mon enfant, vous m'avez reproché hier ma pâleur, mes yeux battus, et vous vous êtes plaint que

mes pauvres me tuaient. Je ne vous ai rien répondu, j'avais trop à dire. Qu'il vous suffise de savoir que ma résolution est prise là-dessus. Puisse le peu de bien que je fais suffire à racheter vos fautes! Que mes pauvres me tuent! Ce sont des amis que je vous prépare et qui plaideront un jour pour vous. Tout ce que je désire, c'est que vous soyez au bout de vos folies avant que je sois au bout de mes forces. »

Cette lettre me fit une assez vive impression. C'était la première fois que ma mère s'expliquait avec moi. Le passage relatif à l'honneur me parut bien étrange. Vouloir que je fusse un honnête homme et rien de plus, quelle plaisanterie! Et à quoi donc me servirait-il de vivre? Je ne voyais dans ce monde que deux conditions enviables : la gloire à discrétion et le plaisir à outrance. On ne peut tout faire à la fois; je commençais par le plaisir, je verrais plus tard à devenir un héros. Je m'étonnai aussi que ma mère voulût s'assurer que je savais vouloir. De la volonté! j'en avais à revendre. Elle me demandait de m'imposer chaque jour un quart d'heure d'ennui volontaire. Je fis mieux : je restai huit grands jours sans toucher une carte, après quoi, jugeant l'épreuve suffisante, je remis ma volonté au fourreau, sûr que j'étais qu'elle ne s'y rouillerait pas. Ma mère s'était trompée dans son pronostic; je n'éprouvais ni fatigue ni dégoût. Il est vrai que je n'avais pas vingt et un ans.

Le jour où je les eus, mes vingt et un ans, fut l'un des plus agréables de ma vie. On était au mois de mai. Après déjeuner, je montai à cheval et j'allai me promener au bois. Je me trouvais dans la disposition d'esprit la plus riante. Après avoir essuyé quelques

déconvenues au jeu, j'avais fait la veille une superbe
rafle, et comme les bonheurs vont toujours deux à
deux ainsi que les canes, éblouie de mon étoile, une
petite blonde auprès de laquelle je perdais mes peines m'avait dit à l'oreille : — Mauvais sujet, je serai
chez moi demain soir à dix heures. — Ajoutez que
je montais un alezan admirablement beau, que je le
montais admirablement bien, qu'on se retournait,
que plus d'un lorgnon fut braqué sur moi, et que je
surpris au vol des regards qui me chatouillaient le
cœur. Je ne me suis jamais blasé sur cette frian-
dise.

Vers cinq heures, j'entrai au café Cardinal pour
me rafraîchir, j'allumai un cigare et je me déclarai à
moi-même que la vie est une superbe institution,
que l'alezan et le blond sont les plus belles des couleurs et que Ladislas Bolski était né coiffé. Au milieu
de mon discours, je vis entrer dans le café un vieillard de haute taille, osseux, la tournure militaire,
hérissé de barbe et de sourcils, une balafre à la joue
gauche. Je n'eus pas besoin de m'y prendre à deux
fois pour le reconnaître, c'était Conrad Tronsko;
mais je ne fus pas tenté de l'aborder. Un professeur
de langues, lequel au surplus n'était ni alezan ni
blond ! Ce n'était pas de mon gibier. Il passa près
de moi sans m'apercevoir, s'assit, prit un journal.
Un autre Polonais vint le rejoindre; ils se mirent à
causer à voix basse. Je ne sais ce qu'ils disaient, et
je ne m'en souciais guère. Je regardais la fumée de
mon cigare, je me disais : Ce soir à dix heures ! et
je sentais comme un fourmillement à la racine de
mes cheveux.

Tout à coup Tronsko éleva la voix, et j'entendis

distinctement ces mots : — Que voulez-vous ? c'est un vrai Bolski, et les Bolski sont des Bolski.

J'éprouvai une secousse, mon cigare m'échappa. Je tournai vivement la tête ; mais je n'aperçus que le dos de Tronsko, qui s'était remis à parler bas... Les Bolski sont des Bolski ! qu'avait-il voulu dire ? Il avait prononcé ces mots sans intonation marquée, et je ne pouvais deviner quel sens il y attachait. Je résolus de m'en informer auprès de lui-même et de l'aborder quand il sortirait ; mais en ce moment passa sur le trottoir une femme dont la robe retroussée laissait voir deux jambes faites au tour. Je me levai, je sortis, je suivis quelques instants ces deux jambes, et quand je rentrai dans le café, Tronsko n'y était plus. — Quel est cet homme qui était assis là ? dis-je au garçon. Il me répondit : — Eh ! parbleu, c'est le fameux Tronsko. — On l'appela, il ne put m'en dire davantage.

Je sortis, me disant : « Il est donc fameux, ce professeur de langues ! Apparemment il en sait dixhuit, y compris le chinois et l'algonquin. Drôle de gloire !.. Mais à qui donc en a-t-il avec ses Bolski ? » De l'humeur dont j'étais ce jour-là, je voyais tout en beau et j'expliquais tout à mon avantage. Je finis par conclure que Tronsko était allé se promener au bois, qu'il m'avait vu passer sur mon alezan, que, frappé de ma bonne mine et de mes talents d'écuyer, il m'avait reconnu et s'était dit : Il est enfant de la balle. Tel père, tel fils. — Et tout à l'heure, au café : C'est un vrai Bolski, et les Bolski sont des Bolski. — Après tout, pensai-je, ce Tronsko est un brave homme, et il ne manque pas de coup d'œil. Dieu les bénisse, lui et son algonquin ! Mais je connais un heureux mortel qui ce soir à dix heures.....

Le hasard voulut qu'en allant dîner je tournasse
les yeux vers la devanture d'un libraire. J'avisai un
livre à couverture grise, encadrée de noir, et qui
portait ce titre en lettres rouges : *Mes souvenirs*,
par Conrad Tronsko. J'achetai le livre, je le fourrai
dans ma poche et je m'en allai dîner chez Brébant.
Quand on est seul, on mange vite. Après dîner, je
regardai ma montre. Encore deux heures et demie
d'attente, deux siècles ! Je rentrai chez moi, j'allumai
ma lampe, je me promenai dans ma chambre. Sentant ma poche lourde, j'y portai la main : — Ah !
c'est Tronsko qui est là ! me dis-je. Et prenant le
livre : — Les souvenirs de Conrad Tronsko ! De quoi
se souvient-il donc ce professeur de langues ? Peut-
être a-t-il eu quelques bonnes fortunes. Il est possible qu'une de ses élèves lui ait fait jadis les yeux
doux. — Et je feuilletai les souvenirs de Tronsko.

Ce coureur de cachets avait couru aussi les champs
de bataille, et les bonnes fortunes dont il se souve-
nait, c'étaient des cosaques, des basses-fosses, des
bourreaux, des verges, des chaînes, des plaines de
neige, les nuits et les effroyables silences de la Sibérie. Il avait fait ses premières armes dans l'insur-
rection de 1831. On l'avait vu à l'attaque du Belvé-
dère, à Grochov. Quand la Pologne fut réduite à
tendre la gorge, il avait cherché la mort, qui n'avait
pas voulu de lui ; puis il avait émigré à Paris, où
pour gagner son pain il s'était mis à donner des
leçons en ville. Dix ans plus tard, il était reparti
pour la Pologne comme émissaire de la révolution,
et déguisé en colporteur, sa balle au dos, il avait
parcouru tout le royaume, jusqu'à ce que découvert,

interrogé, reconnu, condamné, on l'avait expédié
en Sibérie. Au bout de trois ans, il s'était évadé,
avait traversé tout le Kamtschatka, s'était embarqué
à bord d'un baleinier américain, et, franchissant le
détroit de Behring, il avait fait le tour du monde
pour revenir à Paris, où il s'était remis à donner des
leçons en ville. Quand la Hongrie se souleva, quoi-
qu'il fût entrepris de rhumatismes et qu'il se sentit, comme il le disait, la Sibérie dans le corps, il
avait voulu jouer encore une fois sa vie; il s'était
enrôlé dans la légion polonaise, avait payé de sa
personne dans trois combats et deux batailles, avait
eu la tête fendue d'un coup de sabre, en était ré-
chappé comme par miracle, et, la guerre finie, il
avait dit : Retournons à Paris donner des leçons en
ville. — Tout cela était conté dans un style d'antique
modestie. Nulle envie de se faire valoir; il semblait
que ce que Tronsko avait fait, tout autre l'eût fait à
sa place. S'évader de la Sibérie, enjamber le Kamtschatka, rien de plus simple, de plus naturel; il ne
fallait pour cela que des jambes, du secret, un peu
de cœur. Point de récriminations contre la destinée
ni contre les hommes, une attention continuelle à
rendre justice à l'ennemi, le singulier mélange d'un
mâle enjouement et d'une délicatesse exquise, d'une
vieille expérience qui ne croyait plus à la fortune et
d'une conscience qui avait gardé toute sa fleur et
qui croyait encore à la vertu, dont Brutus a douté;
— bref, l'histoire d'un héros écrite par un honnête
homme. L'épigraphe était empruntée à Mickiewicz :
« Le Polonais s'appelle pèlerin, parce qu'il a fait
vœu de marcher vers la terre sainte, la patrie libre;
il a juré de marcher jusqu'à ce qu'il la trouve. »

J'avais commencé à lire un pied en l'air, comme une grue dans son marais, puis sur deux pieds, puis assis sur le rebord d'une table. Ma pendule sonna neuf heures, j'eus un tressaillement. — Voilà qui est drôle, me dis je. J'ai failli oublier mon rendez-vous. Je me levai, je fis rapidement ma toilette. J'avais du temps devant moi ; mon chapeau sur la tête, je me rassis, et de lire. Dix heures sonnèrent. Je levai le nez, je réfléchis, je fis deux tours de chambre, je sortis. Quand je fus au bas de l'escalier, je m'arrêtai, les bras ballants. Après deux minutes de rêverie, je remontai lentement, je rentrai chez moi, je jetai à terre mon chapeau, mes gants, ma cravate, je m'accroupis en rond dans un fauteuil. A la pointe du jour, je lisais encore, et j'avais compris ce mot des écritures : « L'esprit du Seigneur est passé sur moi, et j'ai senti mon poil se hérisser. »

A huit heures, je sortis, et je rentrai rapportant dans mes bras tout un ballot de volumes, des brochures, une histoire de Pologne, *les Slaves* de Mickiewicz et *le Livre des Pèlerins*. Tout le jour, je me repus de cette viande ; plus j'en mangeais, plus j'avais faim. Les Jagellons, les Wasas, Sobieski, un peuple d'électeurs à cheval qui attendaient que Dieu leur parlât, puis des égarements, des discordes, le désordre des volontés et des pensées, et bientôt d'effroyables châtiments, des oiseaux de proie dépeçant leur victime, un mystère de larmes et de sang, des massacres, des supplices, les folies d'un héroïsme qui promet l'impossible et tient davantage, tour à tour des coups d'audace et de passives résistances, un peuple mort, enterré, qui soulève incessamment la pierre de son tombeau pour montrer

4

à l'Europe ses plaies béantes, ses sueurs de sang et
le navrant sourire d'une immortelle espérance ; —
pour la première fois je connus cette miraculeuse
histoire. Par instants mon cœur se fondait dans ma
poitrine, et je pleurais. Ces larmes de douleur, de
repentir et de foi, que ne les ai-je recueillies! Je
voudrais les boire.


## IV


Je passai huit jours enfermé chez moi, mangeant
peu, ne dormant guère. Je n'interrompais mes lectures que pour me plonger dans un abîme de réflexions. — Il y a une Pologne, me disais-je, et hier
encore j'ignorais son histoire, et je prononçais son
nom sans que rien me battît dans la poitrine! Il y a
une Pologne, et mon père ne m'a jamais parlé d'elle!
Serait-il possible qu'il l'eût oubliée ou reniée?...
Non, il n'est pas mort à la chasse. On m'a fait un
conte. Il est mort pour son pays, sur un champ de
bataille ou dans un cul-de-basse-fosse. Il est mort,
et je ne l'ai pas vengé! Il est mort, et je vis!

Et je compris pourquoi ma mère avait dit à Tronsko
en me serrant dans ses bras : — Je n'entends pas
qu'on me le tue. Je compris pourquoi elle ne m'avait
jamais entretenu des *choses saintes*, pourquoi elle
m'avait emmené dans un village, pourquoi elle avait
chargé l'abbé Pontis de m'enseigner la chimie agricole et la théorie des engrais. Elle aurait voulu m'enterrer dans quelque coin de province et que j'y vé-
cusse en honnête campagnard, tout occupé de plan

ter mes choux et de drainer mes champs, dans
l ignorance complète de mon pays, de ses gloires et
de ses douleurs, n'ayant en moi plus rien de polonais,
ni la foi, ni la langue, ni le cœur, coulant des jours
paisibles à l'ombre de ma vigne et de mon figuier,
et laissant à d'autres ce baptême de sang et de feu
auquel la grande crucifiée convie tous ses enfants.
Je considérais aussi que dans l'émigration polonaise
de Paris ma mère avait retrouvé des connaissances
de sa famille, des amis de mon père, qu'elle allait
chez eux et qu'ils venaient chez elle, et qu'elle s'é-
tait gardée de me présenter jamais à aucun d'eux.
Elle avait séparé sa vie de la mienne, tirant de son
côté et me laissant aller du mien, et quelque chagrin
que lui pussent causer mes désordres, elle en prenait
son parti, se disant apparemment pour se consoler
que tant que je m'amuserais sur les bords de la
Seine, je ne penserais pas à m'aller faire tuer sur
les bords de la Vistule. — Il y a une Pologne, re-
prenais-je, et Ladislas Bolski se dandine sur le boulevard, il se fait voir au bois, monté sur un alezan,
il confère avec son tailleur, il soupe au café Anglais,
il joue au baccarat et s'ébaudit avec des viveurs et
avec des filles! — J'avais la fièvre, les yeux me brûlaient. Comme la flamme consume la balle, une
colère divine était entrée en moi et me dévorait jusque dans la moelle de mes os. Vous rappelez-vous
cette parole du prophète : « Mon cœur est tremblant
de frayeur, et on m'a rendue horrible la nuit de mes
plaisirs? » Pendant mes insomnies, suspendu entre
le rêve et la veille, je voyais un fantôme se dresser
à mon chevet. C'était la Pologne. Elle me montrait
ses mains et ses pieds percés; je voulais les baiser,

mais elle me repoussait en disant froidement : —
Qui es-tu? Je ne te connais point!

Ma mère s'aperçut qu'il se passait quelque chose
en moi. Un jour, à dîner, elle me dit : — Qu'as-tu,
Ladislas? Es-tu malade?

Je lui répondis : — Ce n'est rien. Un peu de mi-
graine. Il me semble que j'ai dans la tête trois ou
quatre gros rats qui me rongent le cerveau.

Elle me regarda fixement. — As-tu fait une grosse
perte au jeu?

Je lui fis signe que non, et je sortis de table. Je
passai encore une nuit à lire. Le matin, vers six
heures, je tombai sur le passage que voici : « Le
jeune Lévitoux, âgé de dix-sept ans, fut enfermé
dans la citadelle de Varsovie pour avoir été trouvé
possesseur d'un exemplaire des *Aïeux* de Mickiewicz.
Exaspéré par les tortures, craignant de tomber en
délire et de trahir les noms de ses compagnons, il
attira de ses mains enchaînées la veilleuse, la plaça
sous son lit de sangle et se brûla vif. »

Il me prit comme un accès d'horrible jalousie. Je
frappai du poing sur la table, je poussai un grand cri.
En trois bonds, j'arrivai à la porte de l'appartement
de ma mère. J'ouvris, j'entrai. Elle venait de s'éveiller,
elle s'accouda sur son traversin et me regarda. Je re-
muais les lèvres pour lui parler, les mots me restaient
à la gorge, j'avais la tête perdue. Enfin je réussis à
crier : « Lévitoux! Lévitoux! » après quoi, je m'enfuis,
et pendant deux heures j'arpentai les rues. L'air frais
du matin me remit. Dès que je me sentis en état de
parler, je rentrai. Je m'informai si ma mère était
levée. On me répondit qu'elle venait de monter dans
ma chambre. J'y courus. Elle était debout, pâle, les

bras croisés, contemplant les livres étalés sur ma
table. Elle avait compris.

Sans ôter mon chapeau, d'une voix hautaine et
stridente : — Maman, lui criai-je, savez-vous ce que
c'est qu'un vrai Bolski?

Elle s'assit et me répondit froidement : — C'est
un homme qui ne se permet jamais de parler à sa
mère le chapeau sur la tête.

Je jetai à terre mon chapeau et j'arrachai ma cravate. J'étouffais.

— Où est mort mon père?

— En Hongrie, répondit-elle sans hésiter, où il
est tombé percé de trois balles en se battant contre
les Russes.

Un poids se détacha de ma poitrine; je respirai.
— Voilà ce que c'est qu'un Bolski, — lui dis-je, et
me tournant vers un portrait de mon père qui était
pendu au-dessus de la cheminée, je lui jetai un baiser. Ma mère demeurait immobile et silencieuse,
froissant entre ses doigts son grand éventail noir,
qui ne la quittait jamais.

— Vous voyez cependant comme je vis, repris-je.
Il eût suffi de me dire un mot... Vous ne m'avez
jamais parlé de la Pologne. N'était-ce pas votre
devoir de m'apprendre?...

Elle fit avec son éventail un geste qui signifiait :
assez, brisons là!

Je pris un livre sur la table. — Vous n'avez donc
jamais lu la chanson des mères polonaises...? La
mère polonaise, dit cette chanson, accoutumera de
bonne heure son fils à savoir ce que c'est qu'une
chaîne et un carcan, pour que plus tard il ne tremble

pas devant le fer de la hache, pour qu'il regarde sans
pâlir la corde qui l'étranglera.

Elle se pencha vers moi. — Je la connais cette
chanson, dit-elle. Qu'y a-t-il après? Allez jusqu'au
bout! Et d'une voix forte : « Que la mère polonaise
abreuve son enfant de sang et de fiel, qu'elle l'ins-
truise à maudire, qu'elle l'habitue au mensonge, au
parjure et à l'hypocrisie! car il ne combattra pas à
la clarté des cieux. Celui qui va lutter contre lui,
c'est un lâche espion ou un juge vendu... » Voilà ce
qu'elle dit votre chanson. J'ai voulu, moi, que mon
fils ne mentît point et ne maudît personne. Suis-je
donc si coupable?

Je lui repartis avec emportement : — Coupable,
oui, vous l'êtes! Autant qu'il était en vous, vous avez
travaillé à me déshonorer. Sans un hasard où je reconnais le doigt de Dieu, d'ici à dix ans tout patriote polonais aurait eu le droit de me cracher au
visage... Que lui aurais-je dit pour ma défense? Rien,
sinon : Mon infamie n'est pas à moi, j'ai été élevé
par une mère qui n'aimait pas la Pologne !

Elle se dressa par un mouvement subit, me regarda d'un air terrible. Je ne l'avais jamais vue ainsi.
J'eus honte de mon emportement, je m'inclinai, je
voulus lui prendre les mains pour les baiser. Elle
me repoussa avec violence, et brisant son éventail :

— La Pologne! s'écria-t-elle. Je l'ai trop aimée. Je
lui ai tout donné, mon cœur, ma vie. Ma mère était
une vraie mère polonaise, elle m'avait abreuvée de
sang et de fiel : elle m'avait appris ces chants des
poètes « qui sont un présage de malheur, comme les
hurlements des chiens dans la nuit. » Ces paroles
qui tuent, je les bégayais le matin avec mes prières,

et le soir, pendant que mes poupées dormaient,
j'allais trouver mes frères et je leur disais : La Pologne est morte, et vous vivez!... Tout à l'heure vous
avez jeté un baiser au portrait de votre père. Vous
m'en devez dix. Si votre père est mort, c'est moi
qui l'ai tué, et son sang est sur moi... Il était fils d'un
homme qui avait renié son pays, qui avait accepté
une charge à la cour de Russie, et le nom des Bolski
était en horreur aux patriotes... Quand votre père
rechercha ma main, écoutez-moi bien, quatre fois
je le refusai; je ne me rendis qu'après lui avoir fait
jurer sur le crucifix qu'il romprait avec les traditions
de sa famille et qu'il tenterait une fois ou l'autre de
mourir pour la Pologne... Mais que voulez-vous? on
devient mère et le cœur se trouble... Je me penchai
sur le berceau où vous dormiez votre premier sommeil, et je dis tout bas à la Pologne : « Ah! ne me
prends pas celui-là. Ce qui est dans le berceau, je
me le réserve. Ce sera ma part dans ce monde. »
Et quand vous eûtes trois ans, je vous fis partir pour
l'étranger, comme un avare qui met son trésor en
sûreté. . Oh! je vous le jure, la Pologne et moi,
nous sommes quittes. Elle m'a pris mon père, Jean
Solewski, qui est mort fou dans les mines de l'Oural.
Elle m'a pris ma mère, que le désespoir a tuée. Elle
m'a pris mon frère Casimir, qui s'est étranglé dans
sa prison. Elle m'a pris mon frère Ladislas, qui
partit une nuit en nous disant : Vous entendrez parler de moi! et qui n'est jamais revenu nous apprendre son secret. Elle m'a pris votre père Stanislas Bolski, qui est tombé sous les balles russes...
J'ai compté et recompté mes morts; je suis en règle...
La Pologne m'a dévoré le cœur, il m'en reste un

morceau, je le garde. Je ne la maudis pas; mais
qu'elle me laisse tranquille!... Ce qui é ait dans le
berceau, je l'ai gardé et je le garderai.

Elle se laissa tomber dans un fauteuil. J'allai m'asseoir à ses pieds et je lui dis avec tendresse : Ce qui
était dans le berceau est devenu un homme que vous
n'empêcherez pas de faire son devoir... Vous avez
compté vos morts. Qui les vengera?

— Oh ! la vengeance !... dit-elle avec amertume.

— N'en dites pas de mal ! interrompis-je, c'est un
nom polonais.

— J'en sais un autre, qui est plus polonais enco re:
le sacrifice... Et s'attendrissant : — Eh ! ne peut-on
payer ses dettes qu'avec du sang? L'amour, la foi,
n'est-ce donc rien?... La Pologne m'a recommandé
quelques-uns de ses pauvres. Demande-lui si je les
aime, si je les soigne!... Toi, sacrifie-lui tes plaisirs,
elle te bénira. Sois sévère à toi-même, utile aux
autres, fidèle à tous tes engagements, religieux ob-
servateur de ta parole... tu honoreras ainsi le nom
polonais. Ne sera-ce pas travailler pour ton pays et
te libérer de tes obligations envers lui ?

Elle me parla longtemps sur ce ton, et tout en
parlant elle entortillait autour de ses doigts une
boucle de mes cheveux. Quand elle eut fini, elle
prit ma tête entre ses deux mains et me regarda
dans les yeux. Mes yeux lui dirent que je ne la
croyais point. Elle se leva, traversa lentement la
chambre, et à l'instant de sortir, se retournant : —
Ladislas, me cria-t-elle, souviens-toi d'une chose,
c'est qu'il est moins difficile et moins méritoire à
un Polonais d'être un héros qu'un honnête homme.

A peine fut-elle sortie, je pris une plume, du

papier, j'écrivis à Tronsko. Je m'étais informé de
son adresse dans le café Cardinal, où je l'avais rencontré. Il y avait déposé sur la banque des cartes où
on lisait : « Conrad Tronsko, professeur de langues,
donne des leçons en ville et chez lui, rue du Vieux-
Colombier, n°... » Je n'ai pas conservé le brouillon
de ma lettre, qui était sans contredit un chef-
d'œuvre d'éloquence. Je commençais par expliquer
à Tronsko le prodigieux effet que son histoire avait
produit sur moi ; je lui contais mes larmes, mes
transports, cette blondine à qui j'avais brûlé la politesse, premier sacrifice que j'eusse fait sur l'autel
de la patrie. Je lui communiquais ensuite mes projets. J'avais appris par mes récentes lectures qu'il
y avait à Paris un comité démocratique qui envoyait
en Pologne des émissaires chargés d'y porter la
parole de vie. Je savais que, bravant mille dangers,
traqués par la police comme des bêtes fauves, ces
émissaires payaient le plus souvent de leur liberté
ou de leur tête l'audace de leur généreuse propa-
gande. Je voulais être l'un de ces missionnaires de
la liberté, l'un de ces confesseurs de la Pologne, et
je suppliais Tronsko de me présenter au comité, de
me servir d'avocat et de caution. Ma lettre se terminait par ces mots : « Accordez-moi une audience,
vous reconnaîtrez bien vite qui je suis. L'autre jour,
vous vous êtes écrié dans un café que les Bolski
sont des Bolski. Je ne sais trop ce que vous entendiez par là ; mais je sais que mon père est mort au
champ d'honneur, que vous étiez son ami, et que
vous ne refuserez pas de servir de répondant à son
fils. »

Aussitôt que j'eus achevé ma lettre et que je

l'eus mise dans la boîte, j'éprouvai un grand soulagement. Il me sembla que je venais de passer le
Rubicon, que je n'avais plus qu'à marcher droit
devant moi jusqu'au bout du monde. Tronsko me fit
attendre trois jours sa réponse. Enfin je reçus de lui
un court billet par lequel il me donnait rendez-
vous pour le lendemain à onze heures du matin.

## V

Le lendemain, crainte d'arriver trop tard, je
partis de chez moi, rue Taitbout, à dix heures pré-
cises, et je m'acheminai vers la rue du Vieux-Colombier. Je travaillais en marchant à me représenter
la scène historique qui allait se passer entre Conrad
Tronsko et moi. Selon ma coutume, je la jouais d'a-
vance dans mon esprit. Sûrement mon éloquent
placet avait attendri le grand homme jusqu'aux
larmes. Je le voyais m'ouvrant ses bras, me donnant l'accolade et m'armant chevalier. Il pleurait, je
pleurais aussi, et tout en pleurant nous débitions
l'un et l'autre des choses admirables et dignes de
passer à la dernière postérité.

Quand j'atteignis le carrefour de la Croix-Rouge,
je regardai ma montre. Il n'était que dix heures et
demie ; je risquais de déranger Tronsko au milieu
d'une leçon. Cela ne m'arrêta point ; j'étais bien
aise de le surprendre dans l'exercice de ses fonctions. Bien qu'il y eût à mes yeux une déplorable
incompatibilité entre le métier de héros et celui de
professeur de langues, j'étais certain que Tronsko

réussissait à sauver cette dissonance par la majesté de son langage, par l'héroïque dignité de ses attitudes. J'ai toujours eu une incroyable bêtise d'imagination. Sans doute je n'allais pas jusqu'à me figurer que mon héros donnât ses leçons en grandes bottes à l'écuyère et coiffé d'un shako à plumet tombant; mais j'avais décidé que dans sa manière d'enseigner les conjugaisons il devait y avoir quelque chose qui révélait le héros; en cherchant bien, on devait y trouver le plumet, et il me le fallait, ce plumet. Un héros sans plumet, autant dire un coq sans ergots. Oserai-je vous confesser que depuis huit jours je portais sur moi celui de mon père?

L'escalier de la maison où logeait Conrad Tronsko était le moins héroïque de tous les escaliers tournants. Au moment où je pénétrai dans cette sombre cage, il y régnait une odeur de relent, de graillon, d'oignon frit qui prenait à la gorge. Je me suis souvent plaint que la vie n'entendait rien à la mise en scène, c'est son côté faible. Je grimpai, je traversai un vestibule, je frappai trois coups à une petite porte, et, sans attendre qu'on me répondît, j'entrai. Effectivement Tronsko était en leçon. Vêtu d'une longue houppelande grise, chaussé de pantoufles en lisière, le cou nu, ses longs cheveux blancs retombant en désordre sur ses épaules, il enseignait les conjugaisons allemandes à un jeune dadais pommadé, cravaté d'azur, et qui, nonchalamment accoudé, filait entre ses doigts le bout de sa petite moustache blonde. Tronsko me toisa du regard et me montra près de la porte une chaise où je m'assis. J'employai quelques instants à étudier la caverne du lion. C'était une assez grande pièce peu meublée,

mais propre et bien tenue. La tapisserie, le parquet,
la table, les chaises, les rideaux, tout respirait une
pauvreté qui se respectait et faisait ressource de
tout pour se donner bon air et ne pas montrer la
corde. Où que l'œil se portât, pas une tache, pas
un trou, pas un grain de poussière, rien qui ne fût à
sa place. Cela ne faisait pas tout à fait mon compte.
Je m'étais attendu à je ne sais quel désordre ro-
mantique et génial, et je découvrais que Tronsko
tenait son modeste petit ménage avec toute la régu-
larité d'une bonne servante hollandaise.

Quand mes yeux eurent achevé leur tournée,
mes oreilles devinrent attentives. Franchement,
dans la façon dont Tronsko expliquait la dérivation
des temps, il n'y avait rien qui sentît le héros. C'é-
tait un excellent maître, et voilà tout. Ajoutez qu'il
n'avait point l'air d'un grand homme qui déroge ou
condescend. Il gesticulait, s'échauffait, bondissait
sur son fauteuil; ses petits yeux enfoncés luisaient
comme braise et menaçaient d'incendier ses énormes
sourcils. On eût juré que l'enseignement de la grammaire était pour lui la plus belle chose du monde,
et qu'il n'avait jamais rien fait de plus intéressant.

Ce qui m'humiliait pour la Pologne et pour lui,
c'était le ton familier et presque cavalier dont lui
parlait son élève. Cet imbécile n'avait pas l'air de se
douter qu'il était en présence d'un héros. Tronsko
était pour lui un quidam, le premier venu. Et pourtant au fond des yeux de Tronsko, quand il les
tournait de mon côté, j'apercevais, moi, distinctement des champs de bataille, Grochov, Varsovie,
des coups de lance et d'épée, des régiments de cosaques, des carnages, des geôles, des casemates, des

plaines de neige, et le Kamtschatka tout entier.
Dans ces yeux où je voyais le monde, le grand
dadais ne voyait rien que les prunelles grises d'un
maître de langues qui l'ennuyait, et il bâillait, l'insolent! Il disait à Tronsko avec humeur : — Je suppose que c'est ma faute, monsieur Tronsko; mais
votre diable d'allemand ne m'entrera jamais dans
la tête. — Alors Tronsko, légèrement agacé, prenait dans une boîte ouverte devant lui une noisette,
et, la serrant entre son pouce et l'extrémité de son
index, il l'écrasait sans le moindre effort. Cette
petite opération lui calmait les nerfs, et il reprenait
sa démonstration avec une patience infatigable qui
m'affligeait.

Enfin onze heures sonnèrent; le dadais se leva et
partit. Tronsko se tourna vers moi : — Quel imbécile! dit-il en poussant un soupir. Ne pas aimer la
grammaire, qui est de toutes les choses de ce bas
monde la plus aimable! mais plus imbéciles encore
sont les grammairiens, qui ont eu l'art d'en faire
une chose ennuyeuse. Ils enseignent les lois du langage comme les règles du trictrac, et cependant
quoi de plus raisonnable que les langues? A vrai
dire, la raison n'est que là. Dans les langues, tout
s'explique ou par la logique ou par l'histoire qui est
une autre logique. J'ai sur le métier une grammaire
comparée. Que Dieu me prête vie, et les pédants
routiniers verront beau jeu!

J'ouvrais des yeux énormes. Au lieu de l'accolade
brûlante que j'avais rêvée, une dissertation sur la
grammaire! Tronsko s'aperçut de mon ébahissement. Il se mit à rire, et changeant de ton : — Ah!
tu es donc le petit Ladislas Bolski? me dit-il, et tu

es venu causer avec moi. Un instant, mon garçon ;
laisse-moi d'abord déjeuner. Il faudra que je parte
dans une demi-heure pour aller donner une leçon
rue Lafayette.

Il ouvrit une armoire, en tira un pot de faïence,
qui contenait du caviar. Il prit un peu de ce caviar
avec un couteau et l'étendit sur une tranche de pain
bis qu'il avala en trois bouchées. Là-dessus il but
un grand verre d'eau claire. Il appelait cela déjeuner. — Ce n'est pas tout que de se lester, reprit-
il ; il faut que je répare les avaries de ma *pelure*.

— Et, ouvrant une autre armoire, il en tira une
redingote en drap bleu, à laquelle il avait fait la
veille un accroc ; puis, ayant pris du fil et une aiguille, il s'accroupit sur le plancher, ses jambes
repliées et croisées sous lui, à la façon des Orientaux
et des tailleurs, et il se mit en devoir de raccommoder sa *pelure*. Tronsko cousait de grand cœur et
ne me regardait point. Moi, je le regardais, cloué
sur place et comme pétrifié. Il me cria sans lever
le nez : — Cause donc, petit. J'écoute.

Je fis un effort. — Je croyais vous avoir écrit,
lui dis-je.

— Eh ! parbleu ! oui... Ta lettre... Oh ! parlons-
en, une jolie petite pièce d'éloquence ! La peste ! tu
fouettes la phrase à tour de bras jusqu'à ce qu'elle
ronfle comme une toupie... Ce qui me fâche, c'est
cette petite blondine à qui tu as brûlé la politesse...
C'est mal à toi, mon garçon, et, si tu m'en crois, tu
iras de ce pas la consoler... Hein ! elle est jolie
comme les amours, cette petite femme-là... Tu lui
diras : Ce diable de Tronsko m'avait brouillé la
cervelle avec ses histoires ; mais je l'ai vu tantôt

qui ravaudait ses hardes, l'animal, assis par terre comme son père le tailleur. Cela m'a fait revenir à toutes jambes du Kamtschatka, et décidément j'aime mieux une jolie femme.

Je découvris ainsi que Tronsko voyait sans regarder, et que l'abbé Pontis n'avait pas tort de prétendre que mon visage était transparent. Je tâchai de faire bonne mine à mauvais jeu, et, l'indignation me venant en aide, je parvins à dénouer ma langue.

— Ne parlons plus de ma lettre, m'écriai-je, et laissons mes phrases ronfler comme il leur plaît ; mais l'autre jour, dans un café où je me trouvais, vous avez dit : Les Bolski sont des Bolski. Puis-je savoir ce que vous entendiez par là ?

— *Omnis clocha clochabilis*, répondit-il. *Ergo gluc.*

Je rougis de colère. — Je sais, repris-je, qu'autrefois certains Bolski ont démérité de leur pays et déshonoré leur nom ; mais il me semble que mon père...

Il me regarda de travers en faisant une étrange grimace, celle d'un homme à qui on offre d'un plat qui ne lui revient pas.

— Mon père, continuai-je en élevant la voix, est mort au champ d'honneur.

— Il y en a tant qui sont morts! dit-il en haussant les épaules.

— J'avais cru que vous étiez son ami.

— Parbleu! De toutes les raisons que j'avais de l'aimer, la meilleure est qu'il était le mari de ta mère, car ta mère... vois-tu, mon garçon, je baiserais la terre devant elle.

— Ma mère est une sainte ; mais il n'en est pas

moins vrai que mon père est mort en brave. Vous
n'oseriez pas le nier devant le témoin que voici ! —
Et je tirai de ma poche une gaîne d'où je sortis un
plumet rouge et blanc.

Il écarquilla les yeux, et partant d'un éclat de
rire : — Voyez donc un peu ce monsieur, s'écria-t-il,
qui porte sur lui le plumet de son papa !... La croix
de ma mère ! le plumet de mon père ! Malheureux,
tu veux donc te couvrir de ridicule ?... Ah ! tu as
bien trouvé ton homme avec ton plumet ! Veux-tu
cacher bien vite ce petit meuble !... J'ai la sainte
horreur de tous ces affiquets-là. Le paillon, la dra-
perie, le plumet, c'est la malédiction de la Pologne !

Il acheva de recoudre son habit ; puis il le posa
sur le dossier d'une chaise, se leva, se jeta dans
un fauteuil, et passant sa main sur sa grande barbe
blanche : — Eh bien ! oui, reprit-il d'un ton plus
grave, ton père est mort en homme de cœur et en
faisant son devoir. Qu'est-ce que cela prouve ? qu'en
veux-tu conclure ?

— J'en conclus que je veux faire mon devoir
comme lui, et puisqu'on ne se bat plus, je veux du
moins partir pour la Pologne comme émissaire.

Il m'examina de la tête aux pieds comme s'il eût
pris ma mesure ; puis il se mordit les lèvres jusqu'au
sang, fit deux tours de chambre, et chaque fois qu'il
retournait la tête de mon côté, je voyais glisser sous
sa moustache un de ces mystérieux sourires que je
ne comprenais pas. Enfin s'arrêtant devant moi et
posant ses larges mains velues sur ma tête : — Petit
Ladislas Bolski que tu es ! me dit-il. Toi, émissaire !
Faute de grives, on mange des merles ; mais Dieu
soit loué ! les grives ne nous manquent pas.

Je croisai fièrement mes bras sur ma poitrine. —
Douteriez-vous par hasard de mon courage ! m'é-
criai-je.

— Il faut donc raisonner avec toi ! me répondit-il.
Le courage ! la belle affaire ! Tu ne sais donc pas que
Candide trouva dans l'Eldorado des polissons qui
jouaient au palet avec des émeraudes et des rubis !
Le cabaretier du coin lui apprit que dans ce pays-là
les rubis et les émeraudes étaient les cailloux des
grands chemins... La Pologne est l'Eldorado du courage, elle en est pavée !... Sais-tu ce qui nous manque ? Un peu de ce bon sens qui règle l'emploi du
courage et un peu de cette vertu politique dont
parle Montesquieu et qui est la discipline des volontés. Nos ancêtres avaient fait de la Pologne une pétaudière et le feu du ciel y est tombé, et pétaudière
nous sommes restés ; nous nous appelons chaos, et
nous haïssons toute loi que nous n'avons pas faite.
La république nous a laissé en héritage le *liberum
veto* et sa très-glorieuse anarchie. Ainsi soit-il !...
Fils, apprends à obéir et à te gouverner, et nous
verrons après.

Ce fut à mon tour de hausser les épaules ; je lui
dis avec un sourire d'ironie : — Je vois que vous
avez causé avec ma mère, et que vous me répétez
sa leçon.

Il me répondit avec hauteur : — Ta mère ! elle
veut garder son poussin sous son aile. C'est tout
simple. Quant à moi, tu peux m'en croire, je me
soucie de ta vie comme d'un fétu... Écoute, clampin ; si tu entassais deux cent mille hommes sur
une mine et que tu me donnasses une mèche
allumée en me disant : La Pologne sera sauvée,

5

mais il faut que ces deux cent mille hommes soient
hachés menu comme chair à pâté... tu n'aurais pas
achevé ta phrase que la mine aurait sauté. Juge
après cela si je suis disposé à marchander à la Pologne
la tête de Ladislas Bolski !... Mais quand le diable y
serait, je ne crois pas à ta vocation. Que veux-tu
que j'y fasse ?... Ah çà ! dis-moi, es-tu seulement
capable de vouloir la même chose quinze jours durant ? Tu as des flambées d'enthousiasme, et c'est
tout. Est-ce avec cela qu'on fait des émissaires ?...
Des embûches, des privations, des outrages dévorés
en silence, des plaies sourdes qu'il faut laisser manger aux mouches, des aventures sans gloire, des
douleurs sans-larmes et au bout de tout cela le plus
souvent une mort obscure, ignorée, un gibet sournois
et taciturne qui ne raconte ce qu'il a vu ni aux vents
ni aux corbeaux... Mille tonnerres! à peine serais-
tu là-bas que tu sentirais le cœur te faiblir et que
tu soupirerais après le boulevard, après ton cheval
alezan, après le café Anglais, les bals de l'opéra et
les cabotines de bouis-bouis !... Et dans ce diable
de métier, vois-tu, il suffit d'une défaillance, d'un
instant de faiblesse, et on prononce un mot irréparable, et à supposer qu'on en réchappe, c'est un
souvenir à traîner après soi toute sa vie comme
un boulet... Qu'irais-tu faire dans cette galère ? Es-tu
seulement de force à te priver de quoi que ce soit, à
coucher sur la dure, à vivre pendant huit jours de carottes et d'eau panée ?... Il faut que chaque être suive
sa destinée. La tienne est de t'amuser. Vas-y gaîment.
*Slavus saltans!* c'est l'ancien nom des Polonais.
Saute, petit! saute pour la blonde, saute pour la
brune, saute jusqu'aux nues, et retombe toujours sur

tes pieds, c'est une vertu polonaise... Que si décidément tu veux faire quelque chose pour la Pologne,...
sais-tu? quand je suis allé te voir dans ton village, ta
mère s'est plainte à moi que tu ne pouvais ôter ta
chemise sans en arracher tous les boutons... Et moi
je te dis : Soigne tes boutons de chemise, et s'il t'arrive d'en brusquer un et de le faire partir, recouds-
le toi-même au nom et pour l'amour de la Pologne.
Fais cela pendant deux ans, après quoi j'irai conter
ce miracle au comité, qui appréciera.

Il en eût dit plus long; mais il s'aperçut que de
grosses larmes de honte et de rage descendaient
quatre à quatre le long de mes joues. Il me regarda
d'un air de compassion — Tu pleures, bêta! me
dit-il après un silence. Ce que j'en dis, c'est pour
ton bien. Tu es si joli garçon! Je n'entends pas que
le tsar se donne le plaisir de déformer ce chef-
d'œuvre! — Il me poussait doucement par les
épaules, et quand il eut ouvert la porte.: — En sortant d'ici tu verras passer une jolie femme, tu la sui-
vras, et avant une heure tu auras oublié la Pologne. — A ces mots, il me tendit la main; mais je
ne la pris pas, et je sortis sans rouvrir la bouche, la
tête haute et les yeux secs.

Tronsko s'était trompé. En traversant la place Saint-
Sulpice, je rencontrai une très-jolie femme et je ne
la suivis point. Je me rendis au marché Saint-Germain, j'y achetai une grosse botte de carottes, et,
mon emplette à la main, je retournai chez moi. En
arrivant, je pris une plume et une grande feuille de
papier vélin et j'écrivis ce qui suit :

« Moi, Ladislas Bolski, fils de Stanislas Bolski,
lequel est mort en Hongrie en se battant pour la

délivrance de la Pologne, je prends l'engagement
solennel que voici : 1° deux mois durant, soit du 21
mai au 21 juillet 1860, je suivrai régulièrement au
Collége de France et à la Sorbonne quatre cours
choisis parmi ceux dont j'ai tâté et qui m'ennuyaient
à mourir; 2° je dormirai dans un lit de sangles, sans
paillasse ni matelas, me couchant chaque soir à dix
heures, me levant au coup de six heures; 3° j'achè-
terai un vêtement complet dans un magasin de con-
fection, et je n'en porterai pas d'autre, ni d'autres
cravates qu'un col de soie noire se bouclant derrière
le cou; 4° je ne mettrai pas une seule fois les pieds
au numéro... de la rue Blanche; 5° je ne fumerai que
des cigares d'un sou; 6° je ne toucherai pas une
carte; 7° je vivrai exclusivement de carottes crues et
d'eau claire, et un jour sur huit je ne mangerai ni ne
boirai. En foi de quoi j'ai signé : Ladislas Bolski, et
dans le cas où je commettrais quelque infraction à
l'une des sept clauses de l'engagement ci-dessus, je
me condamne à prendre un fer rouge et à me graver
sur le front cet écriteau : *Slavus saltans.* »

Je me tins parole, je fis honneur à ma signature.
L'article 5 fut de tous celui qui me donna le plus de
mal. Les cigares d'un sou me faisaient horreur, et je
pris le parti de ne plus fumer du tout. Notez que j'a-
vais toujours sur ma table une caisse de londrès tout
ouverte. Il me semblait que saint Antoine n'était à côté
de moi qu'un très-petit garçon. Mes carottes et leur
goût douceâtre me donnèrent aussi bien du tourment.
Je ne les pouvais plus voir sans que le cœur me levât,
et je fermais les yeux pour les avaler; — triste ordinaire pour un fils de famille bien endenté. J'avais
parfois des fringales, des tiraillements d'estomac,

des titillations nerveuses, mais cela ne prit point sur
ma santé, qui était de fer. A l'heure où Paris dîne,
j'allais rôder alentour des restaurants, et je respirais
à plein nez l'appétissante odeur qu'exhalaient les
cuisines. Je faisais danser une pièce d'or entre mes
mains, et je me disais : Il ne tiendrait qu'à moi de
me faire servir à l'instant une sole à la normande et
un filet à la Chateaubriand; mais je n'en ferai rien,
parce que je ne le veux pas. — En vain mon estomac défaillant battait la chamade et demandait grâce,
je passais fièrement mon chemin. Mon âme était en
train d'accoucher d'un héros, je célébrais d'avance
la fête de ses relevailles, et j'étais heureux.

Ma mère ne s'aperçut pas tout de suite du singulier changement qui s'était fait dans ma vie. Elle me
voyait fort peu ; ses pauvres dévoraient sa vie. Après
avoir déjeuné sur le pouce à neuf heures, elle allait
en courses et ne rentrait que le soir. Cependant il
me fallut trouver une raison pour ne plus dîner avec
elle. Je lui contai que j'avais fait des excès de table,
que ma santé s'en était ressentie, qu'un médecin
m'avait ordonné de me mettre au régime, de faire
un repas au milieu du jour et de me coucher à jeun.
Elle consentit à se payer de cette explication. Elle
me surprit un matin dans ma chambre, dévorant à
belles dents une carotte. Elle pensa tomber à la
renverse. — Vous m'avez recommandé, lui dis-je,
de faire chaque jour quelque chose qui me répugne
j'ai horreur des carottes, je cherche à m'y faire.

— Et pourquoi portes-tu des cravates noires?

— Parce que je ne puis les souffrir.

— Le paysan ivre et son âne, dit-elle en soupirant;
tantôt à droite, tantôt à gauche, jamais dessus.

Pouvait-elle m'en vouloir? Je passais toutes mes soirées avec elle, je lui faisais la lecture, je lui disais des choses très-raisonnables. Je cherchais à mériter d'avance par mes empressements le pardon de tous les chagrins que je me préparais à lui causer. Elle pouvait croire qu'elle m'avait persuadé, que désormais je bornais mon ambition à devenir un honnête homme.

## VI

Le 22 juillet, dans l'après-midi, j'allumai une lampe à l'esprit-de-vin, je plaçai dessus une bouilloire pleine d'eau, puis j'ôtai mon habit, je retroussai la manche gauche de ma chemise, et quand l'eau fut bouillante, je la répandis goutte à goutte sur mon avant-bras nu, après quoi je rabattis ma manche, je remis mon habit, et, prenant ma canne et mon chapeau, je me dirigeai vers la rue du Vieux-Colombier. Je sifflotais en marchant une cavatine de Bellini. Le chemin me parut long ; mais on finit toujours par arriver.

Je trouvai Tronsko assis devant sa table à écrire et environné de bouquins. En m'apercevant, il fit un geste d'humeur qui signifiait : Ah! c'est encore toi! Au diable le faquin !

— Je vous dérange, lui dis-je. Ne vous occupez pas de moi. J'attendrai que vous ayez fini.

Et j'allai m'asseoir dans l'embrasure de la fenêtre, en face d'une cage qui renfermait un chardonneret. Je me tins là bien tranquille, écoutant l'oiseau, qui chantait à tue-tête.

Enfin Tronsko se leva. — Qu'y a-t-il pour votre service ? me dit-il d'un ton brusque.

Je tirai de ma poche ma pancarte sur papier vélin, et la dépliant : — Lisez. Ce qui est écrit là, je l'ai fait pour vous prouver que je ne suis pas ce que vous pensez.

Il ouvrit de grands yeux, lut à haute voix les sept articles. Peu à peu sa figure changea d'expression. Par instants, il secouait la tête et riait. Quand il eut achevé sa lecture, il me questionna, et je lui racontai point par point ma petite histoire, mes carottes, mes tentations de saint Antoine, mes promenades à la porte des restaurants. Je surpris dans son œil sauvage et violent quelque chose qui ressemblait à une caresse. Il me donna une chiquenaude sous le menton. — Eh bien ! quoi ? dit-il. Qu'est-ce que cela prouve ? Tu as des flambées d'enthousiasme : cuites à ce feu-là, les carottes sont un légume délicieux ; mais je me défie des ferveurs de novice.... Veux-tu savoir ce qui me plaît dans ta petite histoire : c'est que tu as mis ton amour-propre sous tes pieds. Tu avais été reçu par Tronsko comme un chien dans un jeu de quilles ; au lieu de prendre la mouche, tu t'es mis à manger des carottes.

Et pour appuyer ce qu'il disait, il me pinça le bras gauche entre ses doigts, qui serraient comme des tenailles. La douleur fut si vive que je faillis me trouver mal. — Comme tu es pâle ! me dit-il en reculant d'un pas.

— C'est un saisissement de joie, balbutiai-je. Ne venez-vous pas de me promettre que vous me présenteriez au comité ?

— Moi ! Je t'ai promis ?... Décidément tu n'as pas

le sens commun. Mon pauvre garçon, pour être
émissaire, il faut savoir bien des choses que tu
ignores....

— La grammaire par exemple ? interrompis-je
en riant.

— Tu crois plaisanter.... Quand Piotrowski partit
pour la Pologne, il avait en poche un passeport
anglais au nom de Joseph Catharo, originaire de La
Valette, Malte. S'il n'avait su ni l'anglais ni l'italien,
passait-il seulement la frontière ?... Sais-tu l'italien
et l'anglais, toi ?

— Un peu, lui dis-je.

— Et l'allemand ?

— Ni peu ni prou.

— Et le russe ?

Je me redressai : — Parler le russe ! Plutôt mourir !

Il me regarda dans le blanc des yeux et me dit :

— Tu es un imbécile.

Puis il se promena dans la chambre, les bras
croisés, la tête enfoncée dans les épaules. Il avait
l'air de réfléchir, de creuser un problème. Il s'arrêta.
Me regardant du coin de l'œil : — Veux-tu me faire
un plaisir ? me dit-il. C'est l'heure où je nettoie la
cage de mon chardonneret ; mais aujourd'hui mon
chien de rhumatisme me tarabuste, et mon bras
gauche me refuse le service.

Je ne lui laissai pas le temps d'achever. Je courus
à la cage, je la posai sur la table. Il en ouvrit le gui-
chet, l'oiseau s'envola dans la chambre. Je nettoyai
avec le plus grand soin le plancher, les perchoirs,
les augets ; je renouvelai l'eau et le grain. Je n'étais
pas trop à mon aise ; ma chemise s'était attachée à
ma plaie, et chacun de mes mouvements me faisait

voir les étoiles. Je ne laissais pas de chantonner ma cavatine. Quand j'eus fini, Tronsko appela le chardonneret, qui vint se poser sur son poing, et il le réintégra dans sa prison. — Fils de noble, tu es un gentil garçon, me dit-il.

— Gentil ? Et rien de plus ?

— Dame ! je ne dis pas ; nous verrons plus tard.

— Deux mois sans dîner et sans fumer !

— Bien, bien ; nous le savons.

— Deux mois sans toucher une carte, sans mettre les pieds dans la rue Blanche !

— C'est fort beau... Et puis tu nettoies les cages à ravir.

— Ma foi ! repris-je, si je ne suis pas revenu du Kamtschatka, c'est qu'après tout je n'y suis pas encore allé.

— N'y va jamais. Je te crois brave ; mais tu as beau dire et beau faire, tu es un petit crevé et tu es tendre aux mouches, et les moustiques de la Sibérie ont le diable au corps.

— Tendre aux mouches ! lui repartis-je. Je veux vous montrer quelque chose.

Et ôtant mon habit, par un mouvement brusque je mis à nu mon avant-bras et ma brûlure. C'était, je vous assure, une fort belle plaie. Tronsko ne put retenir une exclamation.

— Je me suis échaudé le bras, lui dis-je, et depuis une heure que je suis ici, vous ne vous en êtes pas douté. C'est ce que je voulais.

Il pencha vers moi son cou de taureau et sa tête de lion, et s'écria d'une voix tonnante : — Ah çà ! petit Ladislas Bolski, est-ce que par hasard tu serais quelqu'un ?

Je lui sautai au cou et je l'embrassai sur les deux joues. Il se dégagea, me fit asseoir, s'en alla chercher dans un buffet un pot à eau, un flacon, des linges. Il étancha la plaie, la recouvrit de charpie enduite de cérat, et appliqua dessus une compresse imbibée d'eau blanche. En dépit de son rhumatisme, il opéra ce pansement d'une main si légère que je la sentais à peine. Cela me fit souvenir de cet œillet penché dont il avait redressé la tige avec une infinie délicatesse, et comme s'il avait eu peur de lui faire mal. L'extrême douceur jointe à l'extrême énergie, c'est slave.

Quand il eut fini, il se planta devant moi, me regardant avec des yeux qui me traversaient de part en part, m'arrivaient jusqu'à l'âme et la fouillaient pour savoir ce qu'il y avait dedans. Par intervalles il grattait le plancher avec son pied droit comme un buffle creuse la terre de son sabot. Puis, me montrant la porte : — Tu auras de mes nouvelles au premier jour, me dit-il ; mais si tu me trompes, je t'étranglerai de mes deux mains !

En arrivant dans la rue, j'allumai un londrès et je le fumai avec délices. Le fils de mon père était si heureux qu'il se tenait à quatre pour ne pas embrasser les passants.

J'employai les deux jours qui suivirent à fumer d'innombrables cigares et à bâtir d'innombrables romans tous aussi raisonnables les uns que les autres. Le mot de Tronsko : — Tu es donc quelqu'un ? — me résonnait aux oreilles comme une musique, et cette musique me faisait extravaguer. J'étais réellement convaincu qu'il avait reconnu en moi l'un de ces êtres exceptionnels qu'on peut dispenser de tous les apprentissages. Par son entremise, j'allais être chargé d'une importante et périlleuse mission. Je voyais se dérouler devant moi des kyrielles d'aventures; j'avais graissé d'avance mes bottes de sept lieues, et le matin, couché de mon long sur mon sofa, je traversais toute la Pologne, étourdissant d'audace, prodigieux de sang-froid et dans un déguisement... Je ne sais qu'y faire, mais il était d'une coupe exquise, ce déguisement. L'après-midi, j'arpentais Paris et la banlieue; je ne marchais pas, je courais, comme si j'avais eu peur de manquer le train, celui qu'on prend pour devenir un grand homme.

Enfin je reçus la lettre que voici et qui me fit un peu déchanter :

« Tu vas me faire le plaisir de quitter Paris, où tu as appris à gaspiller ton temps, à fricasser ton argent et à galvauder ton cœur. Tu t'en iras passer trois mois en Angleterre, où tu te perfectionneras dans l'anglais, et neuf mois en Allemagne, où tu apprendras l'allemand, — et, soit en Allemagne, soit en Angleterre, tu apprendras le russe, et tu me feras le plaisir d'aimer le russe, et de découvrir que la raison universelle se trouve dans le russe comme dans le polonais, et que les Russes sont des hommes comme nous, et que notre devoir est de les aimer et de vouloir la liberté pour eux comme pour nous.

« Mon cher garçon, le monde appartient non aux coureurs d'aventures et aux hommes à plumet, mais à la discipline et aux disciplinés, et le secret de la discipline, c'est le travail. Ainsi tu vas me faire le plaisir d'apprendre à travailler. Pendant un an, tu feras des thèmes, après quoi tu reviendras ici, et

nous causerons. Il se prépare des événements. Il est
possible que dans un an tu puisses nous rendre
quelque petit service. Enfin nous verrons; mais
commence par faire des thèmes et des versions. Et
ne dis plus que tu aimerais mieux mourir que de
savoir parler le russe, ou je te répèterai que tu es un
imbécile.

« J'ai vu ta mère, et je lui ai tout dit. Elle n'a pas
pleuré, elle ne pleure jamais; mais elle m'a reproché
d'avoir pris au sérieux les fantaisies de ton imagination de casse-cou. — Si vous saviez comme il est léger! m'a-t-elle dit. Dès qu'il a une idée en tête, il en
est comme fou et croit qu'il en tient pour la vie; mais
qu'il s'en présente une autre à la traverse, le voilà
parti, toujours galopant, toujours hors d'haleine.
D'ici à vingt ans, que d'enthousiasmes il aura enfour-
chés et crevés sous lui! Hier, c'était le baccarat et les
femmes faciles; aujourd'hui, ce sont des aventures,
des prouesses et des Polognes! Il n'y a de sérieux
dans tout cela que sa bonne foi; il est convaincu
que c'est arrivé, il s'en est donné sa parole d'honneur. — Si dans un an, interrompis-je, il n'a pas
changé d'idée, que ferez-vous?... — Elle étendit sa
main sur son crucifix d'argent et me répondit : — Je
dirai : Dieu le veut! dussé-je en mourir.

« Voilà ce qu'a dit ta sainte femme de mère. Une
année d'épreuve, pendant laquelle tu apprendras le
russe, — c'est notre dernier mot, et j'entends être
payé rubis sur l'ongle. Si tu n'acceptes pas, j'en
conclurai que tu n'es pas bien sûr de ton idée, et
que tu crains qu'elle n'ait pas douze mois de vie
dans le ventre. Acceptes-tu? Réponds-moi simplement par oui ou par non, car je n'ai pas de temps à

perdre à me chamailler avec toi. Et si tu n'es pas content, crois-moi, retourne vite à la rue Blanche, où ta longue infidélité a dû faire verser bien des larmes de crocodile. »

Cette lettre me navra; mais que faire? Je répondis à Tronsko : « J'accepte. Vous verrez dans un an si j'ai changé d'idée. »

Deux jours plus tard, ma mère me dit : — Est-il vrai, Ladislas, que tu as l'intention de passer quelque temps en Angleterre pour y étudier l'anglais? — Je lui répondis que c'était mon plus cher désir. — Et tu pars seul? — A moins que vous ne me donniez un gouverneur, lui dis-je en riant. — Non, mais un compagnon de voyage qui tiendra tes comptes, et par qui j'aurai régulièrement de tes nouvelles.

Je lui promis d'accepter les yeux fermés l'homme de son choix. Elle jeta son dévolu sur un brave garçon qui s'appelait George Richardet et venait d'accomplir sa quarantième année. Il était né dans les environs de Genève, avait été longtemps précepteur en Russie; il savait le russe, je désirais l'apprendre; Richardet pouvait m'être bon à quelque chose. Il me fut présenté, je lui fis bon visage, et nous fûmes bientôt bons amis. Je ne craignais pas que Richardet fût jamais gênant, c'était l'homme le moins fait pour jeter le grappin sur moi. Très-honnête et très-instruit, il avait l'esprit blondasse comme ses cheveux. Pas plus de bile qu'un pigeon; la vésicule du fiel lui manquait. Je ne l'ai jamais vu en colère contre personne ni contre rien. Je ne sais quelle philosophie il avait étudiée; mais son grand principe était qu'en définitive les événements ont toujours raison, ce qui lui permettait d'être toujours content

de tout, des hommes, des choses et de Richardet.
Quel dissertateur ! Il avait une sorte d'enthousiasme
à froid ou de flegme enragé, et comme une fureur
d'avoir raison. Il faisait de grands bras, se déme-
nait, secouait son menton de galoche. Ce flandreux
raisonneur avait en philosophant l'air d'une corneille
qui abat des noix. Je ne sais comment ma mère avait
pu s'imaginer que Richardet prendrait jamais de
l'ascendant sur moi. Je n'avais pas vécu huit jours
avec lui que je l'appelais Georgina Richardette. Il
ne s'en fâchait pas ; il ne se fâchait de rien.

Au jour fixé pour mon départ, Tronsko et Richardet dînèrent avec moi chez ma mère. Pendant le
repas, elle ne fit que soupirer en me regardant;
Tronsko nous observait l'un et l'autre, Richardet
discourait. En sortant de table, ma mère me tint
un instant serré dans ses bras; puis elle me repoussa
doucement en disant : — J'ai fait ce que j'ai pu. Que
Dieu te garde! — Tronsko voulut m'accompagner
jusqu'à la gare du Nord. Chemin faisant, il causa
musique avec Richardet. Il me semblait que ces
messieurs prenaient mal leur temps. L'heure était
solennelle, je sentais dans ma tête le poids des destinées.

Comme nous arrivions dans la cour de la gare,
notre flacre fut devancé par un élégant coupé attelé
de deux chevaux vifs comme la poudre et que le
cocher avait de la peine à tenir. La voiture s'arrêta,
le chasseur ouvrit la portière. Une femme descendit.
Elle avait le visage couvert d'un voile qu'elle avait
noué sous son menton et la tête encapuchonnée d'un
bachlik de cachemire brun, nuancé poil de chameau,
passementé et bordé d'or. Elle entra dans la salle,

et pendant que ses gens s'occupaient de prendre son billet et de faire enregistrer ses bagages, elle se mit à se promener en long et en large. La soirée était humide et fraîche, cette femme marchait vite pour se réchauffer les pieds. Il y avait dans sa tournure, dans son attitude une élégance exquise et dans sa démarche une sorte de mutinerie charmante; il semblait que ses pieds fussent indignés d'avoir froid au mois d'août: c'était une injustice qu'on leur faisait. Elle passa plusieurs fois devant moi; mais l'épaisseur de son voile ne me permit pas de distinguer ses traits. Un enfant traversa la salle en courant; elle le heurta sans le vouloir; il tomba, se mit à crier comme un aveugle. Elle dit d'une voix claire et musicale : — Ah! pauvre petit! — Puis elle se pencha vers lui, le releva, et, tirant de la poche de son mantelet une boîte de dragées, elle le força d'y puiser et l'eut bien vite consolé. Elle se remit ensuite à marcher, et je la regardais toujours. Je ne pouvais détacher mes yeux de son capuchon brun.

Richardet, qui revenait du bureau des bagages, me trouva perdu dans cette contemplation. — Ah çà! que regardez-vous? me demanda-t-il.

— Une femme, parbleu! lui répondit Tronsko, qui, adossé contre la muraille, fumait tranquillement son cigare. Et se tournant vers moi : — Tu la trouves bien belle?

— Vous plaisantez, lui dis-je. Je n'ai pas aperçu le bout de son nez.

— Alors pourquoi la regardes-tu?

— Parce qu'elle a le plus joli pied du monde et qu'elle marche admirablement bien. Elle piaffe comme une Andalouse.

— Une Andalouse ? fit-il. C'est une Russe. — Et il ajouta en ricanant : — Monsieur Richardet, vous vous êtes chargé d'empêcher monsieur de devenir un héros. Laissez faire les femmes; elles s'y entendront mieux que vous.

— Quelle hérésie! m'écriai-je. Combien de héros n'a pas faits l'amour!

— Et combien de héros n'a-t-il pas défaits! me répliqua-t-il. Et me secouant le bras, il se pencha à mon oreille : Il y a douze ans... Il s'arrêta court.

— Achevez, lui dis-je. Il y a douze ans...

Il fit un geste d'humeur, comme s'il eût regretté d'en avoir trop dit. — Bah! reprit-il, à quoi bon ressasser ces vieilles histoires! Il s'agit d'un pauvre diable de Polonais, qui donnait les plus belles espérances. Une Autrichienne l'ensorcela, et il s'est brûlé la cervelle.

A ces mots, il me serra la main, salua Richardet, pirouetta sur ses talons et sortit de la gare.

— Ce Tronsko est un esprit brutal, me dit Richardet. Il n'entend rien à la philosophie de l'histoire; car enfin où donc est le besoin de devenir un héros?

— Georgina, lui répondis-je, nous allons manquer le train.

L'inconnue nous avait précédés dans la salle d'attente. On ouvrit les portes. Elle s'installa toute seule dans un wagon-coupé, et descendit vers le matin à je ne sais quelle station. Pendant trois jours, son capuchon brun et son piaffement andalous me trottèrent dans l'esprit; puis je n'y pensai plus.

## VII

Je passai trois mois en Angleterre. J'apprenais l'anglais et le russe; pas d'autre divertissement que d'interminables discussions avec Richardet. Nous buvions le soir du whiskey, et le whiskey le rendait loquace. Il s'appliquait à me démontrer que les héros ont fait leur temps, qu'ils pouvaient avoir leur raison d'être dans ces âges primitifs où il y avait des monstres à exterminer, des villes à édifier au son de la lyre, mais que depuis lors les gendarmes se sont chargés de mettre les monstres à l'ombre, et les maçons de construire les villes. — Aujourd'hui, disait-il, les individus ne sont rien, l'*idée* est tout : elle fait elle-même ses affaires, elle arrange le monde à sa guise, et bien fou qui condamne, au nom de sa chimère, les mystérieuses conduites de l'éternelle sagesse. — Je lui demandais ce que c'était que l'*idée*. Il s'enfonçait alors dans une obscure métaphysique où je ne voyais goutte. Je croyais comprendre seulement que, selon Richardet, l'idée, c'est ce qui réussit. Il professait pour le succès un respect infini. — Le succès, parbleu! s'écriait-il, mais c'est l'évidence suprême. Si absurdes que paraissent les événements, creusez-les un peu, l'idée est dessous. Parfois j'entrais en fureur contre sa chienne d'*idée*, je frappais de grands coups de poing sur la table. — Qu'est-ce que prouve un coup de poing? me disait-il. Avez-vous fait mal à la table?... La Pologne, continuait-il, a été condamnée; elle a fait la

6

folie d'on appeler : la sentence a été confirmée. A quoi bon se buter, s'obstiner ? Le devoir des vain-cus est d'accepter franchement leur défaite et d'en tirer le meilleur parti possible. Que les Polonais étudient la philosophie de l'histoire, ils deviendront en peu de temps les maîtres de leurs maîtres. Au surplus, ajoutait-il, pour être un héros, il faut s'en-fermer la tête dans un sac. Autrefois c'était aisé ; mais aujourd'hui, dans ce siècle de critique et de lumière, tous les sacs sont devenus transparents... Nous avons appris à peser le pour et le contre, et nous avons découvert que la vérité n'est qu'une nuance. Après cela, le moyen de se fanatiser ? Quand on a des nuances dans l'esprit, on hésite à se faire tuer pour quoi que ce soit. Lisez l'histoire : on n'est jamais mort que pour de grosses couleurs, pour un blanc de neige ou pour un rouge écarlate.

— Vous raisonnez comme un ange, Richardette, lui disais-je ; mais puisse le Dieu de Sobieski nous délivrer à jamais du choléra-morbus et des esprits nuancés !

Je quittai Londres en décembre, et je me rendis à Heidelberg, où je restai quatre mois. Un jour, en rentrant de la promenade, Richardet me trouva dans un état d'exaltation qui l'effraya. Je tenais à la main un journal où je venais de lire le récit du massacre de Varsovie du 25 février 1861. Cette effroyable et sublime tragédie, par laquelle la Pologne a témoigné une fois de plus qu'elle est la terre des miracles, m'avait mis hors de moi. J'écrivis sur-le-champ à Tronsko : « Relevez-moi de ma parole. Je ne puis plus rester ici. Il faut que j'aille où l'on se bat et où l'on meurt. » Il me répondit : « Tu m'ennuies. On ne se battra pas de sitôt. Tiens-toi tranquille et apprends le russe. » Le jour où je reçus cette réponse, je rencontrai au restaurant un jeune Russe qui fréquentait l'université. Par une maladresse volontaire, je lui marchai sur le pied, et, au lieu de m'excuser, je lui présentai ma carte. Nous nous battîmes dans le plus grand secret. J'eus le bras transpercé d'un coup d'épée. Richardet me soigna comme une mère. — Ah! mon pauvre ami, me disait-il, comme vous êtes peu philosophe! Que prouve, je vous prie, ce coup d'épée? — Que je n'ai pas encore cinq ans de salle, lui répondis-je, et que le bon Dieu ne m'a pas mis de nuances dans l'esprit.

Mes dispositions studieuses ne tardèrent pas à se relâcher. Des événements se préparaient dans l'ombre, et j'étais condamné à me fourrer dans la tête des déclinaisons et des verbes. J'éprouvai l'impérieux besoin de me distraire; je me transportai à Manheim, où je fis d'assez mauvaises connaissances; je me remis à jouer : il me fallait cette fièvre pour étouffer l'autre. Mon vieil ami le baccarat me fut propice; je gagnai de grosses sommes que je dépensai assez sottement. Le pauvre Richardet ne savait trop sur quel pied danser. Ses instructions portaient qu'il devait travailler à combattre mon idée fixe, à me guérir. Il m'avait traité par la philosophie de l'histoire, mais sans succès. Les émotions du jeu et l'étourdissement du plaisir étaient peut-être des moyens de guérison plus efficaces; mais ces moyens n'étaient pas de son goût, et révoltaient sa rigide moralité. Il était aussi embarrassé qu'une poule à qui on a confié l'éducation d'un jeune canard et qui le voit se jeter à l'eau. Pendant que le traître s'ébaudit, fait mille tours, elle court sur le bord, inquiète, craignant les éclaboussures, la plume hérissée, battant de l'aile et rappelant son nourrisson par un gloussement plaintif. Elle a beau glousser, son canard ne sera jamais un poulet.

Heureusement pour Richardet, un chevalier d'industrie se faufila dans le cercle que je fréquentais; un soir, il me pluma sans miséricorde. Je rentrai chez moi, furieux, la poche vide. En réfléchissant à mon désastre, je me convainquis que j'étais la dupe d'un escroc; le lendemain, à la pointe du jour, je courus chez lui pour lui faire rendre gorge ou lui demander raison. Plus de nouvelles : il avait déguerpi sans tambour ni trompette. Cette aventure me dégoûta de Manheim. J'avais encore quatre mois à attendre avant de recouvrer ma liberté. Je résolus de les passer à Genève, dont le souvenir m'était agréable. Richardet accepta de grand cœur ma proposition; il aimait son pays, il allait y retrouver des amis et des parents. Ce grand philosophe n'était pas dans les secrets de la destinée.

Je descendis à l'hôtel des Bergues. Peu de jours après mon arrivée, un émigré polonais, père de six enfants, vint me trouver et me fit une peinture affreuse de la misère où il était réduit. Son propriétaire, auquel il devait deux termes, menaçait de le mettre à la rue; ses fournisseurs le sommaient de régler leurs comptes; depuis une semaine, sa famille vivait d'eau claire et de croûtons. Je l'accompagnai chez lui; je trouvai un appartement nu, un foyer sans feu, une femme hâve qui semblait se mourir de consomption, des enfants vêtus de loques et qui criaient la faim. Je vidai sur-le-champ ma

bourse dans leurs mains, et quelques heures plus
tard je leur fis tenir un billet de cinq cents francs,
en leur promettant de ne pas en rester là. J'ouvris
une souscription dans l'hôtel, et je mis Richardet en
campagne. Il fit le tour des fournisseurs, les obligea
de transiger, les paya; mais en bon républicain qu'il
était, pénétré du principe qu'il faut travailler pour
être digne de vivre, il se piqua de procurer de l'ouvrage à mon Polonais. L'un de ses parents, qui était
marchand de vin, avait besoin d'un commis qui fît
ses courses et battît le pays pour relancer la pratique. Richardet s'en alla proposer cet emploi à notre
homme, qui, à mon grand étonnement, l'accepta.

Sur ces entrefaites, un commissionnaire me remit
un rouleau de cinquante louis, accompagné d'un
billet ainsi conçu :

« Genève, hôtel de la Paix.

« Monsieur, le hasard m'a fait rencontrer une Polonaise, mère de six enfants, et qui vit ici avec son
mari dans le plus cruel dénûment. J'apprends que
vous vous intéressez à ces pauvres gens et que
vous venez d'ouvrir pour eux une souscription dans
votre hôtel. Permettez-moi de vous adresser ces mille
francs, en vous priant d'en disposer de la manière
que vous croirez la plus utile à vos assistés.

« Agréez, monsieur, l'expression de mes sentiments les plus distingués.

« SOPHIE, comtesse DE LIÉVITZ. »

J'interrogeai Richardet, qui savait tout. Il m'apprit
que le comte de Liévitz était un diplomate russe,
lequel avait rempli dans le temps plusieurs missions

secrètes. — On a parlé de lui il y a quelques années, me dit-il. Qu'est-il devenu depuis ? Je l'ignore. •

Je fis venir le commissionnaire, et, au lieu du reçu qu'il attendait, je lui remis le rouleau et la réponse que voici :

« Madame, y pensez-vous ? De l'argent russe pour procurer du pain à des Polonais ! Ce pain-là ne leur profiterait guère. Veuillez agréer, madame, l'expression du respect que m'inspirent vos généreuses intentions et du vif regret que j'éprouve de ne pouvoir me rendre à votre désir. »

Je ne tardai pas à voir revenir le rouleau, accompagné d'une seconde lettre :

« Il y aurait donc, monsieur, une pauvreté russe et une pauvreté polonaise ? Toutes les souffrances humaines ne forment-elles pas une seule et même famille et ne parlent-elles pas la même langue ? Le hasard, je vous l'ai dit, m'a fait rencontrer une Polonaise qui m'a inspiré la plus profonde pitié. Me serait-il interdit de rien faire pour elle ? De l'argent russe ! mais, monsieur, l'argent est comme la charité : il n'a point de patrie et point de préjugés. Mon Dieu ! si vos protégés se faisaient une conscience de se laisser secourir par une ennemie, quel besoin avez-vous de me nommer ? Mais ne repoussez pas une seconde fois mon offrande. Votre refus ne chagrinerait pas seulement une femme, il offenserait cette éternelle bonté qui se soucie beaucoup plus d'une bonne intention que d'une cocarde. »

Cette fois je délivrai mon reçu au commissionnaire en y joignant ces mots : « J'accepte les mille francs et la leçon. »

Muni du rouleau, je me rendis chez mon Polonais.

Quel ne fut pas mon étonnement en le voyant sortir
de chez lui monté sur un très-beau cheval bai, qu'il
faisait fièrement caracoler ! Il s'aperçut de ma surprise et me dit d'un ton dégagé : — J'ai accepté
l'emploi que m'a proposé votre ami. Je ferai mes
courses à cheval. Ainsi l'honneur sera sauf.

Cette misère caracolante me parut si étrange que
je ne pus m'empêcher de rire. — Je regrette, mon
cher, lui dis-je, en tirant de ma poche les mille francs,
que votre honneur soit si chatouilleux. Une dame
russe qui s'intéresse à vous m'avait chargé de vous
remettre...

Il m'interrompit par un geste hautain. — Une
aumône russe ! s'écria-t-il. Plutôt aller à pied !

— Je voulais vous éprouver, repris-je. Acceptez
cet argent de confiance, il n'y a point de dame russe
dans cette affaire... Et je fourrai le rouleau dans sa
poche. Il me laissa faire sans me demander plus
d'éclaircissement, et, après m'avoir serré la main,
il partit au triple galop de son cheval, qui était à
mille lieues de se douter qu'il portait sur son dos le
commis d'un marchand de vin.

Je contai cet incident à Richardet, qui leva les
mains au ciel. — Voilà bien vos Polonais ! s'écria-t-
il. Le malheureux ! Son cheval lui coûtera trois fois
plus que ne lui rapportera son emploi. — C'est de
l'arithmétique polonaise, lui répliquai-je. N'est-il
pas bon qu'au milieu de l'aplatissement universel
il y ait un peuple de fous, de martyrs et de héros ?

Une après-midi, comme je passais devant l'hôtel
de la Paix, je ne sais quelle mouche me piqua, j'entrai dans la loge du portier et je demandai à voir
M^me de Liévitz. Tout compté, tout pesé, j'étais curieux

de connaître cette Russe dont la charité n'avait point de patrie et point de préjugés. Il me fut répondu qu'elle avait quitté l'hôtel depuis peu pour aller passer la belle saison dans une villa qu'elle possédait sur les bords du lac de Genève. — Où est située cette villa? dis-je au portier — C'est le château de Maxilly, me répondit il, à mi-distance entre Évian et la Tour-Ronde. — Pourquoi lui avais-je fait cette question ? Que m'importait ce nom de Maxilly, et pourquoi demeura-t-il gravé dans mon cerveau ?

Au commencement du mois de mai, je proposai à Richardet de faire une excursion dans les montagnes. Nous devions visiter le Valais et retourner à Genève par l'Oberland et le pays de Vaud. Nous nous embarquâmes à bord du bateau à vapeur qui fait le service de la côte savoisienne du lac. Le temps était beau, et Richardet était aussi loquace que jamais. Il avait entrepris de me démontrer pour la centième fois qu'il n'est pas de mal dont il ne résulte quelque bien, et que tous les désordres apparents sont nécessaires à l'universelle harmonie.

— Taisez-vous donc, lui dis-je, et regardez le visage de femme que voici.

Nous étions arrivés devant Thonon, où les bateaux font escale, et parmi les nouveaux passagers qui venaient de monter à bord était une femme de vingt-six à vingt-sept ans, vêtue d'une robe de couleur mauve et coiffée d'un chapeau de tulle qu'ornait un bouquet de pavots. Elle passa près de moi, me jeta un rapide coup d'œil, puis s'avança jusqu'à l'extrémité du bateau, où elle resta un instant immobile, contemplant la rive qui semblait courir et s'enfuir derrière nous. Quelques personnes de sa

connaissance l'abordèrent. Elle s'assit et se mit à
causer gaîment avec un grave personnage à lunettes,
qui lui prodiguait les salamalecs. Je ne comprenais
pas ce qu'elle lui disait; mais il me sembla que le
son de sa voix ne m'était pas inconnu, j'avais entendu cette musique quelque part.

— Cette femme, reprit Richardet après un silence,
confirme la vérité de ma théorie. Les détails de son
visage ne sont point irréprochables. Examinez ses
traits l'un après l'autre; on y peut trouver à redire.
Le front est trop étroit et les tempes trop bombées.
Les sourcils sont d'un beau dessin, mais je les voudrais plus fournis. Le nez n'est pas grec ni romain;
sauf votre respect, c'est ce qu'on appelle un nez
retroussé. La bouche, à mon sens, est trop petite,
les lèvres trop épaisses, trop charnues, et le menton
trop court. Et cependant l'ensemble est ravissant,
moelleux, suave, d'un flou délicieux. C'est ainsi que
dans l'univers...

— Faites-moi grâce de votre harmonie universelle.
Je n'y crois pas; mais en dépit de vos critiques je
crois à la beauté de cette femme.

— Mais je ne critique rien! Savez-vous? il y a dans
ce visage de femme quelque chose d'inachevé qui
en fait le charme. C'est une adorable esquisse. Quand
ce fut le moment de finir, la nature trouva son premier jet si heureux, si réussi, qu'elle craignit de le
gâter et se garda d'y retoucher. Elle a bien fait. N'a-
vez-vous pas remarqué que les esquisses des grands
maîtres parlent plus à notre imagination que leurs
plus beaux tableaux? L'inachevé, c'est l'infini...

— Ah! mon cher Richardet, lui dis-je en lui mettant la main sur la bouche, être aimé d'une telle

femme, ne fût-ce que pendant trois mois, et puis se
jeter à corps perdu dans une périlleuse entreprise...
L'homme qui aurait fait cela pourrait dire : J'ai
vécu.

— Seriez-vous déjà amoureux d'elle?

— Amoureux, non, mais curieux... Il me semble
que je l'ai vue autrefois; mais où donc?

— Nulle part. Nous naissons tous avec l'idée d'une
certaine beauté qui répond à notre tour d'esprit, et
quand nous rencontrons la femme qui ressemble à
notre rêve, nous disons : La voilà! C'est elle!

— Avez-vous jamais dit : La voilà!

— Oui. Ce fut le jour où je vis pour la première
fois la Vénus de Nilo. Hélas! je suis né trop tard.

— Peuh! dis-je en haussant les épaules, je préfère à toutes les Vénus une jolie femme qui est encore plus femme que jolie... Regardez-la papotant
avec l'homme aux lunettes, lequel a toute l'encolure
d'un sot. En deux minutes, elle a appris à jouer de
cet instrument, et elle en tire tout le parti possible.
En quittant cet animal, elle pourra dire, selon le
mot d'un homme d'esprit : Comme je me serais en-
nuyée si je n'avais été là !

Cependant le vent avait fraîchi. L'inconnue fut
prise d'un frisson. Elle fit un signe à sa femme de
chambre, qui se tenait debout près d'elle et qui lui
présenta un bachlik de cachemire brun. Elle le jeta
sur ses épaules et en rabattit le capuchon sur sa
tête.

— Ah! j'y suis, dis-je à Richardet. C'est cette
femme au capuchon brun que j'ai rencontrée à la
gare du Nord le soir de notre départ, et qui m'a valu
une mercuriale de Tronsko.

— C'est un esprit brutal que votre Tronsko, me répondit Richardet; mais il avait raison de vous dire que cette femme était Russe. Sa femme de chambre porte le costume lithuanien, le surtout de gros drap, le fichu de toile blanche entortillé autour de la tête, le corsage de soie, les longues tresses et le triple collier…. Du reste, il ne tient qu'à vous de savoir le nom de votre belle inconnue, ajouta-t-il en me montrant du doigt un carton qu'un mouvement de tangage avait fait rouler à terre, et que la camériste lithuanienne venait de ramasser et de remettre en place. Je me levai, et je lus sur le couvercle du carton cette étiquette : *Comtesse de Liévitz.*

— Ah! c'est la femme au rouleau! dis-je à Richardet. Je ne me la représentais pas ainsi.

Nous arrivions devant Évian. M<sup>me</sup> de Liévitz avait salué sa compagnie et se disposait à débarquer. Richardet fut bien étonné de me voir prendre ma valise sous mon bras. Il me demanda à quoi je pensais et si nous n'allions pas en Valais. Je lui répondis que j'avais changé de projet. Il crut que je plaisantais; mais je débarquai, et il me suivit. Un phaéton attelé de deux chevaux pommelés attendait M<sup>me</sup> de Liévitz. Elle y monta, jeta un regard de notre côté. Le cocher toucha, et les chevaux partirent au grand trot. Je fis venir une voiture de louage; je demandai au voiturier quel était le village le plus proche de Maxilly. Il me répondit que c'était la Tour-Ronde.

— Va pour la Tour-Ronde! lui dis-je, et nous nous acheminâmes le long de cette route charmante, plantée de noyers, qui côtoie le lac et l'accompagne des heures durant dans ses onduleuses sinuosités. A gauche, une grève courte que lave le flot, des filets qui

séchent, tendus sur des piquets, des cahutes de
planches où les pêcheurs serrent leurs engins, des
bateaux à l'ancre, d'autres tirés à sec et qu'on a
couchés sur le flanc pour réparer leurs avaries,
des écueils à fleur d'eau, ourlés d'écume et où la
mouette se pose. A droite, une terrasse étagée longue de plusieurs lieues, dont les pentes sont ombra-
gées de vastes châtaigneraies et dont les sommets se
hérissent de sapinières. Par delà se dressent des
rochers abrupts, des pics chenus, âpres et chauves,
solitaires qui depuis des milliers d'années regardent
ce que font les hommes et se taisent.

Richardet était pensif, soucieux. Il ne desserra les
dents que lorsque nous atteignîmes les premières
maisons de la Tour-Ronde.

— Ah çà ! quel est votre projet ? me dit-il.

— J'ai trois mois devant moi, lui répondis-je. Une
curiosité m'est venue, qui va m'aider à tuer le
temps. Cette femme a quelque chose au fond des
yeux, je veux savoir ce que c'est.


# VIII


Si vous allez jamais à la Tour-Ronde, vous verrez
à l'entrée du village une maisonnette assise au bord
de l'eau. Elle est précédée d'une vérandah tapissée
de jasmin, bordée de capucines. J'avais aperçu, en
passant, un écriteau qui portait ces mots : « Le Jasmin, maison meublée à louer au mois ou à l'année. »
Je m'enquis aussitôt du propriétaire, il était en
voyage ; mais avant de partir il avait remis sa pro-

curation à l'aubergiste de *la Comète*, avec lequel je
n'eus pas de peine à m'entendre. Je louai pour trois
mois le Jasmin. L'aubergiste se chargea de me nourrir et me procura, séance tenante, un petit domestique qui se nommait Fanchonneau et n'avait pas les
mains gourdes ni la langue manchote. Dès le lendemain, je m'installai au Jasmin. Ma chambre donnait
sur le lac, qui battait le pied de la muraille ; quand
la vague était forte, l'écume rejaillissait jusqu'à mes
fenêtres.

Richardet était bien étonné, mais il ne me fit aucune objection. Il se disait apparemment qu'un clou
chasse l'autre ; comme don Quichotte au retour de
sa seconde campagne, j'étais en train d'échanger
ma folie guerrière contre une folie romanesque et
pastorale, il fallait me laisser faire. Le brave garçon
comptait sur le printemps, sur les vergers en fleur et
peut-être sur les beaux yeux de M^me de Liévitz
pour me détendre la fibre ; ne lisant plus de journaux, je penserais moins à la Pologne ; insensible-
ment je verrais la vie sous un autre aspect, je me
convertirais à l'harmonie universelle, et il pourrait
écrire à ma mère : « Le chat dort ; ne le réveillons
pas. »

Il se rendit à Genève pour y chercher nos ba-
gages et ses livres, dont il ne pouvait se passer.
Quelques instants après son départ, j'écrivis à
Tronsko une lettre conçue à peu près comme suit :

« J'ai rencontré l'autre jour dans un café de Genève le jeune comte Z... Il me parla d'*Elle* et des
choses saintes. A la suite de notre conversation,
j'eus un accès de fièvre et une nuit d'insomnie. Je
résolus d'aller passer le reste de mon temps d'é-

preuve dans quelque solitude des Alpes où l'on n'entend parler de rien, où les journaux ne parviennent
point. Après réflexion, j'ai pris un parti moins violent ; je me suis établi en Savoie, au bord du lac de
Genève, dans un petit village appelé la Tour-Ronde.
Les habitants sont des pêcheurs qui ne s'occupent
guère d'*Elle*. Au surplus, j'ai trouvé à la Tour-
Ronde une distraction, presque une occupation. Je
pousserai le temps avec l'épaule.

« Dites à ma mère que Richardet se porte bien,
qu'il engraisse. Ce cher ami suit fidèlement les instructions qu'on lui a données. Il dépensera jusqu'à
son dernier syllogisme pour me démontrer que les
faits accomplis sont les juges infaillibles du bien et
du mal ; mais ma tête revêche ne mord pas à la
philosophie de l'histoire. Je n'ai pas de nuances
dans l'esprit ; je croirai toujours qu'un chat est un
chat, et qu'un héros est plus utile au genre humain
qu'un philosophe. C'est bête, mais c'est comme
cela.

« J'ai lu dernièrement un passage de Mierolawski
qui m'est entré dans la tête comme un coup de pistolet : « Dieu n'envoie plus aux nations des sauveurs
tout faits, il leur envoie seulement des matrices
appelées idées, et c'est aux nations à couler dans
ces moules la quantité de héros de plâtre qu'il leur
faut pour chaque révolution. Ce n'est ni solide ni
original comme une statue antique, mais avec du
plâtre, de l'attention et de la patience on en a tant
que l'on veut. Le tout est de les cuire proprement au feu du canon. » Je suis un bonhomme de
plâtre ; quand le canon m'aura cuit, je serai de
bronze.

« Adieu, Tronsko. Dans trois mois d'ici, jour pour jour, vous me verrez entrer chez vous, et je vous sommerai de tenir votre promesse. »

Je sortis pour jeter ma lettre à la poste. C'était jour de fête. La grande rue du village regorgeait de paysans endimanchés, les uns faisant cercle et causant, d'autres jouant au bouchon, d'autres vidant des pots et fumant leur pipe sur le pas de leur porte. Tout à coup il se fit un mouvement dans cette foule. Les causeries, les jeux et les libations furent interrompus ; tous les visages se tournèrent du même côté. Il se passait quelque chose. L'événement qui mettait le village en émoi était l'apparition d'une élégante calèche attelée de quatre chevaux et conduite par un petit postillon botté jusqu'à la ceinture et coquettement chamarré. Dans cette calèche était une femme vêtue d'une robe de soie grise et que je reconnus bientôt pour Mᵐᵉ de Liévitz. Sur son passage, les hommes se découvraient, les femmes tiraient de profondes révérences, les gamins jouaient des coudes pour percer la foule et contempler de plus près l'événement. Le postillon mit ses chevaux au pas. Mᵐᵉ de Liévitz se penchait à droite et à gauche, saluant de la tête et de son ombrelle; on eût dit une reine remerciant ses peuples de leurs empressements. Quand elle passa devant moi, je fus frappé de l'expression radieuse de son visage; elle répandait autour d'elle des sourires à pleines lèvres; elle était heureuse de la sensation qu'elle causait, du brouhaha d'admiration qui s'élevait sur ses pas. A vrai dire, son public ne se composait que de bûcherons et de pêcheurs ; mais l'enthousiasme populaire est le plus doux au cœur d'une jolie femme, il écarquille naïvement les yeux, il se donne pour ce qu'il est; c'est du vin franc.

Comme la calèche allait dépasser la dernière maison du village, M⁰ᵉ de Liévitz vit venir le curé de la Tour-Ronde. Elle fit signe à son postillon d'arrêter, au curé d'approcher. Le bonhomme serra la muraille, tenta de s'esquiver; mais on n'échappait pas ainsi à M⁰ᵉ de Liévitz. Elle l'appela de sa voix musicale; il fallut bien qu'il s'exécutât. Il s'avança, l'air empêché de sa personne et de son grand parapluie rouge, qu'il avait ouvert pour se garantir du soleil. Je ne sais ce qu'elle lui dit; il répondait en baissant les yeux et en tortillant entre ses doigts l'un des pans de sa soutane. M⁰ᵉ de Liévitz éleva la voix : — Nous reparlerons de cela jeudi, lui dit-elle. Oh! point de défaite! Vous m'avez promis de venir dîner tous les jeudis à Maxilly. Nous vous attendrons. — Il se confondit en remercîments, en quoi il eut tort, car son parapluie lui échappa de la main et en tombant effleura la croupe de l'un des chevaux, qui fit mine de se cabrer. Le postillon eut grand'peine à le contenir. Un malheur n'arrive jamais seul. Le curé se baissa pour reprendre son bien, et dans sa précipitation il faillit écraser un chien qui cherchait fortune dans un tas de chiffons, et qui se mit à pousser d'affreux hurlements.

— Ah! madame! s'écria le pauvre homme, à qui l'excès de son malheur rendait subitement l'usage de sa langue, comment pouvez-vous entreprendre d'apprivoiser un rustaud tel que moi? La dernière fois que j'ai dîné à Maxilly, j'ai cassé deux flacons.

— Vous en casserez dix, si cela vous plaît, lui répondit-elle; mais je compte sur vous.

Et à ces mots elle lui tendit une petite main finement gantée, qu'il pressa timidement dans sa grosse
patte rouge, sur quoi la voiture repartit.

Quelques heures plus tard, guidé par Fanchonneau, j'entrepris une tournée d'exploration dans les
environs de Maxilly. Comme je gravissais une côte
rapide, j'aperçus, en retournant la tête, le curé de la
Tour. Je l'attendis sous prétexte de souffler; je l'a-
bordai et j'entrepris de le faire causer. Ce ne fut
pas facile : fils de paysans, très-paysan lui-même,
il était de son pays, où l'on tourne dix fois sa langue
dans sa bouche avant de convenir que la pluie
mouille, parce qu'il ne faut se brouiller avec personne; mais il avait affaire à un têtu, et il dut se résoudre à satisfaire ma curiosité. J'appris de lui que
M⁰ᵉ de Liévitz était « une femme extraordinaire, »
que depuis deux ans qu'elle possédait Maxilly, ses
bonnes œuvres, ses abondantes charités, l'avaient
mise en renom dans toute la contrée environnante,
et qu'elle y faisait la pluie et le beau temps. On ne
jurait que par elle, les villageois lui attribuaient une
sorte de puissance magique, le don de lire dans les
cœurs. Elle avait auprès d'elle un docteur allemand
très-habile qui soignait les pauvres gratis; elle-
même se chargeait du spirituel; elle donnait des
consultations morales; sa porte était ouverte à
qui voulait entrer; chaque matin, son antichambre
s'emplissait de monde, les uns venant lui conter
leurs peines de cœur, les autres leurs embarras d'argent; elle accordait les plaideurs, réta-
blissait la paix dans les familles, arrangeait des
mariages, résolvait les cas de conscience, chapitrait les querelleurs et les ivrognes, et comme par

7

l'effet d'un charme renvoyait tout le monde content.

— Elle doit être souvent dupe, dis-je au curé.

— Il n'est pas d'exemple, me répondit-il, qu'on l'ait jamais trompée. Elle a des yeux!.. Ils me font peur.

— Mais il me semble qu'elle emplète sur vos fonctions. Voyez-vous avec plaisir qu'une hérétique...?

Il se hâta de m'interrompre. — Quand monseigneur vient ici pour la confirmation, il dîne à Maxilly, reprit-il d'un ton discret; puis revenant à son premier mot : — Oh! c'est une femme extraordinaire, — il me salua et tira de son côté.

Pendant que le curé me faisait l'éloge de M⁽ᵐᵉ⁾ de Liévitz, j'avais surpris plus d'un sourire narquois sur les lèvres de Fanchonneau. Ce petit garçon avait servi à Lyon chez un restaurateur, qui l'avait renvoyé pour je ne sais quelle fredaine. Il se piquait d'avoir vu du pays et de connaître le dessous des cartes. — Et toi, Fanchonneau, lui demandai-je, que penses-tu de M⁽ᵐᵉ⁾ de Liévitz?

— Eh bien! quoi? me dit-il en se rengorgeant. Je pense que c'est une tripoteuse.

— Qu'est-ce à dire, Fanchonneau?

— Dame! elle a le goût du tripotage, elle tripote... On prétend qu'elle est bonne comme du pain bénit, poursuivit-il après un silence. Moi, je crois qu'elle s'ennuie et qu'elle aime à fouiner dans les affaires des autres. Affaire de tuer le temps! Les bêtas de par ici la croient un peu sorcière. Donnez-moi ses millions et ses yeux, et vous verrez beau jeu,... car pour des yeux, elle a des yeux, et de fameux encore! Vous savez, de ces yeux qui vous empoignent comme avec un crochet. Et quand elle vous regarde il semble

qu'il n'y en a que pour vous... J'ai vu à Lyon une
petite femme qui avait de ces prunelles à crochets.
«Son amant, qui était caissier dans une banque,
chipa un jour trente mille francs pour lui donner
des cachemires. Que voulez-vous ? il y a des yeux
comme cela... Voulez-vous voir Maxilly? ajouta-t-il.
C'est bien facile; y entre qui veut.

— Je ne veux pas entrer, lui dis-je; il me suffira
de voir.

— Eh bien! prenons par ici.

Nous quittâmes notre chemin montant pour suivre
une traverse qui courait à mi-côte de la colline pa-
rallèlement à la grande route. Nous n'avions pas fait
cent pas que je vis venir à notre rencontre un jeune
homme chevelu, fluet, pâlot, qui marchait d'un pas
leste en promenant ses regards de tous les côtés.
Dès qu'il nous eut atteints : — N'auriez-vous pas
aperçu, dit-il à Fanchonneau, une petite chienne?...

— Blanche? interrompit Fanchonneau.

— Précisément.

— Au poil frisé?

— Vous l'avez donc vue?

— C'est la petite Mirza, reprit Fanchonneau, la
chienne à Mᵐᵉ de Liévitz.

— Mirza, si vous voulez, répondit l'inconnu avec
une nuance de hauteur. Il trouvait mauvais qu'un
Fanchonneau se permît d'appeler cavalièrement par
son nom la chienne de Mᵐᵉ de Liévitz.

— Il s'est donc sauvé, ce toutou chéri? poursuivit
l'aimable Fanchonneau, qui, me sentant derrière lui,
dressait la crête comme un coq sur son fumier.

Le jeune homme fit un geste de colère; les mains
lui démangeaient. Il me regarda; puis il repartit

comme un trait, en essuyant avec son mouchoir la
sueur qui ruisselait de son front.

— Soyez poli avec les passants, dis-je à Fanchonneau, ou vous ne serez pas longtemps à mon service.

Il ne s'émut pas de ma remontrance, et secouant
ses oreilles : — C'est le petit Livade, fit-il, un virtuose, comme on dit dans le grand monde à Lyon.
Il en a dans l'aile, celui-là! Il n'y a pas moyen qu'il
parle de M<sup>me</sup> de Liévitz sans devenir rouge comme
un coquelicot. A-t-il de la chance, ce gaillard! Il
loge chez la dame, car il faut vous dire, quand elle
a tracassé tout le jour, il lui faut de la musique le
soir pour se remettre les nerfs. Alors la voilà qui
s'étend dans un grand fauteuil, et le petit Livade
grimpe sur un tabouret, il ouvre son épinette et tape
dessus à tour de bras : un vacarme à ne pas entendre
Dieu tonner!... Oh! je sais son nom à ce petit Livade,
ajouta-t-il, c'est un greluchon.

— Fanchonneau, lui dis-je, gardez pour vous les
belles choses que vous avez apprises à Lyon.

Nous quittâmes le chemin, nous prîmes à travers
champs, et nous arrivâmes bientôt au bord d'une ra-
vine étroite et profonde, aux pentes rocheuses tapis-
sées de lierre et de ronces. Dans le fond coule à petit
bruit un triste ruisseau, bordé de grêles bouleaux,
de peupliers frissonnants, d'aunes grimaçants et tor-
tus. De vieux sapins font çà et là des taches noires.
Cette sauvagerie forme un accident bizarre au milieu
des riantes prairies, des châtaigneraies, des moissons et des treilles qui l'environnent de toutes parts.
C'est un de ces endroits que la nature se réserve,
où elle entend que personne ne la dérange. La corneille y peut croasser à son aise, le vent peut y cau-

ser avec les trembles; mais la voix de l'homme y
détonne, elle n'a pas assez de mystère, elle inquiète
la silencieuse mélancolie des choses.

Au-delà de cette grande faille s'étend une longue
terrasse qui fait face au lac. A l'un des bouts et sur
la crête même du ravin, un vieux manoir croulant;
à l'autre bout, un château tout neuf, dont je n'apercevais que les girouettes scintillant au soleil. Entre
la maison morte et la maison vivante, un grand jardin clos de murs et une avenue de platanes. Plus
bas et sur toute la longueur de la terrasse règne un
berceau de vigne dont les supports, selon l'usage du
pays, sont faits de grosses branches de châtaigniers
écorcées, qui ressemblent à des ramures de cerf avec
leurs andouillers. La vigne grimpe le long de ces
étais, s'enroule autour des traverses qui les rejoi-
gnent, et dessine de vastes arceaux que ses pampres
festonnent.

Pendant que j'examinais les lieux, Fanchonneau
me dit à l'oreille : — Nous allons faire lever un
lièvre. — Il me montra du doigt, à trente pas de
nous, un noyer et, adossé contre ce noyer, un
homme immobile, lequel tenait ses yeux collés à une
lunette qu'il avait braquée sur la terrasse de Maxilly.
Ce personnage, d'une maigreur extrême, était telle-
ment absorbé dans sa contemplation, qu'il ne nous
avait point entendus venir. — En voilà encore un
qui en tient pour la dame! reprit Fanchonneau. C'est
le baron de la Tour. Quand il n'est pas à Maxilly,
il n'en est pas loin. On dirait un matou qui rôde
autour des cuisines; mais il n'aura jamais que la
fumée du rôti. Enfoncé le baron! Le petit Livade a
pour lui ses cheveux de saule pleureur et sa serinette.

Ces derniers mots furent entendus du baron, qui
tressaillit, retourna la tête de notre côté, fourra
précipitamment sa lunette dans sa poche, et, confus
d'avoir été surpris et dérangé, s'éloigna d'un air ra-
geur.

— M. le curé vous disait, reprit le gamin, que
M<sup>me</sup> de Liévitz arrange des mariages. Il y en a aussi
qu'elle dérange, allez! M<sup>me</sup> de la Tour, qui est une
chipie, chante souvent pouille à son mari quand il
est allé deux fois dans le jour à Maxilly; mais chat
fouetté retourne au fromage.

— Trêve de ragots! dis-je à Fanchonneau, dont
les histoires commençaient à m'agacer.

Nous suivîmes un sentier qui longe la crête du
ravin et descend par ressauts à la grand'route. Fanchonneau marcha quelque temps devant moi sans
mot dire. Tout à coup il s'arrêta. — Et de trois!
s'écria-t-il. Voilà encore un des amoureux de la
dame de Maxilly.

— J'aperçus un homme de taille gigantesque et
de bizarre apparence qui gravissait le sentier. Une
tête carrée posée de guingois sur de larges épaules,
un grand nez épaté, à peine équarri, de gros yeux
ronds à fleur de visage, des cheveux crépus, une
barbe inculte, une cravate recroquevillée, une souquenille galonnée de brandebourgs et une trique
ferrée, voilà le personnage. Il était nu-tête, par
l'excellente raison qu'il n'avait point de chapeau.

— C'est M. Pardenaire, me dit Fanchonneau, un
ancien maréchal des logis qui, en quittant le service,
s'était fait garde champêtre. Dans le temps, il a fait
un petit héritage, et il a fricassé le magot avec des
filles. Quand il s'est vu sans le sou, sa tête a démé-

nagé. On l'a tenu enfermé quelque temps, puis on
l'a lâché. Il n'est pas méchant ; mais il ne faut pas
le vexer. Si on lui échauffait les oreilles, il vous
saignerait un homme comme un poulet. C'est un
drôle de compagnon, monsieur. Autrefois il allait de
porte en porte demandant en mariage toutes les
filles du canton ; mais aujourd'hui, serviteur. Des
paysannes, fi donc ! Il lui faut mieux que cela. Voyez
plutôt.

L'ancien garde champêtre s'était arrêté. Il contemplait Maxilly bouche béante ; puis il porta sa
main à ses lèvres, et envoya deux ou trois baisers
dans la direction du château, après quoi il poussa
un soupir à fendre l'âme, et dévala le long d'un
couloir qui conduisait au fond du ravin.

— Décidément, me dis-je, c'est une épidémie.

Ils ne mouraient pas tous, mais tous étaient frappés.

Nous atteignîmes bientôt une scierie située à
l'extrémité de la gorge, dont elle marque l'étroite
issue. Comme je mettais le pied sur la grand'route,
un passant, qui mâchonnait entre ses dents un
cigare éteint, s'approcha de moi pour me demander
du feu. C'était un petit homme ventru, très-bas sur
jambes, la tête enfoncée dans les épaules, laid
comme un sapajou, mais d'une laideur spirituelle,
amusante ; l'air goguenard, de petits yeux clairs,
perçants, questionneurs, dont la malice s'accordait
avec l'expression narquoise d'une grande bouche
sinueuse qui courait d'une oreille à l'autre. Après
avoir rallumé son cigare, il me remercia avec un
accent tudesque très-prononcé, et, contournant le
ravin, il enfila le sentier qui mène à Maxilly.

— On peut dire, monsieur, que vous avez de la
chance, s'écria Fanchonneau ; vous avez vu d'un
seul coup toute la ménagerie.

— Ce gros petit homme est encore un des adora-
teurs de M⁰ de Liévitz ?

— Lui ? Pas si bête ! C'est un Allemand, le docteur Meergraf, celui qui soigne les corps, comme
disait M. le curé, pendant qu'elle médicamente les
âmes. Un rude malin, ce docteur Meergraf. Il vous
a des yeux qui se moquent de tout et qui ne prennent pas des vessies pour des lanternes. Il connaît
tous les dessous, celui-là.

— Allons, me dis-je, je trouverai bien ici de quoi
m'amuser ou m'occuper pendant trois mois.

Et je retournai au Jasmin, suivi de mon indisci-
pliné domestique, qui ramassait des galets et faisait
des ricochets dans le lac.

Le lendemain, je rencontrai un colporteur ; à son
grand étonnement, je lui achetai toute sa balle de
livres ; à vrai dire, elle ne pesait pas gros, et j'en
fus quitte à bon compte. Je me rendis ensuite à
Évian, j'entrai chez une fripière, je fis emplette
d'une jaquette de futaine, d'un pantalon à l'avenant,
d'une chemise de calicot, d'une casquette de peau
de lapin. Un coiffeur me fournit une perruque et
une barbiche. J'emportai tout ce bagage au Jasmin,
où je trouvai Richardet, qui arrivait de Genève. Il
fut bien étonné en me voyant déballer mes volumes
estampillés et mes hardes.

— De quelle folie, me dit-il, êtes-vous en train
d'accoucher ?

Je lui répondis que je me proposais d'aller étudier M⁰⁰ de Liévitz chez elle et de mettre à l'é-

prouve ce sens divinatoire qu'on lui attribuait.

— Ah ! reprit il, parlons de cette femme. Je puis
vous donner de ses nouvelles. Je suis descendu hier
à l'hôtel de la Paix, et j'y ai dîné à table d'hôte.
Entre la poire et le fromage, quelqu'un prononça le
nom de M^me de Liévitz ; sur quoi chacun dit son
mot. Vous savez qu'elle a passé l'hiver à Genève.
L'homme aux lunettes d'or que nous avons rencontré
sur le bateau à vapeur entama le panégyrique de
cette sainte. Il nous la peignit comme un cœur sensible et tendre, comme une sœur grise, comme le
type le plus achevé de toutes les vertus théologales.
— Vous vous trompez bien, lui dit un baron suédois.
Cette sainte est amoureuse comme une chatte. —
Vous vous trompez l'un et l'autre, dit un troisième ;
elle n'est ni sainte ni amoureuse. C'est une grande
coquette au cœur froid à faire geler le mercure.

Une princesse russe, qui avait hoché la tête en les
écoutant, dit à son tour : — Vous n'y êtes point. Je
la connais, moi qui vous parle. M^me de Liévitz n'est
une sœur grise que lorsqu'elle s'ennuie ; elle joue à
la charité par désœuvrement comme on joue au
boston ou aux demandes et réponses. Elle n'est
coquette que par occasion et quand elle n'a rien de
mieux à faire. Elle n'est amoureuse que très-rare-
ment, et encore faut-il que cela puisse lui servir
à quelque chose. M^me de Liévitz n'a qu'une passion,
l'ambition, elle est née avec le goût et le génie des
affaires, et des grandes affaires. Où ne serait-elle
point arrivée, si son instrument ne s'était brisé
entre ses mains ?

Là-dessus, elle nous raconta le mariage de cette
ambitieuse et sa brouillerie avec son mari. « M. de

Liévitz est, paraît-il, un pauvre hère, un pleutre, au demeurant la meilleure pâte d'homme qui fut jamais. Sa femme trouva beau de pétrir cette pâte à sa guise et de la faire lever; elle jura que de ce pleutre elle ferait quelque chose. Elle gagna sa gageure; elle réussit à lancer le bonhomme. Il fut chargé successivement de plusieurs missions diplomatiques; il s'en acquitta avec un talent et un succès dont furent confondus tous ceux qui, dans les affaires de ce monde, ne cherchent pas la femme. Son seul mérite fut de sentir son néant, de se laisser mener à la lisière. Son Égérie était là, pensant pour lui, le soufflant, l'endoctrinant et manœuvrant si adroitement son pantin que personne n'apercevait les ficelles, car elle n'est pas vaniteuse. Le bonheur amollit les âmes les mieux trempées; elle était si heureuse dans ce temps-là qu'elle se permit, dit-on, quelques faiblesses de cœur; mais c'est un point contesté. Cependant le pantin n'était pas heureux, lui. Il trouvait son métier dur. Être tiraillé de droite, de gauche! Ses pauvres petits bras n'en pouvaient plus, il éprouvait un endolorissement à la saignée. Et puis M. de Liévitz est d'origine allemande, et dans la sottise d'entre Rhin et Vistule il y a toujours un peu de candeur rêveuse, une sorte de poésie soupe-au-lait. Bref, cet homme est capable d'agir par sentiment, vice radical dont sa femme n'a pu le guérir. Son rêve était de vivre dans sa Courlande en gentilhomme campagnard et de faire chaque matin le tour de son potager en pantoufles et en robe de chambre. Ce rêve l'a perdu.

« Il revenait, il y a trois ans, de Bucharest, où il avait négocié avec une infinie dextérité une affaire

très-délicate. Succès complet, enlevé! Il se trouvait
dans une passe superbe; Mᵐᵉ de Liévitz était aux
anges. D'un seul mot, l'animal anéantit leurs com-
munes espérances. A la première audience qu'il eut
de l'empereur, celui-ci lui témoigna combien il était
content de ses services. — Liévitz, lui dit-il, que
désirez-vous? Le malheureux ne put retenir un cri
du cœur. — Sire, du repos! répondit-il. — Et voilà
ce maître sot qui, d'un ton geignant, fait le détail de
toutes les peines qu'il s'est données, de toutes les
couleuvres qu'il a avalées. L'empereur ne le laissa
pas achever, et avec un geste qui lui annonçait son
irrévocable disgrâce : — Du repos! fit-il. Qu'à cela
ne tienne! Allez vous reposer en Courlande tant
qu'il vous plaira. — Et il lui tourna brusquement le
dos.

« Ce fut une affaire pour ce pauvre homme d'aller
conter sa mésaventure à son Égérie. Il prit brave-
ment son parti, se jeta sur le sentiment. Il lui représenta que les grandeurs sont des fumées, que la
vraie félicité consiste à rester chez soi et à planter
ses choux. Peut-être lui récita-t-il la fable des deux
pigeons. Jugez comme elle reçut cette bombe! Il
n'avait qu'un moyen de se faire pardonner : un mari
délicat se serait brûlé la cervelle séance tenante
pour laisser à sa femme le champ libre et la faculté
de recommencer la partie avec un autre; mais ces
Allemands sont têtus comme des ânes rouges. Non-
seulement il eut l'indélicatesse de ne se point tuer,
mais il refusa de rien tenter pour réparer sa sottise,
pour revenir sur l'eau. Il avait un air de délivrance.
Mᵐᵉ de Liévitz vit le pleutre à découvert, et l'écrasa
d'un regard de mépris, vous savez, d'un de ces

regards qui vous enveloppent un homme de la tête
aux pieds, et en voilà pour la vie. Elle le planta là,
et, accompagnée d'un médecin qui, à ce qu'il semble, est son confident et son directeur, elle s'en alla
promener en Italie, en France, en Savoie, son loisir
forcé et l'incurable inquiétude de son humeur.

« Ce qui est fâcheux pour le mari, c'est qu'il y a
deux mois il est venu trouver sa femme à Genève
pour régler avec elle je ne sais quelles affaires d'intérêt. A peine l'eut-il revue, voilà un homme qui
se renflamme à en perdre la tête et les yeux. Ce fut
un coup de foudre. Il s'est jeté à ses genoux en lar-
moyant ; elle a répondu à ses déclarations par un
sourire qui signifiait : jamais ! Puis elle est partie
pour Évian, et le même jour il a disparu. On pense
qu'il est retourné en Courlande conter ses chagrins
amoureux à ses choux. »

Tel fut le récit de la princesse russe. Chacun fit
ses réflexions, mais personne ne changea d'avis. —
Vous me direz ce que vous voudrez, c'est une sainte,
répétait l'homme aux lunettes d'or.

— Et moi je donne ma tête à couper, s'écriait le
baron suédois, que cette femme a eu dans sa vie des
caprices bien étonnants.

— Bah ! fit un lettré genevois, Saint-Simon n'a-t-il
pas dit du prince de Conti qu'il prenait à tâche de
plaire au cordonnier, au laquais, au porteur de chaise,
mais que cet homme si aimable, si charmant, si délicieux n'aimait rien ?

— Oh ! n'allons pas si loin, reprit la princesse.
M'est avis que M⁽ᵉ⁾ de Liévitz aimerait passionnément le quidam qui la délivrerait de son mari... Et
là-dessus on se leva de table.

— D'où je conclus, m'écriai-je, que Fanchonneau n'a pas perdu son temps à Lyon. Il m'a défini cette femme d'un mot qui en dit autant que le récit de votre princesse russe. Allons, j'irai voir demain cette *tripoteuse*.

## IX

Le lendemain matin, quand je me fus accoutré de mon déguisement, sans oublier la perruque ni la barbiche, et que j'eus arrangé mes livres dans leur casier, dont je passai la bricole autour de mon cou, je me présentai devant Richardot. J'ai sans doute hérité de mon père le don de me contrefaire et de me grimer, car Richardot, quoique prévenu, eut quelque peine à me reconnaître.

— Décidément vous allez à Maxilly? me dit-il. Vous êtes donc bien curieux de cette femme? C'est singulier.

Je fus un instant à rêver. — Oui, vous avez raison, lui répondis-je, c'est singulier.

Je m'acheminai vers la scierie, et je gravis le sentier qu'avait suivi la veille le docteur Meergraf. Je passai au pied du château ruiné, qui domine le précipice. Une tour ronde, des pans de murailles, deux cheminées en briques rouges qui se profilent sur le ciel, des poutraisons vermoulues et branlantes, un escalier gironné qui s'arrête court au premier étage, voilà tout ce qui reste de ce grand manoir abandonné aux orties, aux chouettes et à la lune. Près de là est une chapelle ouverte aux quatre vents;

un noyer s'en est emparé, il a l'air de s'y croire chez lui et regarde aux fenêtres.

J'atteignis bientôt l'avenue de platanes. Le vent m'apporta les lointaines volées d'un carillon; il me sembla que le frémissement de cette voix d'airain m'avertissait. Je m'arrêtai une minute, regardant le lac à travers une des arcades de verdure que forment les hutins. Je me disais : — Que suis-je venu faire? à quoi bon? — Mais ma volonté refusa de me dire son secret, je me remis en marche.

On entrait chez M^me de Liévitz comme dans un moulin. Un suisse se tenait pour la forme près de la porte ouverte à deux battants; il laissait passer qui voulait, sans demander son nom à personne. Je pénétrai dans une antichambre, où m'avaient précédé un béquillard et deux bonnes femmes. D'autres arrivèrent après moi. Un laquais en livrée, qui gardait l'accès du lieu très-saint, introduisait les gens à tour de rôle. Enfin mon tour vint, j'entrai. M^me de Liévitz était assise devant une table. Accoudée sur son bras gauche, son front dans sa main, elle compulsait un grand registre in-folio. Elle était vêtue d'une robe de soie noire relevée d'épaulettes et d'agréments rouges. Un rayon de soleil, glissant entre les rideaux, caressait la blancheur de son cou penché, et détachait en lumière une boucle follette de ses cheveux châtains. Il y avait une grâce pensive dans son attitude : le gros registre la faisait rêver.

Elle se retourna, se leva, fit un pas vers moi et me regarda. Je ne sais ce qu'il y avait dans ce regard. Il me sembla que j'étais au bord d'un précipice et que le vertige me gagnait.

— Qu'est-ce donc , mon brave homme? me

dit-elle. On a eu tort de vous laisser entrer,... À
moins que vous n'ayez quelque confidence à me
faire.

— Oh! ma bonne dame, lui répondis-je, les affaires vont si mal! Achetez-moi quelque chose, une
petite bêtise...

— Des bêtises! fit-elle en riant, il y a tant de
gens qui vous en offrent gratis! Enfin, voyons,
qu'avez-vous là?... Des romans! s'écria-t-elle quand
j'eus ouvert ma boîte. Ce n'est pas pour moi, une
vieille femme de vingt-six ans! Il vient ici chaque
matin de braves gens qui me racontent leurs histoires. C'est plus intéressant que tous les contes à
dormir debout de vos romanciers.

— Cependant, ma belle dame, repris-je, on ne
peut toujours tenir son sérieux. Il faut bien se distraire quelquefois.

— Et la musique donc! voilà le vrai roman. Du
moment qu'il s'agit de se distraire, il faut s'étourdir,
et, si j'étais homme, je préférerais le haschich au
vin... Mais vous ne savez pas ce que c'est que le
haschich.

Je fus tenté de lui répondre : il y en a dans vos
yeux, car, chaque fois qu'elle les levait sur moi, le
vertige me reprenait et toutes mes idées tournaient
en rond dans ma tête. C'étaient des yeux gris bien
étranges, nuancés de violet, tantôt plus clairs, tantôt
plus foncés, et qui tour à tour se dérobaient dans
l'ombre ou lançaient de longs jets de lumière; on
eût dit ces phares électriques qui semblent pâlir et
s'éteindre et bientôt se raviventjusqu'à vous éblouir.
L'expression du regard n'était pas moins changeante
que la couleur des yeux. Le plus souvent très-net.

par moments incertain et fuyant, ce regard tantôt
volait droit comme une flèche, tantôt semblait flotter
dans l'air, puis tout à coup il fondait sur vous, il
vous prenait, il vous happait, il faisait en quelque
sorte le vide autour de vous; prince ou porteur
d'eau, l'homme que regardait cette femme pouvait
croire qu'il était le seul être qu'elle comptât pour
quelque chose, que seul il existait pour elle; le reste
de l'univers était néant.

— Je n'ai pas seulement des romans, repris-je.
Voici de jolis livres de dévotion.

Elle haussa les épaules. — Qu'est-ce donc qu'une
jolie dévotion? me dit-elle. Enjoliver Dieu! Il est
l'infini ou il n'est rien... *Les Roses de la Croix!*
ajouta-t-elle en parcourant des yeux quelques titres,
*les Fleurs de Marie!* Oh! j'ai horreur de cette litté-
rature, et vous êtes un empoisonneur. Remballez,
mon ami, remballez. Ce disant, elle me poussait
doucement par les épaules.

— Belle dame, m'écriai-je, sera-t-il dit qu'un jour
quelqu'un est sorti de chez vous mécontent?

Elle parut flattée de ce compliment indirect, et se
radoucissant: — Je ne veux rien vous acheter; mais
puis-je vous être bonne à quelque chose? N'avez-
vous rien à me demander? Vous y réfléchirez. Passez
dans ce petit salon. Vous me répondrez tout à
l'heure. Il y a là de braves gens qui attendent, et je
crains qu'ils ne s'impatientent.

J'entrai dans le petit salon, qui n'était séparé du
grand que par une portière dont les deux pans
étaient relevés par des embrasses. Je pouvais tout
voir sans qu'il y eût de ma faute.

M** de Liévitz tira un cordon de sonnette, et le

laquais introduisit une jeune femme qui s'avança
d'un air gauche, la tête basse. L'exquise affabilité
de M*** de Liévita rassura peu à peu cette timidité
effarouchée. Après une préface très-décousue, la
solliciteuse raconta qu'elle était épicière, que son
petit commerce allait par le plus bas, qu'elle avait
souscrit un billet, que l'échéance était proche, qu'elle
craignait un protêt : elle se voyait déjà mourant sur
la paille, elle et ses enfants. Là-dessus, elle lâcha la
bonde à ses larmes. M*** de Liévitz lui promit de ne
la point laisser dans l'embarras; mais, avant de lui
venir en aide, elle entendait se rendre compte de sa
situation, examiner ses livres et sa caisse : ce
n'était pas tout d'être une bonne femme, il fallait
avoir l'esprit du commerce; peut-être aurait-elle de
bons conseils à lui donner. — Aujourd'hui, à quatre
heures, je serai chez vous, lui dit-elle.

— Ah! madame la comtesse, s'écria l'épicière en
joignant les mains, comme on a raison de dire
que vous êtes la sainte Providence en chair et en
os!

— Oh! ne confondons pas le maître et ses ouvriers, lui répondit-elle; mais savez-vous? je gagerais que vous avez l'habitude de conter vos doléances
à vos pratiques. Vous les recevez tristement, les
yeux rouges, d'un air à porter le diable en terre; ce
n'est pas le moyen d'attirer le chaland. Le premier
devoir d'une marchande est d'être accorte. Il n'y a
que le bonheur qui réussisse. Il faut avoir l'air heureux... Voyons, savez-vous sourire?... Mais souriez
donc!... Bien, c'est à peu près cela. A tantôt, ayez
confiance en moi.

A l'épicière, qui sortit radieuse, succéda un grand

8

garçon bien bâti, à l'œil sombre, au regard ombrageux. C'était un beau ténébreux de village.

— Eh bien! Robert, lui dit M<sup>me</sup> de Liévitz, est-il donc vrai que vous ayez formé le beau projet de planter là votre femme et de partir pour l'Amérique?... Oh! je vous en ferai bien revenir.

Le beau-ténébreux jeta un regard de mon côté.

— Parlez bas, lui dit-elle.

Il entama un long récit dont je n'attrapai que quelques mots. Il avait, paraît-il, à se plaindre de sa femme, laquelle était acariâtre, répondeuse, mettait trop de ruches à ses bonnets, et faisait de l'œil à tout venant; il y avait anguille sous roche, il avait surpris des galants rôdant le soir sous ses fenêtres. M<sup>me</sup> de Liévitz lui parla longtemps à voix basse, puis élevant le ton : — Croyez-moi, mon cher garçon, lui dit-elle, le mariage est une société de tolérance mutuelle. Nos déceptions ne nous affranchissent d'aucun devoir. Nous vivons dans le monde des à peu près. Il faut savoir se contenter d'un à peu près de bonheur et ne pas tout perdre sur un soupçon.

Elle s'était levée, et, s'accoudant sur la cheminée, elle tournait la tête de mon côté. Je voyais en plein son visage. Richardet disait vrai : il y avait dans ce visage je ne sais quoi d'inachevé qui en faisait le charme et l'étrangeté. Le grand artiste qui avait dessiné cette figure avait laissé courir sa main. On pouvait douter qu'il eût bien su ce qu'il allait faisant, qu'il eût dans la tête un motif bien arrêté, ou bien son pinceau lui avait tourné entre les doigts. Cette figure n'était pas d'ensemble, la logique y trouvait à redire; mais, au moment de raccorder son esquisse, l'artiste n'avait eu le courage de sacrifier aucun des

hasards de son inspiration. Il avait jeté sa brosse en
s'écriant : Cette tête de femme sera une énigme, et
chacun en pensera ce qu'il lui plaira. — Il ne s'était
pas trompé, on disait : elle est charmante, mais qui
est-ce donc ?

Le haut du visage avait un cachet de noblesse, de
pureté presque céleste, quelque chose de pensif et
de pensant. Le front était comme baigné par de
mystérieuses effluves qui venaient du dedans et qui
en amollissaient les contours; des reflets dorés se
jouaient dans les cheveux châtains, et des blancheurs
flottaient sur les tempes, où se dessinait un réseau
de petites veines bleues. Il y avait sur ce front comme
une moiteur lumineuse; on eût dit par instants le
commencement d'une auréole. En revanche, le menton court mollement arrondi, presque double, s'accordait avec les fortes attaches du cou, avec les
formes pleines, riches, onduleuses, des épaules et
du sein. La bouche, petite, mais épaisse, charnue,
aux lèvres saillantes, fraîche et vermeille comme
une cerise, armée d'une fossette à chaque coin, respirait une grâce voluptueuse et appelait le baiser.
Ajoutez le contraste que formait le timbre enchan-
teur d'une voix de sirène avec l'inquiétante netteté
du regard, où se révélait une volonté toujours présente et toujours attentive. — Quelle est donc cette
femme ? me disais-je en la dévorant des yeux. Elle
a le front d'une intelligence et la bouche d'une courtisane!

Je ne sais si le prône de M^{me} de Liévitz avait convaincu Robert; mais sa voix chantante l'avait
magnétisé. Le beau-ténébreux restait immobile sur
sa chaise, les bras pendants, le regard fiché en terre.

— Mon cher garçon, lui dit-elle, êtes-vous revenu d'Amérique?

Il tressaillit, et se levant : — Cela dépend de Mariette. Si madame la comtesse se chargeait de la mettre à la raison,.. car madame la comtesse a quelque chose dans la voix... Je ne sais pas ce que c'est, mais ça fait pleurer. — Et il essuya ses yeux avec le revers de sa manche.

— Bien, bien, lui dit-elle. J'irai vous voir ce soir après mon dîner. Je veux vous confronter ensemble, elle et vous. Il n'est que de s'entendre. Un peu moins de rubans d'un côté, un peu plus de douceur de l'autre, et tout ira bien.

A peine Robert était-il sorti que la porte se rouvrit avec fracas, et je vis paraître l'ancien garde champêtre, suivi d'un laquais qui semblait vouloir le happer au collet. M^{me} de Liévitz renvoya d'un geste le laquais, et toisa du regard M. Pardenaire. Il n'était pas beau; il avait le teint échauffé, l'œil furieux. Je ne sais de quelle bauge ou de quelle fondrière il sortait; mais sa méchante souquenille était tachée de boue du haut en bas : on ne l'aurait pas touché avec des pincettes.

— Hélène, votre femme de chambre, a voulu m'empêcher d'entrer, s'écria-t-il. Elle prétend que vous avez donné des ordres. Si c'était vrai je tuerais quelqu'un.

Et levant en l'air sa trique ferrée, il se mit à faire le moulinet. Je fus sur le point de m'élancer au secours de M^{me} de Liévitz; mais je fus bientôt rassuré, elle n'avait pas besoin qu'on lui prêtât main-forte. Elle fit un pas vers le fou, et le regardant fixement :

— Je n'avais point donné d'ordres, dit-elle d'une

voix impérieuse; apparemment vous vous êtes
présenté d'une manière peu convenable. Jetez ce
bâton à l'instant, ou vous ne remettrez jamais les
pieds ici.

Pardenaire essaya de braver le regard de cette
petite femme, qui avait la tête de moins que lui;
mais l'instant d'après il baissa les yeux, laissa retomber son bras, et jeta dans un coin son bâton. —
Je le confisque, lui dit Mᵐᵉ de Liévitz. Écoutez-moi
bien, Pardenaire : c'est moi qui vous ai fait donner
la clé des champs. J'ai répondu de votre conduite.
Prenez-y garde, il me suffirait de dire un mot, et on
vous remettrait sous les verrous.

Il tremblait de tous ses membres, comme un écolier qui craint le fouet. Elle reprit d'un ton radouci :
— Ma petite chienne Mirza a disparu.

— Mirza! s'écria-t-il. Je tuerai le brigand qui l'a
volée.

— Vous ne tuerez personne, lui dit-elle; mais je
compte sur vous pour la retrouver... A propos, avez-
vous quelque chose à me dire?

Il répondit d'un ton mystérieux : — Je n'ai point
vu de rôdeur la nuit dernière.

— Quand je vous le disais! fit-elle  Je ne crois pas
à vos rôdeurs.

— Je vous jure cependant, foi de maréchal!...

— Chut. Nous reparlerons de cela une autre fois.
Elle prit une pièce d'or dans un tiroir et, la présen-
tant à Pardenaire : — Vous vous achèterez un sarrau
neuf, pour faire plaisir à Hélène.

— Ah! je me moque bien d'Hélène! s'écria-t-il,
et, tombant à genoux, il se prosterna devant Mᵐᵉ de
Liévitz, baisa dévotement le bas de sa robe. L'hom-

mage de ce sordide et boueux adorateur ne parut
pas lui déplaire; elle était bien aise de voir cette
bête fauve à ses pieds. C'était un cœur très-avarié
que celui de M. Pardenaire; mais enfin c'était un
cœur, et l'on a bientôt fait d'épousseter un tapis.

Quand ce grand escogriffe se fut retiré, le laquais
vint avertir Mme de Liévitz qu'il n'y avait plus personne dans l'antichambre. Elle se rassit devant son
secrétaire et se mit à écrire. Après avoir attendu un
instant, je perdis patience et sortis du petit salon. —
— Ah! vous êtes encore là, mon brave homme! me
dit-elle sans me regarder. Je vous avais oublié. Ces
quatre mots : je vous avais oublié, prononcés d'un
ton glacial, me donnèrent le frisson. En étais-je donc
là que l'oubli de cette femme fût déjà pour moi une
douleur! Je ressentis un mouvement de rage contre
moi-même, et je jurai de briser le filet où mon imprudence s'était laissé prendre.

— Avez-vous réfléchi? reprit-elle sans poser sa
plume. Puis-je vous rendre quelque service?

— Si j'étais marié, lui dis-je, je vous demanderais
de mettre ma femme à la raison, et, si j'étais fou, je
vous demanderais la permission de baiser le bas de
votre robe.

— Comme vous n'êtes qu'un indiscret, me répliqua-t-elle, vous vous contenterez de me demander
pardon. Bon voyage! A l'avenir, n'écoutez plus aux
portes.

— Une portière n'est pas une porte, lui répondis-
je. J'ai entendu sans écouter.

— Et vu sans regarder?

— Vous ne voulez donc rien m'acheter? J'ai perdu
mes pas et mon temps. C'est la faute de quelqu'un...

— De qui donc ?

— D'un Polonais que je suis allé voir ce matin pour lui offrir ma marchandise, et qui m'a dit de venir ici, que j'y trouverais une femme très-extraordinaire qui jette son argent par les fenêtres et qui me prendrait toute ma balle.

— Oh ! oh ! je ne prends pas toujours la balle au bond ! dit-elle en levant sur moi ses yeux à crochets, et elle ajouta : Vous direz de ma part à votre Polonais qu'il est un impertinent.

— Hé ! ces Polonais, repris-je avec un haussement d'épaules, ce sont des pas grand'choses... Un tas de hâbleurs et de boute-feu !

— Je ne parle que du vôtre, répliqua-t-elle vivement, qui n'est pas l'homme le plus poli de la terre. Quant aux autres, pauvres gens ! je les plains et je les admire ! fit-elle d'une voix attendrie.

Cette réponse n'était pas celle que j'attendais et qui m'eût sauvé.

En ce moment, il se fit un bruit de voix dans une cour sur laquelle le salon s'ouvrait par une porte vitrée. M<sup>me</sup> de Liévitz se leva, poussa la porte et s'avança sur le perron. Je la suivis. J'aperçus au milieu de la cour un valet d'écurie fort empêché : il tenait par la bride, non sans peine, un beau cheval bai tout sellé, qui s'encapuchonnait et détachait par instants des ruades à renverser une muraille. Deux domestiques et le jeune Livade faisaient galerie. A l'autre bout de la cour, le docteur Meergraf, botté, éperonné, une cravache à la main, jurait et sacrait comme un hussard.

— Ah çà ! que se passe-t-il ? cria M<sup>me</sup> de Liévitz en s'accoudant sur la balustrade du perron.

— Il se passe, madame, répondit le docteur d'un ton colère, que je vous suis fort obligé du cadeau que vous m'avez fait dans la personne de cet aimable animal. Je vous avais demandé une petite haquenée douce au montoir, et vous m'avez donné un Bucéphale endiablé. Le monte qui voudra! Je préfère aller voir mes malades à pied. Allons moins vite, mais arrivons entier.

Elle se mit à rire comme une folle. — Allons, Christophe, dit-elle, un peu de courage!

— Grand merci! madame, répliqua-t-il. Je ne me sens aucune vocation pour le métier de héros, et je tiens à la conservation de mon chétif individu.

— Et vous, Livade, reprit-elle, le cœur vous en dit-il?

Livade rougit et s'écria : — Si vous le désirez, madame... Mais le docteur le retint : — Halte là, jeune virtuose! J'ai beaucoup d'ouvrage sur les bras, je n'aurais pas le temps de vous raccommoder.

J'étais descendu dans la cour; oubliant mon rôle, j'examinai le cheval et le flattai de la main: — Arrière, imbécile! me cria le docteur, vous allez vous faire estropier, — et il me tira par le bras. Je me dégageai; enlevant brusquement la bride des mains du valet d'écurie, d'un bond je fus en selle. Stupéfaction générale. — Voilà un colporteur bien extraordinaire! dit M⁰ᵉ de Liévitz en battant des mains. Le cheval se cabra, se dressa, rua, fit les cent coups; mais quand il se fut convaincu qu'il ne pouvait me démonter, sa fougue s'apaisa. Je le lançai alors à toute vitesse dans l'avenue des platanes, et je le matai si bien qu'au bout de cinq minutes je le ramenai dans la cour doux comme un agneau,

souple comme un gant. — Ce n'est pas plus difficile
que cela ! dis-je en m'élançant à terre; mais en
même temps je réfléchis qu'il est fort ridicule de
faire l'Alexandre quand on porte sur sa tête une casquette de peau de lapin et sur son dos une veste de
futaine, et je cherchai à me dérober à ma gloire par
une retraite précipitée.

M<sup>me</sup> de Liévitz me rappela. — Monsieur le colporteur, me dit-elle, vous oubliez vos livres et votre
boîte. — Je rentrai à sa suite dans le salon. Elle me
présenta la boîte en me disant : — Comme vous
vous êtes trahi, Polonais que vous êtes !

— Ah ! m'écriai-je, sans ce maudit cheval...

— Je vous avais reconnu d'entrée. Je ne vous ai
vu qu'une fois, mais cela suffit.

— Consentirez-vous, madame, à pardonner...?

Elle m'interrompit par un geste superbe : — Je
voudrais d'abord savoir dans quelle intention...

— La plus innocente du monde. Une curiosité de
désœuvré !

— Trop heureuse, me répondit-elle avec une
ironie écrasante, d'avoir pu servir à vous désennuyer
pendant une heure !

Elle se pencha vers une glace et rajusta l'un de
ses nœuds de rubans, qui s'était défait. Je contemplais, réflété par la glace, ce visage dont je n'avais
pas le secret. Elle se retourna, me regarda fixement
d'un œil froid et dur. Nous restâmes quelques instants en face l'un de l'autre; nos volontés étaient en
présence comme deux adversaires en champ clos;
les fers s'étaient croisés, les épées étaient engagées
jusqu'à la garde. Il me sembla que de l'issue de ce
combat dépendait toute ma destinée. Enfin je me

sentis faiblir; il y eut en moi quelque chose qui se
brisa. Je fus sur le point de tomber aux pieds de
cette femme, à la place même où les genoux crottés
d'un fou avaient laissé leur empreinte; mais mon
orgueil se raidit contre sa défaite, j'eus la force de
rester debout.

— Si je vous ai blessée, madame, m'écriai-je, je
suis assez puni, et vous n'êtes que trop vengée. —
Puis je sortis en courant.


## X


Parmi les hommes avec qui j'ai causé des choses
de la vie, les uns m'ont parlé de l'amour comme
d'un libertinage élégant et d'une chimère inventée
par les sens pour ennoblir leur plaisir; les autres
me l'ont représenté comme le principe des grandes
actions, comme une divine souffrance préférable au
bonheur. Je ne suis ni un rêveur ni un libertin; j'ai
l'âme sincère, et je n'ai jamais réussi à tromper ni
les autres ni moi-même. J'avais connu le plaisir, et
je l'avais pris pour ce qu'il est; je ne lui avais rien
sacrifié, il ne m'a pas coûté un remords. Le jour où
j'aimai pour la première fois, quoi que j'eusse pu
dire à Tronsko, je sentis passer sur mon front la
rougeur d'une défaite, et je m'aperçus que j'étais
tombé en servitude.

Mme de Liévitz était pour moi l'inconnu, et peu
m'importait de la mieux connaître. Je ne me demandais pas : Qui est cette femme? De tous ceux qui
parlent d'elle, qui donc a raison? Est-ce une sœur

grise ou une intrigante, un cœur tourmenté du besoin de se dévouer, ou une coquette à qui tous les
hommages sont bons, ou une volonté désœuvrée
qui fait le bien pour tuer le temps? Quand elle s'attendrit sur les malheurs d'autrui, a-t-elle de vraies
larmes dans les yeux? Quand elle prêche, croit-elle
la première à ce qu'elle dit? Est-ce de l'or pur que
son âme, est-ce un alliage menteur au-dessous du
titre? — Je ne me demandais pas même si cette
femme avait une âme; c'est de quoi je ne me souciais guère. Le son délicieux de sa voix, la transpa-
rence de son teint, les clartés qui se jouaient sur
son front, sa bouche qui respirait la volupté, son
sourire plein de mystère, silencieux messager d'une
fête, voilà ce que je voulais d'elle; mais il fallait que
tout cela fût à moi, il y allait de ma vie. Je sentais
que, pour mériter mon bonheur, je serais capable
de tout, et je sentais aussi qu'il y a dans l'homme un
impérieux besoin de servir, qu'à peine la servitude
nous est-elle apparue, tout notre cœur s'élance à sa
rencontre.

— Pourtant, me disais-je, il ne tiendrait qu'à moi
de partir; mais je ne partais pas.

Je passai trois jours dans une violente agitation
d'esprit. La nuit, mon trouble redoublait; le lac
mêlait à mes pensées la perpétuelle inquiétude de
sa vague. Par intervalles, il semblait s'assoupir; je
n'entendais qu'un léger chuchotement ou un rauque
murmure, pareil au râle d'un mourant; l'instant
d'après, le flot clapotait, et, comme pris d'une colère subite, il bouillonnait parmi les galets, battait
la muraille, fouettait mes vitres de son écume. Il me
semblait que cette onde changeante et tourmentée

était émue comme moi d'une secrète passion, qui
me racontaient ses plaintes, ses cris et ses silences.
Tour à tour mon cœur se glaçait ou il battait si fort
que je ne pouvais rester couché, et que j'allais m'accouder sur l'appui de ma fenêtre, regardant l'im-
mensité et n'y trouvant que moi.

Je ne revis Mᵐᵉ de Liévitz que huit jours plus tard,
dans une promenade que je faisais avec Richardet.
Elle était en voiture; du plus loin qu'elle m'aperçut,
elle me fit un signe de tête. J'approchai. Elle me
tendit la main avec un sourire bon enfant qui semblait dire : « Vous avez débuté par un pas de clerc;
libre à vous de recommencer la partie. » Je lui présentai Richardet. Elle ouvrit la portière et nous pria
de monter. Elle se rendait dans un hameau voisin
pour faire visite à une vieille idiote. — Les paysans
sont quelquefois bien durs, nous dit-elle. La famille
de cette pauvre vieille la tenait en séquestre; on lui
comptait les morceaux, on lui reprochait comme
un crime le peu de pain qu'elle mangeait et l'entêtement qu'elle met à ne pas mourir. J'ai eu
bien de la peine à faire entendre raison à ces
brutes.

Nous trouvâmes l'idiote assise dans son jardin, à
l'ombre d'un buisson de troëne. Des cheveux de
filasse, de gros yeux de grenouille au regard immobile, une peau tannée comme un vieux parchemin,
une dartre à la joue gauche, des lippes pendantes,
rien ne manquait à sa laideur. Mᵐᵉ de Liévitz fit venir
la famille, s'assura qu'on suivait ses ordonnances;
puis, s'apercevant que les mouches incommodaient
l'idiote, elle détacha de son chapeau sa voilette blanche, qu'elle lui noua autour du front. Avant de par-

tir, elle baisa jusqu'à deux fois ce visage flétri et
repoussant.

— Je ne sais qui elle est, dis-je à l'oreille de Richardet; mais elle est belle comme sainte Élisabeth
embrassant son lépreux.

Nous remontâmes en voiture. Durant tout le trajet,
Mme de Liévitz ne cessa de rompre des lances avec
Richardet; elle le taquina sur son optimisme philo-
sophique. Pour n'avoir passé que vingt minutes avec
lui, elle savait déjà son Richardet sur le bout du
doigt. Elle se déchaîna contre l'ordre social, contre
l'odieuse inégalité des classes, contre l'exploitation
du pauvre par le riche; elle prophétisa des cataclys-
mes, ébaucha des Icaries, fit profession d'un socia-
lisme à outrance. Les cheveux du naïf Richardet se
dressaient sur sa tête; il défendit de bonne foi le
capital et la propriété contre les paradoxes incen-
diaires de cette opulente partageuse. Je vis le moment où il allait se jeter à ses genoux pour la sup-
plier de se reserver au moins trois mille livres de
rente et un carré de pommes de terre.

Quand nous fûmes arrivés à Maxilly : — En attendant l'abolition de l'infâme capital, nous dit Mme de
Liévitz, cette masure est à moi; permettez-moi de
vous en faire les honneurs. — Elle nous conduisit
dans un kiosque où devisaient ensemble le docteur
Meergraf, le jeune Livade et le baron de la Tour. Le
docteur seul parut se douter qu'il m'avait déjà vu.
Je m'occupai aussitôt d'étudier la situation, d'examiner ce trio, comme un général reconnaît une place
ennemie.

Le petit Livade avait des cheveux fins comme la
soie et de grands yeux effarouchés, des yeux qui

tenaient l'octave, comme disait le docteur Meergraf ;
mais, si joli qu'il fût, je décidai que je n'avais rien à
redouter de ce jeune *patito*, plus riche de désirs
que d'espérances. Dans un moment où Mᵐᵉ de Liévitz lui tournait le dos, il s'approcha d'elle pour
redresser une branche de rosier qui la gênait ; avant
de se retirer, il demeura quelques secondes immobile
derrière elle, contemplant d'un œil passionné ses
cheveux, son cou, le contour de ses épaules. Tel un
écolier timide lorgnant un fruit qui pend à l'espalier ;
il rêve un instant une escalade impossible et se dit :
Pourtant, si j'osais !... Il n'osera pas. Ce Livade
n'était pas un Chérubin ; il avait plutôt l'air d'une
fillette déguisée en garçon ; Mᵐᵉ de Liévitz ne pouvait
aimer que les forts, les violents, les hommes capables
de porter sans fléchir le poids de sa volonté. Livade
n'était pour elle qu'un amusement, un joujou.

Après avoir jaugé et soupesé ce petit garçon, je
me tournai vers le baron. Ce rival pouvait me paraître plus redoutable : non qu'il fût beau, mais sa
figure avait du caractère ; son grand nez crochu et
sa demi-calvitie lui donnaient l'apparence d'un vautour déplumé. Son regard ne manquait pas d'audace,
et à la façon bondissante dont il se levait de sa chaise,
on eût juré qu'il allait partir à toutes jambes pour
conquérir le monde ; mais il n'avait jamais conquis
que Mᵐᵉ de la Tour, et ce n'était guère. La voix,
c'est l'homme : de cette grande bouche largement
découpée sortait un petit filet de voix flûtée et miel-
leuse. Il y avait du serin dans ce vautour.

Restait le docteur Meergraf. Quand sa laideur de
magot ne l'eût pas mis à l'abri de tout soupçon, il
me parut que ce narquois personnage était bien

revenu de la bagatelle. Il avait des yeux très-forts
sur le diagnostic et le regard d'un homme qui ne
croit qu'à la physiologie. Mme de Liévitz et lui se
traitaient en camarades qui se connaissent à fond et
qui se passent tout. Il avait avec elle le sans gêne
d'un confident sûr de sa place, et dont la discrétion
est assez appréciée pour qu'il puisse se dispenser
du respect. Évidemment le docteur Meergraf possédait, comme le disait Fanchonneau, tous les secrets de *la baraque*.

Quand j'eus fait passer le trio par l'étamine de
mes yeux polonais, je me sentis rassuré, et j'éprouvai un mouvement de joie qui perça, je crois, sur
mon visage. Je fus puni de mon imprudence : Mme de
Liévitz changea aussitôt de manières à mon égard.
Elle avait été jusque-là très-gracieuse, très-attentive,
je pouvais croire que je l'intéressais. De ce moment,
elle me témoigna une froideur marquée, et bientôt
je n'existai plus pour elle ; il semblait qu'elle me
regardât sans me voir ; j'étais un ciron dont la pe-
titesse lui échappait.

Nous sortîmes du kiosque, et nous arpentâmes
l'allée de platanes. M. de la Tour accablait Mme de
Liévitz de compliments sucrés et de fadeurs de si-
gisbée.

— Bah ! lui dit-elle, je ne crois pas à toutes vos
protestations. Si jamais je les prenais au sérieux,
vous seriez bien attrapé. Je ne possède qu'un ami
dévoué.

Le petit Livade leva les yeux sur elle, mais elle
ne daigna pas le regarder. — Cet ami dévoué, reprit-elle, c'est mon pauvre Pardenaire.

— Quelle horrible plaisanterie ! s'écria le baron.

Vous avez, madame, une déplorable indulgence pour ce vilain fou. Il est sale comme une huppe, sans compter qu'il a toute l'encolure d'un sacripant.

— Il ne faut rien mépriser, dit sentencieusement le docteur. Tout peut servir.

— Eh! sans doute, reprit-elle. L'autre jour, Mirza s'était échappée, c'est Pardenaire qui me l'a rapportée. Il avait fait six lieues à sa poursuite.

Livade baissa la tête; il était revenu bredouille de sa chasse au carlin.

— On assure aussi, reprit M. de la Tour, qu'il vous sert de garde champêtre, qu'il fait des rondes nocturnes autour de vos serres....

— Oh! cela, dit-elle, c'est une idée à lui. Il prétend qu'il vient ici des rôdeurs. Je le laisse faire; mais depuis qu'il monte la garde, il n'a rien vu.

— La question, fit le docteur, est de savoir s'il n'aperçoit plus de rôdeurs parce qu'il les met en fuite, ou parce qu'il n'y en a point.

— Que sait-on si c'est la maladie ou le médecin qui tue le malade? lui répondit-elle.

— Madame, s'écria le baron, qu'est-ce donc que de faire six lieues pour trouver Mirza? La belle affaire! Quand mettrez-vous mon dévouement à l'épreuve? Vous êtes déplorablement raisonnable; vous vous appelez Sophie, beau nom qui en grec signifie sagesse, et vous n'avez point de ces fantaisies musquées qui siéent si bien aux jolies femmes. Demandez-moi donc quelque chose d'impossible, et l'impossible je ferai pour vous plaire. Ah! vous ne me connaissez pas encore! ajouta-t-il en faisant le geste d'un homme qui met flamberge au vent.

Nous étions arrivés au pied du château en ruine.

— Baron, dit M<sup>me</sup> de Liévitz, je meurs d'envie d'avoir la fleur que voici.

Et elle lui montra du doigt une touffe d'œillets qui croissait dans l'interstice de deux moellons, quarante pieds au-dessus du sol. Le petit Livade tressaillit, et ses yeux escaladèrent la muraille. M. de la Tour mit son binocle sur son nez, lorgna la fleur, et se caressant le menton : — Peuh! dit-il, ce n'est qu'un œillet sauvage. C'est trop peu de chose, cela n'est pas digne de vous. .

— Ils sont trop verts, lui repartit M<sup>me</sup> de Liévitz en riant.

Puis, regardant sa montre : — Sauvons-nous bien vite, dit-elle au docteur. Nous avons deux malades à voir avant dîner.

Elle s'approcha de nous, tendit la main à Richardet et lui exprima gracieusement le désir de le voir souvent à Maxilly. Je ne réussis pas à rencontrer son regard.

Je repris avec Richardet le chemin de la Tour-Ronde. — Après tout, me dit-il, il est possible que l'homme aux lunettes d'or ait raison, et que cette femme soit bonne comme du pain bénit. Je ne lui reproche qu'une chose : elle a des principes politiques et sociaux vraiment déplorables. Les Russes, quand ils s'en mêlent, sont des révolutionnaires effrénés.

— Eh! ne voyez-vous pas, lui dis-je, qu'elle s'est amusée à jouer du Richardet?

Entre neuf et dix heures, je m'échappai du Jasmin. Au bout de vingt minutes, j'étais à Maxilly, au pied du vieux manoir. La lune, qui était dans son plein, éclairait magnifiquement cette ruine; elle a une se-

9

crête complaisance pour les lieux morts et taciturnes.
J'avais remarqué dans le verger une échelle appli-
quée contre un cerisier. Je retrouvai sans peine le
cerisier; on avait oublié de retirer l'échelle, je m'en
emparai, et, l'emportant sur mon épaule, je pénétrai
dans l'intérieur de la ruine et gravis l'escalier, qui
s'arrêtait court au premier étage. Quand j'eus atteint
la dernière marche, je dressai l'échelle, je grimpai et
me trouvai debout sur la crête du mur. La touffe
d'œillets croissait à deux empans d'un gros caniveau,
qui formait une saillie de près de deux pieds sur le
nu de la muraille. Je ramenai mon échelle, je la laissai couler le long du mur jusqu'à ce qu'elle rencon-
trât le caniveau; mais je n'avais aucun moyen de
l'assujettir. Qui me répondait qu'elle ne glisserait
pas? Il suffisait d'un faux mouvement, et j'étais pré-
cipité d'une hauteur de plus de quarante pieds. Une
réflexion rapide comme l'éclair me traversa l'esprit.
— Me voilà lancé dans une aventure de casse-cou,
me dis-je. Tout à l'heure peut-être je me serai tué
pour avoir voulu donner un œillet sauvage à une
femme que je connais d'hier et que je désire plus
que je ne l'aime. Ma vie ne vaut-elle pas mieux que
cela? — Pourtant je n'eus pas un moment d'hésitation; je m'étais juré que j'aurais la fleur, je n'en
voulais pas avoir le démenti.

Je me mis à descendre le long de l'échelle, et je
calculai si bien mes mouvements que j'atteignis sans
malencontre le caniveau. Je m'y assis à califourchon,
j'allongeai le bras droit, je saisis l'œillet, je le déra-
cinai, je le ramenai à moi. Au même instant, je heur-
tai de mon bras gauche l'un des montants de l'échelle
qui perdit l'équilibre et tomba avec fracas. Peu s'en

fallut que je ne fusse entraîné dans sa chute ; je n'eus que le temps de me retenir des deux mains au caniveau.

Ma situation était la plus critique du monde. Allais-je passer toute la nuit entre ciel et terre, à cheval sur une pierre, dans une posture qui assurément n'avait rien d'héroïque, et prêterait à rire à ceux qui le lendemain viendraient à mon secours ? Le ridicule de mon aventure m'effrayait plus que le danger. Je m'avisai d'un expédient auquel, pour périlleux qu'il fût, je n'hésitai pas à recourir. A trente pas du mur s'élevait un noyer séculaire qui allongeait une de ses branches maîtresses dans la direction et presque à la hauteur du caniveau ; elle n'en était séparée que par un intervalle de trois pieds. Mon parti fut bientôt pris. Je jette l'œillet, je réussis à me dresser sur le caniveau, je mesure l'espace à franchir, je plie les jarrets, je m'élance, et j'exécute si heureusement mon saut périlleux que je demeure suspendu à la branche par les deux mains ; bientôt mes pieds s'y cramponnent, et me voilà sauvé. Je fus quitte de cette folie sans nom pour quelques égratignures aux poignets et pour une éraflure à la joue gauche.

Il ne me restait plus qu'à prendre terre. Je me mis en devoir d'opérer ma descente ; mais je m'arrêtai tout à coup et me tins coi. Je venais d'entendre un bruit de pas, et je vis surgir à l'un des angles du château un homme qui portait un fusil en bandoulière. A sa grosse tête nue, je reconnus l'ex-maréchal des logis. Il s'avançait en regardant de tous côtés. Son pied heurta l'échelle, il se pencha, lâcha un juron. Ah ! le gredin ! s'écria-t-il, si je le tenais !
— Et à ces mots, épaulant son fusil, il mit en joue

un buisson. — Personne! dit-il, le drôle s'est peut-
être caché quelque part dans le château. Allons-y
voir... Et, relevant son arme, il s'éloigna en courant.
Je me laissai glisser de branche en branche. Tout
en glissant, je me disais : « Il est étrange que Mᵐᵉ de
Liévitz fasse garder ses serres par un demi-fou armé
d'un fusil, et qui aurait bientôt fait un malheur. Ce
ne sont pas ses fleurs qu'elle défend : à qui donc en
a-t-elle? »

Dès que je fus en bas, je courus vers un tas de
gravois où j'avais vu tomber mon œillet. Je le ramassai, et je pris mes jambes à mon cou : je me
souciais peu d'avoir une explication avec un Pardenaire. Comme j'atteignais le haut du sentier qui descend à la scierie, je crus apercevoir une ombre
humaine à deux cents pas devant moi. Je ne me trompais pas, un homme était là qui montait le sentier,
et qui à ma vue tourna brusquement casaque et se
mit à redescendre en courant. J'avais de meilleures
jambes que lui, et la distance qui nous séparait dimi-
nuait d'instant en instant. Il ne pouvait s'échapper
ni à droite ni à gauche, le sentier étant bordé d'un
côté par un mur de terrasse continu et de l'autre par
le précipice. Enfin, le souffle ou les jarrets lui man-
quant, il désespéra de se dérober à ma poursuite
involontaire, il prit son parti de m'attendre. Je ra-
lentis ma course; quand je fus à dix pas de lui, je
m'arrêtai. Sans avoir de bosse, il avait quelque chose
d'un peu contrefait dans la taille : c'était ce qu'on
appelle un faux bossu. De tout son visage, je n'apercevais que ses yeux, petits yeux de souris; le reste
était caché par son chapeau, qu'il avait enfoncé jusqu'à ses oreilles, et par le col relevé de son paletot,

où s'enfouissaient son menton et ses joues. Ses mains étaient nues, et je remarquai qu'elles étaient très-blanches et chargées de bagues; il portait à l'un de ses annulaires un gros diamant que la lune faisait scintiller. Évidemment je ne me trouvais pas en présence d'un pilleur de vergers.

Nous restâmes un instant sur le qui-vive, nous regardant l'un l'autre sans souffler mot. Je fis encore un pas, et je dis : — Je ne sais pas, monsieur, quelles sont vos intentions et si vous vous rendiez à Maxilly; à tout hasard, je crois devoir vous prévenir que la place est gardée, et que vous risqueriez de tomber dans une embuscade.

Il rabattit le col de son habit, souleva légèrement son chapeau, et j'aperçus sa figure, qui me parut blême et un peu bouffie. Il semblait fort incertain de ce qu'il allait dire ou faire. Il se tira d'embarras par un sourire qui était... comment vous dirai-je?... absolument vide, vide comme une noix qui n'a plus que l'écale et le zeste; j'eus beau chercher, il n'y avait rien dans ce sourire, mais rien du tout.

Le faux bossu eut une idée; il regarda l'œillet que je portais à la main et me dit avec une certaine vivacité : — Vous êtes botaniste, monsieur?

— Par occasion, lui répondis-je.

Son front se rembrunit; il venait de faire une supposition qui lui mettait l'esprit en repos, et je la détruisais. — Pourriez-vous m'expliquer?... reprit-il d'un ton pincé. — Mais il demeura court, se gratta le front. Comme dit le proverbe polonais, il aurait eu besoin d'atteler des bœufs à sa voiture embourbée. — Je vous remercie, monsieur, me dit-il enfin sèchement. — Et il me salua d'un air rogue, avec

un geste solennel, le geste d'un ministre qui congé-
die un solliciteur. Je me mis en route; quand je
retournai la tête, il avait disparu. — Quel est donc
ce mystère? me demandai-je. Après réflexion, je
conclus que le faux bossu était un soupirant éconduit
qui en appelait, et que Mᵐᵉ de Liévitz se servait de
Pardenaire comme d'un épouvantail pour le tenir à
distance.

En arrivant au Jasmin, j'enveloppai soigneusement
l'œillet, et je donnai ordre à Fanchonneau de le porter sur-le-champ à Maxilly. Je lui recommandai de
prendre, non par le sentier, où il eût rencontré Pardenaire, mais par la route qui conduisait à la principale entrée du château, de sonner à la grille et de
remettre son paquet au concierge.

Le lendemain, vers cinq heures de l'après-midi,
j'emmenai Richardet à Maxilly. Nous trouvâmes
Mᵐᵉ de Liévitz dans son salon, occupée à chiffonner :
elle habillait de pied en cap une belle poupée de
porcelaine, qu'elle destinait à l'une de ses petites
protégées. Livade et l'éternel baron étaient auprès
d'elle. M. Meergraf était sorti. Mon premier regard
fut pour l'œillet, qui trônait sur la cheminée dans un
vase d'albâtre. Il était le héros du moment : on parlait de lui.

— M. de la Tour est l'homme le plus modeste
que je connaisse, nous dit Mᵐᵉ de Liévitz après nous
avoir salués négligemment. Croiriez-vous, messieurs,
que cette nuit il a risqué sa vie pour satisfaire un de
mes caprices et qu'il refuse d'en convenir?... Baron,
cet œillet vous reconnaît. Persistez-vous à nier?

Il niait en effet, mais faiblement, mollement, en
homme qui serait bien aise qu'on ne le prît pas au

mot. — Je vous jure, madame, disait-il... Mon Dieu!
je sais bien qu'il ne faut jurer de rien. Peut-être
suis-je un peu somnambule, et cette nuit, sans m'en
douter... Je vous certifie que je n'ai pas gardé le
moindre souvenir de cette aventure.

— Faites un effort de mémoire, lui dis-je. Vous
avez trouvé quelque part une échelle...

— Ah! mon Dieu! du moment qu'il y a une
échelle dans cette affaire, interrompit-il, où est le
miracle?

— Attendez. Il s'est trouvé que cette échelle n'a-
vait que dix pieds de haut. Le moyen d'atteindre à
l'œillet? Qu'avez-vous fait? Vous êtes entré dans le
château, vous avez hissé votre échelle jusqu'au haut
de l'escalier, puis vous l'avez dressée; vous voilà sur
le mur, vous la ramenez, vous l'appuyez sur une
saillie du mur, sur un caniveau par exemple; vous
descendez sur ce caniveau, vous allongez le bras...
Tout à coup, patatras! votre échelle a dégringolé.
Toute retraite vous est coupée. Eh bien! quoi? Vous
faites un bond, et vous voilà au milieu d'un noyer
qui vous reçoit dans ses bras.

M. de la Tour se mordit les lèvres, Livade pâlit;
Mᵐᵉ de Liévitz releva la tête, et me jetant un rapide
regard : — Ce qui est admirable, dit-elle, c'est que
le baron a fait ce beau plongeon sans attraper une
égratignure, pas même une écorchure à la joue.

— Je reviens à mon dire, fit-il d'un ton dédaigneux. L'échelle supprime le miracle, et si vous y
ajoutez un caniveau...

— Mettons-en dix, répliqua-t-elle. Je ne vous en
suis pas moins obligée. À cheval donné, on ne regarde pas la bride.

Elle posa sa poupée, se leva, s'approcha de la cheminée, où flambait un fagot. Le vent du nord soufflait ce jour-là, et M<sup>me</sup> de Liévitz était la personne la plus frileuse du monde. Elle resta un instant debout, son pied droit appuyé sur le chenet, le visage tourné vers une glace, passant ses doigts sur ses cheveux, qu'elle faisait bouffer; puis elle se pencha vers l'œillet, le prit dans ses mains. — Ces fleurs-là, dit-elle, ont un parfum qui entête. — Elle se jeta dans un fauteuil et taquina du bout de son pied Mirza, qui, roulée en boule, sommeillait devant la cheminée. Le carlin bâilla, s'étira; elle lui caressa le museau avec l'œillet; il montra les dents, s'efforça de happer la fleur; elle l'approchait, la retirait; il finit par s'en saisir, la mordilla et l'eût bientôt mise en lambeaux. Je me regardai dans la glace, et je fus effrayé de ma pâleur.

— Ah! comtesse, s'écria M. de la Tour en ricanant, quel cas vous faites de mes présents!

Elle ne lui répondit pas. — Livade, dit-elle, jouez-nous un nocturne de Chopin. L'enfant courut au piano, et s'exécuta lestement. Son jeu ressemblait à sa personne : plus de nerfs que de muscles, mais une délicatesse de toucher suave, pénétrante; sous ses doigts, le piano soupirait comme un hautbois, gémissait comme un violon. M<sup>me</sup> de Liévitz l'écouta la tête renversée, la lèvre frémissante; des larmes descendaient lentement le long de ses joues. Quand il eut fini, elle s'approcha de lui et posa sa main sur le front du petit prodige, qui devint rouge comme une pivoine, et me jeta un regard de triomphe.

— A votre tour, baron, dit M<sup>me</sup> de Liévitz, chantez-nous votre romance.

Il en savait une en effet, qu'il roucoulait et mi-
naudait comme une jeune pensionnaire. Il ne se fit
pas prier, il ne doutait de rien. Il ne s'aperçut pas
qu'à peine avait-il entamé son premier couplet,
Mme de Liévitz s'enveloppa de son bachlik et sortit
sur le balcon. Je la suivis.

Ce balcon donnait sur une petite cour dallée, close
d'une grille de fer, et dans cette cour il y avait un
loup. Mme de Liévitz l'avait acheté tout jeune et s'é-
tait piquée de l'apprivoiser. Elle s'en était fait suivre
quelque temps comme d'un chien; mais peu à peu
le louveteau était devenu féroce : un jour, il avait
dévoré jusqu'à l'os le bras du domestique qui le
soignait. On avait dû l'enfermer.

Mme de Liévitz s'était accoudée sur la balustrade
du balcon. — Bonjour, Dimitri, dit-elle. — Et se
tournant vers moi : — N'a-t-il pas l'air d'un loup de
bonne maison?

— Il est charmant, lui dis-je; le museau noir et
luisant, le pelage touffu... A propos, M. de la Tour
vous a-t-il parlé de la singulière rencontre qu'il a
faite hier au soir après avoir cueilli son œillet?

— Quelle rencontre? demanda-t-elle d'un ton non-
chalant.

— Il a vu votre rôdeur, lui dis-je.

— Ah! fit-elle en me regardant de travers.

— Quand je dis rôdeur, continuai-je, ce n'est pas
le mot, car il paraît que ce personnage est, comme
votre loup, de bonne maison.

Elle avança la tête et appela Dimitri, qui était occupé à dépecer un morceau de viande et qui fit la
sourde oreille. — Savez-vous qu'il est très-féroce?
me dit-elle.

— Le mystérieux inconnu? Oh! pas du tout, madame, M. de la Tour lui a parlé.

— Ah! fit-elle, il lui a parlé?

— C'est un homme très-doux, repris-je, et plein de savoir-vivre. Ce qui a surtout frappé le baron, c'est la beauté d'un diamant que ce prétendu rôdeur portait à l'annulaire de sa main gauche.

— Quels contes me faites-vous! répondit-elle du ton d'une personne dont l'esprit est absent. A-t-on jamais entendu parler d'un loup qui portât des bagues de diamant?

A ces mots, elle poussa un cri; elle venait de laisser échapper son éventail d'ivoire, qui tomba au milieu de la cage. — C'est dommage, dit-elle, j'y tenais.

Elle me regarda, je crus découvrir dans ce regard de muettes profondeurs qui m'effrayèrent; mais je ne me donnai pas le temps de la réflexion. Traverser en courant le salon, gagner l'antichambre, puis revenir à travers le jardin jusqu'à la porte de la cour dallée, en tirer les verrous, entrer dans la cage, ramasser l'éventail, ce fut pour moi l'affaire d'un instant. Mme de Liévitz était restée sur le balcon et me regardait faire, les bras croisés, immobile comme une statue. Le loup lâcha son morceau de viande et vint à moi en obliquant et se déhanchant, l'œil allumé, la gueule sanglante. J'étais parfaitement calme, et ce fut, je pense, ce qui me sauva. Je regardai fixement l'animal, qui se ramassait déjà pour s'élancer, et je surpris une certaine hésitation dans son œil fauve. Je me penchai vers lui, et, déployant l'éventail, j'agitai doucement l'air devant son museau. Ce mouvement inattendu le surprit, il recula; je re-

doublai, il recula encore; je le suivis pas à pas en
l'éventant toujours, il finit par se réfugier dans une
encoignure où il se blottit; alors je me dirigeai à reculons vers la porte, je sortis, je poussai le verrou et
retournai au salon.

Mme de Liévitz était debout près d'une table; elle
avait les joues enflammées. Je lui présentai l'éventail. — Deux folies en vingt-quatre heures, c'est trop,
me dit-elle.

— Je crains que ce ne soit pas encore assez, lui
répondis-je avec un sourire amer.

Sur ces entrefaites, le docteur Meergraf entra. —
Vous faites bien d'arriver, Christophe, lui dit-elle en
le prenant par le bras. Quand vous n'êtes pas ici,
nous faisons des folies. — Et elle lui narra ma double prouesse d'un ton froid, mais avec une certaine
complaisance et en détaillant son récit. Elle fut
interrompue par un bruit étrange. Tous les yeux se
tournèrent vers Livade : il venait d'éclater en sanglots convulsifs qu'il s'efforçait vainement d'étouffer ;
se voyant découvert, il fit un geste de désespoir et
sortit précipitamment du salon.

— Vraiment, jeune homme, vous êtes prodigieux!
me dit M. de la Tour. Les échelles, les caniveaux,
les noyers, les loups, vous apprivoisez toute la nature.

— Au besoin, je saurais apprivoiser un homme,
lui répondis-je. — J'avais les nerfs montés. Le baron
se le tint pour dit. Il baisa la main de Mme de Liévitz
et se retira.

Le docteur n'avait fait aucune réflexion ; mais
quand je me levai à mon tour pour sortir : — Mon
cher comte, me dit-il, je suis grand partisan de la

phrénologie. Il faudra qu'un jour vous me permettiez
d'examiner votre tête; elle me semble fort remar-
quable.

— Tout de suite, si vous le voulez, lui dis-je en
souriant.

Je me rassis. Il tourna plusieurs fois autour de
moi. — Voilà une tête, dit-il, tout affective et pas-
sionnelle, ainsi que le prouve le développement
extraordinaire de l'occiput, et j'ajouterai : plus ima-
ginative que sensuelle. Cette tête-là peut aimer passionnément le plaisir, mais elle y mêle des bêtises,
du sentiment, un certain ragoût d'idéalité, ces
chimères qui emparadisent le bonheur... Quant à
l'intelligence proprement dite, serviteur!.. Oh! ne
vous fâchez pas. Je ne veux pas dire que vous ayez
l'esprit obtus; mais vous n'avez pas une tête pen-
sante. La recherche des causes premières n'est pas
votre affaire, et, dans la boîte osseuse que voici, il
n'y a pas de place pour les idées métaphysiques....

— Ni pour la perception des nuances, ajouta Richardet, qui jusque-là n'avait soufflé mot.

— En revanche, reprit le docteur, il y a ici une
volonté à forte projection, une de ces volontés qui,
une fois mises en branle par la passion, s'en vont
droit devant elles comme un boulet de canon, et
font des trouées dans la vie.... Cela ne réussit pas
toujours; il y a des blindages qui résistent.... Arrivons aux détails, continua-t-il en me palpant avec
soin. Oh! oh! tout ce crâne se résume en deux bos-
ses qui sont énormes. J'en tiens une, là, juste au
vertex, qui est une véritable montagne. C'est la
bosse de l'adoration.... religieuse, chevaleresque?
Que sait-on? Nous apportons dans ce monde cer-

taines dispositions radicales, et ce sont les circonstances qui en déterminent l'application. Ce qui est
certain, c'est que, votre vie durant, il faudra toujours que vous ayez un culte pour quelque chose ou
pour quelqu'un. Il y a là dedans une chapelle dont
les cierges ne s'éteignent jamais. Qu'adorez-vous
maintenant? est-ce Dieu? est-ce une femme? Je
n'en sais rien; mais, si vous me permettez de vous
le dire, je suis tenté de croire que vous avez une
mère qui aime Dieu amoureusement, comme on
aime son amant, et un père qui dans sa jeunesse
aimait les femmes religieusement, comme une dé-
vote aime le bon Dieu.

— Mon père est mort, interrompis-je sèchement;
ne parlons que de moi.

— Ou plutôt n'en parlons plus, dit-il, car vous
avez là, derrière l'oreille, une seconde protubérance
qui m'épouvante.

— Allez seulement, lui dis-je. Quelle est cette
bosse?

— La bosse de la destructivité, la bosse du meurtre, et j'en suis fâché, elle est énorme.

— Ce qui signifie, lui dis-je en me levant, que j'ai-
merai dévotement une femme, et que je finirai par
la tuer. Ce ne sera pas ma faute; ainsi le veulent
mon vertex et mon occiput.

— Il ne dépend pas de nous de changer la forme
de notre crâne, répliqua-t-il gravement; mais il dépend de nous de fuir les occasions.

— Le plus simple, murmura M<sup>me</sup> de Liévitz, est
de se dire que la phrénologie n'est pas parole d'é-
vangile. — A ces mots, elle me regarda par-dessus
son éventail, et ce regard me mit la tête en feu.

Nous retournâmes à la Tour, Richardet et moi, sans échanger deux mots. Comme nous arrivions au Jasmin : — Voulez-vous que nous partions pour l'Oberland ? me dit-il.

— Il fallait me le proposer plus tôt, lui répondis-je. Aujourd'hui c'est impossible.

Il fit encore quelques pas; puis secouant la tête : — Passe encore si c'était la Vénus de Milo! mais, à parler rigoureusement, elle n'est pas belle.

— Elle est pire que cela, lui dis-je en souriant, et d'ailleurs je ne sais ce qu'en dit votre philosophie, mais tout ce qui est vrai est inexplicable.


# XI


Le lendemain, à l'heure de mon déjeuner, le facteur me remit trois lettres. Sur les trois, il y en avait une dont je n'eus pas même besoin de lire l'adresse pour savoir d'où elle me venait. Je la posai devant moi. Je la réservais pour la bonne bouche.

Je passai les yeux sur la seconde; l'écriture ne m'en était point inconnue, le cœur me battit. Je quittai la table, et, debout dans l'embrasure d'une fenêtre, je lus ce qui suit :

« Il faut que je vous fasse, monsieur, une confession qui me coûte. C'est par caprice et de mon plein gré qu'hier j'ai laissé échapper mon éventail. L'un de mes amis, qui ne me ménage pas, assure qu'il est des jours où je suis féroce. En ce cas, je serais comme ces animaux qui ont horreur du sang, et qui, une fois qu'on les a forcés d'en goûter, ne veu-

lent plus d'autre chose. Le récit des dangers que
vous aviez courus pour cueillir une fleur m'avait
causé une violente émotion. Peut-être ai-je voulu
doubler la dose. Peut-être aussi ne pensais-je qu'à
vous mettre au défi. Féroce ou non, mon cœur ne
sait pas toujours ce qu'il fait ni ce qu'il veut. Choi-
sissez l'explication qu'il vous plaira, vous en avez
le droit; mais vous voyez qu'il est dangereux de
rechercher mon amitié. A votre place, je me dirais :
Je ne reverrai plus cette femme, ce sera peut-être
une vengeance. »

J'ouvris le troisième pli. Il ne contenait que ces
mots écrits d'une main inconnue :

« Si vous obteniez ce que vous désirez, vous seriez
le plus malheureux des hommes. »

Qui donc m'envoyait cet avertissement? Je soup-
çonnai l'un après l'autre Livade, M. de la Tour,
puis Richardet lui-même, qui avait pu contrefaire
son écriture. Je l'observai du coin de l'œil; son air
de parfaite innocence dissipa mon soupçon. — Quel
que soit mon avertisseur, pensai-je, il a quelque
intérêt à m'effrayer. — Je déchirai en quatre le billet
anonyme, et j'en jetai les morceaux au lac.

Je décachetai ensuite la première lettre, celle de
ma mère. Elle était ainsi conçue :

« Mon cher enfant, je lisais l'autre jour l'histoire
d'une pauvre religieuse qui faisait partie d'un couvent où tous les biens étaient en commun. Elle
avait tout donné, hormis un petit jardin qu'elle s'é-
tait réservé et qu'elle aimait. Une nuit, la grâce la
toucha, et le matin elle remit à l'abbesse la clé de
son jardin; — comme le remarque l'historien, c'é-
tait la clé de son cœur. — Et moi aussi, j'avais un

jardin et un cœur, et après avoir longtemps contesté, je viens d'en faire le sacrifice. Le Dieu crucifié doit être content de moi, il ne me reste plus rien.

« Reviens à Paris, mon enfant. Je te rends ta parole. Notre ami est impatient de te revoir, et non-
seulement lui, mais d'autres amis encore auxquels
il doit te présenter. Il leur répond de toi. On a des
ordres, des instructions, des conseils à te donner.
Ce n'est pas tout de voyager, il faut voyager utile-
ment et rendre des services à la maison que tu re-
présenteras.

« Pars dès aujourd'hui. Si sincères que soient les
abandons du cœur, on se réserve toujours quelque chose ; je me suis réservé huit jours de ta vie.
Pendant huit jours, tu ne seras qu'à moi ; d'un dimanche à un dimanche, tu te coudras à ma jupe, je
te regarderai, tu me regarderas, et tu me laisseras
croire que tes yeux sont à moi, qu'ils ne regardent
que moi, qu'ils n'aiment que moi, qu'il ne pensent
qu'à moi, que tu es mon bien, mon trésor et mon
espérance... Puis je te dirai moi-même : « Elle t'appelle ! va-t'en ! » et je te baiserai sur le front. Ces
baisers-là sont des amulettes. Les autres sont bien
trompeurs. »

Je posai les deux lettres devant moi. Il me sembla
qu'elles me regardaient et se disputaient mes yeux.
Étais-je en présence de mon bon et de mon mauvais
génie ? Sans trop y penser, je comparais entre elles
les deux écritures, l'une très-fine, d'une exquise
élégance, mais qui avait dans ses déliés je ne sais
quoi de trop net et d'un peu cherché, l'autre large,
coulante, inégale, abandonnée, et qui ne cherchait
rien, l'écriture d'une âme abondante qui répand

son trop-plein. Je portai à mes lèvres la bonne
lettre, celle de ma mère, et je la baisai. Je cachai
l'autre dans un tiroir.

Je sortis, je descendis sur la grève, je louai un
bateau, et, faisant force de rames, je le poussai au
large; puis, lâchant les avirons, je le laissai aller à
la dérive, je me couchai à l'arrière, le dos appuyé
contre le banc du gouvernail, n'apercevant que le
ciel et de temps à autre une poule d'eau qui tour-
noyait au-dessus de moi, ballotté par les vagues et
par mes pensées et m'obstinant à chambrer, pour
ainsi dire, ma volonté, jusqu'à ce qu'elle m'eût dit
son dernier mot. Je n'en tirais que des demi-répon-
ses; elle parlait par ambages, elle faisait des phrases, je me perdais dans les échappatoires et les défaites confuses dont elle déguisait ses incertitudes.

Je ne rentrai au Jasmin que vers le soir, et j'écrivis à ma mère :

« Vous êtes la meilleure, la plus sainte des femmes.
Vous aurez vos huit jours, et vous verrez si je vous
aime. Je vous remercie à genoux de votre lettre,
qui, je vous l'avoue, m'a surpris. Je croyais avoir
trois mois encore devant moi, et j'ai pris certains
engagements dont je ne puis me délier sur l'heure.
Dans quinze jours, je serai libre et je partirai. A
bientôt. »

Puis je répondis à M<sup>me</sup> de Liévitz par ces simples
mots :

« Je le savais; mais, si elle me le permet, je reverrai cette femme. »

Je ne reçus pas de réponse. M<sup>me</sup> de Liévitz consa-
crait les matinées à ses consultations, les après-midi
à ses tournées de pauvres; mais elle s'arrangeait

d'ordinaire pour être libre le soir : c'étaient les moments réservés à Livade et à la musique. En huit jours, je me rendis quatre fois à Maxilly vers neuf heures, et quatre fois je trouvai porte close; tantôt Mᵐᵉ de Liévitz était absente, tantôt en affaires. J'arrivai un soir par une pluie battante; ce fut Hélène, sa camériste, qui me reçut. — Madame est à la promenade, me dit-elle.

— Est-il bien possible, m'écriai-je, qu'elle se promène à cette heure et par un temps pareil !

Cette Lithuanienne futée, qui copiait les airs de sa maîtresse et qui paraissait en savoir très-long, me répondit avec un sourire moqueur : — Il est toujours l'heure qui lui plaît, et il fait toujours le temps qui lui convient.

Je ne pouvais plus douter que cette femme ne m'eût pris comme dans un lacet. Les caprices de sa hautaine coquetterie, au lieu de me révolter, me plongeaient dans un lâche désespoir. Si je n'eusse été retenu par un reste de pudeur, j'aurais pleuré à chaudes larmes devant cette porte close; j'étais prêt à toutes les bassesses, à toutes les extravagances pour en forcer l'entrée. Il me semblait que j'avais perdu toute fierté, toute raison et jusqu'à la faculté de m'indigner, que ma volonté était devenue inerte et molle comme un chiffon, et qu'il n'y avait plus rien en moi qui fût à moi. Toute ma vie était concentrée dans l'un de ces désirs aigus, violents, aveugles, qui brûlent le sang, qui dévorent les heures, qui tuent la pensée, qui dessèchent et ravagent comme le vent du désert, et je me disais : Voilà donc ce que c'est que l'amour ! — Je ne mangeais plus, je parlais à peine, je passais mes journées

à courir les bois et les nuits à griffonner des lettres
insensées qu'heureusement je brûlais le matin; je
n'aurais pas osé les relire à la clarté du soleil. Richardet était sérieusement inquiet de ma santé. Cet
excellent garçon me disait quelquefois avec un sourire candide : — Voyons, cela fait-il autant de mal
qu'une rage de dents? — C'était pour lui la douleur
par excellence, et il ajoutait : — Si nous raisonnions
un peu !

— Comment voulez-vous que je raisonne! lui ré-
pondais-je. Elle m'a pris ma raison.

Un soir, comme je passais devant l'église du village, j'eus l'idée d'y entrer. Je m'agenouillai dans
un coin, le front appuyé contre un pilier de bois. Je
restai là près d'une heure, et du fond de mon âme
s'élançait cette prière candide et fervente : « Seigneur mon Dieu, vous qui êtes le Dieu de ma mère
et de la Pologne, guérissez-moi, car je suis malade. »
Et par instants je concevais l'espoir qu'un miracle
allait s'accomplir et que cette voix qui parlait autrefois aux paralytiques de la Palestine m'allait dire :
« Lève-toi, prends ton grabat et marche. » Mais
Dieu est devenu avare de ses miracles; en vain les
individus et les nations lui en demandent à genoux;
les cieux se taisent, ils regardent impassibles la
terre balayée par les tempêtes, et les athées s'écrient
que les firmaments sont vides.

Tout à coup une main noueuse se posa sur mon
épaule; je relevai la tête. — Excusez-moi, monsieur,
me dit timidement le curé de la Tour. C'est l'heure
où nous fermons. — Il paraissait confus de troubler
un recueillement si profond, une oraison si fervente.

Quand nous fûmes sortis, me saluant profondément : — Vous avez la foi, monsieur? me dit-il.

— Tous les Polonais sont croyants, lui répondis-je.
Notre patrie est pour nous une religion, et la religion
est pour nous une patrie.

Il me fit un second salut plus profond que le premier, et nous nous quittâmes; mais à peine avais-je
fait trois pas que je l'entendis trotter derrière moi.
Je me retournai. — Pardon, monsieur, me dit-il.
Vous me paraissez avoir de si bons sentiments, des
principes si élevés... Seriez-vous assez obligeant
pour entrer un instant à la cure? J'ai un conseil à
vous demander.

Quand nous fûmes entrés dans son cabinet, dont
il referma soigneusement la porte, il tira d'un buffet
une bouteille de vin de Montmélian, mit deux verres
sur la table, les remplit, me salua de nouveau. —
Monsieur, me dit-il, je désirais vous demander...
Vous allez quelquefois à Maxilly? Vous avez fait la
connaissance de M^me de Liévitz?... Pourriez-vous
me dire?... Vous allez trouver bien singulier... maudite affaire!... Et il avala un grand verre de vin
pour se donner du cœur. — Il paraît, reprit-il d'une
voix plus assurée, que M. de Liévitz ne vit pas dans
les meilleurs termes avec sa *dame*?

— Mais il me semble, lui dis-je, qu'il ne vit pas
du tout avec elle.

— Vous avez raison. Il y a du froid entre eux.

— Plus que du froid. Ils sont tout à fait brouillés.

— Eh bien! il paraît que M. de Liévitz n'a pu
prendre son parti de cette brouillerie, et qu'il a fait
le voyage de Genève tout exprès pour se réconcilier
avec M^me la comtesse, qui l'a fort mal reçu... Il ne

s'est pas tenu pour battu, et si vous aviez la bonté
de me garder le secret...

— Vous me diriez, interrompis-je, que M. de Liévitz est ici près, et que le soir il va rôder sous les
fenêtres de sa femme. N'est-ce pas un homme un
peu contrefait, au teint blême, aux joues bouffies ?

— Vous l'avez donc vu? Il loge chez un paysan,
dans la montagne, et, comme vous dites, chaque
nuit... Croiriez-vous qu'il s'est mis en tête?... Soup-
çonner une telle femme! Songez que monseigneur
a dîné deux fois chez elle... — Quelle femme remar-
quable! me disait-il, et quel dîner!... Aussi je voulais vous demander... Il n'y a rien, n'est-ce pas? absolument rien?...

— Je n'ai rien découvert, lui répondis-je, qui puisse
me faire croire que M^me de Liévitz ait un amant.

Ce mot le fit tressaillir, il promena ses yeux effarés
autour de lui comme pour s'assurer que personne
n'avait pu m'entendre. — Vous m'avez fait peur,
reprit-il... Ah! j'en étais sûr. Autrement monseigneur... C'est égal, je suis bien aise... car il faut que
je vous dise... M. de Liévitz est venu me voir en secret. Il me fait l'honneur de croire que ma pauvre
soutane peut inspirer quelque respect à M^me la comtesse, et il m'a prié instamment d'intercéder pour
lui... Je suis allé tantôt à Maxilly. Le cœur me
battait bien fort. Elle n'était pas là, et je suis revenu
plus vite que je n'étais allé; mais demain je dois
dîner chez elle, et il faudra que je m'exécute...
Maudite affaire! bien délicate!

— Bien délicate en effet, lui dis-je en considérant
sa bonne face rougeaude et ses bonnes grosses mains
villageoises, qui avaient un air de naïveté touchante.

Si vous réussissez, ajoutai-je en me levant, M. de
Liévitz vous devra un fameux cierge.

— Ah! mon Dieu! me dit-il en me reconduisant,
voilà deux nuits que je passe à tourner et à retourner
mes phrases dans ma tête. — Et me tendant la main :
— Vous dormirez cette nuit mieux que moi.

En rentrant, je trouvai sur ma table un billet parfumé d'ambre; mes mains tremblaient en l'ouvrant.
Il ne renfermait que ces mots : « Mon cher comte,
vous seriez bien aimable de venir dîner demain à
Maxilly, en famille et sans façon. » Il y avait au bas:
« bien à vous. » Ce *bien à vous* me tint éveillé toute
la nuit.

## XII

Quand je partis pour aller dîner à Maxilly, j'étais
résolu d'en finir avec mes mortelles perplexités et
de brûler mes vaisseaux. J'entendais que le soir,
vainqueur ou vaincu, je fusse à jamais fixé sur mon
avenir. Les choses ne se passèrent pas tout à fait
comme je l'avais pensé. La vie est compliquée, et
dans nos prévisions nous la faisons plus simple
qu'elle n'est.

Le curé de la Tour m'avait précédé. Je le trouvai
dans le salon, causant tête à tête avec le docteur
Meergraf. Le brave homme avait devancé l'heure,
dans l'espérance de pouvoir s'acquitter avant le
dîner de sa délicate mission. Sa hâte ne lui avait
servi de rien. M^me de Liévitz s'habillait. Elle parut
enfin. Elle était vêtue d'une robe de soie claire, qui
dégageait ses épaules; ses cheveux bouffants, rame-

nès en arrière, donnaient plus d'ampleur à son front.
Elle était éblouissante. Je ne lui avais jamais vu la
démarche si légère, le teint si limpide et si animé, le
regard si jeune, tant de fraîcheur dans le sourire, je
ne sais quel air d'avoir tout laissé là et de recommencer la vie à nouveaux frais. Il y avait dans toute
sa personne le va-et-vient d'une grâce flottante qui
se jouait jusque dans ses rubans, dans les plis de sa
robe, dans les palpitations de ses narines, dans le frémissement de ses deux fossettes. Sa tête, ses épaules,
ses mains, étaient imprégnées d'un fluide mystérieux,
vague atmosphère de l'âme qui ajoute à la beauté le
fondu, l'hésitation délicieuse, comme les transparentes vapeurs de l'automne amollissent les lignes
d'un paysage et donnent à la lumière elle-même le
charme d'un secret.

Elle me fit le plus gracieux accueil, mais sans faire
la moindre allusion à sa lettre, à ma réponse, à mes
visites, sans penser à s'excuser de m'avoir refusé
quatre fois sa porte, sans avoir l'air de se douter que
j'avais le droit de lui demander une explication. Il
semblait qu'elle m'avait vu la veille, qu'elle était bien
aise de me revoir, et c'était tout. Les oublis volontaires de cette femme anéantissaient en quelque
sorte le passé; sa tyrannie s'étendait jusqu'aux événements, elle les escamotait, elle soufflait dessus...
L'éventail qu'elle tenait à la main n'était pas celui
que je lui avais rendu.

Nous nous mîmes à table. Je fus étonné de ne pas
voir Livade. Mme de Liévitz m'apprit qu'il lui avait
demandé le matin même la permission de s'absenter
pour quelques jours. Je compris que durant une semaine j'avais été sacrifié à la jalousie dont m'hono-

rait ce gentil garçon, mais que les lunes sont chan-
geantes et qu'à son tour il m'était sacrifié. Et je
pensai aux larmes qu'avait dû lui coûter cette révolution de palais. Je n'y pensai pas longtemps. J'étais
assis auprès de M^{me} de Liévitz, je la regardais, je
respirais son étrange beauté, par instants mes mains
effleuraient sa robe, je sentais ma tête se perdre,
l'âpre désir que je nourrissais en moi me mordait au
cœur et me séchait la gorge.

Le curé de la Tour ne mangeait que du bout des
dents, et les morceaux ne lui profitaient guère. Il paraissait embarrassé de ses mouvements, de sa contenance; les attentions que lui prodiguait M^{me} de
Liévitz le mettaient aux champs; il soupirait tout bas,
je crois, après son presbytère, sa salle à manger
carrelée, sa nappe en toile bise, son pot-au-feu et
le bonnet tuyauté de sa gouvernante. Il pensait
aussi au quart d'heure de Rabelais, au moment où
il faudrait affronter l'ennemi et débiter l'une après
l'autre toutes ces belles phrases que des nuits durant il avait tournées et retournées dans sa tête.
Il cherchait à s'accoutumer au visage de M^{me} de
Liévitz; il la regardait en dessous, et dans sa préoc-
cupation il répondait tout de travers à ses questions.

Quand nous eûmes repassé au salon et que le
bonhomme eut avalé une tasse de fin moka et un
verre de chartreuse, il se redressa, toussa deux ou
trois fois pour s'éclaircir la voix, et, se frottant les
mains, il en fit craquer tous les os avec la mâle énergie d'un homme qui se dispose à jeter son bonnet
par-dessus les moulins. Il attendait une occasion;
M^{me} de Liévitz la lui fournit.

Elle s'était pelotonnée comme une chatte dans un coin du sofa.

— Monsieur le curé, dit-elle, avez-vous rencontré Robert ces jours-ci ? Je ne sais sur quelle méchante herbe avait marché ce garçon. Il s'était mis dans l'idée de planter là sa femme et d'aller chercher fortune en Californie. Je l'ai tant chapitré, tant sermonné, qu'il a fini par faire son *peccavi*. Sa femme est un peu légère, mais c'est tout. On s'est embrassé, et aujourd'hui ces braves gens s'entendent comme larrons en foire.

Le curé tourna vers Mᵐᵉ de Liévitz sa bonne face joufflue. — Ah ! madame la comtesse, s'écria-t-il avec emphase, ce n'est pas le seul mariage que vous ayez raccommodé. Vous êtes l'arbitre des familles, vous apparaissez dans les ménages brouillés un rameau d'olivier à la main. Vous dissipez les troubles, les jalousies, les aigreurs; vous adoucissez les cœurs ulcérés... *Oculus cœco, pes claudo...* Vous exercez dans ce pays un ministère de religion et de charité, vous êtes un ange de miséricorde et de paix ! *Salve, accepta, cui Dominus adest...*

Et après avoir toussé de nouveau pour se donner le temps de chercher une transition qu'il ne trouva pas : — A propos, madame la comtesse, voudriez-vous me permettre de vous entretenir un instant en particulier ?

Elle attacha sur lui ses yeux clairs, qui voyaient courir le vent.

— Mais comment donc? très-volontiers, lui dit-elle. Vous avez à me parler de quelque affaire urgente? Qui cela regarde-t-il, vous ou moi?

— Vous, madame, vous seule, reprit-il. Je ne suis qu'un simple ambassadeur...

— En ce cas, interrompit-elle, vous pouvez parler devant ces messieurs. Ce sont des amis à qui je n'ai rien à cacher.

Et à ces mots elle se rencogna dans son coin de sofa. Le curé passa son gros index entre son cou et sa cravate, qui l'étranglait, il la tirailla un instant pour se donner de l'air; puis il étala machinalement sur ses genoux son grand mouchoir à carreaux.

— C'est qu'il s'agit, madame, reprit-il, d'une affaire particulière... d'une affaire intime...

— Ne vous gênez pas, lui dit-elle. Je suis comme ces abeilles qui travaillent dans des ruches de verre. Je vous répète que je n'ai rien à cacher.

Nouveau silence, l'un de ces silences de plomb qui permettent d'entendre voler les mouches. — Puisque vous le voulez, reprit le bonhomme... Excusez la liberté... Je ne suis qu'un pauvre curé de village, mais la soutane que je porte jouit de certaines franchises. Et puis je sais à qui je parle, à une femme qui est la charité même: *Propitium habes Dominum.* Vous faites tant d'heureux, madame. Pourquoi faut-il ?...

— Vous êtes insensible aux avances de cette pauvre Mirza ! interrompit-elle en montrant du doigt le carlin, qui venait de poser ses deux pattes de devant sur le mollet de l'abbé et s'allongeait en bâillant de toutes ses forces.

Le bon curé caressa la tête ébouriffée de Mirza, qui se détourna en faisant une moue dédaigneuse, et s'en alla s'accroupir aux pieds de sa maîtresse. Il ouvrit sa tabatière, prit une pincée de tabac et

resta un instant la main en l'air, l'œil perplexe,
comme un homme qui cherche son chemin; mais
il avait dans le caractère cette douceur têtue qui se
pique au jeu. Après deux secondes d'hésitation, il
prisa résolûment, ressortit de sa coquille, reprit le
vent, allongeant devant lui ses honnêtes tentacules,
qui ne soupçonnaient le danger qu'après l'avoir palpé.
— Ah! madame, continua-t-il, comme vous le disiez à Robert, le mariage est une institution sainte,
à laquelle sont attachés de bien grands devoirs!...
Mon Dieu! il s'élève souvent dans les ménages de
ces petites bisbilles... On s'échauffe, on s'aigrit;
comme le disait saint Jérôme, on fait d'une mouche
un éléphant. Et souvent il suffirait de se conter l'un
à l'autre ses petites raisons, de s'expliquer ensemble
le cœur sur la main... On finit par s'entendre, on
s'embrasse, et quelquefois on s'aime plus qu'avant;
car, selon le mot d'un poète profane, les petites pi-
coteries réveillent et rajeunissent les grands atta-
chements... Madame la comtesse connaît l'Évangile
aussi bien que moi. — Femmes, a dit l'Apôtre,
soyez soumises à vos maris!... — Oh! ce n'est pas
que je prenne aveuglément le parti des maris. Il en
est de bourrus, de fâcheux, qui grondent hors de
propos, qui ont le verbe haut et l'humeur brusque;
mais les âmes aimantes, comme la vôtre, madame,
adoucissent toutes les aspérités, émoussent toutes
les glaces, fondent tous les angles...

Elle frappa un grand coup sec de son éventail sur
le bois du sofa, et dit : — On ne fond pas un angle,
monsieur le curé. — Et d'une voix où grondait l'o-
rage : — Vous souvient-il, ajouta-t-elle, que je vous
avais promis de vous donner un orgue pour votre

église ? Le fabricant m'en demande un prix extra-
vagant. Je lui écrirai demain, et j'espère l'amener
à composition. Autrement...

— Ah ! madame, s'écria-t-il avec effusion, pour-
rai-je jamais vous remercier assez de toutes les fa-
veurs dont vous comblez ma pauvre église ? Un orgue ! ce fut toujours mon rêve. Cependant, je vous
l'avouerai, je serais plus heureux encore si, grâce
à mon humble intercession, M. de Liévitz...

A ce mot, elle se dressa d'un bond. — Vous
dites ?... s'écria-t-elle avec un accent si terrible
qu'il crut entendre Dieu tonner. Il sentit que sa barque venait de toucher et s'était engravée. Il leva
timidement les yeux sur M^{me} de Liévitz, mais il ne
put soutenir l'éclat de son regard superbe et fou-
droyant; il perdit contenance, sa voix se figea dans
son gosier; pour occuper son trouble, il ouvrit sa
tabatière, elle lui échappa des mains, et tout son tabac se répandit sur ses genoux. Ne sachant plus ce
qu'il allait faisant, il se leva en sursaut.

— Vous nous quittez déjà, monsieur le curé ? lui
dit-elle. Toujours pressé; mais je n'entends pas que
vous vous en alliez à pied, je vais vous faire reconduire.

Et, sonnant un domestique, elle donna l'ordre d'atteler; puis elle s'assit au piano et frappa une suite
d'accords plaqués qu'on dut entendre de tous les
hameaux environnants.

Jusqu'alors le docteur Meergraf n'avait soufflé mot.
Il gratta doucement l'épaule du curé, qui, l'œil
éperdu, semblait occupé à remettre un peu d'ordre
dans ses idées. — Monsieur le curé, lui dit-il à demi-
voix, vous aimez la Tour-Ronde? Un charmant

pays, ma foi, de braves gens, une jolie cure. Que
diriez-vous si vous appreniez l'un de ces jours qu'il
vous faut déménager?

L'abbé tressaillit. — Que voulez-vous dire, monsieur? Monseigneur aurait beau chercher, je ne vois
pas ce qu'il pourrait trouver à me reprocher.

— Je dis, reprit le docteur, que voilà une musique
enragée qui ne présage rien de bon, et que lorsqu'une femme veut se donner la peine de chercher,
elle est à peu près sûre de trouver...

Quand elle eut calmé ses nerfs en fouettant le
clavier à tour de bras, elle attaqua les premières
mesures d'un nocturne de Chopin. Je m'approchai
d'elle, et me penchant à son oreille : — Moi aussi,
madame, lui dis-je, je voudrais vous entretenir un
instant en particulier.

— Vous aussi? fit-elle sans me regarder ni s'interrompre. C'est donc une gageure?

— Quand je dis : je le voudrais, repris-je, je le
veux et j'ai le droit de le vouloir.

Elle laissa là Chopin et son nocturne, et fredonna
sur un air de fantaisie un couplet qui, je pense, était
de son cru :

> Ne dis pas : je le veux!
> Ignorante jeunesse.
> Ne dis pas : je le veux!
> Jeanne est une tigresse.
> Dis plutôt : si je peux!
> Ignorante jeunesse.
> Dis plutôt : si je peux!
> Car Jeanne est la maîtresse.

Elle fut interrompue par une détonation qui la fit
tressaillir. On venait de décharger un fusil à quelques pas de la maison. Elle changea de visage, se

leva brusquement, porta à ses lèvres son mouchoir, qui tremblait dans sa main. Au même instant, la porte qui donnait sur le perron s'ouvrit, et M. Pardenaire apparut, la figure bouleversée et promenant autour de lui ses yeux hagards, qui lui sortaient de la tête.

— Lui! le rôdeur! dit-il d'une voix sourde.

M<sup>me</sup> de Liévitz avait repris tout son sang-froid. Elle haussa les épaules. — Est-ce que je crois à vos rôdeurs?

—C'était pourtant lui, reprit-il, l'homme au diamant.

Elle lui jeta un regard qui le fit trembler. —Votre fusil était chargé? Ne vous avais-je pas défendu de faire la ronde avec un fusil chargé?

— C'est le diable qui l'a chargé, répondit-il.

— Où avez-vous pris ce fusil?

— Où je le prends toujours, dans l'armoire du petit vestibule.

— Je saurai qui a chargé ce fusil... Ah çà! j'espère... Elle attendit un instant, pensant qu'il lui épargnerait la peine d'achever sa phrase. — Ah çà! j'espère que vous n'avez blessé personne?

Pardenaire fit un geste d'épouvante; avançant la tête : — Il est tombé raide mort! murmura-t-il.

On n'est pas toujours maître de son visage. Les yeux de M<sup>me</sup> de Liévitz jetèrent des flammes, et je vis passer sur son front un éclair de joie féroce. Ce fut l'affaire d'une seconde. Elle baissa la tête; quand elle la releva, sa figure exprimait le chagrin et l'effroi. —Ah! mon Dieu! qu'est-il donc arrivé? s'écria-t-elle en s'enveloppant de son bachlik. Christophe, venez. Courons. — Elle s'avança vers le perron, où

l'avait précédée le docteur. Je fis mine de la suivre ;
elle m'arrêta d'un geste et s'élança dans le jardin.

Nous fûmes un instant à nous regarder, le curé et
moi. Me saisissant les deux mains : — L'avez-vous
vue tout à l'heure ? me dit-il tout bas. On ne m'ôtera
pas de l'idée qu'elle savait que le fusil était chargé
et que le rôdeur était son mari. — Mais épouvanté
de son audace : — Quelle folie ! s'écria-t-il. Ah ! mon
Dieu ! ne répétez à personne...

— Oh ! je n'aurai garde, lui répondis-je. — Et
nous restâmes quelques secondes sans parler.

Le docteur Meergraf reparut bientôt ; je reconnus
à son air que le maréchal nous avait effrayés à tort,
et que Mᵐᵉ de Liévitz s'était réjouie trop vite.

— Cet imbécile avait la berlue, nous dit-il d'un
ton flegmatique. Le rôdeur n'est pas demeuré raide
mort sur la place. Il était debout sur le petit mur du
jardin potager ; en entendant la détonation, il est
tombé, mais il en sera quitte pour quelques contu-
sions. Monsieur le curé, la voiture est avancée. —
Et se tournant vers moi : — Mᵐᵉ de Liévitz m'a
chargé de l'excuser auprès de vous.... Cet accident
l'a fort émue.

Il nous reconduisit jusqu'à la porte. Là il me dit à
l'oreille : — Jeune homme, relisez donc le billet
anonyme que vous avez reçu. — A ces mots, je me
retournai vivement ; il avait déjà disparu.

Le bon curé, qui tremblait comme la feuille, et qui
comptait sur ma compagnie pour se remettre un
peu de son trouble, me pressa instamment de monter en voiture avec lui. Je refusai et le laissai partir.
Un vent d'orage s'était levé ; de larges gouttes commençaient à tomber. Je descendis jusqu'au milieu de

l'avenue. Là je m'assis sur un tronc renversé, et je causai quelques instants avec moi-même. Je pensais aux soupçons qu'avait exprimés le curé et que j'avais partagés; je pensais à cé transport féroce, inavouable, qu'avait ressenti Mᵐᵉ de Liévitz, à cet éclair de joie que j'avais vu passer sur son front, et je pensais encore à cette prière naïve que la veille j'avais adressée à Dieu : « Seigneur, je suis malade, guérissez-moi. » Je me disais que Dieu m'avait exaucé, que pour me guérir il m'avait fait connaître qui était cette femme, ce qu'elle portait au fond du cœur, et que cependant je n'étais pas guéri, qu'apparemment j'étais incurable, que lorsqu'on aimait cette femme, c'était à jamais, qu'elle était entrée dans ma vie, dans mes entrailles, que je ne l'en terais pas sortir. Et je croyais la voir assise au piano; je l'entendais fredonner d'une voix ironique et provoquante :

> Ne dis pas : je le veux !
> Jeanne est une tigresse.

— Je lui prouverai que je sais vouloir! m'écriai-je en me relevant. Je ne sortirai d'ici que chassé par elle.

Je remontai l'avenue, évitant les rencontres et marchant à pas de loup. Des domestiques affairés allaient et venaient du corps de logis principal à un pavillon, qui en est séparé par une cour. Je vis passer Hélène, qui tenait une lanterne à sa main droite et portait sur son bras gauche des draps de lit et du linge. Un laquais qui revenait d'une course et n'était au fait de rien l'arrêta au passage. — Qu'est-il donc arrivé? lui demanda-t-il.

— M. le comte est venu voir madame. Il s'est trompé de chemin, il a traversé le potager, ce grand imbécile de Pardenaire l'a pris pour son rôdeur et lui a tiré dessus. Une chevrotine lui a passé à deux pouces du menton.

— Et M. le comte couche ici? reprit le laquais d'un ton de pitié dédaigneuse.

Elle lui répondit en riant : — Il fait un temps à ne pas laisser un mari à la rue;... mais je m'arrête à causer, mon linge sur le bras, et il pleut. Il ne faut pourtant pas le faire coucher dans des draps mouillés.

— Il ne craint pas l'humidité, fit l'autre avec un gros rire de laquais. Une poule mouillée!

Chacun tira de son côté. Je profitai du moment où la cour était vide pour la traverser et me glisser dans le jardin. Le vent soufflait avec force et me chassait au visage une giboulée de pluie mêlée de grêle. J'atteignis le perron. Les portes du salon étaient restées ouvertes; j'entrai. Il n'y avait personne; les lampes et les bougies brûlaient solitairement, et le piano, qu'on n'avait point refermé, continuait de chanter en sourdine :

> Dis plutôt : si je peux!
> Car Jeanne est la maîtresse.

Je cherchais à m'orienter, à dresser dans ma tête la carte du pays. Poussant une porte, je me trouvai dans un petit vestibule qui me parut conduire à l'appartement de Mᵐᵉ de Liévitz. J'étais résolu à risquer le tout pour le tout; mais au même instant j'entendis du bruit derrière moi, je n'eus que le temps de revenir sur mes pas, de traverser en courant le

11

salon et de me jeter dans ce cabinet que je connaissais. Deux bougies l'éclairaient ; je les soufflai. Ayant
fait la nuit autour de moi, je me postai derrière la
portière, dont les pans rabattus laissaient entre eux
un jour. Je restai là immobile, l'œil au guet, à
même de voir sans être vu.

Mᵐᵉ de Liévitz entra dans le salon comme un coup
de vent, suivie de Pardenaire, qui cherchait à lui
prendre les mains. Elle le repoussait durement. Il
rentrait sa tête dans ses épaules et se courbait jusqu'à terre. — Quel stupide entêtement! lui disait-
elle. J'ai interrogé mes gens, aucun d'eux n'a chargé
le fusil. Je ne sache pas que les fusils se chargent
tout seuls.

— Je vous jure que ce n'est pas moi! répondait-il.

Elle frappa du pied : — Il est donc bien difficile
de convenir que vous avez eu une distraction?

— Une distraction! fit-il d'un air hébété. Ce n'é-
tait pas une distraction, c'étaient des chevrotines.
Je n'ai pas de chevrotines... Ne vous fâchez plus, je
dirai tout ce que vous m'ordonnerez de dire.

— Ah! vous en convenez enfin! fit-elle. Vous avez
failli causer un irréparable malheur. Après tout,
vous aviez bonne intention. — Et lui jetant sa
bourse : — Péché confessé est à moitié pardonné.

Il secoua la tête, regarda la bourse, la baisa, la
posa sur la cheminée. — Non, non, dit-il en tombant à genoux, quand le diable y serait, ce n'est pas
moi...

— Qui vous croira? s'écria-t-elle avec emportement. Tout le monde ne sait-il pas que vous êtes un
méchant fou? — Et allongeant le bras : — Sortez!
— Il se releva et sortit à reculons, la tête tendue en

avant, l'œil éperdu, comme s'il avait contemplé un
spectre. Quand il eut disparu, je ne sais si je rêvai,
mais il me sembla qu'elle froissait ses cheveux avec
colère, et j'entendis ou je crus entendre ce mot prononcé tout bas, mais distinctement : — Oh! le maladroit!

J'allais sortir de ma retraite quand je vis paraître
à l'entrée du salon une petite fille que la pluie avait
fort mal accommodée. Ses cheveux lui pendaient sur
les yeux, sa jupe courte était ruisselante, et ses sabots étaient crottés jusqu'à la cheville. Le visage de
M^{me} de Liévitz changea tout à coup d'expression.
— Ah! te voilà, Manette! dit-elle. — Et, s'asseyant,
elle prit sur ses genoux l'enfant, qui s'y installa
commodément, et dont les sabots boueux frottaient
contre sa robe de soie.

—Tu viens de loin, petite, si tu viens de chez toi!
lui dit-elle en l'embrassant et lui essuyant le visage
avec son mouchoir de dentelles. Quel temps pour
courir les grands chemins! Eh bien! quelles nouvelles?

— Mauvaises, dit l'enfant. La grand'mère est bien
malade; on assure qu'elle ne passera pas la nuit.
Elle a le délire, comme on dit, et elle ne parle que
de vous. Elle voudrait tant vous voir avant de
mourir! La mère ne voulait pas que je vinsse, elle
dit comme ça que c'est une fièvre contagieuse. Je
suis venue tout de même. Vous êtes si bonne!

— Tu as raison de croire en moi, lui répondit-elle
en l'embrassant de nouveau. Écoute, mes chevaux
sont sortis; ils sont allés reconduire le curé de la
Tour. Dès qu'ils seront revenus, je monterai en voiture avec le docteur, et nous te mettrons entre nous

deux, mon pauvre chat, pour que tu ne reçoives pas
la pluie. De deux choses l'une ; ou le docteur gué-
rira ta grand'mère, ou bien, s'il n'y a plus de ressource, je te promets de ne pas la quitter avant
qu'elle ait fermé les yeux. Je ne prendrai pas son
mal : j'ai résolu de n'être jamais malade. En attendant, va-t'en vite te sécher à la cuisine. Tu diras
qu'on te donne quelque chose de bon à manger.

Et posant l'enfant à terre : — A propos, tu sais ce
que je t'avais promis. — Elle tira de son secrétaire
cette belle poupée qu'elle avait habillée, et la pré-
sentant à la petite, qui n'osait y toucher : — Prends-
la donc; elle est à toi. — Manette s'essuya les mains
à son fichu et sortit en emportant la poupée. Elle
se croisa sur le seuil avec un homme que je connaissais, l'homme au diamant, le mari.

A sa vue, Mᵐᵉ de Liévitz fit un geste indescriptible.
Elle se détourna dédaigneusement et alla s'accouder
à l'un des angles de la cheminée.

M. de Liévitz était un de ces hommes qui repré-
sentent toujours. Il y avait dans toute sa personne
un sérieux gourmé, compliqué d'une raideur ger-
manique qui lui ankylosait les coudes et les genoux.
Il gardait son maintien compassé, la solennité de ses
allures jusque dans ses moments de vive et sincère
émotion, et je suis persuadé que son sommeil même
avait le caractère officiel d'un service public. Je vous
ai dit que son sourire, comme son regard, était parfaitement vide; il aurait bien voulu faire croire que
ses yeux se taisaient par discrétion; le fait est qu'ils
n'avaient rien à dire, et personne n'était dupe de ses
airs mystérieux. On sentait qu'il portait dans sa tête
quelques vieux secrets de chancellerie depuis long-

temps éventés, qui avaient traîné partout et qui n'étaient plus que les secrets de Polichinelle ; il s'obstinait à monter la garde autour de ces ballons dégonflés, et il craignait naïvement les voleurs. Je soupçonne cependant que par intervalles il avait le sentiment vague, la conscience latente de sa nullité. Son visage exprimait la mélancolie d'un sot qui s'entrevoit.

Il entra dans ce salon vide comme il se serait présenté dans un bal d'ambassade, et porta machinalement sa main à sa boutonnière comme pour s'assurer que sa brochette était en place ; mais le domestique qui l'avait introduit s'était à peine retiré, que son masque tomba et laissa voir un visage ravagé par une idée fixe et dont l'embonpoint n'était qu'une bouffissure maladive. Cette figure pâle et gonflée exprimait une douleur vraie, mais plate, sans éloquence, sans poésie. Il s'inclina devant sa femme, et son premier mot révéla toute la bonhomie de son caractère. Montrant du doigt la porte par laquelle Manette était sortie : — Que cette petite est heureuse! dit-il. Que faut-il donc faire, Sophie, pour être de vos amis ?

Elle se laissa tomber dans un fauteuil et resta immobile comme un sphinx d'Égypte, l'œil fixé sur la pendule. Elle semblait compter les secondes de son ennui.

M. de Liévitz demeura debout. Après un long silence : — Vous n'avez donc rien à me dire? reprit-il. — Elle ne sourcilla pas. Peut-être pensait-elle à Pardenaire, à sa maladresse. M. de Liévitz prit le parti de s'asseoir. Il passa deux ou trois fois ses mains le long de ses jambes; puis, croisant ses bras

sur sa poitrine : — Vous ne trouvez donc pas étrange,
Sophie, qu'un homme tel que moi en soit réduit à
pénétrer nuitamment chez vous comme un voleur,
qu'un homme tel que moi s'expose à être pris par
vos gens pour un rôdeur de grands chemins?....

L'emphase avec laquelle il avait prononcé ces
mots : *un homme tel que moi!* arracha un demi-
sourire à M<sup>me</sup> de Liévitz. Elle fit un geste indolent
qui signifiait : — Voilà une question à laquelle je
n'ai jamais pris la peine de réfléchir. — Puis elle
reporta ses yeux sur la pendule.

Il avait manqué son effet, il changea de note. —
Vous êtes une personne raisonnable, Sophie, reprit-
il d'un ton caressant. Il est impossible que vous
m'ayez dit à Genève votre dernier mot. Ne compre-
nez-vous pas que votre place est auprès de moi.
Que suis-je sans vous? Un corps sans âme. Qu'êtes-
vous sans moi? Une âme sans corps... Non, vous ne
me ferez jamais croire que la vie que vous menez
puisse satisfaire votre esprit ardent, vos goûts d'activité, votre admirable intelligence, qui est à la
hauteur des plus grandes situations... Si vous étiez
franche, vous conviendriez que vos déguenillés vous
ennuient à mourir, et que le métier de sœur grise
est un pis aller qui ne vous suffira pas longtemps.
Un poisson ne peut vivre hors de l'eau, ni une femme
telle que vous hors de la politique... J'ai fait une
faute, une grande faute, — qui n'en fait pas? — mais
cette faute n'est pas irréparable. Retournons ensemble à Saint-Pétersbourg. Vous êtes une maîtresse
femme, et vous avez là-bas de si puissantes amitiés!
Il ne tient qu'à vous de me rouvrir la carrière que
mon imprudence m'a fermée. Il vous suffit de le vou-

loir. Et moi-même... Oh! il y a quelque chose là!
ajouta-t-il en se frappant le front. Vous ne savez pas
encore de quoi je suis capable. Je crois en moi, je
crois à mon avenir, qui est le vôtre!...

Cette fois elle consentit à parler. — Monsieur, lui
répondit-elle d'une voix qui vibrait comme une lame
d'acier, il y a deux ans, quelques mois après vous
avoir quitté, j'eus le plaisir de lire dans un journal
russe qui se publie hors de Russie l'anecdote suivante : « Il s'agissait, l'autre jour, dans un conseil
de ministres, de pourvoir à un poste vacant; quelqu'un s'avisa de nommer M. de Liévitz. — Ne me
parlez pas de cet homme, s'écria l'Empereur avec
un geste de pitié. Liévitz est une ganache. » Le mot
est un peu dur; mais je le crois vraisemblable. Il y
a des jugements sans appel et des fautes impossibles
à réparer. Mon habileté de maîtresse femme n'y
suffirait pas. Je n'ai jamais gagné au jeu qu'avec un
partenaire qui m'était sympathique, et les sympathies
ne se commandent pas. Il est possible que vous ayez
quelque chose là. L'humanité n'en profitera pas;
croyez-moi, vous êtes un homme fini, politiquement,
s'entend. L'agriculture vous reste. C'est une si belle
chose!... Quant à moi, j'ai fait mon siége et je suis
contente, très-contente. Mes déguenillés, quoi que
vous en disiez, suffisent pleinement à mon bonheur.
Ne craignez pas que la besogne vienne à manquer à
mon esprit ardent. Si Dieu me prête vie, j'entends
fonder dans ce pays un hospice, une école-modèle,
que sais-je encore? Mes dévis sont tout prêts...
Retournez dans votre chère Courlande. Tâchez d'inventer une nouvelle espèce de charrue. Nous nous
communiquerons par écrit nos découvertes, nos

expériences, nous nous admirerons mutuellement...
Ce sera délicieux.

Cela dit, déployant son éventail, elle l'agita nonchalamment, l'œil fixé au plafond. Il se leva brusquement; je crus qu'il allait se jeter sur elle, les
poings fermés. Il eut au contraire un accès d'attendrissement. — Eh! que m'importent, s'écria-t-il,
la diplomatie, la politique, vos écoles et mes char-
rues? Je vous aime passionnément, vous m'appar-
tenez, je saurai reprendre mon bien. — Et là-dessus
il lui déclara que depuis qu'il l'avait revue à Genève
il ne vivait plus, que ses pensées rôdaient sans cesse
autour de Maxilly, qu'il passait des heures à lorgner
du haut d'un rocher le toit qui abritait son idole et
son rêve, que la nuit, en dépit des alguazils, il venait
chercher dans son jardin la trace de ses pas et
contempler la fenêtre de la chambre où elle dormait,
qu'elle aurait pitié de lui et lui rouvrirait son cœur et
ses bras, ou qu'il se brûlerait la cervelle à ses pieds.

Elle l'écoutait en silence. Tout à coup elle partit
d'un éclat de rire aigu qui lui coupa la parole et me
donna à moi-même le frisson. — Quel enfant vous
êtes, Auguste! lui dit-elle. N'avez-vous pas honte?
A votre âge! Vous avez donc perdu le sentiment
du ridicule? Rôder comme un Lindor, à l'heure du
berger, sous les fenêtres de votre femme! Un homme
tel que vous! Il ne vous manquait qu'une mandoline
et une échelle de soie. Et ce curé de village que
vous me dépêchez en ambassade! Ah! c'est trop
fort!...

Il se laissa tomber à ses genoux. — Moquez-vous
tant qu'il vous plaira; mais vous partirez avec moi.

— Quelle folie! dit-elle. Que ferais-je de vous et

que feriez-vous de moi?... Oh! jamais. Vous savez que je n'ai qu'une parole. Relevez-vous donc. Vous êtes grotesque.

A ce coup, la colère le prit; l'amadou mouillé s'enflamma. — Ah! vous refusez? s'écria-t-il en se relevant. Vous avez sûrement vos raisons. Croyez-vous par hasard que vos allures de sœur grise m'en imposent? Je ne donne pas dans ces panneaux. Vos charités! A d'autres. Vous êtes l'âme la moins tendre que je connaisse. Cette maison ouverte à tous venants m'est suspecte. Les pauvres y viennent de jour, la nuit on rencontre dans votre parc des promeneurs qui ressemblent plus à des galants qu'à des quêteurs d'aumônes. Ou je ne suis qu'un niais, madame, ou il me paraît prouvé...

— Achevez donc, il vous paraît prouvé?... dit-elle en s'animant. — Le tour que prenait l'entretien avait dégourdi sa hautaine nonchalance; elle ne s'ennuyait plus.

— Vous avez un amant, madame! reprit-il avec violence.

Elle se dressa sur ses pieds. — Eh bien! oui, monsieur, j'ai un amant. Et après?

— Je saurai le trouver. Et peut-être en ce moment n'est-il pas loin d'ici...

Elle haussa les épaules. — Ne me poussez pas à bout, continua-t-il. Je suis armé,... car il serait imprudent de venir sans armes dans une maison où l'on aposte des assassins au coin des murs... Je ne m'y trompe pas, madame, vous m'aviez reconnu, et ce fusil...

— C'est moi-même qui l'avais chargé! dit-elle avec un flegme superbe.

Il ne fut plus maître de lui; perdant la tête, il tira de sa poche un revolver qu'il leva en l'air, le doigt sur la détente. — Et moi qui craignais de m'ennuyer? fit-elle... Mais tuez-moi donc! qu'attendez-vous?

Elle avait un air si calme, si libre, si aisé, que ce fut à lui d'avoir peur et qu'il laissa retomber son bras. Elle lui enleva son pistolet, comme on ôte un joujou des mains d'un enfant mutin, et, tirant un cordon de sonnette : — Je ne vous reconnais pas, Auguste! Tout à l'heure, quand vous êtes tombé de votre petit mur, votre tête aura porté, je crains que votre cerveau n'ait souffert. Vous avez besoin de repos, allez dormir. Demain vous me ferez vos excuses avant de partir.

— Partir, madame! je ne partirai pas.

— Alors c'est moi qui m'en irai.

— Oh! je le tuerai! reprit-il avec fureur.

— C'est ce que nous verrons.

Un domestique parut, elle lui dit : — Conduisez M. de Liévitz dans son appartement et veillez à ce qu'il ne lui manque rien. — A l'apparition du domestique, M. de Liévitz avait repris comme par enchantement son maintien diplomatique et sa gravité de fonctionnaire. Il sourit, la bouche en cœur, salua sa femme et sortit.

Au même instant, le docteur Meergraf entra par une porte latérale. Mᵐᵉ de Liévitz s'avança vers lui, et le saisissant par les deux bras : — Être à jamais rivée à un pareil imbécile!... s'écria-t-elle de toute la plénitude de son cœur; puis elle retourna vers la cheminée et s'y accouda de nouveau d'un air d'accablement.

Il s'approcha d'elle, et d'un ton sardonique : — A jamais ! dit-il, c'est compter sans les accidents. Eh ! tenez, si tout à l'heure cette chevrotine...

Il la considérait attentivement, et semblait vouloir attirer sur lui son regard qu'elle tenait obstinément fixé à terre. — Oui, reprit-il, si cette chevrotine.. Il s'en est fallu d'un travers de doigt, et ma foi ! vous étiez libre, libre comme l'air... Avez-vous eu dernièrement des nouvelles du prince Reschnine ? Voilà un homme d'avenir. Un journal annonçait l'autre semaine qu'on allait lui donner l'ambassade de Londres; c'était faux, mais ce sera vrai quelque jour.

Elle baissait toujours les yeux, je crus m'apercevoir que ses narines et ses paupières se gonflaient, et qu'elle avait un point rouge aux deux pommettes.

— Y a-t-il longtemps que le prince Reschnine ne vous a écrit? reprit l'impassible docteur.

Elle fit un geste d'impatience. — Vos plaisanteries sont d'un goût détestable ! lui dit-elle.

— Oh ! madame, j'aurais juré qu'elles vous étaient agréables.

Elle fit quelques pas dans la chambre, puis se retournant : — A propos, Manette est venue me chercher, sa grand'mère est mourante; nous allons partir et nous passerons la nuit là-bas.

— Je ne le sais que trop, dit-il en montrant du doigt son chapeau et son paletot, qu'il avait déposés sur une chaise; mais je vous préviens que ces fièvres-là sont très-contagieuses.

Elle hocha la tête et répondit : — Je crois à la volonté... A ces mots, elle sonna sa femme de chambre et se fit apporter un mantelet en fourrure

et son bachlik, dont elle s'encapuchonna; puis elle
se mit à arpenter le salon d'un pas trépidant, le teint
enflammé, jetant à droite et à gauche des regards de
feu qui ne regardaient rien. C'était une mitraille qui
tombait au hasard. Un instant elle porta ses yeux
sur l'entrée du petit salon, et marchant droit devant
elle, elle effleura de son épaule la portière. Je me
rejetai vivement en arrière; mais elle n'entra pas, et
je me remis à mon poste. Je pressentais qu'elle allait
dire quelque chose qui déciderait de mon sort.

— Il faut convenir, dit-elle en se rapprochant du
docteur, que la vérité parle quelquefois par la
bouche des enfants. M. de Liévitz prétendait tout à
l'heure que mes pauvres m'ennuyaient à mourir...
Bon Dieu! qu'est-ce donc que la vie? ajouta-t-elle
avec amertume, en égratignant l'hermine de son
mantelet.

— Eh! eh! quel air nouveau allons-nous chanter?
murmura le docteur.

Elle passa ses mains sur son front et dit : — Je
voudrais bien essayer d'autre chose.

— Ah! je vous vois venir, madame. Vous avez en
tête une idée, ou pour mieux dire... un Polonais!

— Un Polonais! fit-elle en le regardant fixement.

— Oh! il est charmant. En vingt-quatre heures,
il a joué deux fois sa vie pour vous. Voilà des dévouements qui ne courent pas les rues... Parlez-moi
franchement : quelle est votre pensée de derrière la
tête? que prétendez-vous faire de ce jeune homme?

— Vous me croyez donc incapable d'aimer? répliqua-t-elle avec colère.

— Vous en avez fait quelquefois l'essai, cela vous
a mal réussi... Ne vous fâchez donc pas; si vous

avez pour moi quelque amitié, c'est que je vous dis
la vérité. C'est à cela que je vous sers... Votre Polonais est un vrai paladin, poursuivit-il en baissant la
voix ; mais le lendemain du jour où vous vous seriez
donnée à lui, vous le regarderiez du même œil qu'un
chiffon qui a traîné vingt-quatre heures dans un
ruisseau. Vous êtes ainsi faite, et je plains sincère-
ment le pauvre diable qui réussit à vous inspirer une
fantaisie d'un jour. Vos mépris et votre haine la lui
font payer cher. Affaire d'organisation. Il n'y a
dans tout votre visage que votre bouche et votre
sourire qui sachent aimer. Le reste appartient à l'orgueil et à la volonté. Vous en avez autant que le
Père éternel en personne.

Elle se mit à rire. — Pauvre homme ! vous ne
croyez qu'à la physiologie, dit-elle. — Et, courant à
lui, elle lui prit les deux mains, les secoua, le regarda en face : — Je vous dis, s'écria-t-elle d'une
voix vibrante, que je l'aime comme je n'ai jamais
aimé personne.

En ce moment, une voiture roula dans la cour.
Mⁿᵉ de Liévitz se sauva bien vite, M. Meergraf la
suivit, et le salon resta vide.

J'attendis encore un instant. Je soulevai la portière, je ne fis qu'un saut jusqu'au perron, et je me
trouvai bientôt en pleins champs, et quelques minutes après en pleins bois. La pluie avait cessé ; des
rafales chaudes passaient dans la nuit comme des
chevaux sauvages qui trépignent et secouent leur
crinière. Quelqu'un avait dit de moi dans mon enfance : « Il sera toujours ivre de vent. » Je ne sais ce
qui se passa cette nuit-là entre le vent et moi ; mais
mes pieds ne touchaient pas la terre, je courais, je

bondissais, gravissant tout d'une haleine des côtes
rapides, faisant des trouées dans les buissons, escala-
dant les échaliers, perdant tout à coup mon chemin,
le retrouvant par miracle. Dans ma tête vide d'idées,
il y avait comme un tournoiement de bonheur. Je
croyais seulement m'apercevoir que la terre humide
sentait bon, que le vent causait tout seul comme un
fou; je crois aussi que les bois étaient pleins de rossignols qui chantaient à gorge déployée des airs
nouveaux et les cieux pleins d'étoiles qui regardaient quelque chose. Je m'arrêtai une seconde au
pied d'un gros arbre; il fut pris d'un frisson subit,
et il versa sur moi toute la pluie qui s'était amassée
dans ses feuilles; je compris nettement que l'eau
mouille, je me secouai, je repris ma course. Je
montai jusqu'à ce que, un rocher me barrant le
passage, je me décidai à redescendre. J'étais à mi-
côte quand l'aube parut. Les montagnes semblèrent
se réveiller et dessinèrent leurs dentelures grises sur
un fond de vapeurs orangées, et bientôt ce fut l'aurore. Mes yeux la burent avec délices; je me gorgeai
de lumière. La promesse de mon bonheur était
écrite au ciel en lettres d'or.

Je n'étais plus qu'à vingt pas de la grande route
qui côtoie le lac, lorsque j'entendis le bruit d'une
voiture. C'était la calèche. Mᵐᵉ de Liévitz venait de
veiller toute la nuit une vieille femme qui se mourait
d'un mal contagieux. Je me cachai derrière un po-
teau, et je vis passer la voiture tout près de moi. Le
docteur, ramassé dans un coin et le menton ballant,
dormait à poings fermés. Mᵐᵉ de Liévitz, le buste
droit, les yeux tout grands ouverts, regardait la
route. Sa main droite tenait pressée contre ses

lèvres une belle rose moussue, dont elle respirait le parfum pour conjurer, je pense, l'action des miasmes.

— Est-il étonnant, me dis-je, que j'aime cette femme! C'est un caractère, et j'ai toujours adoré la force.

## XIII

Richardet avait passé la nuit sur ses livres. En m'apercevant, il regarda sa montre et tressaillit.
— Eh bien ! me dit-il d'un ton mélancolique, êtes-vous heureux?

— Oui, lui répondis-je, car j'aime à savourer l'espérance.

Et je l'embrassai follement. Je courus me jeter sur mon lit, je dormis toute la matinée. J'achevais de m'habiller quand on me remit deux lettres, qu'un domestique venait d'apporter.

« Mon cher comte, m'écrivait M^me de Liévitz, je ne sais quel vent a soufflé sur moi; je suis triste, je m'ennuie à mourir. L'idée m'est venue de me secouer un peu, d'aller faire une excursion de quelques jours dans le Valais, dans l'Oberland. Seriez-vous gens à m'accompagner, vous et votre ami M. Richardet? Mes pieds ont besoin de mouvement et mes yeux de nouveautés. Un bon air de montagne, de beaux sites, des vaches, de la crème, ces glaciers, un peu de danger et surtout de bonnes et longues causeries, tout cela me semble bien séduisant. Ne me répondez pas. Venez me voir ce soir à

dix heures; je serai seule, et nous dresserons ensemble notre plan de campagne. »

Le second billet était de ce même anonyme qui
s'était dévoilé la veille. Il ne renfermait que ces mots :
« Le temps est à l'orage, le tonnerre gronde. Partez
sur-le-champ ; il y va du bonheur et peut être de
la vie de trois personnes. »

— Ce docteur Meergraf, me dis-je en déchirant le
billet, est sûrement à la solde du mari.

Le soir me parut long à venir. A huit heures, j'é-
tais seul dans ma chambre. Je venais de prendre
un bain et je préludais à ma toilette ; je n'y avais
jamais apporté des soins plus minutieux. Quand
j'eus lustré, lissé, parfumé mes cheveux, frisé ma
moustache, j'étalai toutes mes cravates sur mon lit,
et je fus longtemps à faire mon choix. Je me décidai
enfin pour un rouge amarante d'une nuance
exquise aux lumières. Je me disposais à faire mon
nœud lorsque j'entendis sur le grand chemin le roulement d'une voiture. Il me parut qu'elle s'arrêtait
devant le Jasmin. L'instant d'après, un bruit de pas
retentit dans l'escalier. Richardet sortit de sa
chambre, poussa une exclamation ; un entretien
animé s'engagea entre lui et un interlocuteur dont
je ne reconnus pas la voix. Je ne laissai pas de continuer ma toilette, et je me contemplais dans la glace
avec une certaine satisfaction quand la porte de ma
chambre s'ouvrit brusquement. Je retournai la tête,
et je me trouvai en face de Conrad Tronsko.

Il me parut changé, vieilli ; son rhumatisme s'était
noué et l'avait un peu déformé. Ses jointures n'a-
vaient plus de jeu, il marchait en se voûtant et tout
d'une pièce ; mais ses yeux, éternellement jeunes,

n'avaient rien perdu de leur alacrité ni de leur flamme. On y voyait encore des batailles, et le Kamtschatka, et toute son âme; il avait gardé sa face de lion, son encolure de taureau sauvage. Il était de ces hommes qui ne s'en vont pas par morceaux; leurs souvenirs les conservent; si tard que vienne la mort, elle les trouve debout et tout entiers.

Il regarda mes cravates étalées sur mon lit, puis mes cheveux lissés, mes moustaches : — Ah! monsieur s'en va en bonne fortune! dit-il en ricanant.

Et se jetant sur le sofa : — Allons, fais-moi donner un verre de kirsch, ce que tu voudras. Je n'en puis plus. J'arrive de Paris tout courant, et cette nuit, en wagon, mes chiennes de douleurs m'en ont fait voir de grises.

J'avais ouvert une armoire; j'en tirai une bouteille et un verre à liqueur que je remplis et qu'il vida d'un seul trait. Il fit claquer sa langue et reprit plus gaîment : — Ton kirsch est bon. Je ressuscite. Drôle de métier que tu me fais faire! Ta mère m'a dit : Il a des affaires là-bas qui le retiennent. Moi qui connais le pèlerin, j'ai tout de suite éventé la mèche. Les affaires d'un Bolski, on sait ce que c'est. Les jours se passaient, point de nouvelles. Alors j'ai planté là mes leçons et mes écoliers, et je suis parti. Me voilà comme l'Ubald du Tasse, qui s'en allait chercher Renaud dans les jardins d'Armide. Il arriva comme Renaud faisait son nœud de cravate et il lui cria : Dans quel sommeil s'est engourdie ta vertu? ou quelle lâcheté l'attire? Sus, sus! le camp et Godefroi t'appellent :

Su, su : to il campo e te Goffredo invita;

12

ce qui signifie : ma voiture est en bas, je te fourre
dedans, et nous allons coucher ce soir à Thonon,
pour retourner à Paris dès demain.

Je boutonnai mon gilet : — Impossible! lui dis-je
avec assez de résolution.

Il fronça ses épais sourcils, sa figure prit une
expression formidable : — Tu as dit, je crois, impossible! — Il se tut quelques instants. La colère s'a-
massait comme un orage dans sa tête ; je sentis que
la foudre allait éclater. De ses prunelles léonines
jaillit un regard qui me frappa au visage comme
une balle. — Impossible! reprit-il. C'est toi qui as
dit cela, et c'est à moi que tu parlais! Oh ! oh ! voilà
donc ce qu'est devenu ce grand cœur de héros qui
ne pouvait attendre les occasions et qui demandait
cent mille Cosaques à dévorer?... Il est arrivé que
monsieur a rencontré une jolie femme. Une jolie
femme, c'est le soleil et les étoiles, c'est l'univers et
le bon Dieu lui-même ! Qu'est-ce donc que la Pologne
au prix d'une jupe?... C'est égal, tu partiras. J'ai
cru bêtement à tes protestations, à tes simagrées,
et pour te faire plaisir je me suis porté ton garant
devant certaines gens qui ont foi en ma parole, et
ils ont consenti à te prendre au sérieux, à te charger
d'une mission... Tu partiras. Il ne sera pas dit qu'un
homme dont Tronsko s'est fait le répondant n'a pas
de sang sous les ongles.

A ce mot, le cœur me bondit. Cependant je réussis
à me contenir. Je pris ma redingote, je la brossai.
— Je suis ce que j'étais hier, dis-je à Tronsko; mon
cœur n'est point changé. Je partirai dans trois jours.
Je ne vous demande que trois jours.

— Trois jours! me répliqua-t-il. Me prends-tu

pour un niais? Tu es comme ces enfants qu'on veut
conduire chez le dentiste et qui crient : Demain !
demain ! Ils espèrent un miracle et que demain le
courage leur sera venu ou que leur dent malade sera
partie. Et moi je te dis que les défaites de la volonté
sont irréparables, que l'homme qui recule pour
mieux sauter ne sautera pas, et que celui qui s'en-
dort sur sa lâcheté la retrouvera demain sous son
traversin... En voilà assez, partons !

Je lui répondis pour la seconde fois : — Impossible !

Il fit un bond, je crus qu'il allait se jeter sur moi
et m'écraser sous ses pieds; mais il courut vers la
cheminée, y ramassa dans l'âtre un vieux tison
charbonné. — Je veux écrire ton nom sur la muraille ! s'écria-t-il, — et, redressant sa taille voûtée,
il charbonna sur la paroi ces quatre mots : *Slavus
saltans! le Polonais saltimbanque!* Puis, reculant
d'un pas et le bras étendu vers son inscription,
comme un professeur de mathématiques qui, sa
craie à la main, fait une démonstration devant la
planche noire : — *Slavus saltans!* Cela veut dire un
fils d'aristocrate qui s'est fait un dieu de son bon
plaisir, et qui s'écrie du haut de sa tête : La règle,
la loi, l'univers, c'est moi... *Slavus saltans!* L'inutile
des inutiles, un gaspilleur de temps et d'argent, qui
ne sait plus aujourd'hui ce qu'il voulait hier et qui
s'essouffle à courir après ses fantaisies, qui courent
plus vite que lui... *Slavus saltans!* Entrez dans la
baraque, messieurs. Voici le roi des sauteurs; il
saute pour une duchesse ou pour une caboline, et
tout en sautant il fait sauter la banque et les bouteilles... *Slavus saltans!* Comme qui dirait un Polo-

nais de théâtre, un Polonais à plumet, à clinquant,
à draperies, un histrion démonstratif et gesticulant,
amoureux d'apparences et de poses... Cherchez bien;
vous ne trouverez sous ses chamarrures qu'une âme
oblique, fuyante et qui vous glisse des mains; mais
ne craignez pas que sa conscience lui reproche jamais rien, elle a des absences miraculeuses. Il a fait
un pacte avec elle; aujourd'hui il a forfait à l'honneur, elle dira demain : Je ne sais rien, je n'y étais
pas... *Slavus saltans!* Il rêvait hier d'être un Konarski, ce ne sera jamais qu'un héros de boudoirs
et de tripots. Mordieu! sa fin sera belle : il avalera sa
dernière bassesse dans une coupe d'or finement
ciselée, et tombera foudroyé par la débauche, mais
avec un fier sourire de paladin et en se drapant
dans son ignominie!

Je me sentis blêmir. Mes dents claquaient. Je me
mordis les lèvres jusqu'au sang. Je fis deux pas les
poings crispés. — Vous m'insultez, lui dis-je, assuré
que vous êtes de l'impunité de vos outrages ! Sortez.
— Et je lui montrai la porte.

Il prit son chapeau; mettant la main sur le loquet :
— Oui, je m'en vais; ce sera bientôt fait. Beau fils,
ton nœud de cravate s'est dérangé ; il faudra le retoucher. Va-t'en lécher la terre devant ta maîtresse.
Demain je serai à Paris, et je dirai à certaines gens :
« Triple imbécile que j'étais, comment ai-je pu
oublier que les Bolski ne sont que des Bolski? »

Je lui criai avec fureur : — Pensez de moi ce qu'il
vous plaira; mais respectez le nom d'un homme
qui vous valait bien et qui est mort au champ d'honneur.

Il lâcha le loquet, et revenant sur moi : — Ah!

tu crois toujours que ton père... Écoute, avant de
partir, je veux te raconter une histoire que, grâce
à Dieu, ta mère n'a jamais sue. Elle en serait morte...
Tu sais peut-être qui était le père de ton père. Il
s'était donné ou vendu à la Russie. Ton père n'était
pas homme à se vendre; mais il était né dans un
bourbier, ce fut son mariage qui l'en tira. Ta mère
lui fit jurer qu'il se battrait un jour pour la Pologne.
Il n'attendait qu'une occasion, et il s'amusait en l'attendant. Survient le branle-bas de 48; la Hongrie
entre en danse; les Polonais y courent : ils espéraient ramasser sur les champs de bataille de Pakozd
et de Comorn les clés de la citadelle de Varsovie.
Ton père avait connu Georgey, il lui écrit, lui offre
ses services, se fait agréer pour aide de camp. Tope!
l'affaire est dans le sac. Voilà un homme aux anges, et
qui dessine lui-même le patron de son uniforme. Il
t'a légué son plumet; tu dois l'avoir quelque part dans
un tiroir... Il se met en route; soit forfanterie, soit fatalité, il prend son chemin par Vienne. C'est une ville de
plaisirs; il y passe deux jours. Il rencontre au Prater
une femme... J'ai oublié son nom..C'était une de ces
grandes coquettes qui promettent tout et n'accordent
rien. D'un seul regard, elle allume ton pauvre père
comme une étoupe. Le voilà pris et plus qu'à demi
fou; elle s'amuse à le faire aller, le tourne et le retourne sur le gril. Cependant la campagne s'était
ouverte, le canon grondait. Il oublie ses amis, qui
l'attendent, Georgey, qui s'étonne. Il s'acharne à la
poursuite de son oiseau bleu, qui se dérobe de branche en branche. La rage le prend, il soupçonne un
de ses rivaux d'avoir de l'avance sur lui; il le provo-
que, va sur le terrain, empoche un grand coup d'épée,

qui lui transperce la poitrine. Pendant quatre semaines, on le crut perdu. A peine entra-t-il en convalescence, la rougeur lui monta au front. Il était brave...
Ce qu'on vous conteste, à vous autres, ce n'est pas le
courage, c'est la suite dans les idées et la discipline
de la volonté... Par des prodiges d'audace et d'a-
dresse, il réussit à passer la frontière, à franchir les
lignes ennemies, et il se présente devant Georgey à
la veille de la bataille d'Iscaczyz. Tu devines quel
accueil il reçut, tous les visages se détournaient; il
ne vit ce jour-là que des dos. — Je prendrai demain
un fusil et une capote de soldat, s'écria-t-il, et on
verra comment se bat un Bolski. — Mais, soit l'é-
puisement que lui avait causé un si périlleux voyage,
soit le ressentiment des mépris qu'il venait d'essuyer,
sa blessure se rouvre, il tombe en défaillance et
bientôt en délire. On le transporte dans une ambu-
lance. De son grabat, il entendit durant huit heures
le grésillement de la fusillade, les tonnerres de la
canonnade et, le soir, les hurras des vainqueurs.
Pendant tout ce temps, il s'était battu, lui, contre la
fièvre... Un hasard m'amena près de la paillasse où il
se tordait et criait. Je pensai à ta mère, j'eus pitié de
lui. Grâce à moi, il n'a pas crevé comme un chien. Un
quart d'ami lui a fermé les yeux. Il me fit sa confession, puis il se remit à battre la campagne. Tantôt il
parlait de cette femme et s'écriait : Je l'aurai ! tantôt il se persuadait qu'il s'était battu la veille comme
un lion, et arrachant le plumet de son shako : Il est
rouge de sang, tu le donneras à Ladislas. — J'ai tenu
parole; cependant il y avait autour de nous des gens
qui s'étaient battus et qui disaient en ricanant, les
uns : C'est un traître ! d'autres : C'est un lâche !

d'autres mieux informés et plus équitables : C'est un
Bolski, et les Bolski ne se font tuer que pour une
femme !

Depuis le moment où Tronsko me révéla comment
mon père était mort, j'ai éprouvé de bien déchiran-
tes douleurs. Aucune n'a égalé en amertume celle
que me causa ce récit. Le souvenir de mon père
était pour moi une religion; mon'imagination l'avait
vu cent et cent fois tomber en souriant sur un
champ de bataille, heureux de mourir en héros,
heureux de mourir pour la Pologne. Je m'étais repu
de cette gloire, je l'avais sentie se mêler à mon sang
et courir dans toutes mes veines. Et tout à coup....
quel dégrisement ! Tronsko venait de me fouiller le
cœur avec un poignard, il en avait arraché ce que
j'avais de plus précieux, ma légende filiale. Je poussai un cri, et je m'appuyai à la muraille pour ne pas
tomber. Mon désespoir éclatait sur mon visage, car
je vis Tronsko s'attendrir. Il vint à moi; je fis un
geste pour le repousser. — Oh ! mon pauvre père !
murmurai-je.

Il m'attira dans ses bras. — Que veux-tu ? me dit-
il. Je ne suis pas médecin, je n'ai étudié qu'en chi-
rurgie.

Je me dégageai, j'empoignai une chaise de canne,
je la frappai contre le parquet avec une telle violence qu'elle se brisa en morceaux. — Partons ! m'é-
criai-je; je leur montrerai ce que c'est qu'un Bolski !

En un clin d'œil, mes apprêts de voyage furent
achevés. Tronsko appela Richardet , dont j'avais
oublié l'existence. — Monsieur, lui dit-il, on a sûrement quelque chose à vous dire. — Et par discrétion
il nous laissa seuls.

Je regardai un instant Richardet. — Vous aurez l'obligeance de régler mes comptes, lui dis-je, de remettre les clés au propriétaire.

— Est-ce tout ? fit-il.

— Vous irez tout à l'heure à Maxilly.... Vous lui direz que je pars.

Il fit un geste d'effroi : — Et comment lui expliquerai-je ?...

J'hésitai, je passai la main sur mon front. — Vous lui direz la vérité, repris-je. — Et d'un bond je fus au bas de l'escalier.


## XIV


« Tu seras toujours l'esclave de ton idée du moment, » m'avait dit un jour ma mère. Elle ne s'était pas trompée dans son pronostic. Je n'ai jamais pu avoir qu'une idée à la fois, et l'idée du moment a toujours pris un tel empire sur moi que je lui sacrifiais tout sans qu'il m'en coutât rien. Je courais devant moi tête baissée, ne regardant ni à droite ni à gauche, le cœur vide de souvenirs et de regrets, pensant avoir anéanti le passé parce que je ne le voyais plus. Cependant il faut s'arrêter, reprendre haleine. Alors les souvenirs se réveillent, le passé se venge, et le cœur, sortant de son ivresse, expie ses mépris irréfléchis par l'emportement de ses lâches remords. Je ressemblais à ces chefs de bande, à ces hardis *condottieri* qui, poussant leur pointe, se jettent au cœur du pays ennemi, sans prendre la peine de bloquer les forteresses qui en gardent les approches. Tôt ou tard les garnisons qu'ils ont oublié d'investir font des sorties meurtrières, et ces audacieux expient leur imprévoyance. Les équipées finissent par des désastres, et les aventures de la volonté par de honteuses défaites. J'ai assez vécu pour me convaincre que notre cœur est meilleur qu'on ne le dit, et que toutes les grandes fautes s'expliquent par quelque infirmité de l'esprit.

Tronsko avait brûlé ma blessure avec un fer chaud, j'avais entendu siffler la plaie, et je me croyais radicalement guéri. Je ne me reconnaissais plus, j'avais changé en un clin d'œil et d'esprit et de cœur; Mᵐᵉ de Liévitz avait disparu de ma pensée; je me reprochais ma passion comme une méprisable folie. Je n'avais en tête que mon père, mon pauvre père expirant sans gloire et désespéré sur un grabat; je pensais à lui avec une profonde pitié; il était mort insolvable, il m'avait légué une dette d'honneur qu'il me tardait d'acquitter en réhabilitant son nom. Mon impatience ne prévoyait point d'obstacles à mes projets; je me sentais de force à marcher sur l'aspic et sur le basilic, à fouler aux pieds le lion et le dragon. Ma tristesse était accompagnée d'une fureur sombre, mais à laquelle ne se mêlait aucun regret.

Comme nous approchions de Paris, Tronsko, qui jusque-là ne m'avait pas fait une question, me dit à brûle-pourpoint : — Était-ce une comtesse ou une paysanne?

— Ne parlons pas de cette femme, lui répondis-je. — J'étais sûr de ma guérison, mais le souvenir de ma maladie me faisait peur. M'efforçant de

sourire, j'ajoutai : — Bah! peut-être ne l'aimais-
je pas.

J'étais de bonne foi. Plût à Dieu que j'eusse dit
vrai !

Ce que je fis à Paris, ce qui se passa entre certaines gens et moi, à quelles épreuves je fus soumis,
quelles instructions me furent données, je me garderai d'en rien dire et surtout de nommer personne.

En cette année 61, la Pologne, qui cherche sa
politique dans son cœur et qui agit par de soudaines
illuminations, donnait au monde un étonnant spectacle. La soif du martyre s'était emparée d'un peuple entier, et ce peuple s'offrait en holocauste; des
multitudes désarmées priaient Dieu sous le feu du
canon, leurs cantiques saluaient la mort comme une
amie divine. — Je ne vous crains pas, j'ai des trou-
pes, disait le prince Gortschakof au comte Zamoyski.
— Nous sommes prêts à recevoir vos balles. — Non,
non! nous nous battrons ! — Nous ne nous battrons
pas, vous nous assassinerez. — On avait pu se figurer
à Saint-Pétersbourg que la Pologne n'était plus. Et
tout un peuple debout, des palmes dans ses mains,
s'écriait en montrant son cœur : Elle est ici ! pourquoi cherchez-vous parmi les morts celle qui vit ?...
Le métier de bourreau indigne l'honneur d'un soldat.
La Russie s'était promis qu'à force de provocations
elle aurait raison de ce sublime héroïsme qui refusait de se battre. Toute patience a ses limites : on
pouvait s'attendre à ce que la Pologne aux abois et
frémissante ramasserait enfin le gant, rendrait défi
pour défi. Or, le comité de Paris désirait envoyer à K...
petite ville polonaise à quelques lieues de la frontière,
un émissaire chargé de s'aboucher avec certaines

personnes, de leur soumettre des plans et des avis
pour des éventualités prévues.

Il fallait que l'émissaire fût jeune. On tenait à sa
disposition un passeport de rencontre, visé pour la
Russie et portant le nom de William Wilson, originaire de Jersey, naturalisé Français, âgé de vingt-
trois ans. La pièce était authentique et munie de
toutes les signatures nécessaires. Ce Wilson était un
garçon coiffeur, qui avait fait son apprentissage à
Paris. Il avait eu des difficultés avec son patron, et
soit dépit, soit envie de courir le monde, il s'était
résolu à lever le pied. Une dame russe qu'il avait
coiffée quelquefois et qui appréciait ses talents lui
avait persuadé qu'il ferait aisément fortune à Saint-
Pétersbourg. A peine avait-il obtenu son passeport,
il était tombé malade, et une fièvre typhoïde l'avait
enlevé en trois jours. Le signalement consigné sur
ce passeport me convenait à peu de chose près. Je
parlais l'anglais assez couramment pour avoir le
droit de m'appeler Wilson; le feu coiffeur était blond
comme moi; même taille, la même forme de nez. Il
me restait à apprendre mon métier. Je commençai
sur-le-champ mon apprentissage chez un coiffeur
polonais de la rue du Bac. J'étudiai avec fureur
l'art de raser à poil et à contre-poil, de manier le fer
à friser, de créper des bandeaux et de bâtir un chignon. Ce fut un jeu pour moi; j'étais né avec des
yeux au bout des doigts. Au bout de six semaines,
j'étais devenu un vrai Wilson, un « merlan » accompli, et j'en avais la tournure, les gestes, les fadeurs,
les gaîtés, l'air et la chanson.

Mes journées appartenaient à la pratique, je donnais mes soirées à ma mère. Il me semblait que je

venais de faire sa connaissance; elle était pour moi
une nouveauté, une découverte, et ce que je ressentais pour elle était non de la tendresse, mais de l'a-
doration. Jamais sainte ne porta si loin le détache-
ment de soi-même, l'absolu dépouillement de toute
volonté propre, l'entier abandon à la volonté divine.
Elle avait accompli son dernier et suprême sacrifice;
elle ne reprochait rien à personne, ni à Dieu, ni aux
hommes, ni à moi; elle se disait : Cela devait être,
et je tâcherai de n'en pas mourir. Ce cœur navré
bénissait l'épée qui le transperçait. Elle avait le plus
souvent une sorte de gaîté forcée où ne paraissait
aucun effort; elle s'occupait avec une tranquillité
active de tous les détails de la vie et il semblait que
la vie fût encore quelque chose pour elle. Par instants,
il lui prenait un frisson, elle se tournait vers moi et
me disait avec un léger tremblement dans la voix :
Adieu, mon enfant! — et dans ces moments elle attachait sur mon visage des regards fixes, troubles, pleins
d'un silence de mort. Alors je me jetais à ses genoux,
elle pressait ma tête dans ses deux mains, et peu à
peu ses yeux se ranimaient, son teint s'éclaircissait,
ses lèvres ébauchaient un sourire, sa figure devenait
comme transparente et laissait voir son âme à découvert, une âme sans tache, blanche comme une colombe, une âme où la force se mariait avec une
angélique douceur, une âme faite de chasteté, de
tendresse, de douleur et de lumière!

Je me rendis un matin chez Tronsko, je lui annon-
çai que j'étais prêt à partir. Il me retint longtemps
auprès de lui, me représenta que je pouvais encore
me dédire, que l'entreprise où j'allais m'engager
était pleine de péril, qu'avant de m'y embarquer

je devais sérieusement consulter mes forces et ma
conscience, que toute imprudence, toute faiblesse
me serait imputée à crime, qu'il ne se défiait
pas de mon courage ni de la figure que je pourrais faire dans les dangers, qu'il se demandait
seulement si j'avais l'esprit assez mûr, l'humeur
assez rassise pour garder mon sang-froid dans
toutes les rencontres, pour discerner les occasions,
pour déjouer les embûches, pour dévorer en silence
des humiliations et maîtriser les bouillonnements de
mon cœur. Le véritable émissaire, disait-il, est un
lion doublé d'un renard, et il appréhendait mes
imprévoyances, les brusques échappées de ma glo-
riole, ce qu'il appelait mes petites vanités. Je lui répondis que je n'étais plus Ladislas Bolski, que j'étais
William Wilson, et que je me sentais de force à
faire la barbe à tout l'univers. Il insista encore, me
conjura de réfléchir, m'assura qu'il saurait me dégager de ma parole en prenant tout sur lui. Je l'interrompis, et me frappant la poitrine par un geste romain : — Ce que je porte ici, m'écriai-je, n'est
plus un cœur de chair et de sang, c'est une pierre
calcinée par la foudre.

— Dieu soit avec toi ! me dit-il en m'embrassant;
mais n'oublie pas que Tronsko est ta caution, et
qu'avant-hier, en présence de dix personnes, il a
donné sa main gauche à couper que tu étais un
homme.

Je retournai auprès de ma mère; elle me conduisit à l'église de la Trinité, elle y passa une grande
heure en oraison mentale, agenouillée, la tête basse.
Je voyais ses lèvres remuer, des ombres et des lumières passer sur son front, elle causait avec Dieu

et Dieu lui répondait; je ne sais ce qu'ils se disaient,
je me tenais immobile, craignant de troubler cet entretien sacré auquel je n'étais pas digne de me mêler. Quand elle m'eut ramené chez elle et qu'on vint
nous avertir que le fiacre était en bas, elle se jeta
sur moi comme une lionne sur son lionceau qu'elle
dispute aux chasseurs, elle couvrit de baisers mes
cheveux, mon front, mes yeux, ma bouche. Puis reculant d'un pas : — Voilà des lèvres, dit-elle avec
angoisse, qui vont être condamnées à mentir. Que
Dieu leur épargne du moins la honte du parjure ! —
Son visage s'enflamma : — Rends-nous la patrie,
Seigneur ! s'écria-t-elle. Et rends-moi un jour mon
enfant ! — Et levant les bras : — Pourtant, que ta
volonté soit faite et non la mienne ! — Elle m'accom-
pagna jusqu'à la porte; debout sur le seuil, les mains
frémissantes, le front tendu en avant, elle me regarda
descendre l'escalier. Je retournai la tête, elle porta
ses dix doigts à ses lèvres et me jeta son âme dans
un dernier baiser.

## XV

Six semaines plus tard, par une matinée de décembre froide, mais sans brouillards, j'arrivai devant
une barrière en bois, qui m'annonçait que j'allais
franchir une frontière et fouler le sol polonais. Une
jeune fille fraîchement sortie du couvent et que sa
mère conduit à son premier bal ressent peut-être
quelque chose de ce qui se passa dans mon cœur;
ce fut une joie fiévreuse mêlée d'un trouble profond

et d'une émotion intense. Je hélai un factionnaire,
qui vint me recevoir et me fit entrer à la douane.
Là on examina mes papiers, on me fit subir un minutieux interrogatoire. Enfin je fus autorisé à passer
outre. Je replaçai mon havre-sac sur mon dos, et je
continuai mon chemin.

Devant moi s'étendait un pays de plaines, mollement onduleux, que la neige recouvrait d'un épais
linceul. Bientôt la route s'enfonça dans un bois de
pins et de bouleaux. Une corneille passa au-dessus
de ma tête en croassant. Je tirai mon chapeau et je
la saluai. Le chemin était désert, je le quittai un
instant, je fis quelques pas dans le bois. Écartant la
neige avec mes mains, je m'agenouillai au pied d'un
arbre, et du fond de mon cœur sortit cette prière
fervente que je prononçai à demi-voix : — Terre
maudite et bénie, terre de saint Stanislas, de Sobieski et de Kosciusko, terre des héros et des martyrs, toi qui bois le sang comme l'eau et qui vois
fleurir éternellement les roses sacrées de l'immortelle douleur et de l'immortelle espérance, reconnais
le plus humble de tes enfants. Il t'apporte son cœur,
ne méprise pas son offrande, et mets dans sa poitrine, avec le désir de bien faire, quelque étincelle
de ce feu divin qui est le secret des grandes vies et
des belles morts. — Je me penchai, je baisai cette
terre à laquelle j'avais parlé, je ne sais quelles délices me vinrent aux lèvres ; il me sembla que le sol
humide se réchauffait sous mes embrassements,
que mon baiser m'était rendu, et je sentis une
flamme courir dans mes veines et jusque dans la
moelle de mes os. Je me relevai, je me remis en
marche d'un pas libre et léger; pourtant j'avais

toute ma charge, je portais Dieu dans mon cœur, la
Pologne sur mes lèvres.

J'arrivai vers le soir à K...; je me rendis sur-le-
champ au bureau de police, où je présentai mes papiers et déclarai mes intentions. Mon petit discours
fut assez bien tourné, et je débitai avec aplomb mon
boniment de garçon coiffeur. J'avais quitté Paris
pour aller chercher fortune à Saint-Pétersbourg, où
mon incomparable talent ne pouvait manquer de
faire florès; mais j'avais gaspillé en chemin mon pé-
cule, les eaux étaient basses, et, avant de continuer
mon voyage, je désirais faire quelque séjour à K...
pour me remettre à flot et regarnir mon gousset.
Comme j'achevais ma petite histoire et que les employés tournaient autour de moi comme des limiers,
flairant mes poches pour s'assurer qu'elles ne ren-
fermaient rien de suspect et que je ne sentais pas le
gibet, entra le directeur de la police, le colonel Rothladen. C'était un homme de poids et d'un bel âge,
mais qui faisait le jeune et aimait à se requinquer.
On le mit au fait. Aussitôt ce vert-galant un peu
poussif, lequel à chaque mot gonflait ses abajoues
et soufflait comme un bœuf, me cria d'une voix de
stentor : « Il y a ce soir un thé dansant chez le général W...; voyons, paltoquet, ce que tu sais faire. »
Et, ôtant son chapeau et sa cravate, il se jeta une
serviette sur le dos en guise de peignoir. Je lui répondis que j'appartenais à l'école du *cheveu expressif
et physionomique*, qu'il devait d'abord me permettre
d'étudier ses airs de tête, ses gestes, sa démarche,
que je lui ferais ensuite une coiffure pleine d'allure,
qui serait parfaitement assortie à l'ensemble de sa
personne. Il se mit à se promener devant moi, tout

en goguenardant et montrant ses canines comme
un vieux dogue de belle humeur. Je lui brûlai sous
le nez quelques grains d'encens que ses grosses narines humèrent avec délices; puis je mis mes fers
au feu, et, après l'avoir rasé, je lui bâtis en un tour
de main une coiffure coup-de-vent qui exprimait les
ambitions de son humeur conquérante. Il se regarda
longtemps dans la glace, parut satisfait de mon sa-
voir-faire. Je l'entendis qui disait en russe à l'un
de ses employés : — Il faut convenir que ces Pari-
siens ont un chic de tous les diables. Je vais faire
sensation chez le général. Ce petit garçon est un
trésor. Qu'on lui délivre sur-le-champ son permis
de séjour. — Il daigna m'indiquer l'adresse d'un
nommé Pudel, d'origine allemande, qui était le premier coiffeur de la ville. — Je te le donne pour un
franc animal, me dit-il, et je te charge de faire son
éducation. Tu lui diras de ma part qu'il te traite
bien, et tu tâcheras d'infuser dans sa grosse tête tudesque la théorie du cheveu... Comment dis-tu?

— Expressif et physionomique, lui répondis-je.

— Oh ! ces Français ! fit-il; tous grands parleurs,
mais gentils, et qui ont inventé le chic...

— Le chien, interrompis-je.

— Oh ! oh ! oh ! le chien ! répéta-t-il avec un
gros rire épais.

Et il me fit pirouetter sur mes talons, me donna
une tape sur la joue. — Va-t'en de ce pas chez Pudel, me dit-il. Tu auras l'honneur de me coiffer tous
les jours.

Je me présentai incontinent chez Pudel, qui me
reçut assez mal, et me déclara qu'il n'y avait point
de place vacante dans son échoppe. Toutefois, quand

je me fus réclamé du directeur de la police, il baissa
le ton, consentit à me prendre à l'essai. Je dus lui
donner séance tenante un échantillon de mon habileté. Il me mit aux prises avec une tête à perruque,
à laquelle j'improvisai une coiffure de bal. Pendant
que je travaillais, il m'observait bouche béante et
d'un œil jaloux. A quoi ne s'accroche pas l'amour-
propre? La mortification que lui causait la supério-
rité de mon talent me fit un sensible plaisir; mais je
m'empressai d'adoucir son chagrin par ma gentil-
lesse et mes déférences. Nous devînmes bons amis
et nous entrâmes en marché. Je lui fis mes conditions en me donnant l'air de tenir beaucoup à l'argent. Bien que le brave homme fût dur à la détente,
il avait compris le parti qu'il pourrait tirer de moi;
il finit par amener pavillon et en passa par tout ce
que je voulais. Il me conduisit dans une pension
bourgeoise où il m'assura que je serais bien et à
bon compte. Et ce fut ainsi que ce jour même s'o-
péra sous les plus favorables auspices mon instal-
lation à K...

Tronsko m'avait instamment recommandé de ne
rien hasarder, de ne rien brusquer, de ne m'avancer
que bride en main, avec des précautions infinies.
Eussé-je oublié ses conseils, la situation troublée où
se trouvait la Pologne m'eût assez prêché la prudence. Russes et Polonais étaient en éveil, se mesu-
raient du regard. On s'attendait à une crise, on
sentait dans l'air en quelque sorte le poids des événements qui se préparaient. J'apportai une extrême
circonspection dans ma conduite, dans mes discours.
Non-seulement il y allait du succès de ma mission;
mais il eût suffi d'une démarche précipitée, d'un

propos hasardé pour compromettre d'autres sûretés
que la mienne. Pour la première fois j'éprouvai ce
qu'a de sévère et de bienfaisant le sentiment de la
responsabilité. Je n'étais plus mon maître, j'appartenais à une grande cause qui m'était plus chère
que la vie ; de ma sagesse ou de ma folie dépendait
plus d'une destinée ; j'étais devenu quelque chose, et
ma conscience était heureuse. Je n'avais jamais eu
jusqu'alors la notion de la vertu, qui est une force
gouvernée par la raison ; je la sentais croître en moi,
et il me semblait que mes pensées s'épuraient, que
mon esprit avait mûri, que j'étais un homme nouveau ; je goûtais ces joies amères et fortifiantes que
donne la pratique de l'abnégation. Quiconque sacri-
fie son moi reçoit en échange l'infini. Quelle dupe-
rie que de se refuser à un tel marché ! Mais le cœur
humain est lâche, et il faut du courage pour être
heureux.

Je vécus durant un mois en véritable Wilson, et le
diable lui même n'aurait pu lire dans mes pensées
secrètes. Toujours alerte, le cœur au métier, gai
comme un pinson, j'avais l'air de ne songer qu'à
ma besogne. Ma belle humeur, mes lazzis plaisaient
à la pratique ; j'affectais de parler à tort et à travers,
avec l'insouciance d'un homme qui n'a rien à cacher
et qui jette la plume au vent. On me faisait force
questions sur Paris, sur les modes, sur les actrices
en renom. Il n'était bruit dans la ville que du joli
Parisien et de sa langue dorée. Maître Pudel, en
dépit de sa jalousie, ne pouvait s'empêcher de convenir que j'étais un sujet précieux, un garçon élu
du ciel pour achalander une boutique. Avant mon
arrivée, ses affaires allaient bien, mais on a toujours

des rivaux ; il en avait un, de l'autre côté de la rue,
qui lui donnait de l'ombrage. Peu à peu les principaux clients du rival firent défection, nous les vîmes
arriver chez nous un à un. Ce fut un événement, et
l'honneur m'en revint.

Le soir, j'allais coiffer les dames chez elles. Il en
était de fort jolies et qui me regardaient d'un œil
assez doux ; je n'avais pas l'air d'y prendre garde, et
ma gravité déconcertait leurs agaceries. Réservé,
tenant ma morgue, je leur exposais doctoralement
a théorie du cheveu expressif ; mais je n'abordais
avec elles aucun sujet qui fût étranger à mon art.
Désormais les sourires de femmes me faisaient peur,
c'était la seule ivresse que je craignisse pour ma
tête. En revanche, quand il m'arrivait de faire un
pique-nique avec les apprentis de Pudel, je n'avais
pas besoin de m'observer, j'étais assuré que même
en pointe d'ivresse, je ne lâcherais pas un mot que
j'eusse à regretter. Après avoir bu deux verres
de schnaps, ces bons compagnons me livraient tous
leurs secrets ; après en avoir bu dix, je ne leur contais que des ragots, et ma tête claire contemplait
avec satisfaction mon cœur immobile et muet sous
son triple cadenas.

D'autres épreuves m'étaient plus dangereuses.
J'entendais quelquefois dire certaines choses qui m'é-
chauffaient la bile. Maître Pudel, tout Allemand qu'il
était, était plus Russe de cœur et plus impérialiste que
l'empereur Alexandre lui-même. Le brave homme
avait un dos à charnières et une grande vénération
naturelle pour toutes les autorités constituées, pour
les poitrines chamarrées, pour les chapeaux à plu-
mets. Un capitaine était déjà pour lui quelque chose ;

avait-il affaire à un colonel, il ne le saluait pas, il plongeait, et avant de savonner ce demi-dieu, il lui demandait pardon de la liberté grande. Il comprenait trop bien ses intérêts pour faire hors de propos étalage de ses opinions, et quand son échoppe était pleine, il se taisait ou ménageait habilement la chèvre et le chou; mais dans le tête-à-tête il devenait discoureur, il aimait à me développer son *credo* politique, qui se résumait en ceci, qu'après l'empereur Alexandre il n'y avait pas en Europe un aussi bel homme que Son Excellence le gouverneur de la province, et que les Polonais étaient tout au plus dignes de lécher la semelle de ses bottes. Quand il me parlait de *ces chiens de Polonais*, il me prenait une violente envie d'appliquer une croquignole sur son nez en pied de marmite, et je disais intérieurement : « Seigneur, préservez-moi de la tentation ! »

Je souffrais aussi des familiarités qu'on prenait parfois avec William Wilson. Les officiers de la garnison étaient la plupart polis et de véritables gentilshommes; mais il n'y a pas de règle sans exception. J'étais condamné à raser chaque matin certain lieutenant d'artillerie à la moustache retroussée, à la taille de guêpe, lequel faisait le fendant et se levait perpétuellement sur ses ergots. Un jour, il prétendit que la serviette que je lui présentais était malpropre; la roulant en pelote, il me la jeta en pleine figure. Une bouffée de sang me monta aux joues; je me détournai et m'enfuis dans l'arrière-boutique, où je bricolai quelques instants pour me donner le temps de me remettre. Je revins avec une autre serviette, et je rasai ce déplaisant museau; je

sentais le rasoir trembler dans ma main, et mon
butor l'échappa belle.

Tout en maniant le blaireau et le fer à papillotes,
je m'orientais, j'étudiais le terrain, je poussais des
reconnaissances en pays ami et ennemi. Quand j'allais faire des barbes en ville, je happais au vol bien
des propos, dont je faisais mon profit, car je ne
tenais dans ma poche ni mes yeux ni mes oreilles,
et l'on se gênait d'autant moins pour parler devant
moi que je passais pour ne savoir ni le russe ni le
polonais. La sonde en main, recueillant, sans en
avoir l'air, toutes les informations qui pouvaient
m'aider à éclairer ma marche, je m'acheminais in-
sensiblement à mes fins, et deux mois après mon
arrivée j'étais entré en rapport avec toutes les personnes à qui j'avais affaire. Une chose m'affligea
jusqu'à me déchirer le cœur : dans les premiers
temps, on me fit sentir cruellement les suspicions
et la défaveur qui étaient attachées à mon nom.
J'eus bien des glaces à rompre, bien des ombrages
à dissiper. L'un refusait de prendre mon mandat au
sérieux ; un autre m'éconduisait avec un sourire
d'incrédulité dédaigneuse ; un troisième insinua que
j'avais surpris la bonne foi de ceux qui m'envoyaient,
et, me traitant de blanc-bec et de fils de noble, il
ajouta que j'étais le portrait vivant de mon grand-
père paternel. J'éprouvai qu'un enthousiasme vrai
anéantit l'amour-propre ; rien ne put me rebuter, je
ne songeai qu'aux intérêts sacrés dont j'étais chargé ;
ma candeur, ma sincérité finirent par triompher de
toutes les défiances, on consentit à m'écouter.

Après quelques pourparlers secrets, nous tînmes
un conciliabule dans une cave qui communiquait

avec la campagne par plusieurs issues souterraines.
Ce fut là que je développai pour la première fois les
idées et les plans dont on m'avait confié la défense.

La nouveauté de la scène que j'avais sous les yeux
était propre à m'émouvoir. Cette grande cave voûtée
avait un sombre visage de conspirateur; une lanterne suspendue en éclairait faiblement le milieu. Il
me semblait que la lumière et la nuit se disputaient
à qui empièterait l'une sur l'autre; les ténèbres recu-
laient tour à tour ou s'avançaient sur nous comme
pour dévorer nos pensées et nos projets. Un grand
crucifix cloué à la muraille nous contemplait de ses
yeux morts, nous écoutait comme le silence éternel
écoute les vains bruits de la terre. Une odeur de
relent, de moisissure était répandue dans l'air. Nous
avions avec nous deux hôtes invisibles, le mystère
et le danger, et je sentais que nous leur appartenions
corps et âme, que ces fantômes s'occupaient à décider ce qu'ils feraient de nous.

J'entrai en matière. Les cinq personnes dont se
composait mon auditoire me témoignèrent d'abord
une froideur hostile, et j'eus peine à ne pas me troubler. On m'interrompait avec aigreur, on me chica-
nait sur un mot; je retrouvais difficilement le fil de
mes pensées au milieu des contradictions, des ergo-
teries et des sarcasmes qui pleuvaient sur moi. Je
repris peu à peu mon assurance; la flamme qui me
réchauffait le cœur sa répandit sur mon visage et
sur mes lèvres; je parlai avec tant d'effusion, avec
un entraînement si passionné que je sentis l'air s'at-
tiédir autour de moi. Les visages désarmèrent; je
surpris dans les regards de l'étonnement d'abord,
puis de la sympathie. On ne me fit plus que des

objections sérieuses; je les réfutai de mon mieux, et je crus m'apercevoir que mes réponses faisaient impression, qu'il s'en fallait peu que je n'eusse ville gagnée. En fin de compte, les plans dont je m'étais fait l'avocat parurent mériter qu'on les examinât de près, et il fut décidé que la discussion serait reprise un autre jour.

Après avoir accompli ma mission, je me hasardai à plaider ma cause personnelle. — Quel que soit le résultat de vos réflexions, dis-je en finissant, et à quelque plan que vous vous arrêtiez, je vous supplie de croire que ma seule ambition est de travailler comme un simple ouvrier dans la vigne du Seigneur. Je suis venu pour vous apporter des conseils et pour recevoir vos ordres. Je vous prouverai que je sais obéir comme je sais vouloir. Je ne suis, il est vrai, qu'un enfant; mais j'ai assez vécu pour ne plus tenir beaucoup à la vie. Que la mort vienne quand il lui plaira; je suis un arbre encore vert, aux rameaux gonflés de séve et qui ne craint pas la cognée : peu m'importe qu'elle m'abatte avant la saison des fruits. Dieu favorise d'une fin précoce ceux qu'il aime; il les rappelle à lui avant qu'ils aient connu le rongement sourd des passions intéressées, avant qu'ils aient senti leurs années se figer en eux et leur peser comme un bois mort. Pour ce qui est de mes opinions politiques, je vous déclarerai franchement que je n'en ai point. Suis-je aristocrate ou démocrate? Je n'en sais rien. Je ne pense qu'avec mon cœur, et mon cœur n'est d'aucun parti. Je crois qu'un honnête homme doit être prêt à mourir pour son pays. Voilà tout mon credo, tout mon symbole. J'ai lu les poëtes polonais, et ils m'ont appris qu'une

femme étant tombée en léthargie, son fils appela des
médecins. — Je la traiterai selon la méthode de
Brown, dit l'un. — Les autres répondirent : —
Qu'elle meure plutôt que d'être traitée selon Brown !
— Je la traiterai selon la méthode d'Hahnemann,
dit le second. Les autres répondirent : — Qu'elle
meure plutôt que d'être guérie par Hahnemann !
Alors le fils s'écria dans son désespoir : — O ma
mère ! et la femme, à la voix de son fils, se réveilla
et fut guérie. Soyons donc des fils et non des médecins. Laissons crier nos cœurs, et les pierres elles-
mêmes nous répondront, car, a dit le poète, « chacun
de nous a dans son âme le germe des lois à venir et
la mesure des frontières à venir. Plus vous amé-
liorerez et agrandirez votre âme, plus vous amé-
liorerez vos lois et agrandirez vos frontières. »

Et j'ajoutai : — S'il est ici quelqu'un qui garde
encore quelque prévention contre moi, qu'il m'insulte, et je dévorerai l'insulte en silence. Qu'il me
frappe sur la joue gauche, et je lui présenterai la
joue droite. Qu'il me crache au visage, et je lui ten-
drai mes deux mains en l'appelant frère. Et je ferai
tout cela au nom et pour l'amour de la Pologne. Au
surplus, les temps sont proches où chacun sera jugé
sur son travail. Quand l'heure de la délivrance aura
sonné, je ne vous demanderai qu'un fusil, des car-
touches et l'humble *czamara* de l'insurgé, et vous me
verrez à l'œuvre... Puis, étendant le bras vers le crucifix : — J'atteste ici ce Dieu qui nous écoute que,
si nous sommes réservés à de nouvelles épreuves,
Ladislas Bolski ne survivra pas à la défaite de la liberté.

Mon candide enthousiasme m'avait gagné tous les

cœurs. On m'entoura, on me serra la main. Tout à
coup nous tressaillîmes. L'image du Christ s'était
détachée du bois où elle était clouée; la croix demeura suspendue, l'image tomba sur le sol avec un
bruit sourd. Etait-ce une réponse à mon serment,
un refus muet du Dieu que j'avais attesté? Il y eut
un instant de stupeur; mais je m'élançai vers le
crucifix, et le ramassant : — Ne voyez-vous pas,
m'écriai-je, que le Christ s'est détaché de sa croix
pour nous annoncer qu'avant peu la crucifiée des
nations descendra vivante de son gibet?

L'interprétation favorable que je venais de trouver
à cet étrange accident fut accueillie avec un frémissement de joie; le danger rend superstitieuses les
âmes les plus fortes. Chacun pressa le crucifix sur
ses lèvres, et nous nous donnâmes ensuite le baiser
de paix en nous écriant : — Gloire à Dieu! le Christ
est ressuscité.

Ah! que ne suis-je mort en cet instant! J'aurais
passé de la terre au ciel sans m'y sentir dépaysé. Il
y avait dans mon cœur un paradis commencé.


## XVI.


Jusqu'alors j'avais eu pour moi vent et marée;
tout m'avait réussi à souhait. Il y avait en moi deux
hommes : l'un, le catholique, attribuait mon bonheur à la protection de la Providence; l'autre, le
joueur, sentait avec joie que j'étais en veine, et que
je tenais en quelque sorte le hasard dans le creux
de ma main. Mon esprit savait accorder ces idées

contradictoires. Cependant la Providence ou ma
verve se lassa, et quelques jours après notre conciliabule je commis une imprudence qui fut le commencement de mes malheurs. Me condamne qui
voudra! les circonstances furent plus fortes que ma
volonté.

Un soir, j'allai raser chez lui le directeur de la police. Je le trouvai dans un accès de mauvaise humeur,
bougonnant et grommelant comme un chien fâché.
Sa femme entra comme je repassais mon rasoir. —
Nous avons coffré, lui cria-t-il en russe, quelques-
unes de ces drôlesses.

J'appris par la suite de la conversation que ces drôlesses étaient quelques dames polonaises qui s'étaient
permis de paraître dans la rue vêtues de noir. A ce
moment, le deuil était séditieux; la police l'avait
interdit à titre de manifestation politique, d'hommage
de douleur rendu à la patrie morte. Après avoir
maudit en russe ces satanées femmes noires, auxquelles il se promettait d'apprendre à vivre, le directeur se plaignit à moi en français que les Polonaises
étaient une mauvaise race, de véritables boute-feu
qui mettaient à l'envers la cervelle de leurs maris.
— Bénies soient les femmes, s'écria-t-il, qui ne s'occupent que de gouverner leur marmite! bénies aussi
les femmes qui n'ont que des chiffons en tête; mais
les Polonaises!... Cela ne pense qu'à mal; c'est le
diable en jupons. Leurs rubans conspirent; les brides
de leurs chapeaux ont toujours l'air de tripoter
quelque chose, et il n'en est pas une seule qui ne
loge une émeute sous son chignon.

Je lui répondis en plaisantant que par tout pays les
femmes étaient ingouvernables, et je m'empressai

de rompre les chiens. Le lendemain était un dimanche; Pudel me donna campos l'après-midi. Les
arrestations opérées la veille avaient mis les esprits
en émoi. Dès le matin, une certaine agitation s'était
répandue dans la ville. Il y avait du sérieux sur les
visages, une pensée dans les regards. C'était un de
ces jours qui ne ressemblent pas à tous les jours :
on sent qu'une idée est dans l'air, et cette idée contagieuse envahit les cerveaux les plus opaques, les
plus résistants; les imbéciles même et ceux pour
qui la vie n'est qu'une habitude ne peuvent se défendre de ces mystérieuses atteintes; leur cœur bat,
leur tête travaille, et ils sont si étonnés de cette
aventure qu'ils prévoient des catastrophes; ils pourront dire à leurs petits-enfants : J'ai vécu ce jour-là.
Les passants ne passaient pas, ils s'arrêtaient pour
causer entre eux; les uns parlaient plus haut, les
autres plus bas qu'à l'ordinaire. Des groupes se for-
maient près des fontaines, sur les carrefours, et se
dispersaient à l'approche d'une figure suspecte. Les
rues étaient tantôt bruyantes, tantôt désertes, et il
y régnait de ces longs silences dont le vide fait
peur. Les pavés eux-mêmes n'avaient pas leur air
de tous les jours ; ils s'attendaient à quelque chose.
Il semblait que le vent voulût se mettre de la partie;
il soufflait par rafales brusques et violentes, et tout
à coup se taisait pour écouter ce qui se passait.

Dès que je fus libre, je sortis, les mains dans mes
poches, me donnant l'air badaud, gobe-mouche, l'air
d'un curieux qui hume le vent et les nouvelles, ne
s'intéresse qu'à son plaisir et prendra parti pour le
gendarme, si le gendarme a le mot pour rire. Je
m'acheminai vers la grande place, où j'eus quelque

peine à pénétrer. Une foule immense s'y pressait.
Cette place, dont le milieu est occupé par une
grande croix de pierre et par la statue équestre de
Paul Iᵉʳ, forme un vaste parallélogramme que bordent
dent d'un côté une caserne d'artillerie, de l'autre
une prison et l'hôtel du gouverneur de la province.
Je jouai des coudes, je réussis à me faire jour à travers la foule. Je n'osais questionner personne, mais
j'appris par des bribes de conversations recueillies de droite et de gauche qu'une députation, com-
posée des principaux notables de la ville, s'était
présentée devant le gouverneur pour solliciter l'élargissement des prisonnières. Le gouverneur avait repoussé leur requête en alléguant les instructions
qu'il avait reçues de Varsovie. — Messieurs, leur
avait-il dit comme à des enfants mutins, soyez
sages, prêchez la sagesse à vos femmes, et remettez-
vous du reste à la générosité de l'empereur et de ses
ministres. — La députation s'était retirée; avant de
se disperser, on s'était arrêté à quelques pas du
palais pour conférer. Peu à peu le rassemblement
avait grossi; au bout d'une heure, la place s'était
trouvée couverte d'un peuple sans armes et immobile, qui attendait on ne sait quoi. Les visages n'a-
vaient rien de provoquant ni de menaçant; les
femmes et les enfants étaient en nombre. On parlait
bas; il se faisait dans cette multitude un secret
échange de pensées et de regards, de douleurs et
d'espérances. Quelques femmes s'étaient agenouil-
lées au pied de la croix et priaient. Devant la caserne, quelques canonniers, les bras croisés, fumaient leur pipe et regardaient.

Tout à coup un frémissement se fit entendre;

bientôt ce fut comme une houle d'émotion qui par-
courut de proche en proche toute la place, et dont
la vague arriva jusqu'à moi. On agitait des mou-
choirs en regardant en l'air. Je levai aussi les yeux.
Un ballon flottait majestueusement au-dessus des
toits, portant cette inscription en lettres énormes :
« La Pologne n'est pas morte. » Il me sembla que
ce ballon patriote était un être vivant et pensant, et
je m'intéressai vivement à sa destinée. Il courut un
instant le plus grand danger. Il s'abaissa d'abord en
tournoyant, comme s'il allait tomber sur la croix de
pierre, puis une brise moscovite et perfide le prit de
travers et le poussa dans la direction de l'hôtel du
gouverneur. Aussitôt des employés de la police
parurent aux lucarnes, armés de perches, de cram-
pons, et s'apprêtant à harponner cet insolent per-
turbateur du repos public ; mais au moment où ils
l'allaient saisir au corps, un bon vent polonais l'emporta brusquement dans l'espace : il pointa vers le
ciel, narguant la police ébaubie. De tous les coins
de la place partit un vaste applaudissement, accompagné d'acclamations et de hurrahs.

Cet incident, cette déconvenue, ces applaudisse-
ments, avaient irrité les autorités russes. Un commissaire parut à un balcon, il somma le peuple d'é-
vacuer la place. On tint peu de compte de ce premier avertissement. On regardait toujours le ballon,
qui, se sentant hors d'insulte, avait ralenti sa fuite ;
il allait et venait, tournait et virait, semblait prendre
un ironique plaisir aux colères impuissantes qu'il
entendait gronder au-dessous de lui. Après quelques
minutes, le commissaire reparut, réitéra sa sommation, en y joignant quelques mots menaçants qui

sentaient la poudre. Je m'aperçus alors qu'un déta-
chement d'infanterie, qui avait pénétré par les cours
intérieures, était venu se ranger devant les grilles
de la caserne. L'instant d'après, il opéra un mouvement de par files à droite et à gauche, et démasqua
deux canons pointés sur le peuple.

A ce coup, hommes, femmes, enfants, comprirent
que l'affaire devenait sérieuse, et la retraite commença. Les rues avoisinantes n'étaient pas larges;
l'une d'elles se trouva obstruée par un embarras de
voitures. La multitude, qui ne pouvait se dégorger
par des issues trop étroites, reflua; on se poussait,
on se heurtait. Les deux canons semblaient observer ce va-et-vient d'un œil sinistre. Un gamin, qui
s'était juché sur un réverbère, déploya soudain un
grand drapeau blanc et rouge, et les armes de la
Pologne, l'aigle et le cavalier, flottèrent dans l'air.
Le drapeau produisit un effet magique; toute cette
mer agitée se calma comme par enchantement. On
se montrait l'aigle blanc; le commissaire, ses menaces, le danger, les deux canons, tout fut oublié;
mille voix entonnèrent à l'unisson l'hymne saint :
— Dieu puissant, prenez pitié de nous et rendez-
nous la patrie! Sainte Vierge, reine de Pologne,
priez pour nous! — Comme les chants se ralentis-
saient, deux ou trois coups de fusil partirent on ne
sait d'où, tirés par des mains inconnues qui n'ont
jamais dit leur secret. La multitude s'imagina que
c'était le signal d'un massacre; frappée d'une terreur panique, elle fit un mouvement désespéré pour
s'enfuir; ce fut un affreux pêle-mêle; il y eut des
femmes renversées, étouffées; on piétinait sur des
corps. De son côté, la troupe crut à une attaque.

J'entendis un roulement de tambours; l'officier qui
commandait la batterie donna d'une voix tonnante
un ordre qui me fit frémir.

J'avais d'abord été entraîné par le violent reflux
de la foule. Ne pouvant me frayer un chemin jusqu'à une issue, je m'étais dit : Plutôt mourir mitraillé
qu'étouffé. J'avais réussi à me dégager, et, revenant
sur mes pas, je m'étais réfugié à tout hasard derrière
le socle de la statue de Paul I". Quand j'entendis le
commandement de l'officier du poste, je regardai
autour de moi. Le milieu de la place était vide.
Seule, une femme en haillons était demeurée agenouillée au pied de la croix, sa tête dans ses mains; à
côté d'elle se tenait un bambin de trois ans, qui
jouait avec un chapelet, attendant que sa mère eût
fini de prier. Ces deux êtres paraissaient complète-
ment étrangers à tout ce qui se passait autour d'eux;
l'insouciance de l'un, le recueillement de l'autre,
leur faisaient comme une solitude impénétrable à
tous les bruits de la terre. Je m'élançai vers cette
femme pour l'avertir du danger; je n'étais plus qu'à
trois pas d'elle et j'allais la saisir par le bras pour
l'entraîner derrière la statue, quand une formidable
détonation ébranla toutes les fenêtres des maisons
voisines et fut suivie d'un cliquetis de vitres brisées.
La première pièce venait de faire feu; j'en avais
senti le vent. Un cri d'effroi retentit. La mitraille
avait fait cinq ou six victimes, qui gisaient sur le
pavé; plus près de moi, elle avait commis un as-
sassinat qui me glaça le sang dans les veines. L'enfant au chapelet avait été atteint d'un biscaïen,
et ce biscaïen lui avait tranché le cou comme eût
fait un rasoir. Le tronc était tombé d'un côté, la

tête avait sauté à dix pas plus loin. La femme se releva d'un bond et demeura un instant immobile, raide comme une barre de fer, ses cheveux dressés sur la tête, la bouche béante, les yeux tout grands ouverts, le regard ivre d'épouvante et d'une horreur sans nom ; puis, sortant de son effroyable extase, elle poussa un cri de bête fauve, se rua sur le cadavre, qui dormait dans une mare de sang, s'accroupit, se mit à laper ce sang comme une chienne, et bientôt, faisant un nouveau bond, elle ramassa la tête, la saisit par les cheveux, la brandit et la montra au peuple en s'écriant : « Voilà la générosité de l'empereur ! »

Cette scène m'avait mis hors de moi. J'oubliai mon rôle, mon personnage. Je courus comme un fou vers les canons. L'officier du poste était ce lieutenant à taille de guêpe qui m'avait jeté au visage une serviette. Peut-être venait-il de faire de trop copieuses libations ; il me parut peu solide sur ses jambes. Se tournant vers les canonniers de la seconde pièce, il leur commanda de faire feu. Je m'oubliai jusqu'à l'apostropher en russe. — Vous êtes donc des brigands, lui dis-je en lui montrant le poing, que vous tirez sur des femmes et des enfants ? — De quoi te mêles-tu, sacré figaro ? me répliqua-t-il. Haut le pied, ou je t'enfile avec mon sabre. — Vous ne tirerez pas, m'écriai-je, — et, transporté d'une fureur de mourir qui me tourna la tête comme une ivresse, je me précipitai sur le canon, j'étreignis la volée de mes deux bras et j'appuyai convulsivement ma poitrine contre la bouche. Le canonnier qui tenait la lance à feu me dit en riant : — Tu vas danser le grand branle. Saute, canaille ! — Et il

enflamma l'étoupille. Il est des secondes qui sont
longues de plusieurs minutes. J'eus le temps de revoir en imagination ma chambre du Jasmin et
Tronsko écrivant sur la muraille : *Slavus saltans!*
et j'eus encore le temps de me dire : — Tout à
l'heure, je serai en quatre morceaux. Voilà une
manière de sauter que Tronsko n'avait pas prévue.
Et je regrettai qu'il ne fût pas là... Cependant, par
je ne sais quel heureux hasard, à peine allumée,
l'étoupille s'était subitement éteinte, le canon n'était
pas parti et j'étais encore vivant.

Sacrant, jurant, le canonnier me lança un regard
de travers. — Tu as des secrets, fit-il. Tu as jeté un
sort sur l'étoupille ; nous allons bien voir. — Après
l'avoir examinée, il se disposait à la rallumer, quand
un de ses camarades, qui me voulait du bien, me
cria : — T'ôteras-tu de là ? — et m'administra un
coup de son écouvillon qui m'étourdit. Je lâchai
prise, je tombai. Je venais de me relever, et je cherchais des yeux, à travers un nuage, mon sauveur
pour me jeter sur lui; mais le commandant de la
place parut. Il était furieux de ce qui venait de se
passer. Il interpella l'officier du poste en termes
peu parlementaires, lui reprocha d'un ton véhément
sa précipitation, son ineptie et le sang versé ; puis
il envoya des hommes avec des civières pour ramasser les blessés et les morts.

Le coup que j'avais reçu avait dissipé mon ivresse ;
mon sang-froid me revint, je compris l'étendue et
les conséquences de la sottise que j'avais faite. Je
cherchais à m'esquiver furtivement quand le commandant m'aperçut et me demanda par quel hasard
je me trouvais là. Je lui répondis en français, d'un

ton piteux, que j'étais venu flâner sur la place en
amateur, que, pris dans la foule, je n'avais pu m'en
aller, que la première décharge m'avait fait une peur
effroyable, que j'avais complétement perdu la tête,
et que dans mon trouble j'avais couru me jeter dans
la gueule du canon. Et en homme qui a honte de sa
frayeur et qui cherche à se refaire une contenance :
— Ma foi! dans mon métier on n'est pas obligé d'être
un dur-à-cuire. J'ai eu la plus belle venette du
monde, et j'ai failli faire comme Gribouille, qui se
jetait dans l'eau pour ne pas recevoir la pluie. —
Le commandant tordit entre ses doigts les crocs de
son énorme moustache : — Vous avez trop d'esprit
pour un merlan, me dit-il d'un ton sardonique.

Cependant il semblait disposé à me laisser aller
sur ma bonne mine; mais le lieutenant, qui n'avait
pas digéré l'algarade et qui était bien aise de se revan-
cher sur quelqu'un : — Ce qui est singulier, dit-il,
c'est qu'hier encore ce béjaune ne savait pas un
mot de russe et qu'il le parle aujourd'hui couramment. — Comment cela? dit le commandant. — Eh
parbleu! tout à l'heure il m'a crié en russe : Vous êtes
des brigands!... — Il avait raison, reprit l'honnête
commandant en frappant du pied, et je vous le ferai
bien voir... — Puis se retournant vers moi : — Ah!
tu sais le russe! Toujours un effet de la peur. Tu as
là un singulier maître de langues. Ton cas est louche,
mon garçon. — Et là-dessus, sans m'écouter davantage, il appela un caporal, auquel il ordonna de me
conduire sous bonne escorte auprès du directeur de
la police, avec qui je m'expliquerais.

En chemin, je fis des réflexions qui n'étaient pas
couleur de rose. Je pensais à Tronsko, à ses recom-

mandations, je me reprochais de n'avoir pas su
« maîtriser les bouillonnements de mon sang. » Je
venais de commettre une imprudence qui pouvait
être fatale à tous mes plans, coûter cher à moi et à
d'autres. Nous entrâmes au bureau de police. On
alla avertir le gros colonel Rothladen, qui arriva
bientôt, plus gonflé et soufflant plus fort que jamais.
On le mit au fait. Il me toisa de la tête aux pieds,
hocha la tête et fit une moue qui signifiait : — On ne
me persuadera jamais que ce marjolet, dont je ne
ferais qu'une bouchée, soit un danger pour la paix
publique. — Il fit semblant de vouloir m'avaler et je
fis semblant d'avoir peur. Comme je reculais, il me
ramena par l'oreille. — Triple imbécile, me cria-t-il,
qu'avais-tu affaire dans cette échauffourée ? Tu
aurais mieux fait d'employer ton dimanche à méditer sur la théorie du cheveu expressif. *Ne sutor
ultra crepidam !* Mais j'oublie que tu ne sais pas le
latin... A propos, on prétend qu'aujourd'hui monsieur s'amuse à savoir le russe?

Je lui répondis que depuis mon arrivée j'avais
bien eu le temps d'en attraper quelques mots, que
dans ma frayeur j'avais fait flèche de tout bois, et je
lui répétai mon apostrophe malencontreuse en y
fourrant deux ou trois solécismes qui lui firent
hausser les épaules. Il se promena quelques instants
dans la chambre. — Mais voyez un peu cet idiot,
reprit-il, qui s'en va se planter devant un canon pour
l'empêcher de partir. Voilà qui est bien trouvé!...
C'est égal, continua-t-il d'un ton plus grave, tu as
manqué au plus élémentaire de tous tes devoirs. Un
clampin comme toi doit respect non-seulement à la
personne sacrée de l'empereur de toutes les Russies,

mais à ses canonniers, à ses canons, à sa mitraille,
et il doit laisser aller cette mitraille sacro-sainte où
il lui plaît, sans se fourrer impertinemment sur son
passage. Tu mérites que, pour t'apprendre à vivre,
je te condamne à raser toute la garnison gratis pendant huit jours.

Comme il terminait sa mercuriale paternelle, un
planton entra et lui remit un pli aux armes du gouverneur. Il l'ouvrit, changea de visage; il me regardait de travers et commençait des phrases qu'il
n'achevait pas. — Est-il croyable?... Se pourrait-il
bien?... Il a la barbe trop jeune... Il finit par lâcher
une bordée de jurons, se planta devant moi, et me
regardant sous le nez : — Monsieur Wilson, j'en
suis fâché pour vous, mais il y a des gens qui soupçonnent que vous êtes un émissaire.

Je ne sourcillai pas. — Un émissaire ! dis-je.
Qu'est-ce donc que cela?

— Dans ton cas, me répondit-il en me regardant
toujours fixement, ce serait un homme qui fourrerait
de la politique dans ses papillotes.

J'éclatai de rire. — De la politique! lui dis-je. Ah!
c'est trop d'honneur qu'on me fait. Je me moque
bien de la politique, moi! Colonel, permettez-moi
d'aller souper, car je meurs de faim.

— Oh! n'aie crainte, tu souperas, me dit-il, mais
aux frais du gouvernement. — Et à ces mots il me
conduisit dans une pièce attenante au bureau de police, et m'y laissant seul, il en referma l'unique porte
à double tour. Une heure plus tard, on me servit à
souper; puis on jeta une paillasse sur le plancher, et
j'eus le chagrin d'apprendre qu'en attendant mieux
j'étais condamné à une détention provisoire.

Très-marri de mon aventure, je ne m'endormis qu'assez avant dans la nuit; on me réveilla de fort bonne heure pour me faire subir un long interrogatoire sur ma famille, sur mes antécédents, sur l'itinéraire que j'avais suivi de Paris à K...., sur mes faits et gestes pendant mon voyage. J'ai bonne mémoire, je reproduisis fidèlement les réponses que j'avais faites le jour de mon arrivée et qui avaient été consignées dans un registre. On eut beau m'éplucher, épiloguer sur chaque mot, on ne put me faire tomber en contradiction, j'éventai tous les traquenards. Je dus rendre compte aussi de tout ce que j'avais fait, jour par jour, depuis deux mois. Je me tirai de ce second récit aussi heureusement que du premier, enfilant mensonges sur mensonges sans jamais me couper. Tout en errant dans ce dédale, où je retrouvais toujours mon fil, je pensais au mot de ma pauvre mère : Voilà des lèvres qui vont être condamnées à mentir!

On fit venir ensuite un Irlandais établi à K..., où il dirigeait une tannerie. Ce brave homme, qui avait un pied bot et une voix de fausset, fut chargé de me questionner sur Jersey, qu'il connaissait à fond pour y avoir passé cinq ou six ans. J'avais prévu le cas, et avant de quitter Paris j'avais étudié dans je ne sais quel dictionnaire de géographie l'article Jersey. Je répondis couramment à toutes les questions de mon Irlandais. Je parlais latin devant un cordelier, mais il sembla prendre à cœur de me ménager et de me faire la partie belle. Il me demanda ce qu'on trouvait sur les côtes de Jersey. — Du varech, lui dis-je, et parmi les galets des crabes et des moules. A ces mots, il s'écria comme transporté d'en-

thousiasme : — *O very well ! perfectly well !* — et,
pirouettant sur son bon pied, il protesta qu'on ne
pouvait douter à mes réponses que je ne connusse
Jersey comme ma poche et à mon accent que je ne
fusse né sur terre anglaise. Le tribunal parut dire
comme Ponce Pilate : Décidément je ne trouve
aucun crime à cet homme, — et je vis que cela
faisait plaisir au colonel Rothladen. Il m'avait pris
en amitié, il eût été désolé de me voir partir pour la
Sibérie ; je le coiffais si bien !

Je crus qu'on allait me relâcher ; il n'en fut rien.
Je restai seul jusqu'au soir. Vers neuf heures,
comme je soupais d'assez bon appétit, le directeur
reparut. Il avait un air grave dont je n'augurai rien
de bon. Après un préambule peu rassurant, il me
déclara que mes mensonges étaient percés à jour,
qu'on avait découvert chez moi des papiers compro-
mettants. Je me mis à rire, je savais de science certaine qu'on n'avait pu trouver dans mes tiroirs le
moindre bout de papier, pas même cette seule ligne
d'écriture qui suffit pour faire pendre un homme.
Après avoir vainement tenté de m'effrayer, il me
prit par le sentiment, me représenta que l'indulgence
de mes juges serait proportionnée à la sincérité
de mes aveux. Je lui répondis que son obstination à
faire de moi un ersonnage me flattait infiniment,
que la tête commençait à me tourner. Il me répli-
qua qu'il n'y avait pas là de quoi rire et qu'il serait
regrettable qu'un joli garçon comme moi s'en allât
les fers aux pieds à Orenbourg ou dans le Caucase.

— Voyons, m'écriai-je, convenez que tout ceci
n'est qu'une comédie, une mystification, et que vous
vous amusez à me tâter le pouls. Que diable ! je n'ai

pas pour tous les jours, et j'entends quelquefois la plaisanterie.

— Sacré gamin, s'écria-t-il en colère, considère un peu où tu es et à qui tu parles. Dis-moi la vérité, et je te graisserai tes bottes pour qu'elles ne t'endommagent pas les pieds dans ta promenade au Caucase; mais je te jure que, si tu persistes à mentir, je suis homme à te manger à la croque-au-sel.

— Eh bien donc! lui dis-je, à quoi cela vous avancera-t-il? et qui vous fera désormais cette coiffure coup-de-vent qui vous a valu tant de succès auprès des femmes?

— Toujours plaisantin, dit-il. En Russie, il on peut cuire. — Et il se retira en grommelant.

Mais le lendemain matin je le vis reparaître le visage épanoui, l'œil caressant. Il m'aborda de l'air le plus affable. — Mon cher garçon, me dit-il, on a reconnu que ton cas était net. Tes arrêts sont levés. Retourne à ton rasoir et à ta savonnette, ne pêche plus et reviens me raser ce soir. Il y a gala chez le général. — Et cela dit, il m'ouvrit la porte à deux battants...

J'eus un moment de vif plaisir en me retrouvant en liberté; je dus bientôt en rabattre. Dès les premières courses que je fis en ville, je m'aperçus que j'étais suivi à distance par certains oiseaux de mine suspecte qui épiaient mes démarches, notaient mes gestes et tous mes pas. Je pus me convaincre que la police n'avait point abjuré ses soupçons, que sur la foi de je ne sais quels renseignements on persistait à me tenir pour un faux Wilson, et qu'on m'avait remis en liberté dans l'intention de me regarder aller et venir, de découvrir quelles maisons

je fréquentais, quelles étaient mes relations, mes
tenants et aboutissants. J'étais devenu un homme
dangereux pour ses amis; j'étais une souricière
vivante. La petite affiliation des six devait tenir sous
peu un second conciliabule. Désormais le moyen de
m'y rendre! Je craignais qu'ignorant le motif de
mon absence quelqu'un de mes confrères ne vînt me
relancer chez moi pour avoir de mes nouvelles.

Trois jours plus tard, comme je traversais la
grande place, qui était à peu près déserte, j'aperçus,
venant à ma rencontre, le plus jeune d'entre eux,
dont le prénom était Casimir. Je retournai la tête,
j'avisai à cinquante pas derrière moi l'une de ces
mouches qui était toujours à mes trousses. Je fis
un crochet pour éviter Casimir. Malheureusement
il avait avec lui son chien, grand lévrier que j'avais
caressé un jour et qui flaira sur-le-champ dans ma
personne l'un des amis de son maître. Il prit la dia-
gonale pour venir à moi, dressant la tête et frétil-
lant de la queue. Je m'arrêtai, je laissai s'approcher
l'animal et, me baissant, je lui tirai si violemment
les oreilles qu'il entra en fureur et s'élança sur moi.
Nous luttâmes un instant. J'attrapai une morsure
assez profonde à la main. Casimir accourut pour
me dégager. — Il vous a mordu? me dit-il. Je lui
répondis tout bas : — Je me suis fait mordre. Je n'a-
vais que ce moyen de vous avertir que la police m'a
mis sous surveillance. Et aussitôt, élevant la voix et
feignant une violente colère : — Quand on promène
dans les rues une bête féroce, m'écriai-je, on la tient
en laisse ou on la musèle. — Il entra dans mon jeu,
me repartit avec insolence que son chien connaissait son monde et ne s'attaquait jamais aux honnêtes

gens. Je le traitai de drôle, il me traita d'imbécile.
Je le menaçai du poing, il leva sur moi sa canne, et
nous allions en venir aux mains quand mon mou-
chard nous rejoignit à point pour nous séparer. Casimir s'éloigna, poursuivi des éclats de ma bruyante
colère. Me retournant vers l'espion, je lui demandai
le nom de cet éleveur de bêtes féroces, et lui déclarai
que j'étais résolu à porter plainte à la police. Je m'a-
perçus avec plaisir que j'avais réussi à lui donner le
change. Pour achever de l'abuser, j'affectai de craindre que le chien ne fût enragé, et, toute affaire ces-
sante, je courus dans une pharmacie où je fis
brûler ma blessure par la pierre infernale. Au milieu de mes imprécations, je bénissais le ciel de cette
rencontre opportune et de mon heureux stratagème,
qui m'avait délivré d'une cruelle inquiétude. Il me
sembla que la veine me revenait, et je recommen-
çai à voir l'avenir en rose.

Je ne savais pas ce que me réservait le lendemain.

## XVII

C'était le 17 mars vers midi. Je n'oublierai pas
cette date. Pendant quinze jours, l'hiver s'était re-
lâché de ses rigueurs. La nuit précédente un vent
âpre, mordant, s'était levé, et une neige abondante
avait recouvert la ville d'un épais tapis qui, amortis-
sant le bruit des pas, accroissait l'universel silence,
car la ville se taisait ; la journée de la mitraillade
avait agi sur elle comme un narcotique, comme un
stupéfiant, et l'avait plongée dans un sommeil de

mort, secrètement agité par le cauchemar des pensées et par des rêves de sang.

Je venais de déjeuner sur le pouce avec Pudel;
nous étions seuls dans la boutique. Assis dans un
coin, ma carde à la main, j'étais occupé à confec-
tionner une perruque. Pudel ballottait çà et là sa
bedaine arrondie et sa petite tête vide. Depuis ma
mésaventure, je lui inspirais une pitié méprisante,
qu'il ne prenait pas la peine de dissimuler. Aux regards obliques et désobligeants que me jetaient ses
yeux de grenouille, il semblait que je fusse tout blanc
de lèpre. J'avais frisé la corde, j'exhalais une odeur
de potence. Apparemment ne m'avait-il gardé chez
lui que par ordre de la police, et on lui avait si-
gnifié qu'il eût à me faire causer. Il aurait fallu un
autre homme qu'un Pudel pour crocheter mes secrets.

Pendant que je travaillais à ma perruque, il m'a-
dressa coup sur coup plusieurs questions insidieuses.
Le brochet n'eut garde de mordre à l'hameçon. — A
propos, sais-tu, Wilson, la nouvelle de ce matin? reprit-il. Le lieutenant K...., celui qui avait commandé de
faire feu l'autre jour... eh bien! on l'a traduit devant
une commission de guerre. Le commandant de la
place voulait à toute force qu'on le dégradât. Leurs
Excellences ont considéré que ce joli garçon n'avait
été coupable que d'un excès de zèle; mon Dieu! il
a fait là une petite étourderie. Il permutera de garnison, voilà tout. On l'envoie à Varsovie. Ne trouves-
tu pas, Wilson, que Leurs Excellences ont eu raison?

— Il ferait beau voir des Excellences qui n'eussent
pas raison, lui repartis-je. C'est leur métier, comme
le nôtre est de faire des perruques.

Je ne sais ce qu'il me répondit, je ne l'écoutais plus. Je pensais à la femme en haillons ramassant la tête de son enfant et la montrant au peuple; je parlais à mon cœur comme un héros de tragédie. « Tout beau! lui disais-je. Dévore encore ceci. Notre jour viendra. » Je me voyais jetant aux orties la défroque de Wilson et redevenant Ladislas Bolski pour donner à la Pologne jusqu'à la dernière goutte de mon sang; je voyais déjà blanchir le crépuscule de mon premier jour de bataille, et je croyais entendre la diane et la fanfare célébrant les fiançailles d'un Bolski avec la gloire... En attendant, je cardais une perruque, et je sentais passer sur mon front le souffle de Pudel, qui s'était penché pour me regarder travailler, et, parlant à mon cœur je lui répétais : « Tout beau! notre jour viendra. »

Tout à coup des grelots résonnèrent dans la rue. Je n'eus que le temps de lever le nez, de coller mon regard à la vitre; je vis passer, rapide comme un éclair, un traîneau attelé de deux chevaux noirs. Il y avait dans le traîneau une femme, et cette femme, dont le visage était recouvert d'un triple voile, avait la tête encapuchonnée d'un bachlik couleur poil de chameau et brodé d'or. — Qui est cette femme? demandai-je vivement à Pudel. — Quelle femme? — Celle qui portait ce capuchon brun. — Ce doit être, me répondit-il, Son Excellence Mᵐᵉ la maréchale R... ou Son Excellence Mᵐᵉ la chancelière W... Et il me fit l'énumération de toutes les femmes de la ville qui possédaient un bachlik brun.

C'est assez quelquefois d'entendre deux mesures d'une mélodie pour revoir incontinent un visage, un site, un endroit et la couleur qu'avaient toutes choses

en cet endroit. L'inverse arrive aussi : il m'avait
suffi d'entrevoir un capuchon brun, et j'entendis
soudain bourdonner en moi une musique que je
croyais avoir oubliée... Je m'aperçus qu'il y avait au
plus profond de mon cœur un souvenir qui semblait
mort et qui n'était qu'endormi ; il venait de remuer,
toutes les fibres de mon âme avaient tressailli. « Eh !
quoi donc ? il m'en souvient encore ? » me dis-je. Je
suspendis un instant mon travail, tant le cœur me
battait... « Après tout, repris-je, c'est un service
que me rend ma mémoire. L'amour est une faiblesse,
je me souviens, cela m'empêchera d'aimer. » Je
pensai à cet homme qui disait : « J'ai dans l'esprit
une femme comme il y en a peu, qui me préserve
des femmes comme il y en a beaucoup ; j'ai bien des
obligations à cette femme-là. » Cependant je secouai
la tête comme pour en faire tomber cette vision qui
me poursuivait, et je me contraignis à ne plus penser
qu'à l'enfant au chapelet et à cette mare de sang
qu'il avait faite en tombant. Bientôt des pratiques
arrivèrent, j'eus de la besogne, mon imagination
s'assoupit.

Vers cinq heures, un garçon de l'hôtel du Lion-
d'Or vint m'annoncer qu'une étrangère, arrivée de
l'avant-veille, devait dîner chez le gouverneur de la
province et qu'elle réclamait incontinent mes services. J'étais accoutumé à de pareils messages. K...
se trouve situé sur le parcours de la grande voie
ferrée qui relie la Russie à l'Allemagne centrale, et
le séjour de cette petite ville est assez agréable pour
que les voyageurs s'y arrêtent volontiers. Quinze
jours auparavant, j'avais eu l'honneur de coiffer au
Lion-dOr une altesse sérénissime, qui se rendait de

Dresde à Saint-Pétersbourg, et qui avait daigné me complimenter sur mon talent.

Je fis un bout de toilette, je renouvelai le pansement de ma main gauche, qui avait été fortement entaillée par le chien de Casimir, je pris ma trousse sous mon bras, et je suivis le garçon. Quand nous fûmes arrivés à l'hôtel, gravissant devant moi une rampe aux balustres dorés, il me fit traverser un palier, puis une antichambre, puis un long corridor assez sombre. Il gratta doucement à une porte, on ne répondit pas. Il ouvrit en disant : Voilà le coiffeur qu'attend M^me la comtesse, — et il se retira.

J'entrai. Je n'aperçus d'abord qu'un grand feu flambant dans la cheminée et à deux pas de ce feu le dossier d'un fauteuil. Il y avait quelqu'un dans ce fauteuil. Une femme vêtue d'un peignoir de cachemire blanc se dressa lentement sur ses pieds, laissa échapper un léger bâillement, passa ses mains sur ses yeux comme pour en chasser le sommeil. Enfin elle tourna vers moi son visage et me dit nonchalamment : — Ah! c'est vous, monsieur Wilson. Entrez donc. — C'était elle ; oui, c'était bien elle!

Je fus pris d'un vertige, je crus voir un abîme entr'ouvert sous mes pieds. Mon premier mouvement fut de m'enfuir; mais je n'aurais pu. Il me semblait que mon cœur avait cessé de battre, que mon sang s'était subitement épaissi, coagulé dans mes veines, que ma tête, mes bras, mes jambes, tout mon corps était de plomb. Si j'avais fait un pas, je serais tombé.

— Eh bien! dit-elle, avancez donc. — Elle n'avait pas sourcillé, pas un muscle de son impénétrable visage n'avait tressailli. Je fus épouvanté de la puissance de dissimulation de cette femme, de l'empire

absolu qu'elle exerçait sur son cœur, sur ses souvenirs, sur ses regards. Je me piquai au jeu, l'instinct
de la lutte réveilla mes forces, me tira de ma stupeur. Je réussis à faire un pas, et je dis d'une voix
assez ferme : — Madame la comtesse, je suis à vos
ordres.

Je posai ma trousse sur la cheminée, et j'en défis
les cordons. M⁰ de Liévitz s'était rassise et me regardait faire. Ce regard était si indifférent, si banal,
si vide de tout souvenir, qu'il me parut impossible
qu'elle m'eût reconnu. Sans doute j'étais devenu
méconnaissable ; j'avais écourté mes cheveux, tondu
ma barbe et laissé pousser mes favoris. Il y a là de
quoi changer un homme. Peut-être aussi avais-je pris
tout à fait la figure de mon emploi ou celle de mes
pensées. Je me regardai à la dérobée dans la glace,
je crus y voir le visage d'un vrai perruquier avec je
ne sais quoi de sombre qui sentait son conspirateur,
et il me sembla tout à la fois que l'ennui de mon métier et ces empressements de commande avaient
enduit tous mes traits d'une fadeur doucereuse, et
que l'habitude de feindre, la fièvre des inquiétudes,
le travail sourd d'une idée fixe, avaient fait à mon
front une vieillesse précoce. Je me trompais : la
glace était menteuse, ou elle dut refléter la figure
que j'avais en cet instant, celle d'un homme sur qui
la foudre vient de tomber et qui cherche à tâtons ses
forces et son cœur, se demandant s'il vit encore, s'il
sera capable de se relever et de marcher.

Hélène, cette cameriste lithuanienne que j'avais
vue plus d'une fois à Maxilly, entra pour m'apporter
des épingles à cheveux et un nœud de rubans. Elle
était coiffée, comme autrefois, d'un fichu de toile

blanche; comme autrefois, elle portait à son cou
un triple collier de verroterie. Elle m'adressa
quelques mots sans paraître se douter que William
Wilson pût être le comte Bolski. Elle se retira
bientôt... Nous restâmes seuls, cette femme et moi.

— On m'a vanté votre talent, me dit-elle en se
penchant pour attirer devant ses genoux une toilette surmontée d'une psyché. Il vous sera facile de
me faire la coiffure que je désire. Écoutez-moi
bien : un chignon composé de deux canons, de six
boucles courtes et de trois boucles longues retombant sur les épaules; les cheveux de devant et des
côtés roulés en arrière sur des crêpés : sur le milieu,
par devant, un nœud en ruban de satin ; sur le
côté gauche, la rose cerise que voici.. Y êtes-vous?
M'avez-vous bien comprise?

Je n'avais pas compris un mot. J'avais entendu
une voix, une musique; mais que disait cette voix?
De quoi parlait-elle et dans quelle langue? Mme de
Liévitz dut recommencer son explication, après quoi
je me mis à défaire ses cheveux, ôtant épingle après
épingle; bientôt boucles, tresses et nattes, toute
cette masse, entraînée par son poids, s'abattit
comme une avalanche, enveloppant des épaules
fermes comme le marbre, un cou blanc comme
neige, d'une onde dorée, soyeuse et odorante. Ce
parfum me grisa; j'éprouvai une défaillance et restai un instant immobile, respirant cette femme et
son indéfinissable beauté. Puis une fureur me saisit; le peigne m'échappa; je plongeai mes deux
mains dans les profondeurs chaudes et moites de
cette chevelure en désordre. Mme de Liévitz tressaillit légèrement. Pendant une ou deux minutes, je

pressai, je tordis convulsivement ses cheveux,
comme si j'avais voulu les pétrir; mes doigts s'im-
prégnaient de la chaleur de son sang et des effluves
de sa vie; quelque chose avait passé de son être
dans le mien; un long et délicieux frisson courut
dans tout mon corps, et il me sembla que ma poitrine était trop étroite pour contenir tout mon bonheur. J'avançai la tête, et je ne sais ce qu'allaient
faire mes lèvres sèches, tremblantes, prises de folie,
quand M<sup>me</sup> de Liévitz se dégagea par un mouvement
hautain.

— Quelle cérémonie est-ce là? me dit-elle. A qui
en avez-vous de pétrir ainsi mes cheveux?

Il y avait dans son accent une insolence si méprisante et si glacée que je recouvrai mon sang-froid
comme par enchantement. — Elle m'a reconnu,
pensai-je; mais elle ne m'aime plus, si tant est
qu'elle m'ait jamais aimé. C'est une expérience
qu'elle fait sur moi, un spectacle qu'elle se donne,
un jeu cruel ou peut-être une vengeance... — Et puis
je fis la réflexion que cette femme tenait ma vie
dans ses mains et qu'il lui suffisait de dire un mot,
de prononcer mon nom pour me faire loger une
balle dans la tête ou pour m'envoyer pourrir dans
un cul-de-basse-fosse. — C'est une ennemie, me
dis-je. Elle n'aura pas la joie de me voir à ses
pieds. Qu'elle me perde, si elle le veut; je la bra-
verai. — Et je sentis mon cœur se redresser dans
ma poitrine.

J'avais ramassé le peigne. Rentrant dans mon
rôle : — Madame la comtesse a des cheveux vraiment admirables et comme je n'en ai jamais vu,
dis-je d'un ton prétentieux. On n'a qu'à souffler des-

15

sus pour les faire bouffer, et il suffit de les toucher pour qu'ils s'entortillent autour du doigt. Ces cheveux-là témoignent d'une grande puissance du tissu capillaire et, si j'ose le dire, d'une exubérance de vie et de volonté.

Elle haussa les épaules : — Propos de perruquier! dit-elle en étouffant un bâillement. Vous en dites autant à toutes les femmes que vous coiffez.

— Oh! je puis assurer à madame la comtesse qu'elle a ce que nous appelons des cheveux magnétiques.

— Suffit. Je sais que j'ai de beaux cheveux; je vous dispense de me le dire... Dépêchons, je suis pressée.

Je me mis à l'ouvrage avec une vivacité fiévreuse : — Vous êtes blessé à la main gauche? reprit-elle après une pause.

— Un chien m'a mordu, répondis-je. Les chiens polonais sont féroces.

— Peut-être l'aviez-vous provoqué. On assure que vous avez le goût des aventures, car vous faites parler de vous et vous êtes devenu une manière de personnage. L'autre jour, à ce que m'a conté le général T..., vous vous êtes jeté sur un canon qui allait partir.

— Le drôle de l'affaire, lui dis-je, c'est qu'il n'est pas parti.

— Vous lui aurez fait peur, reprit-elle en souriant. C'est égal, vous avez fait là une extravagance. Si vous voulez réussir dans ce pays, soyez prudent, très-prudent.

— Madame la comtesse est bien bonne de s'intéresser à moi. Arrive que pourra, je n'ai peur de rien.

Je venais de mettre la dernière main au chignon;
je m'éloignai d'un pas pour juger de l'effet qu'il faisait. M^me de Liévitz me regarda; j'évitai son regard,
j'avais peur de ses yeux. — Et vous ne vous re-
pentez pas d'être venu chercher fortune en Russie?
me dit-elle. Vous ne regrettez rien?

— Que pourrais-je regretter? lui répondis-je en
retouchant une boucle qui n'était pas de la longueur
voulue.

— Eh! que sait-on? Peut-être avez-vous laissé là-
bas quelque amourette commencée.

— Une amourette! fis-je. Je ne sais ce que c'est.
Je suis, madame la comtesse, le perruquier le plus
passionné qu'il y ait au monde. J'aime follement ou
je n'aime pas... Mon Dieu! oui, en quittant son
pays, on y laisse toujours quelqu'un ou quelque
chose derrière soi. Je ne sais si mon cœur en a pris
son parti. J'évite soigneusement de lui faire des
questions.

— Oh! oh! fit-elle d'un ton de sèche ironie, voilà
un cœur de perruquier vraiment exemplaire. Il est
comme ces enfants bien élevés qui ne se permettent
pas de parler avant qu'on les interroge.

Elle me tendit la rose cerise; je la pris et la mis
en place. — Et du reste vos affaires vont bien? poursuivit-elle; vous êtes content?

— Je tâche de faire mon devoir. Le reste regarde
la Providence.

— Oh! le devoir! le devoir! c'est un mot, et les
mots sont des boîtes vides. Le tout est de savoir ce
qu'on met dedans. L'un dit : Mon devoir est de
mourir, l'autre! Mon devoir est de vivre. Qui se chargera de prononcer entre eux?

Elle se leva brusquement, se regarda dans la glace : — Il n'y a pas à dire, vous avez du talent... Et votre métier vous plaît ?

— Ce soir, madame la comtesse, il m'étonne.

Elle ne me répondit pas. Pendant que je mettais en ordre mon petit bagage, elle fit un tour de chambre ; puis, s'approchant du piano, elle l'ouvrit, s'assit et chanta à demi-voix une chanson russe qui disait ceci :

> Là-bas, où la vague inquiète
> Soupire et la nuit et le jour,
> Là-bas, quand chantait l'alouette,
> Tu n'as pas rencontré l'amour,
> Là-bas, quand chantait l'alouette.
>      Il était là !
>      Et te parla.

> Là-bas, où croît l'œillet sauvage,
> Quand les treilles étaient en fleur,
> Là-bas, errant sur le rivage,
> Tu n'as pas su voir le bonheur,
> Là-bas, errant sur le rivage.
>      Il était là
>      Et t'appela.

> Là-bas, où dort une ruine,
> Debout, à la garde de Dieu,
> Là-bas, — ce n'était pas en Chine, —
> Tu n'as pas su voir l'oiseau bleu,
> Là-bas, — ce n'était pas en Chine. —
>      Il était là
>      Et s'envola.

En l'écoutant chanter, je sentis ma résolution chanceler. Évoqué par sa voix, le passé, comme pour se venger de tous mes oublis, se rua sur mon cœur et l'accabla de tout son poids. Je revis ces vagues dont l'inquiétude avait bercé la mienne, cet œillet qui me regardait du haut de sa muraille et

que j'avais cueilli au péril de ma vie, ce divin rivage
où j'avais connu toutes les folies de l'espérance, et
que j'avais emporté sans le savoir dans les profondeurs de mon âme. L'oiseau bleu voltigeait au-dessus
de ma tête, j'entendais le frémissement de ses ailes,
qui embrasaient l'air autour de moi. Je ne dis pas
un mot, j'aurais pleuré comme un enfant; je ne fis
pas un mouvement, je serais tombé à genoux, et
j'avais juré de quitter cette chambre sans m'y être
prosterné.

Elle se leva, passa ses mains sur son front et sur
ses yeux, s'approcha de la glace, s'y regarda un
instant, poussa un léger soupir; puis, ouvrant un
tiroir, elle y prit une pièce d'or, et me dit d'un ton
dégagé : — Vous n'avez pas volé votre argent, revenez demain soir. — Et, m'ayant fait une courte
inclination de tête, elle sortit avant que j'eusse
trouvé un seul mot à dire.

Je fourrai la pièce d'or dans mon gousset, je pris
en hâte ma trousse, et je m'enfuis plutôt que je ne
sortis de cette chambre où j'avais retrouvé le passé.
Je m'élançai dans ce long et sombre corridor que
j'avais traversé en venant. Comme je cherchais mon
chemin à tâtons, une petite porte latérale s'ouvrit
sans bruit, deux bras s'enlacèrent autour de mon
cou, deux lèvres veloutées et brûlantes se pressèrent
sur les miennes. Je fus transporté tout à la fois de
surprise, de joie, de douleur, d'épouvante; je poussai
un cri. Un éclair de dévorante volupté avait traversé
mon cœur de part en part, et cet éclair avait tout
ravagé sur son passage; rien en moi n'était resté
debout; je sentais qu'il s'était accompli dans mon
âme quelque chose d'irréparable comme la mort.

Et cependant j'étais ivre de joie, et j'éprouvais un
sentiment d'indicible délivrance. Un baiser avait tué
au fond de mon cœur ce je ne sais quoi d'inquiet
qui cherche quelque chose au-delà de la vie. Le
ciel que s'étaient bâti mes pensées et qu'elles avaient
habité pendant six mois venait de s'effondrer soudain ; ce n'était plus qu'un débris, je me retrouvais
sur la terre, et la terre me semblait si belle que je
lui disais : — Périsse mon idée ! le ciel, c'est toi !

Dès que j'eus repris mes sens, j'étendis mes bras
autour de moi pour saisir ce fantôme qui m'avait
touché de ses lèvres de feu. Il avait fait son métier de
fantôme, il s'était évanoui. La petite porte s'était
refermée, j'en tordis le loquet avec fureur, et je ne
réussis qu'à le fausser. Alors une clarté se fit dans
mon esprit, une voix intérieure me cria : — Tel
que te voilà, tu serais capable d'une infamie. — Et je
pensai à mon père.

J'eus peur, je m'enfuis, je me précipitai dans l'antichambre. J'étais si troublé que je cherchais la sortie sans pouvoir la trouver. Une main me tira par
la manche de mon habit, et Hélène, qui sortait je ne
sais d'où, me dit à voix basse : — Monsieur le comte,
c'est par ici.

— Quoi ! vous savez aussi...

Elle posa son doigt sur sa bouche, et me dit : —
Oh ! je sais me taire.

J'allais sortir, je me ravisai. — Comment Mⁿᵉ de
Liévitz a-t-elle découvert ?...

— On lui avait raconté avant-hier l'histoire d'un
perruquier et d'un canon, interrompit la gracieuse
Lithuanienne avec un sourire malicieux. Elle a dit :
Ce doit être lui. Et ce matin elle a passé devant vo-

tre boutique, où vous travailliez à une perruque
Elle a des yeux.

— Qu'est-elle venue faire ici?

— Le docteur Meergraf l'a réconciliée avec son
mari. C'est votre faute aussi! Pourquoi êtes-vous
parti?... Elle s'en va à Saint-Pétersbourg pour arranger les affaires... Qui va à la chasse perd sa
place.

— Où est M. de Liévitz?

— Dans ses terres, en Courlande. Il y attendra
les nouvelles.

Je me rapprochai de la porte. Me retournant :
—Quand doit-elle repartir pour Saint-Pétersbourg?

Elle me regarda en-dessous : — Demain, je pense;
mais que sait-on?

— Vous avez donc tous ses secrets? lui dis-je.

— Elle ne me dit rien, mais elle ne me cache rien.
— Et, se rengorgeant : Je suis sa sœur de lait.

Je tirai le louis d'or de mon gousset, je voulus le
lui mettre dans la main : — Promettez-moi de ne
dire à personne...

Elle se recula vivement : — De l'or! elle m'en
donne tant que j'en veux. Elle est si bonne! — Puis,
froissant entre ses doigts son triple collier : — Si
elle veut que je me taise, je me tairai; si elle veut
que je parle, je parlerai, et si elle me disait de me
jeter par la fenêtre, je m'y jetterais. — Et à ces mots
elle se mit à rire et se sauva.

Je descendis en hâte l'escalier, je sortis de l'hôtel,
je parcourus deux ou trois rues sans rien voir, sans
rien regarder, sans savoir où j'allais, qui j'étais, si
je m'appelais Wilson ou Bolski. Je pensais à ce corridor, à cette petite porte s'entr'ouvrant mystérieu-

sement, à ces deux bras qui avaient enlacé mon cou.
Le baiser de cette femme était resté à mes lèvres
comme une brûlure ; ni le froid de la nuit, ni le vent
de neige qui soufflait ne les pouvait rafraîchir. Je
me surpris à dire tout haut : — J'ai bu du poison ! —
Le son de ma voix me réveilla ; je m'aperçus qu'au
lieu de retourner chez Pudel, j'avais pris la direction
opposée, et que je n'étais plus qu'à un jet de pierre
de l'une des portes de la ville. Je fis volte-face, je
rebroussai chemin. Bientôt mon extase me reprit, je
perdis de nouveau la notion des lieux et la conscience de mes actions, et je marchai au hasard. Je
me disais que cette camériste si dévouée, ce sôlde en
jupons qui n'attendait qu'un signe de sa maîtresse
pour se jeter par la fenêtre, ne m'avait parlé que
par son ordre, que M** de Liévitz l'avait chargée de
m'instruire de sa réconciliation provisoire avec son
mari et de ce qu'elle allait faire à Saint-Pétersbourg.
— Si je la revois demain, pensais-je, elle me dira :
Choisis, tu tiens dans tes mains ma destinée et la
tienne. Que lui répondrai-je ? — Je me surpris de re-
chef à parler tout haut : — Je suis un homme perdu !
m'écriai-je.

En ce moment, quelqu'un cria derrière moi : —
Le maladroit ! l'imbécile ! — Je m'aperçus alors que
j'étais sur la grande place, devant la porte de la caserne, et que je venais de heurter un soldat si violemment que son shako avait roulé dans la neige.
Il le ramassa, et revenant sur moi : — Tu l'as fait
exprès ! — Je lui présentai mes très-humbles excuses et protestai de l'innocence de mes intentions.
Survinrent trois de ses camarades, qui rentraient à
la caserne, et parmi eux ce canonnier qui ne m'ai-

mait pas parce qu'il me soupçonnait d'avoir jeté un sort sur son étoupille. Il me regarda sous le nez. — Tiens, fit-il, c'est le petit coiffeur de l'autre jour, celui qui prend les canons pour des jolies filles et leur pince la taille. — Emmenons-le, dit un autre. Affaire de rire et de se réchauffer un peu.

Ils me poussèrent devant eux ; je n'opposai aucune résistance. J'étais rentré subitement dans mon rôle. Quand nous fûmes arrivés dans le corps de garde, le premier, qui ne démordait pas de son idée : — Tu sais des secrets, me cria-t-il. Dis-moi ce que tu avais fait à mon étoupille.

J'essayai de plaisanter. — Ce n'est pas ma faute si je lui ai fait peur, repartis-je.

Il me mit son gros poing sous le nez, et roulant les yeux : — Tu as des secrets, je veux que tu me les dises.

J'affectai une vive frayeur, je lui jurai mes grands dieux que j'étais aussi peu sorcier que lui, je le suppliai de me laisser aller. Il commençait à me tirailler ; l'un de ses camarades se mit entre nous, le repoussa, l'emmena à l'écart et lui fit une proposition qu'il approuva. Il courut à son lit et en rapporta sa couverture, qu'il étendit sur le plancher : — Petit Wilson du diable, me dit-il, tu vas te mettre là dedans, et nous allons voir si tu as des secrets pour rester en l'air quand on te berne.

Je ne sais ce que j'aurais fait deux heures plus tôt. Peut-être, par prudence, me serais-je prêté à leur jeu ; mais ce baiser qui m'était resté aux lèvres ! ... Je n'avais plus l'âme d'un émissaire, je n'étais plus un lion doublé d'un renard, le soldat d'une idée ; je ne savais plus dire à mon cœur : — Dévore encore

ceci; notre jour viendra! ... — Laisser berner
l'homme qu'elle aimait ! Impossible. Je jetai les yeux
autour de moi, j'avisai un sabre pendu à une cheville, je l'arrachai de son fourreau, et, me redressant
de toute ma taille, je me mis en garde : — J'embro-
cherai avec ce sabre, m'écriai-je, le premier qui
m'approchera.

Le changement subit qui venait de se faire en moi
les surprit au dernier point. Ils semblaient chercher
le petit Wilson du diable et ne le pouvoir reconnaître dans cet homme si prompt au dégainer, dont
les yeux, à ce que je pense, jetaient des éclairs. On
leur avait soufflé leur joujou ; ils se trouvaient en
présence d'un sabre et d'une main qui avait six ans
de salle. Voyant que le jeu menaçait de tourner au
tragique, l'un d'eux s'écria : — Il est méchant, ce
petit crapaud. Nous ne sommes pas assez pour le
paumer. — Et s'avançant vers la porte, il appela du
renfort.

Alors une inspiration subite et désespérée me traversa l'esprit. — C'en est fait de mon honneur si je
la revois, me dis-je; mais j'ai un moyen de m'empêcher de la revoir. Je vais me perdre pour me sauver.

Le renfort qu'appelait l'enragé canonnier ne tarda
pas d'arriver. Deux grands diables parurent et firent
mine de se jeter sur moi : — Canailles, leur criai-je
d'une voix éclatante, je vous préviens que le premier qui me touche est un homme mort. — Et j'a-
joutai : — Allez avertir l'un de vos officiers qu'il n'y
a point de Wilson et que l'homme que voici est le
comte Ladislas Bolski, émigré polonais qui est rentré clandestinement dans son pays pour conspirer
contre votre empereur.

Trois heures plus tard, les portes de la citadelle
se refermaient derrière moi, et j'étais un prisonnier
d'État.

## XVIII

Une cellule assez vaste, longue de vingt pieds,
large de douze, quatre murs gris, une lucarne garnie
d'une double rangée de barreaux, une table boiteuse
assujettie avec une cale, deux chaises, un poêle de
fonte, une porte percée d'un vasistas, dans un coin
un méchant grabat, voilà l'exact inventaire du
logement que j'avais réussi à me faire octroyer par
la libéralité du gouvernement russe. Je dus subir
d'ennuyeuses cérémonies avant d'en prendre possession. Je fus interrogé, fouillé, écroué. Enfin on me
fit parcourir une enfilade de lugubres corridors,
j'entrai chez moi, et bientôt j'y fus seul. Ce que
j'éprouvai alors, je ne sais comment vous en donner
une idée. Du fond de ma poitrine jaillit un cri ou,
pour mieux dire, un rugissement de joie sauvage qui
dut bien étonner mes guichetiers et le factionnaire
qui veillait à ma porte.

Elle était triste et sombre, ma pauvre cellule,
qu'éclairait d'une faible lueur une chandelle fétide, où
s'amassaient les champignons. C'était une vraie geôle;
elle en avait le visage, elle en avait aussi l'odeur.
On respirait dans l'air les longs ennuis, les mortelles
langueurs d'une captivité sans terme, je ne sais quoi
qui ressemblait aux écœurements d'une âme qui
moisit sur place. Bien des douleurs avaient habité
avant moi cette cellule; elles avaient écrit leur his-

toire, gravé leurs souvenirs et leurs pressentiments
sur les murailles, qui étaient barbouillées d'inscrip-
tions, de noms propres, de vers, d'images, et ces
mornes et prophétiques murailles ne savaient et ne
racontaient que des arrestations nocturnes, des tortures, le knout, la Sibérie, la Pologne crucifiée.

Cependant à peine eus-je fait le tour de ma prison, je tombai à genoux dans un transport fréné-
que; élevant mon âme à Dieu, je lui rendis grâces;
puis je me mis à courir le long des murs, à les couvrir de baisers. Ils étaient mes sauveurs et mes
protecteurs; ils montaient la garde autour de moi;
ils tenaient le déshonneur à distance, ils me défen-
daient contre les lâchetés de mon cœur, contre les
trahisons de ma conscience; ils me disaient : —
Quand tu le voudrais, tu ne pourrais la revoir.

Le factionnaire, qui me guettait à travers le vasistas de la porte, crut que j'étais tombé en fièvre
chaude. Il courut appeler le médecin de la prison,
qui m'examina et m'interrogea. Je l'assurai que j'a-
vais la tête parfaitement saine.

— Cependant, me dit-il, un homme qui manifeste
une joie folle en entrant en prison...

— C'est un secret entre Dieu et moi, interrompis-
je, et je lui demandai ironiquement s'il y avait une
loi en Russie qui interdit aux prisonniers de baiser
les murs de leur prison.

Il se retira en me disant : — Quand la marmite
bout, elle fait danser son couvercle; bouillira-t-elle
encore demain?

Il n'avait que trop raison. Les grands mouvements
de l'âme ne peuvent durer. Dès le lendemain, il se
fit une réaction dans mon esprit combattu; j'étais

en état de réfléchir, de calculer; je sentais à quel
prix j'avais sauvé mon honneur, mes transports
avaient fait place à une sombre exaltation, à une
sorte d'inquiétude étonnée et fiévreuse, à des dis-
putes de bête fauve avec sa cage. Les murs de mon
cachot me protégeaient contre les défaillances de
ma volonté et contre l'infamie, non contre l'emportement de mes regrets, contre le trouble dévorant
de mes pensées. Ma solitude, mes oisivetés forcées,
me livraient en proie à mes souvenirs; ils m'assié-
geaient, ils me bloquaient. Je soupirais après des
souffrances actives, après des douleurs qui fussent
des occupations. J'étais résolu, si l'on peut appeler
résolution une fougue aveugle de la volonté, à braver mes juges, à les provoquer, à les pousser à
bout, à leur extorquer des rigueurs; il me fallait
des tortures, des supplices: il me tardait que mon
corps déchiré et saignant donnât de la besogne à mon
âme, l'arrachât à ses rêveries, à ses retours sur le
passé, à ses doutes, à ses *pourquoi*, à ses *mais* acca-
blants, plus cruels cent fois que le knout et que des
tenailles ardentes.

Malheureusement mes juges ne semblaient pas
pressés de me juger, et je passai trois mortelles semaines en tête-à-tête avec moi-même, sans apercevoir d'autre visage humain que la face paterne du guichetier qui m'apportait mes repas. C'est à lui que je
m'en prenais. Il était mon plastron, ma cible. Je le
raillais, je l'injuriais, je me répandais en invectives
contre lui et contre toute la sainte Russie, je le chi-
canais sur des vétilles, je m'ingéniais à l'irriter, à le
faire sortir des gonds. J'y perdais mes peines; il
prenait tout en douceur. L'habitude de son métier,

aidée de la nature, l'avait enveloppé de la tête aux
pieds d'un flegme imperturbable, épaisse carapace
sur laquelle venaient s'amortir mes lardons et mes
insultes. Quoi que je pusse lui dire, il dodelinait de
la tête, haussait les épaules, ou bien sa large figure
s'épanouissait de contentement; il riait aux éclats
en me montrant sa bouche grande comme un four
et ses trente-deux dents. A tous mes emportements,
il répondait par des proverbes : — Qui n'a patience
n'a rien. — Petite pluie abat grand vent. — On ne
prend pas les mouches avec du vinaigre, ni la lune
avec les dents. — Comme on fait son lit, on se couche. — C'est à celui qui a dansé à payer les violons.
— J'avais pris en horreur sa face de papier mâché
et surtout son dos cambré, car rien n'est plus
odieux que le dos d'un homme qu'on n'aime pas.

Peu à peu je tombai dans le plus profond abatte-
ment, dans une morne et muette désespérance. La
fin tragique de Lévitoux, de ce jeune prisonnier
polonais qui s'était brûlé vif dans son lit, me revint
à la mémoire. Je résolus d'imiter Lévitoux. Qu'a-
vais-je encore à faire en ce monde et à quoi bon me
survivre? Ce projet, qui se fortifia de jour en jour
dans ma tête, finit par devenir une idée fixe. Mes
fureurs, mes incartades, avaient été cause qu'on se
défiait de moi, et que le factionnaire qui faisait perpétuellement sa ronde dans le corridor avait souvent
l'œil à mon vasistas. Une nuit, je crus l'entendre
ronfler. Je cours à ma chandelle, je m'en saisis, je la
place sous mon lit. Déjà ma paillasse flambait quand
la porte s'ouvrit à grand bruit, et mon rusé surveil-
lant s'élança vers mon lit avec un seau d'eau qui
suffit à éteindre l'incendie. Depuis lors on ne me

laissa plus de lumière pendant la nuit; mais d'heure en heure on entrait dans ma cellule pour s'assurer de ce que je faisais.

Enfin un soir je vis paraître un aide de camp accompagné de quatre soldats. Il m'annonça qu'il avait l'ordre de me conduire devant la commission d'enquête. Je ressentis une secousse électrique. J'étais couché sur mon grabat, je fis un bond et je découvris que j'étais encore en vie. L'aide de camp prit les devants; je le suivis, entouré de mon escorte.

J'arrivai dans une grande salle. Il y avait au milieu une table longue couverte d'un tapis vert. Autour de cette table et de ce tapis siégeaient une dizaine d'officiers de tout grade, que présidait un général à cheveux blancs. Ces messieurs étaient de joyeuse humeur; ils fumaient, causaient, riaient, faisaient assaut de lazzis. Peu à peu le silence se rétablit; on me fit asseoir, et le vieux général Milef m'adressa la parole d'une voix assez douce. Je me promis que je le forcerais à changer de note.

Il me représenta que ma situation était grave, qu'il dépendait de moi de l'améliorer par la sincérité de mes aveux et de mon repentir. — Vous portez un nom honorable, me dit-il, et qui jusqu'à ces derniers temps était resté pur de tout reproche. Votre grand-père paternel, que j'ai connu, a laissé en Russie les meilleurs souvenirs. Il avait légué à son fils sa loyauté et sa sagesse. Malheureusement votre père s'est allié, par son mariage, avec une famille où le fanatisme est héréditaire. Il avait, paraît-il, un caractère faible. C'est votre mère qui lui dérangea la cervelle par des billevesées, qui lui persuada d'émigrer, qui l'empêcha de rentrer en

Russie quand sommation lui en fut faite; c'est elle encore qui le força de s'enrôler dans l'armée de la révolution et qui l'envoya périr en Hongrie sur un de ces
champs de bataille où le courage est un crime...
Vous voyez que l'histoire de votre famille nous est
connue.

J'aurais volontiers embrassé le général : il ne
connaissait pas toute l'histoire de mon père. Je lui
répondis : — Votre Excellence daigne m'apprendre
que mon père était un fou et que ma mère est une
scélérate. N'a-t-elle pas autre chose à me dire?

Il se mordit les lèvres, mais il ne se fâcha pas. —
Vous pouviez choisir d'être le petit-fils de votre
grand-père, reprit-il en élevant la voix, c'est-à-dire
un homme de bien et de bon sens. Vous avez trouvé
plus beau d'être le fils de votre mère. Libre à vous...
Cependant vous êtes bien jeune : vingt-trois ans à
peine. Vous pouvez revenir à de meilleurs sentiments. Le tribunal est disposé à l'indulgence. Nous
serions bien aises, je vous le confesse, de voir la
brebis rentrer au bercail. Faites un retour sur vous-
même. Que vos aveux réparent votre faute! Lors de
votre premier interrogatoire, vous avez refusé de
nommer vos complices. Nous vous avons laissé
tranquille pendant trois semaines pour vous donner
le temps de la réflexion...

— Mes complices! interrompis-je. Comment vous
les nommerais-je? Je n'en ai point.

— Nommez-nous toutes les personnes que vous
avez connues ici.

J'entamai la longue énumération de tous les
officiers russes que j'avais rasés ou frisés. Il m'interrompit par un geste d'impatience.

— Vous avez fréquenté des maisons polonaises, vous y avez formé des amitiés secrètes...

— Je n'ai point d'amitiés secrètes. Je n'ai que des haines déclarées. On peut les lire dans mes yeux.

— Prenez-y garde, reprit-il après un silence. Vous aggravez comme à plaisir votre situation, vous découragez notre clémence... Nierez-vous que vous n'ayez été envoyé ici par la société démocratique, que vous ne soyez l'un de ses émissaires?

— Je n'ai reçu de mission que de moi-même; je n'ai pris conseil que de mon désir de revoir mon pays, de la résolution que j'avais formée de me battre un jour pour sa délivrance. J'ai cru que les temps étaient mûrs, que la Pologne ne tarderait point à se soulever. J'ai réussi à me procurer un passeport, j'ai passé la frontière, et j'attendais.

— Voilà des prévisions et des calculs bien imprudents... Il est certain que les fauteurs de désordres s'agitent. Les brouillons ne manquent pas dans ce pays. Croyez-vous par hasard que nous ayons peur de vous et de vos menées souterraines? Pour plus de sûreté, nous avons arrêté ces jours-ci une vingtaine de suspects. Je vais vous en donner la liste... Il se peut faire que nous ayons mêlé dans notre sac le bon grain et l'ivraie. Si nous avons arrêté quelques innocents avec les coupables, c'est à vous de réclamer en leur faveur. L'humanité vous y oblige.

— Le piége est trop grossier pour que je m'y laisse prendre, dis-je en levant les épaules.

Il ne laissa pas de lire à haute voix sa liste, s'arrêtant à chaque seconde pour me donner le temps de parler. Elle ne renfermait que peu de noms de ma connaissance et pas un seul de mes affiliés.

16

— J'aime à croire, m'écriai-je, que toutes les personnes que vous m'avez nommées sont coupables comme moi d'aimer leur pays et de haïr la tyrannie.

— Qu'espérez-vous de vos dénégations et de vos ignorances volontaires? reprit-il. Il faut cependant que votre cas vous paraisse bien grave, que les secrets dont vous êtes le dépositaire vous pèsent bien lourdement, pour que vous ayez tenté de vous dérober à notre enquête par le suicide?

— J'ai essayé de me tuer, repartis-je, parce que je ne pouvais me consoler d'avoir été mis dans l'impuissance de nuire aux bourreaux de mon pays.

A ce coup, il s'emporta; frappant un grand coup de poing sur la table : — Savez-vous à qui vous parlez, et que nous avons certains moyens de rappeler au respect les insolents qui s'oublient?... Qu'il vous souvienne de Konarski !...

Je me levai brusquement. — Je les connais, vos moyens, m'écriai-je. Dieu soit loué ! vous avez en ce genre l'esprit inventif et l'imagination féconde. D'autres ont inventé le métier à bas, les chemins de fer, le télégraphe électrique, toutes les obéissances de la matière à l'esprit. Vous avez inventé, vous, les batogs, le knout, la déportation, cet hypocrite déguisement de la mort, tout ce qui abrutit l'âme, tout ce qui tue la pensée. Faites de moi ce qu'il vous plaira; je méprise vos verges et vos chevalets, vos kibitkas et toute votre Sibérie. Je suis arrivé en Pologne la tête pleine de rêves. C'étaient mes enfants; je les avais gorgés du plus pur de mon sang et de ma pensée. Mes aiglons sont morts avant d'avoir vu le soleil. Que m'importe de souffrir et de

mourir? Quelque supplice que vous m'infligiez, il
me sera doux au prix de la rage que j'éprouve à
contempler mes deux bras désarmés et le creux de
mes mains, d'où s'est échappée la vengeance.

A ces mots, il se fit un tumulte. Mes juges se
levèrent de leurs siéges. Le général s'élança vers
moi en roulant des yeux formidables. — Effronté
petit drôle ! s'écria-t-il, tu as dans le corps dix mille
diables et tous tes aïeux maternels !... Ah ! tu veux
tâter de la torture? Qu'à cela ne tienne ! Tu pourras
te passer ta fantaisie.

Il appela l'aide de camp qui m'avait amené et lui
parla quelques instants à l'oreille. On m'entraîna
dans une autre salle. Là, on riva des fers à mes
pieds et on lia mes mains de menottes si étroitement
nouées que la corde entrait dans mes chairs et
déchirait mes poignets. Cela fait, on m'emporta
dans un cachot souterrain, ténébreux, si étroit et si
bas que je ne pouvais m'y retourner ni m'y tenir
debout, un vrai cabanon. J'y passai deux semaines,
vivant d'eau panée et de croûtons.

.. Mon cachot me fut un séjour plus agréable que
ma cellule. Je n'y étais pas seul. Mes chaînes, mes
menottes, la faim, la soif, la fièvre, me tenaient
compagnie; nous avions fait amitié ensemble, je
leur parlais, elles me répondaient. Parfois je criais,
je chantais, j'entonnais l'hymne : — Seigneur, rends-
nous la liberté! et je m'interrompais pour dire :

> Tu n'as pas su voir l'oiseau bleu,
> Là-bas, — ce n'était pas en Chine. —
> Il était là
> Et s'envola.

Je voyais la muraille s'entr'ouvrir, l'oiseau s'en-

voler, et je riais aux éclats. On me ramena trois fois
devant la commission d'enquête; trois fois je me
renfermai dans un mutisme obstiné; on ne put
m'arracher une syllabe, et toujours on me redes-
cendait dans mon cachot.

Un matin, ce fut une autre chanson. Un officier
vint me chercher à l'aube et me conduisit dans une
petite cour entourée de hautes murailles. Là m'attendaient six soldats, l'arme au pied.

— J'ai l'ordre de vous faire exécuter, me dit l'officier. Toutefois vous obtiendrez un sursis et peut-
être la remise de votre peine, si vous vous décidez
enfin à faire des aveux.

— Dépêchez-vous, lui répondis-je, que vos
hommes n'aient pas le temps de s'ennuyer!

On me banda les yeux. — Avant de commander
le feu, reprit l'officier, je compterai jusqu'à vingt.
Réfléchissez. Il vous suffit de dire un mot et vous avez
la vie sauve.

Il se mit à compter, d'une voix lente et scandée.
Quand il eut dit vingt : — En joue! cria-t-il; mais
avant de dire: feu! je compterai encore jusqu'à dix...
Je chantai à tue-tête :

> Il était là
> Et s'envola.

— Quel enragé! dit l'officier.

Je venais de savourer avec délices l'avant goût de
la mort; elle trompa ma soif. On me débanda les
yeux, et malgré mes résistances, on me remporta,
criant et hurlant, dans mon cabanon; mais le soir de
ce même jour j'en sortis pour n'y plus rentrer. Je fus
ramené dans mon premier logement, dans cette

cellule que je haïssais à l'égal de l'enfer : j'y avais
connu cette chose honteuse qui s'appelle le repentir
d'une généreuse action.


## XIX


Je passai la nuit étendu sur mon grabat, les yeux
ouverts. Je me demandais ce qu'on allait faire de
moi. Un spectre se tenait debout à mon chevet. C'é-
tait la Vie. — Tu m'appartiens encore, me disait-
elle avec un rire féroce. Penses-tu que je lâche si
facilement ma proie? Tu ne sais pas tout ce que je te
réserve. Tu ne connais pas les meilleures pièces de
mon sac. — Je me disais : — Recommencer à vivre!
j'en ai perdu l'habitude, je ne m'en sens plus la force.
— Et je pleurais comme un enfant à l'idée que ma
santé épuisée et mes nerfs malades trahiraient peut-
être mon courage, que mes bourreaux réussiraient
par quelque embûche à surprendre ma bonne foi, à
m'extorquer mes secrets. J'employais le peu de lucidité d'esprit qui me restait à me représenter les
épreuves auxquelles on allait me soumettre, les périls qu'allait courir mon honneur. Qu'elle est courte
et aveugle, l'imagination de l'homme! Qu'elle est
ignorante de nos lendemains! La mienne se tournait aux quatre coins de l'horizon pour découvrir
de quel côté allait venir l'ennemi. Il n'arrive jamais
par le chemin que nous regardons, et nous le cher-
chons encore des yeux qu'il est déjà debout derrière
nous. De tous les périls que je prévoyais, aucun n'é-
tait à craindre pour moi : on m'aurait tué dix fois

sans m'arracher une dénonciation; mais le déshonneur a tant de visages! J'étais loin de deviner celui
qu'il prendrait pour ramper jusqu'à moi.

Le matin, vers dix heures, je reçus une visite à
laquelle je ne m'attendais point. Un officier dont la
figure m'était nouvelle, le major Kritof, entra dans
ma cellule accompagné du guichetier et d'un maréchal ferrant. Il me fit délivrer de mes fers; on
m'ôta mes menottes. Mes mains enflées et mes poignets saignants firent impression sur le major. Un
médecin fut mandé, qui me fit un pansement. Il
m'interrogea, je ne répondis mot. Dans l'état de
faiblesse et de prostration où je me trouvais, je me
défiais de tout le monde et de moi tout le premier;
la curiosité la plus inoffensive, la bienveillance
même, me semblaient couvrir des pièges; j'avais
fait vœu de silence.

— Il a bien souffert, dit le major.

— Bah! lui répondit le docteur, il n'y a que le
système nerveux qui ait pâti. Ce garçon a une tête
et un coffre de fer. Donnez-lui des fortifiants, des
bouillons, de la grosse viande, et d'ici à trois jours
il se portera comme un charme.

On me servit aussitôt une bisque qui me parut délicieuse, une large tranche de bœuf dont je ne fis
qu'une bouchée, une bouteille de vin trempé que je
vidai en un clin d'œil. Le major s'était retiré pour
me laisser manger en liberté. Il reparut une heure
plus tard et m'adressa plusieurs questions auxquelles
je répondis sèchement et par monosyllabes. Il ne se
rebuta pas. Il avait une douceur dans la voix, une
grâce dans le sourire, qui contrastaient avec la raideur militaire de sa tournure et de son maintien. Sa

figure commandait la confiance; elle portait l'empreinte d'une âme noble, comme il s'en trouve beaucoup, paraît-il, dans tous les rangs de l'armée russe. Cependant il eut de la peine à m'apprivoiser; je me raidissais contre la sympathie qu'il avait réussi à m'inspirer. Il pelota quelque temps en attendant partie, puis il me dit : — J'ai une bonne nouvelle à vous annoncer.

A ces mots, je me redressai. — Venez-vous m'annoncer, m'écriai-je, que vous avez ordre de me faire exécuter dans les vingt-quatre heures? Ah! je vous bénirai comme mon sauveur; mais j'entends que cette fois on me fusille tout de bon. Je ne demande qu'à mourir; j'ai pris la vie en horreur. Assaisonnez ma mort, si cela vous plaît, de tous les supplices imaginables. Le poisson fera passer la sauce.

Il se leva et me dit tranquillement : — Vous avez les nerfs malades; vous avez besoin de rasseoir vos esprits. Je vous dirai ma nouvelle quand vous serez plus calme. En attendant, je vais ordonner votre souper, et je tâcherai qu'il soit de votre goût. J'espère que la nuit prochaine vous dormirez bien. Nous causerons demain.

Il revint le lendemain matin ; après s'être informé de ma santé : — Voulez-vous savoir ma nouvelle? me demanda-t-il.

Je lui répondis d'un ton de parfaite indifférence : — Dites-la-moi, si cela vous plaît; mais je ne suis pas curieux.

— On m'a chargé de vous apprendre, reprit-il, que la commission d'enquête a obtenu de la clémence impériale la grâce de douze des personnes arrêtées le mois dernier, et qu'il ne tient qu'à vous...

Je l'interrompis par un bruyant éclat de rire :

— Vous venez m'offrir ma grâce ? Quelle langue parlez-vous donc ? On ne gracie que les criminels. C'est un crime d'aimer son pays ? c'est une scélératesse d'être Polonais ?

— Permettez, me répliqua-t-il, je ne suis pas venu ici pour causer politique avec vous... A quoi cela nous mènerait-il ? Les questions de droit sont trop compliquées, on en peut raisonner longtemps. Eh ! bon Dieu ! il y a une justice russe et une justice polonaise. Le juge suprême pourrait seul décider entre nous.

— Et par quelle bassesse, s'il vous plaît, devrais-je acheter le pardon de la seule action méritoire que j'aie faite en ce monde ?

— S'il s'était agi de vous proposer des bassesses, me répondit-il avec douceur, je me serais déchargé de ce devoir sur quelque autre. Tout ce qu'on vous demande, c'est de signer un papier par lequel vous déclarerez vous repentir d'avoir trempé dans une conspiration contre votre souverain légitime, et vous prendrez l'engagement de ne participer à l'avenir à aucune manœuvre ourdie contre son autorité...

Je fis un bond. — Parlez-vous sérieusement ? Une telle déclaration, un tel engagement me déshonoreraient à jamais. Qu'es-tce donc que l'infamie, si les menteurs et les lâches ne sont pas infâmes ? Eh quoi ! je reconnaîtrais me repentir d'avoir fait mon devoir, et je promettrais... Oh ! brisons là. Jamais !

Il garda un instant le silence. — Ne vous emportez pas, reprit-il. Vos fougues vous ont déjà beaucoup nui ; elles ont attiré sur vous des mesures de

rigueur que je regrette. Et cependant vos juges sont
bien disposés pour vous. Ils considèrent votre jeunesse, votre courage. Ils sont portés à ne voir dans
votre coupable tentative qu'une étourderie, un coup
de tête, l'erreur d'une imagination égarée par de
mauvais conseils. Vous savez que le général Milef a
été l'ami de votre grand-père. Il estime que bon
sang ne peut mentir et que vous avez dans votre famille de qui tenir. On espère que vous finirez par
entendre raison, que vous redeviendrez un vrai
Bolski...

— Un vrai Bolski ! m'écriai-je avec fureur. Pourquoi me rappeler que j'ai besoin de réhabiliter
ma famille ? Il y avait une tache sur mon nom, j'ai
juré de la laver dans mon sang.

— Le malheur, répliqua-t-il avec un sourire triste,
est que personne ne songe à vous tuer.

Et se levant : — Il n'y a rien qui presse. Vous réfléchirez. En attendant, si je puis vous être agréable
en quelque chose, disposez de moi. Le temps doit
vous paraître long. Rien n'est plus utile, pour tromper la solitude et l'ennui, que de bonnes lectures et
de bons cigares. Permettez-moi de vous procurer ce
double plaisir.

Une heure après, on me remit de sa part un paquet de tabac, du papier à cigarettes, deux volumes
de l'histoire de Russie de Karamsine, et la biogra-
phie du général Munnich.

Le major ne reparut que deux jours plus tard. Il
me tendit la main d'un air affectueux, me demanda
si j'avais lu Karamsine et si j'avais eu du plaisir à
fumer. Me regardant avec attention : — Vous êtes
encore un peu pâle, mais vous avez bien repris.

Voyons vos poignets... Oh ! cela va à merveille. Le docteur avait raison : vous avez un fonds de santé à toute épreuve.

Et il ajouta : — A propos, avez-vous réfléchi?

Je le saisis fortement par le bras, je le conduisis au fond de ma cellule, je lui montrai cette inscription, qu'une main inconnue avait crayonnée sur la muraille : *Dulce et decorum est pro patria mori.*

— Je suis de l'avis de l'inscription, me dit-il. Sans contredit, il est beau de mourir pour son pays. Je vois que c'est toujours là que vous en revenez. Mon Dieu, vous avez prouvé, il y a quelques jours, que vous méprisez la mort; mais veuillez considérer que de toute manière vous aurez la vie sauve. Vous avez à choisir entre la grâce qui vous est offerte et la déportation.

Je lui répondis : — Quand partirai-je? La kibitka est-elle attelée? Je suis prêt.

Il fit quelques tours dans la chambre. — Je comprendrais votre obstination, reprit-il, s'il vous restait quelque chance de servir de votre bras et de votre sang la cause qui vous est chère. Cela n'est pas ainsi. Je suppose, ce qu'à Dieu ne plaise, qu'il y ait d'ici à quelques mois une prise d'armes en Pologne. Où serez-vous? En Sibérie, condamné à de cruelles souffrances qui ne profiteront à personne et dont personne ne vous saura gré. Un long et inutile martyre, une mort obscure et ignorée, voilà ce qui vous attend.

— Que dites-vous là? lui repartis-je. Est-il des martyres inutiles? La seule semence qui ne trompe jamais les mains qui l'ont jetée en terre, c'est la douleur. Les vents qui soufflent de la Sibérie sont

des semeurs invisibles qui répandent à pleines poi-
gnées une graine sanglante sur tous les sillons de la
Pologne. Elle germe silencieusement, cette graine;
un jour elle lèvera, et nos greniers ne suffiront pas
à notre glorieuse moisson. Êtes-vous donc chrétien
pour parler comme vous faites de l'inutilité des souffrances?... Eh! n'est-ce pas un gibet qui a renou-
velé le monde et détrôné les Césars?

— Je pourrais vous répondre que qui sème le
vent moissonnera la tempête; mais je préfère vous
représenter...

Je l'arrêtai court en lui disant : — Il n'y a qu'un
mot qui serve. Que feriez-vous à ma place?

Il hésita un instant; il me dit enfin : — Je suis
chargé d'une mission, je m'en acquitte de mon
mieux. Mes opinions personnelles n'ont rien à voir
là dedans.

— Vous êtes un homme de cœur, lui répondis-je
en lui serrant la main. A bon entendeur, salut. Et
j'ajoutai : — Non, non, jamais. Qu'il n'en soit plus
question entre nous !

— Comme il vous plaira, fit-il. Seulement j'ai
l'ordre de vous laisser le papier que voici... Eh!
prenez-le donc. Que craignez-vous? Il ne vous brû-
lera pas les doigts.

Ce papier qu'il me présentait était l'engagement
que je devais signer pour obtenir ma grâce. — Il
vous suffirait d'écrire au bas les quatorze lettres qui
composent votre nom, me dit-il, et vous seriez libre.
A votre âge, c'est une belle chose que la liberté.

Je pris le papier entre le pouce et l'index de ma
main droite avec autant d'horreur que si j'avais
touché les loques d'un pestiféré, et je l'enfouis, sans

l'avoir déplié, dans le tiroir de ma table. Après tout
je n'étais pas fâché qu'il fût là. Ce papier, c'était la
liberté, et huit jours durant je n'eus pas même la
tentation de le regarder, de le toucher, de l'ouvrir.

Le major Krilof revenait chaque matin s'informer
de ma santé; il fumait une cigarette avec moi, nous
causions de mes lectures. A son air, à son accent,
je sentais qu'avec sa pitié j'avais conquis sa sympathie et son estime. Il avait une manière de me
toucher la main en m'abordant et me quittant qui
signifiait : — Il ne m'est pas permis de vous dire
tout ce que je sens pour vous; deux hommes de
cœur s'entendent sans parler. — Sur la fin de la
semaine, il fut deux jours sans venir, et je commençais à craindre qu'il ne fût malade; le surlendemain, il reparut vers quatre heures de l'après-
midi. Il avait l'air préoccupé, je devinai qu'il avait
quelque chose à m'apprendre.

— Il faut que je manque aujourd'hui à ma parole,
me dit-il, et que je vous reparle de ce papier. L'avez-
vous signé?

— Vous voulez savoir si vous pouvez encore
m'estimer. Rassurez-vous. Ce papier, si je ne l'ai
pas déchiré, c'est par égard pour celui qui me l'avait
remis; mais il pourrirait dans ce tiroir avant que je
lui fisse seulement l'honneur de le regarder.

— Hélas! il n'aura pas le temps d'y pourrir. Si
demain à huit heures du matin vous n'avez pas
signé, le soir même vous vous mettrez en route pour
la Sibérie.

— Ah! l'heureuse nouvelle! Je vous remercie.
Cette cellule et Karamsine commençaient à m'ennuyer, il me tarde bien de voir autre chose.

— Patience! On m'a permis de vous donner aujourd'hui quelques renseignements qui modifieront peut-être votre résolution. Je soupçonne que ce qui vous aide à refuser la grâce inespérée qui vous est offerte, c'est la rancune que vous gardez à certaines personnes. Vos juges vous ont fait expier sévèrement les audaces, dirai-je? ou l'insolence de votre langage, et vous avez juré de ne leur rien devoir. C'est un sentiment que je respecte ; que diriez-vous cependant si vous deviez votre liberté à l'intervention officieuse d'un tiers, et si ce tiers était une femme?

Je ne pus m'empêcher de tressaillir. — Une femme! Apparemment c'est une Russe.

— Eh ! qu'importe? Vous ne voulez voir dans notre pauvre Russie qu'un pays de bourreaux et d'argousins. Je vous assure qu'elle produit aussi des femmes, de vraies femmes, tout ce qu'il y a de plus femme. Celle dont je parle,... peut-être son nom ne vous est-il pas inconnu, c'est la comtesse de Liévitz.

J'eus la force de lui répondre : — Je ne la connais point. — Heureusement ma figure était dans l'ombre, il ne put deviner le cri que je venais d'étouffer sur mes lèvres.

— Elle était arrivée depuis deux jours à K..., poursuivit-il, quand fut opérée votre arrestation suivie de vingt autres. Grand émoi dans la ville, comme vous pensez. Mme. de Liévitz a, paraît-il, l'âme compatissante; elle joint un grand zèle de charité au goût et à l'entente des affaires; c'est une divinité bienfaisante. La fille d'un marchand qui venait d'être écroué eut l'idée de s'adresser à elle, d'implorer son intercession. M<sup>me</sup> de Liévitz se mit aussitôt en campagne; elle se présenta chez le gougerneur, qui, malgré toutes ses sollicitations, refusa d'accéder à son charitable désir. Elle n'était pas femme à se rebuter si vite. Elle court à Varsovie; le lieutenant du royaume l'éconduit. Alors elle se dit qu'il vaut mieux s'adresser à Dieu qu'à ses saints. Elle part pour Saint-Pétersbourg, obtient, grâce à des amitiés puissantes, une audience de l'empereur, lui expose les faits dans son style de femme, lui représente que des mesures de clémence seront plus efficaces que toutes les rigueurs pour apaiser la fermentation des esprits, et que sais-je encore? Elle ne nous a pas dit son secret. Bref, elle obtient de l'empereur, séance tenante, douze lettres de grâce, douze blancs seings qu'elle rapporte en triomphe. A sa demande, la commission d'enquête désigne les douze prisonniers dont le cas lui semble le plus graciable. Il y avait dans le nombre des fanatiques tels que vous qui refusaient d'accepter leur grâce. C'est M<sup>me</sup> de Liévitz qui s'est chargée de leur faire entendre raison... C'est une personne bien extraordinaire! ajouta-t-il en rallumant son cigare, qu'il avait laissé éteindre; un singulier mélange d'audace et de douceur. Hier elle entra dans une cellule voisine de la vôtre. Elle s'y trouva en présence d'un forcené qui, à peine eut-elle ouvert la bouche, se saisit d'un escabeau dont il la menaça. On voulait se jeter sur lui pour le désarmer; elle fit écarter tout le monde et harangua cet énergumène avec une éloquence si onctueuse et si pénétrante qu'il finit par tomber à ses genoux en pleurant... Peut-être fera-t-elle aujourd'hui un plus grand miracle encore. Je

ne serais pas étonné que vous la vissiez entrer ici
tout à l'heure.

A ces mots, je fis un geste d'épouvante, et perdant la tête : — Si vous me voulez quelque bien,
m'écriai-je, empêchez que cette femme... Elle ici!
chez moi! oh! cela ne se peut... Non, je ne veux pas
la voir. Si je la vois, je suis un homme perdu... Le
guichetier! où est le guichetier? Je veux lui parler...
C'est un misérable, s'il ne l'empêche pas d'entrer...
A quoi servent les prisons, si les femmes se mettent
à y entrer?... Je me suis dénoncé volontairement;
c'est moi qui leur ai dit : Arrêtez Ladislas Bolski!...
J'ai voulu mettre mon honneur en sûreté. Ces murailles sont épaisses, cette lucarne est grillée; je ne
pouvais pas deviner que cette femme entrerait par
la porte... Oh! ma porte est à moi! Je saurai bien
barricader ma porte...

Le major était comme perclus d'étonnement. —
Qu'est-ce qui vous prend? qu'avez-vous? me dit-il
en me secouant doucement comme pour remettre
mes idées en place. Quelle terreur! Vous connaissez
donc Mme de Liévitz?

— Non, lui répondis-je en faisant un effort sur
mon angoisse. Je ne l'ai jamais vue. Où l'aurais-je
vue? Mais je ne veux pas la voir... J'ai peur des
femmes, de toutes les femmes... On devient lâche
en les regardant, on devient vil en les écoutant...
Elles ont des pinces dans les yeux, du poison sur les
lèvres; celui qui les aime a du bonheur, s'il ne perd
que la moitié de son âme...

Il n'eut pas le temps de me répondre. La porte
s'ouvrit, et la comtesse Sophie de Liévitz parut, accompagnée du général Milef et de deux aides de

camp. C'était son état-major. Je me retirai lentement, à reculons, jusqu'au fond de ma cellule, comme un lapin qui verrait entrer subitement une hyène dans son clapier, et je pressai de mon dos la muraille comme pour la forcer à me livrer passage.

Je vivrais deux cents ans que je n'oublierais pas la toilette qu'elle portait ce jour-là. Elle avait une robe écossaise à carreaux blancs, verts et rouges, une casaque en velours garnie de ruches et d'effilés et serrée à la taille par une ceinture. Les brides de son chapeau étaient en velours noir bordé de dentelles et terminées par des bouts de satin pareils à sa robe. Ce chapeau formait sur le devant de sa tête un large bouillonné en forme de diadème, accompagné d'un liseré de fleurs qui se mêlaient capricieusement à ses cheveux. Elle tenait à sa main un éventail que je reconnus bien, je l'avais disputé jadis à un loup, et une fleur était plantée dans sa casaque à l'endroit du cœur. C'était son habitude, que je m'expliquai plus tard. Elle ne savait peut-être pas très-bien où se tenait son cœur, et elle était bien aise d'en marquer l'endroit; comme cela, elle savait où le prendre, elle l'avait sous la main, elle pouvait dire : Le voici.

Elle s'avança jusqu'au milieu de la cellule et promena lentement ses regards autour d'elle. Le succès de son entreprise, le ministère de grâce qu'elle exerçait, l'autorité dont elle se sentait revêtue, cette forteresse qu'elle avait prise d'assaut, les déférences et les empressements dont elle y était l'objet, ces longs corridors qu'elle franchissait d'un pas vainqueur, ces verrous qui tombaient devant elle, l'étonnement des guichetiers en la regardant passer,

l'effarement des sombres murailles en entendant le
frou-frou de sa robe de soie, il y avait bien là de quoi
répandre de la joie sur son front. Son visage était ra-
dieux, sa bouche frémissante. Elle sourit. Il me
sembla que mon cachot s'emplissait de lumière, que
cette lumière était empoisonnée, et je fermai invo-
lontairement les yeux.

Quand je les rouvris, elle s'était retournée vers le
général, et de cette voix délicieuse qui me faisait
frissonner, elle lui dit : — C'est bien ici la cellule
du comte Ladislas Bolski?

— Le voici en personne, lui répondit le vieux gro-
gnard. Une chienne de tête! C'est sa mère qui l'a
bâti comme cela, et je ne lui en fais pas mon compliment. Que penserait de lui feu son aïeul paternel?
Un brave homme, celui-là, et un bel homme! L'empereur Nicolas l'avait surnommé la fleur des Polonais.

Il allait s'espacer sur l'éloge de mon grand-père;
elle plaça en travers son doigt sur sa bouche en
faisant une moue qui voulait dire : — Vous êtes un
fier maladroit. — Puis elle avança encore d'un pas,
tandis que le général et les deux aides de camp se
retiraient dans le fond de la chambre.

— Il est donc vrai, monsieur, me dit-elle, que
vous refusez la grâce qui vous est offerte? Qu'y au-
rait-il de si honteux à l'accepter? Elle a été demandée
par une femme qui ne vous connaissait pas et ne
vous a point consulté; elle a été accordée par un
homme qui est la bonté même et que vous ne pour-
riez vous empêcher d'aimer, s'il était simple particulier. Il est vrai qu'il est empereur. Après tout, ce
n'est pas sa faute.

17

Je ne dis pas un mot, je ne fis pas un geste. — Oh! je respecte toutes les convictions, reprit-elle. Il n'y a rien de plus beau qu'une conviction, fût-elle absurde; mais à votre âge,... car vous êtes très-jeune, n'est-ce pas? Bon Dieu! les jeunes gens prennent souvent pour des principes les déraisons du point d'honneur. Si vous acceptez, qui oserait se permettre de suspecter votre courage? Deux fois en deux mois vous vous êtes trouvé face à face avec la mort, et c'est elle qui n'a pas voulu de vous... Oui, certes, vous avez fait vos preuves, et vous les referez quand il vous plaira. Les occasions ne font jamais défaut à un homme de cœur... J'ai plus d'expérience de la vie que vous. Quel est donc votre âge?... Vous ne voulez pas me le dire? J'aurai bientôt vingt-huit ans, moi. Eh bien! je vous assure qu'à vingt-huit ans vous serez de mon avis. C'est une question d'années que la vérité. On apprend à se défier de ses scrupules. S'il en faut, il n'en faut pas trop. J'ai découvert, moi qui suis votre aînée, que les fausses pudeurs, la fausse dignité, le faux honneur, sont les plus grands obstacles au peu de bien que nous pouvons faire ici-bas. L'essentiel est de se rendre utile aux autres, aux idées et aux gens qu'on aime; mais pour cela il ne faut pas s'en aller en Sibérie... Oh! c'est si loin! c'est si froid! C'est la solitude, le silence, la nuit, c'est la mort avant la mort... Ne me parlerez-vous pas? Faudra-t-il donc que je parte sans avoir entendu le son de votre voix?... Répondez-moi : n'aimez-vous personne? C'est impossible. Il y a sûrement dans ce monde quelqu'un qui vous est cher, qui mourrait peut-être s'il vous savait à jamais séparé de lui. Croyez-moi, pensez un peu

moins à vos scrupules, un peu plus à ce quelqu'un...
Une grande actrice du siècle passé avait l'habitude en
entrant en scène de chercher des yeux dans la salle
un connaisseur, un seul, et c'était pour lui qu'elle
jouait... Oh! le bon exemple! et qu'il mérite d'être
suivi! Ne vous occupez pas de la galerie. Que vous
importe l'opinion des sots et des badauds? Il est des
heures troubles où la conscience se brouille, s'effare,
balbutie. Alors il faut se servir de la conscience
d'autrui. Pensez, vous dis-je, à ce quelqu'un que
vous aimez et qui vous aime. Je suis sûre qu'il vous
parlerait comme moi, qu'il vous dirait : Garde-toi
de sacrifier ton avenir, toute ton existence à un
emportement de désespoir ou aux subtiles vanités
du point d'honneur... Nous autres femmes, nous
sommes de bons juges en ces questions : nous nous
y connaissons naturellement. Nous savons si une
couleur tranche sur une autre, et nous savons aussi
si une action fait tache dans une vie. Ce que femme
dit, Dieu le veut.

Elle s'était encore rapprochée de moi. Je tenais
les yeux baissés, et je sentais son regard tournoyer
au-dessus de moi comme le faucon qui décrit ses
orbes avant de se rabattre sur l'oiseau. Je relevai la
tête; mes yeux rencontrèrent ses yeux de proie,
d'une profondeur et d'une lucidité effrayantes, pleins
de promesses et de menaces, et qui me criaient : —
Tu auras beau faire, tu ne m'échapperas pas. —
Puis, avançant la tête et remuant à peine les lèvres,
elle murmura ces mots que moi seul pus entendre : — Genève, hôtel de la Paix. Je vous attendrai.

Je sentis que j'étais perdu. Je me détournai brus-

quement et j'appuyai mon front contre le mur.
L'instant d'après, je m'aperçus à je ne sais quelle
détente de mes nerfs qu'elle n'était plus là.

Le major Krilof, qui était resté seul avec moi, me
dit en souriant : — Eh bien ! qu'avait de si redoutable cette entrevue? Savez-vous que M^me de Liévitz
ne s'est pas mise pour vous en grands frais d'élo·
quence? Peut-être ne serait-elle pas fâchée que
vous passiez la main à quelque autre qui l'intéresse
plus que vous. Ne vous prêtez pas à sa petite com-
binaison et faites-lui le chagrin de vous raviser. En
tout cas, vous avez encore une nuit pour réfléchir.
C'est demain matin à huit heures que je viendrai
chercher votre réponse.

Et là-dessus il me serra la main et se retira.


## XX


J'étais seul. Je restai un instant immobile, regardant autour de moi comme un homme qui se trouve
en pays étranger et qui cherche à se reconnaître.
Cependant tout ce qui m'entourait m'était bien
connu. C'était le même plafond, le même plancher,
la même table boiteuse, la même lucarne, le même
poêle de fonte, le même grabat, et en apparence
rien n'avait changé d'aspect ni de place; mais dans
cette cellule qui n'avait pas changé, il s'était passé
quelque chose, ou plutôt quelque chose y avait
passé, et ce quelque chose était une femme. Je
croyais apercevoir sur le plancher la trace de ses
pas, et dans l'ombre des encoignures la lumière de

son sourire. J'aurais bien voulu me persuader que
je me trompais, que tout cela n'était qu'un rêve, que
la porte ne s'était pas ouverte, qu'une femme n'était
pas entrée, que je n'avais pas vu une robe à carreaux écossais, que personne ne m'avait parlé, que
personne ne m'avait dit : — Genève, hôtel de la
Paix. — Mais il y avait des témoins. Je regardais
d'un œil hébété les quatre murs de ma prison; ils
frémissaient, ils s'excusaient, ils parlaient à voix
basse. — Nous avions promis de le garder, disaient-
ils; nous avions compté sans l'imprévu. Qui pouvait
deviner?...

Je me promenai en long et en large, et j'éprouvai
alors pour la première fois ce qui m'est souvent
arrivé depuis : il me sembla qu'il y avait en moi
deux hommes, que nous étions deux, moi et un
autre. Cet autre avait habité ma cellule avant moi;
je me demandais stupidement ce qu'il était devenu,
où il s'en était allé, pourquoi j'étais seul. Je me
laissai tomber sur ma chaise, je regardai mon lit;
j'y étais resté couché une partie de l'après-midi, et
mon corps y avait marqué son empreinte. — C'est
l'autre qui était couché là, me disais-je. Ah! il était
heureux, lui! On lui demandait : — Que préférez-
vous de la Sibérie ou de la liberté? — Et il répondait : — La Sibérie, — sans hésiter. Il savait
bien qu'il y emporterait son honneur, et que son honneur serait avec lui sur la kibitka, avec lui dans les
neiges, et dans les mines, et dans la nuit, et dans le
silence. Qu'eût-il fait de la liberté? Il n'avait rien à
regretter. Il aimait une femme, mais elle ne l'aimait
plus... Tandis que moi... Je sais qu'elle m'aime. C'est
pour moi qu'elle est allée à Saint-Pétersbourg, c'est

pour moi qu'elle a parlé à l'empereur, c'est pour
moi qu'elle a fait l'impossible. Et si je partais pour
la Sibérie, je l'y verrais partout, et je maudirais
peut-être ma conscience. Est-ce ma faute? qui osera
me condamner?..

Tout à coup un frisson me prit, je me dressai sur
mes pieds en criant : — Oh! cela n'est pas encore
fait. — En ce moment, une horloge voisine frappa
sept coups; je les comptai. Mes idées s'éclaircirent;
je calculai que de sept heures du soir à huit heures
du matin il y a treize heures. J'avais treize heures à
moi, treize heures pendant lesquelles je restais
maître de ma destinée. J'éprouvai un immense soulagement. On venait de me donner un trésor, il me
paraissait inépuisable; je n'en verrais jamais le fond.
Treize heures!.. Je me remis à marcher.

Le guichetier entra, m'apportant mon souper et
de la lumière. Je n'avais pas faim, je me contraignis
à manger. Pour résoudre le problème de ma destinée, j'avais besoin de toutes mes forces. Pendant
que j'expédiais mon repas, le guichetier se promenait dans la chambre d'un air indifférent, l'air d'un
homme qui est aujourd'hui ce qu'il était hier et ce
qu'il sera demain, dont la vie d'habitude et d'obéis-
sance est réglée comme un papier de musique, qui
n'a jamais de parti à prendre ni à se décider sur rien.
Je l'observais du coin de l'œil, et j'enviais de toute
mon âme sa félicité. Il allait et venait d'un pas me-
suré, traînant les pieds, avec je ne sais quoi de
sempiternel dans la démarche. Sa face rougeaude,
son œil terne, ses bras ballants, son épaisse encolure,
la courbure de son dos, toute sa personne disait : —
Ainsi ou ainsi, cela m'est bien égal. — Je sentais que,

si j'avais collé mon oreille à son front rugueux et
tanné, je n'y aurais pas entendu le bourdonnement
d'une pensée. — Cette nuit, me disais-je, il dor-
mira. — Il me semblait que le bonheur suprême
était de pouvoir dormir.

Quand j'eus fini de manger et qu'il eut desservi :
— Par ordre du major, me dit-il, je vous laisse la
chandelle, et, quand je dis chandelle, remarquez
que c'est une bougie, une vraie bougie. C'est lui qui
vous l'envoie. Quel gâte-métier ! Ne faites pas de
bêtises et rappelez-vous que demain à huit heures...

— Eh! je le sais bien! interrompis-je avec un
geste de colère, et je lui montrai la porte.

Je m'accoudai sur la table, je contemplai quelque
temps le vacillement de la bougie. Je fus tiré de ma
contemplation par le trottinement d'une souris qui
me rendait chaque jour des visites réglées et venait
quêter les reliefs de mes repas. Je pris un morceau
de pain, je l'émiettai sur le plancher; la souris courait
de çà, de là, happant un morceau, puis l'autre, tra-
versait la chambre comme un trait, disparaissait
sous le poêle, et bientôt revenait et levait vers moi
d'un air de connaissance sa petite tête cendrée. Je
ne perdais pas un seul de ses mouvements, et il me
semblait qu'être assis et, sans penser à rien, regarder trotter une souris, c'est encore une des formes
du bonheur ici-bas.

Quelqu'un passa dans le corridor, faisant sonner
sur les dalles une paire de bottes ferrées. La souris
s'enfuit dans son trou, je me retrouvai seul. Cette
solitude me parut effrayante; j'essayai de fredonner
une chanson de nourrice qui me revint à l'esprit.

Cette chanson était quelqu'un, je me sentais moins seul; mais peu à peu ma voix devint chevrotante, elle s'assourdit, baissa et finit par mourir dans mon gosier. — Il faut que je me décide, pensai-je. C'est un enfer que l'incertitude. Une fois décidé, quelque parti que je prenne, je souffrirai moins.

J'ouvris le tiroir de la table, j'y plongeai la main, j'en ramenai un pli. Ce pli contenait une feuille de papier vélin. C'était la déclaration que je devais signer. — Il faut pourtant que je sache ce qu'elle dit, cette déclaration, pensai-je. — Il se pouvait faire qu'elle ne fût pas aussi terrible que je l'avais cru, que les promesses qu'on me demandait m'engageassent à peu de chose, que les mailles du filet fussent assez larges pour que mon honneur passât au travers. Je ne devais pas être trop difficile; j'avais un calice à boire : s'il n'était qu'amer, s'il n'y avait pas de poison dedans, eh! mon Dieu, je le boirais. La fierté et l'honneur étaient deux choses. Je pouvais faire à la rigueur le sacrifice de ma fierté, et de toute façon n'était-il pas inévitable, ce sacrifice? — Si je m'en vais en Sibérie, pensai-je, je n'y emporterai pas ma fierté. Quand j'aurai la tête rase, les fers aux pieds, à quoi ressemblerai-je? A un forçat, à un galérien. Un garde-chiourme sera mon maître; je n'aurai plus de nom, je ne serai qu'un numéro, la balayure de la terre, et si je ne dévore pas ma fierté, c'est elle qui me dévorera.... Non, point d'illusions! Le tout est de sauver mon honneur, et s'il y avait moyen....

Je dépliai le papier, je lus. La déclaration était rédigée en français; en voici la teneur :

« Je reconnais en mon âme et conscience avoir

péché en pensée, en paroles et en action contre
l'empereur, mon souverain légitime, de quoi j'ex-
prime ici mon profond regret et mon fervent repentir. Et puisqu'il lui a plu, dans sa suprême clémence,
de me pardonner mon crime et de me faire grâce du
juste châtiment que j'avais encouru, je m'engage
sur l'honneur à ne plus rentrer soit dans le royaume,
soit en Russie, que de son aveu et avec son autori-
sation, m'engageant en outre à rompre tout pacte
avec les ennemis de son autorité, à ne participer à
aucune manœuvre ni à aucune entreprise contre
son gouvernement, à professer autant d'horreur que
de mépris pour tous ceux qui lui refusent obéis-
sance, et à vivre désormais comme son loyal et fidèle sujet. De quoi j'atteste Dieu, dont il est le ministre et le lieutenant sur la terre. »

Une sueur froide me coula du front, et je crois
que mes cheveux se dressèrent sur ma tête. La réa-
lité dépassait tout ce que j'aurais pu craindre. Brûler ce que j'avais adoré et adorer ce que j'avais
brûlé, renier ma foi, ma religion, mentir impudem-
ment à ma conscience, et plus que cela, engager
tout mon avenir, me lier à jamais les bras et le cœur,
jurer sur mon honneur que désormais je vivrais en
lâche et faire à la face du ciel un vœu irrévocable
d'éternel avilissement, voilà ce qu'on attendait de
moi, voilà le marché qu'on m'osait proposer. —
Mais c'est la honte que ce papier ! m'écriai-je; c'est
l'infamie ! Et si j'accepte, je mangerai cette infamie
tous les jours avec mon pain ! Si j'accepte, je ne
sortirai pas vivant d'ici. Si j'accepte, je retournerai
dans le monde, j'irai, je viendrai, je remuerai mes
jambes et mes lèvres, j'aurai les yeux tout grands

ouverts ; cependant ceux qui me connaissent sauront
que je suis mort et que je porte dans ma poitrine le
cadavre d'une conscience... Oh ! Tronsko, Tronsko !
Que dira Tronsko ?... — Je crus entendre son rica-
nement sauvage, et je crus voir dans le fond de
la chambre sa main levée qui traçait sur la muraille ces mots flamboyants : un saltimbanque polonais !

Je ressentis une violente indignation contre moi-
même. J'avais mis ce papier dans un tiroir et je l'a-
vais gardé. J'aurais dû le brûler, en disperser les
cendres aux quatre coins de ma cellule. Ce que je
n'avais pas fait, je pouvais encore le faire. Je pris le
papier, je l'approchai de la bougie, le tenant à la
hauteur de la flamme. Avant de le brûler, je le relus,
et après l'avoir relu je le regardai. Il avait un visage,
ce papier, — un visage abject, sournois, hideux, et je
me rappelai avoir vu une figure qui ressemblait à
celle-là. C'était un soir, vers onze heures, au coin de
la rue Hauteville et de la rue de Paradis. Un homme
m'avait arrêté et m'avait chuchoté à l'oreille : —
C'est tout jeune, tout battant neuf. — Et je l'avais
souffleté. Je revis l'endroit, la scène, la figure qu'a-
vait faite l'homme en empochant le soufflet. Puis
tout à coup je me dis : — Qu'est-ce que je fais là, le
bras tendu, et qu'est-ce que c'est donc que ce papier ?... Ah ! oui, me répondis-je, j'ai souffleté l'autre et je veux brûler celui-ci. Il veut m'acheter ma
conscience, que me promet-il en retour ?... — Et je
vis comme une vapeur lumineuse qui s'élevait du
plancher, cette vapeur se condensa, prit une forme,
j'aperçus une robe écossaise et deux yeux qui me
regardaient. Mon bras droit devint lourd comme du

plomb, il retomba à mon côté, laissant échapper la
feuille, qui resta dépliée sur la table.

Alors j'entrai dans un amer désespoir. J'étais sur
le point de perdre mon âme et de m'avilir. Pourquoi ? Parce qu'il y avait dans le monde une femme,
une certaine femme. Que cette femme n'existât
plus, et ma destinée devenait claire, car ni la souffrance ni la peur ne pouvaient rien sur moi, et je
me sentais capable de tout endurer, et je défiais
les misères, les horreurs, les longues agonies de la
déportation de m'arracher une larme ou un cri ;
mais cette femme existait... Renoncer à elle pour
sauver ma conscience ! — Il y avait en moi quelque
chose ou quelqu'un qui disait : — C'est un marché
de dupe.

J'eus peur de moi-même. Voilà donc où j'en étais !
Une femme d'un côté, de l'autre ma conscience, et
j'hésitais, je pesais le pour et le contre, je tenais
dans mes mains une balance, je voyais tour à tour
chacun des plateaux monter et descendre sans que
je pusse deviner lequel l'emporterait. Et ces pesées
impies ne me révoltaient pas ! Et tout à l'heure j'a-
vais voulu brûler un papier et je n'avais pu ; mon
bras était retombé comme frappé de paralysie ; le papier était là, entier, intact, ouvert sous mes yeux...
C'était ma honte qui me regardait, et qui m'attendait, et qui me disait : — Tu y viendras. Ta défaite
est écrite d'avance dans ton cœur.

Il me prit une fureur contre cette femme qui me
rendait lâche, et je m'écriai : — Qu'on me donne
des tenailles, et je l'arracherai de mon cœur ! — Je
marchai rapidement dans la chambre ; je me disais :
— Elle n'est plus ici, je ne la vois plus, je ne l'en-

tends plus. Elle n'est pour moi que l'un de ces fantômes que nous appelons nos idées. Ah çà ! ne suis-
je pas le maître de mes idées ? Mon cerveau
m'appartient-il, ou si c'est moi qui lui appartiens ?
C'est une chose à voir. Je me rappelai une anecdote
que j'avais lue l'avant-veille dans l'un des livres du
major, comme quoi la peste s'étant mise dans l'armée russe, le général Munnich publia un ordre du
jour par lequel il interdisait aux soldats d'avoir la
peste, déclarant que tous ceux qui contreviendraient
à sa défense seraient enterrés vifs. Les soldats se le
tinrent pour dit, et les pestiférés guérirent. — Voilà
ce que c'est que la volonté ! me dis-je. On peut s'empêcher d'avoir la peste, et je ne pourrais pas m'empêcher de penser à cette femme !

En cet instant, une horloge frappa douze coups...
Minuit ! Il ne s'agissait que de tenir pendant huit
heures le fantôme à distance, et j'étais sauvé. Aussitôt s'engagea une lutte corps à corps entre moi et
ma pensée. Je lui disais : — Je suis ton maître, tu
m'obéiras. — J'étais comme un écuyer qui s'acharne
à dompter un cheval rétif et vicieux, et qui le fouette
jusqu'au sang pour châtier ses rébellions. Le cheval
sa cabre, rue, et tantôt se dérobe sous son cavalier,
tantôt le désarçonne par ses haut-le-corps. Et
comme lui ma pensée se cabrait, bondissait, et tantôt me glissait entre les mains, ou, se dressant brusquement, démontait ma volonté effarée. Je m'obsti-
nais à cette lutte. Je contraignais mon imagination à
me représenter la Pologne et les scènes de son histoire que je connaissais le mieux, Sobieski, Kosciusko, Poniatowski, les légionnaires, les belvédé-
riens, les émissaires, Konarski s'écriant sur

l'échafaud : La Pologne vit encore, Dombrowski,
l'homme aux déguisements et aux cent visages,
fourvoyant par ses ruses tous les limiers lancés à sa
poursuite, Wolowicz pendu à Grodno, Winnicki
fusillé à Kalisz, Dsiewicki s'empoisonnant dans la
prison de Lublin, Tronsko trompant la mort et s'arrachant à son bagne de glaces, tous ces héros qui
ont prouvé à la terre que la foi fait encore des miracles, tous ces martyrs qui ont reculé les bornes des
douleurs humaines, tous ces gibets qui racontent
des histoires de sang et d'espérance, tous ces tom-
beaux qui parlent d'immortalité et qui crient dans
le vent ces paroles du prophète : — J'ai tendu mon
dos à ceux qui me frappaient, je n'ai point dérobé
mon visage à l'ignominie; mais l'Éternel m'a aidé,
et un jour il consolera Sion de toutes ses ruines, il
rendra son désert semblable à l'Éden et sa solitude
pareille aux jardins des cieux.

Hélas! il se faisait dans ma pauvre tête affolée des
changements à vue plus surprenants que ceux qu'o-
père la baguette d'un machiniste d'opéra. Quand je
m'appliquais à suivre du regard un proscrit traqué
par les cosaques dans l'épaisseur d'une forêt, les
halliers, disparaissant tout à coup, faisaient place à
deux épaules nues inondées d'une chevelure châ-
taine où se plongeaient avidement mes mains tremblantes. Quand je contemplais un gibet, les montants
de l'échafaud se transformaient en deux bras d'une
délicieuse blancheur qui s'enlaçaient autour de mon
cou. Quand je rêvais d'un champ de neige taché de
sang, ces taches de sang s'animaient, je croyais voir
des lèvres vermeilles qui appelaient les miennes et
venaient les chercher. Quand je m'agenouillais de-

vant le tombeau d'un martyr, la pierre s'entr'ouvrait, les ténèbres s'éclairaient d'un sourire de
femme, et du fond de l'éternelle nuit deux yeux,
s'allumant comme des étoiles, me regardaient fixement. En vain je me débattais avec rage contre
cette impitoyable sorcellerie. J'avais beau me frapper
le front de mes poings crispés, changer de place,
détourner mes regards, partout, sur le plancher,
sur les murailles, dans l'air, partout je retrouvais
ces épaules, ces cheveux, ces bras, ce sourire et
ces yeux.

Ce combat désespéré contre les révoltes de ma
pensée épuisait mes forces ; ma tête était brûlante,
les artères de mes tempes battaient, je suais à grosses gouttes. Je m'accroupis près du poêle, mes
coudes posés sur mes genoux et mon visage enfoui
dans mes mains, m'enfonçant dans la nuit comme
un enfant se cache dans la robe de sa mère. Mes
paupières devinrent transparentes, je revis le fantôme accroupi devant moi, ses genoux touchaient les
miens, son souffle courait sur mes joues, ses grands
yeux fixes buvaient ma vie et mon cœur. J'essayai
de prier ; je m'écriai : — Seigneur, ayez pitié de
moi! — Je ne pouvais dire avec David : — O Dieu,
votre serviteur a trouvé son cœur pour vous prier.
— Mon cœur s'enfuyait lâchement, et je ne le pouvais ressaisir.

Je me redressai. M'appuyant contre la muraille,
les bras croisés, je me mis à causer avec ce fantôme
triomphant qui se jouait de mes refus : — Qui donc
es-tu, lui dis-je, pour que je t'aime ainsi? J'ai vu
des femmes plus belles que toi, et quand mes yeux
ne les voyaient plus, mon cœur les oubliait. Qui

donc es-tu pour que j'aie la folie de croire en toi ?
Ton visage n'est que mensonge. Il y a sur ton front
comme une auréole de lumière, et pourtant je sais
que tu n'es pas une sainte. Tes lèvres respirent une
grâce voluptueuse, elles provoquent le désir, elles
sont de feu, et cependant tu es toujours maitresse
de toi-même. Il n'y a de vrai que tes yeux, qui ont
des excès de lumière inquiétants et d'effrayantes profondeurs Tu n'es qu'arrogance et caprice, ton cœur
est de glace, et tu ne m'aimes pas. Mes désertions
et mes fuites ont irrité ton orgueil, tu as juré de me
reprendre et de m'avilir... Elle me répondait : —
Tu te plains que mon front dise une chose et ma
bouche une autre. C'est que jusqu'ici j'ai cherché
ma destinée sans la trouver, et que j'ai vécu à l'a-
venture sans savoir à quoi me prendre. J'étais née
pour aimer, et je n'aimais personne. J'essayai de
tromper mes ennuis par d'ambitieuses chimères, par
le travail inquiet de mes pensées. Pour remplir le
vide de mon âme, il me fallait tour à tour des affaires d'Etat, des intrigues politiques, des malades à
guérir, des pauvres à nourrir; mais ne m'as-tu pas
entendu dire que je t'aimais comme je n'avais jamais aimé? C'en est fait, je ne veux plus vivre que
par le cœur. Il y a là, dans mon sein, tout un trésor
de passion, auquel personne n'a touché; je te le réservais, je te le donne tout entier. Dieu l'a voulu
ainsi, il a mis dans chacun de nous l'éternel bonheur
de l'autre. — Il y avait dans la voix du fantôme une
divine mollesse, et en pensant à certaines choses, je
frissonnais de la tête aux pieds, et je sentais mon
cœur se fondre dans ma poitrine.

Quand j'eus reconnu que je n'étais pas le maitre

de ma pensée, que je ne pouvais vaincre son obstination, que je ne pouvais l'empêcher de retourner à
son idée pas plus qu'on n'empêche la vague de retourner à son rivage, que décidément elle était plus
forte que moi et que j'avais perdu la partie, le sentiment de mon irréparable défaite m'arracha un
éclat de rire qui dut retentir au loin dans la prison.
Le factionnaire colla son visage au vasistas et me
cria d'une voix rude : —Si vous n'avez pas sommeil,
du moins n'empêchez pas les autres de dormir.

Cette apostrophe, qui me fit tressaillir, me tira
brusquement de la rêverie fiévreuse où j'étais
plongé. — Eh! oui, pensai-je, il y a des gens qui
dorment. Dormir, c'est ne plus se voir, c'est oublier son visage et son nom! — J'étais anéanti,
j'avais la tête meurtrie, mes nerfs étaient tendus
comme la corde d'un arc quand le trait va partir ;
il me semblait qu'ils allaient se rompre et ma tête
éclater comme une bombe. — Oh! que cela fait
mal! —dis-je en passant ma main sur mon front. Et
j'ajoutai : — Il faut en finir. Que se passera-t-il d'ici
à huit heures qui puisse me faire changer d'avis?

Je retournai m'asseoir à la table; la bougie tirait à
sa fin. Je regardai le papier que je devais signer, et
je le regardai sans horreur; j'étais vaincu. Mon cœur
s'était apprivoisé avec ma honte; mais quel est
l'homme qui ne cherche pas à colorer ses défaites
et ses lâchetés? Nous portons tous en nous un impudent sophiste dont l'éloquence est à l'affût des
occasions et qui attend, pour se montrer, le signe
que lui fait notre conscience aux abois... Oh! nous
ne sommes pas des criminels. Nous n'égorgeons pas
notre vertu un couteau à la main; nous lui présen-

tons du poison, et le sophiste lui persuade de le
boire. Ce n'est pas un meurtre, c'est un suicide; ce
n'est pas un attentat, c'est un malheur. Et quand
elle a succombé, nous ignorons comment cela s'est
passé; nous nous demandons quel vertige l'a prise,
ce qui a bien pu lui arriver, et nous lui reprochons
de nous avoir abandonné. Pendant ce temps, le sophiste fait le mort : de quoi lui parlez-vous? Il n'a
rien vu.

Voilà pourtant ce qu'il m'avait dit : — Après tout,
nous n'y pouvons rien. C'est une fatalité... Ah! me
répétais-je, c'est une fatalité. Est-ce ma faute si j'ai
rencontré cette femme une première fois à Paris,
une seconde fois à Genève? Je ne la cherchais pas,
elle ne me cherchait pas non plus.:. Elle allait se
donner à moi, j'ai fui. Elle m'a retrouvé, j'ai fui
encore, et j'ai mis entre elle et moi les murs d'une
forteresse. Dès que les destinées s'en mêlent, qui
suis-je pour leur résister?

— Et d'ailleurs, reprenait le sophiste, n'as-tu pas
fait ton devoir, tout ton devoir?... Eh! certainement,
répétais-je après lui, j'ai fait mon devoir. N'ai-je pas
risqué ma tête pour venir dire à certaines gens ce
qu'on m'avait commandé de leur dire? J'aurais pu
repartir le lendemain, j'avais rempli ma mission. Je
suis resté parce que je prévoyais un soulèvement et
que je n'entendais pas qu'on se battît sans moi.
Ainsi tous mes malheurs me sont venus d'avoir
voulu faire plus que mon devoir. Et depuis que je
suis en prison, ai-je forfait à l'honneur? Mes secrets
sont encore là, dans ma tête; en sortant de cette
prison, je les emporterai avec moi. Qui osera prétendre que mon honneur n'est pas sauf?

16

— Aussi bien, poursuivait le sophiste, ils ont
raison : si tu allais en Sibérie, à qui profiteraient tes
souffrances?... Et je répondais : — Hélas ! cela n'est
que trop vrai. Pourquoi disais-je l'autre jour qu'aucune douleur n'est inutile? Ce sont là des phrases
creuses. Pendant qu'on se battrait en Pologne, je
serais au bout du monde, dans un désert, au fond
d'une mine, me rongeant les poings. Qu'y gagnerait
la Pologne? Qu'a-t-elle besoin qu'il y ait ici-bas un
galérien de plus? Tandis que, si j'accepte ma grâce,
je puis espérer qu'un jour... car enfin l'engagement
que voici ne me lie qu'envers un homme, cet homme
est mortel, et s'il mourait demain, demain je serais
dégagé de ma parole, demain j'aurais le droit de
mourir pour mon pays... C'est un cas de conscience.
S'il me restait un scrupule, je trouverais bien un
casuiste pour m'en délivrer...

Et bientôt je ne raisonnai plus; j'attirai à moi le
papier. Cependant j'hésitais encore. Je pressai ma
tête entre mes deux mains, et je la secouai pour en
faire jaillir la vérité. Mon instinct de joueur se réveilla; je voulus mettre ma volonté à couvert et je
chargeai le hasard de prononcer ; je résolus de jouer
ma destinée à pile ou face. J'arrachai avec mes ongles l'un des boutons de mon gilet; sur ce bouton
en corne blanche, j'écrivis d'un côté : Sibérie, de
l'autre : Sophie, — et aussitôt que l'encre eut séché,
je le jetai en l'air. Il retomba à mes pieds, je le ramassai, je lus : Sophie. Alors je n'hésitai plus; je
pris la plume; ma main se raidit, elle résistait; je
soufflai la bougie, et ce fut dans l'obscurité, sans y
voir, à tâtons, que je traçai au bas de ce papier
maudit les quatorze lettres de mon infamie

Cela fait, je courus me blottir dans mon lit et je ramenai la couverture sur mon visage. Mes dents claquaient, je grelottais. Peu à peu je me calmai, je m'engourdis. Trois fois je fus sur le point de m'assoupir; trois fois je me réveillai en sursaut : j'avais cru entendre quelqu'un qui, penché sur mon lit, poussait un profond et lugubre soupir. Apparemment ce quelqu'un, c'était moi, et ces soupirs sortaient du plus profond de mes entrailles. Cependant le sommeil finit par venir; ce fut d'abord un de ces sommeils couleur de plomb, où l'on ne voit rien. Sur le matin, je fis un rêve.

J'étais dans une rue avec mon père. Je ne l'avais jamais vu si beau ni si charmant. Il avait aux lèvres son fier sourire de paladin. Ce qui m'affligeait, c'est qu'il ne me parlait pas comme parle un père à son fils; il me traitait en camarade et me faisait des confidences qui me causaient un indicible malaise. En vain je redoublais de respects et de déférences pour lui rappeler qu'il était mon père. — Appelle-moi Stanislas, me disait-il. Je suis aussi jeune que toi. — Dans la rue où nous passions, il y avait beaucoup de monde; les gens faisaient la haie pour nous regarder, et je m'apercevais en retournant la tête qu'ils nous montraient du doigt et ricanaient. Mon père me disait en riant : — On se moque de nous. C'est que nous sommes vraiment de drôles de corps. Les Bolski sont des Bolski. — Il me conduisit dans une maison suspecte, me fit entrer dans une salle où il y avait une table ronde couverte d'un tapis noir, et sur ce tapis un jeu de cartes : — Nous allons jouer, me dit-il. Si je perds, je te donnerai mon plumet. — Il le tira de sa poche, le posa sur la table.

Tout en jouant, il me contait ses campagnes et une
grande bataille où il avait tué de sa main trente cosaques. Mon cœur se serrait dans ma poitrine parce
que je ne croyais pas un mot de ce qu'il me disait ;
je faisais semblant de tout croire. Il perdit, me présenta le plumet, et me dit : — Tu ne le montreras
pas à Tronsko. C'est un plumet volé. — Je levai les
yeux sur lui en frissonnant ; je ne vis plus qu'un
homme sans visage, qui me cria : — Tu es encore
plus mort que moi. — Alors je m'élançai vers une
glace qui était au fond de la salle et je m'y regardai
attentivement. Il me sembla d'abord que j'étais vivant ; mais bientôt j'aperçus au fond de mes yeux je
ne sais quoi d'effroyable qui ressemblait à l'épouvante du tombeau, et je tombai à la renverse.

## XXI

Ma chute imaginaire me réveilla. Je me mis sur
mon séant. L'horrible vision flottait devant mes yeux ;
je les tins attachés sur la lucarne pour les purifier
dans la lumière. J'entendis un léger bruit sur le
plancher. Je tressaillis, je me penchai, j'aperçus la
souris qui trottait menu autour de la table. — C'est
singulier, me dis-je, elle ne vient d'ordinaire qu'a-
près mes repas et quand le guichetier s'est retiré.
Quelle heure est-il donc ? Me suis-je couché tard ?
— Et tous mes souvenirs me revinrent à la fois : —
Ah ! mon Dieu ! j'ai signé ; mais je puis encore en appeler. — Je m'élançai d'un bond vers la table ; le papier n'y était plus ; il y avait à la place une gamelle

qui contenait un potage à demi refroidi. Le guichetier venait d'entrer, m'apportant ma pitance du
matin; il m'avait trouvé endormi, avait laissé la
gamelle et emporté le papier.

Je passai deux heures à contempler face à face
mon aventure. Je faisais la part de ma volonté, la
part du destin. Quand j'avais signé, j'étais à demi fou.
Était-ce ma faute, si je m'étais réveillé trop tard? Je
décidai que le hasard avait presque tout fait. J'étais
dans cet état de calme plat, de stupeur, qui suit les
crises et les tempêtes. Au fond, j'éprouvais un sentiment de délivrance. Le doute était un supplice
pour mon esprit décisif, pour mon caractère entier.
J'étais affranchi de mes perplexités; je n'avais plus
à me débattre contre moi-même. J'attendais l'événement, je m'abandonnais d'avance à l'avenir, comme
l'hirondelle au vent qui l'emporte. Seulement je se-
couais par instants la tête pour en chasser quelque
chose.

Vers midi, le guichetier me servit mon dîner. Il
avait l'air guilleret. — Dans quelques heures, me
dit-il, on vous donnera la clé des champs. C'était
bien la peine de vous faire tirer l'oreille. Moi, je savais bien que vous signeriez. Que diable! la Sibérie
n'est pas une bagatelle, et vous n'êtes pas un enragé comme ce prisonnier qui loge là-bas au bout
du corridor. On lui avait remis un petit papier tout
pareil au vôtre: Ce matin, il l'a mis en bouchon et
me l'a jeté à la figure... Sainte mère de Dieu! vous
connaissez le proverbe : un conseil de femme n'est
pas grand'chose, mais celui qui ne l'écoute pas est
un fou.

Je le regardai fixement; je ne sais ce que je mis

dans ce regard ; pour la première fois je lui fis peur, et il se retira sans ajouter un mot.

Sur le soir, je vis arriver le major Krilof, qui m'apportait la liberté. Je remarquai dans ses manières, dans son accent, une froideur hautaine, une nuance de sécheresse et de morgue à laquelle il ne m'avait point accoutumé. Il me remit mon argent, ma montre, tout ce qu'on m'avait enlevé à mon entrée en prison, puis des papiers, un permis de sortie, un passeport pour l'Allemagne, enfin un double de l'engagement que j'avais signé. — Ce double, me dit-il, est destiné à rafraîchir vos souvenirs, si jamais vous étiez tenté d'oublier ce que vous avez juré sur l'honneur. — Il m'annonça que je trouverais tous mes effets dans le garni que j'avais habité jusqu'à mon arrestation. Il me demanda quand je comptais partir. — Le plus tôt possible, lui répondis-je. — Vous pourrez prendre le premier train demain à sept heures. Un agent de police sera là pour constater votre départ. C'est du reste bien inutile ; nous nous fions à votre parole. — Et il ajouta : — Vous êtes un homme d'honneur. — A ces mots, il ouvrit la porte et me fit signe de sortir. Je passai devant lui, il ne me tendit point la main, il sourit. Il y avait dans ce sourire du mépris pour l'homme d'honneur que j'étais.

Je traversai le corridor, je descendis l'escalier, j'arrivai dans le préau. Là on me dit d'attendre un instant, qu'il y avait encore une formalité à remplir. Dans un coin de ce préau, qui est spacieux, j'aperçus un homme, un nouveau prisonnier, dont un maréchal, assisté d'un gendarme, était occupé à river les fers. Cet homme tourna vers moi son visage,

et je reconnus Casimir, qu'on venait d'arrêter pour
je ne sais quelle imprudence. Je me hâtai de m'é-
loigner et de mettre entre lui et moi toute la largeur
de la cour. Si j'avais eu l'air de le reconnaître, peut-
être aurais-je aggravé les charges qui pesaient sur
lui. Ce qui est certain, c'est qu'il me faisait peur.
Lui aussi m'avait reconnu, il ne me quittait pas des
yeux ; son regard me poursuivait, me pourchassait,
me perçait le dos comme une vrille et m'entrait dans
le cœur.

Tout à coup il s'écria d'un ton sardonique : —
J'atteste le ciel que Ladislas Bolski ne survivra pas
à la défaite de la liberté. — Le gendarme lui donna
une bourrade pour le faire taire. Au même instant,
on m'avertit que je pouvais sortir ; mais, pour gagner la galerie voûtée qui conduit à la porte, je
devais passer près de Casimir. Je traversai le préau
les yeux baissés. Quand je ne fus plus qu'à deux pas
de lui, il cracha par terre, étendit le bras et prononça ce mot terrible : — C'est toi qui m'as dénoncé.

— C'est une calomnie infâme, lui répliquai-je
avec violence.

Le gendarme se plaça entre nous. — Quand on
est dans le bourbier, reprit Casimir, il importe peu
qu'on en ait jusqu'au menton ou jusqu'à la bouche.
— Et, malgré le gendarme qui l'avait pris au collet
et le secouait : — Il y a encore des Polonais, s'écria-
t-il d'une voix tonnante. Vive la Pologne !

Cependant la porte s'était ouverte, je me trouvai
dans la rue ; bientôt elle grinça sur ses gonds et se
referma derrière moi pour toujours. Je la regardai,
et je me pris à rire. Le sourire du major Krilof m'a-

vait déchiré le cœur comme eût fait une pointe de poignard; mais l'outrageante injustice de Casimir m'avait soulagé. J'étais en colère, la colère est une ivresse, et puis je pensais que je n'étais pas tombé si bas qu'on ne pût encore me calomnier. — Quand je serais Brutus, me disais-je, Cassius me reprocherait de l'avoir vendu à César. Si j'étais en Sibérie, ces gens-là m'accuseraient d'y cueillir des roses dans la neige. — Cet accès de bienfaisante indignation dura peu; ce fut comme une bouffée qui s'évapora dans l'air. J'ai l'âme droite, c'est un irréparable malheur. Quand j'essaye de me mentir à moi-même, je ne me crois pas longtemps... Je mis ma tête dans mes mains, en me disant : — Oh ! que ce Casimir est heureux !

On était au commencement de mai. La douceur de l'air annonçait le printemps. La nuit tombait. Quelques étoiles s'allumaient au ciel. Je les reconnus, je baissai les yeux. Il n'y avait personne sur la place; je fis quelques pas, et je m'arrêtai. Mes jambes flageolaient sous moi. Avaient-elles désappris à marcher? Ce n'est pas cela : elles traînaient un invisible boulet. Je retournai la tête du côté de la forteresse, dont la formidable silhouette se découpait sur le ciel; il me sembla que j'y avais laissé ma liberté, qu'être libre c'est porter des chaînes qu'on peut voir et toucher. Je m'adossai contre un arbre. Je ne sentais pas seulement à mes pieds le poids d'un boulet, je sentais dans ma poitrine un fardeau, une pesanteur, quelque chose d'inerte qui à chacun de mes mouvements se laissait aller et ballottait avec un bruit sourd. Je posai ma main sur mon cœur, et je me dis : — Il y a un mort là dedans...

Quel mort? Un certain Ladislas Bolski qui croyait à
la vie, qui aimait le soleil, la gloire et la Pologne,
qui avait juré d'être un héros. Faudra-t-il que je
porte toujours et partout ce mort avec moi? — Et
le dernier baiser que m'avait donné ma mère me
revint aux lèvres, ma bouche se remplit d'amertume,
je me pris à pleurer, et je répétai : — Oh! que ce
Casimir est heureux! — Mais une fureur s'empara
de moi; je frappai la terre du pied, je m'écriai : —
Ce qui est fait est fait. Bien fou qui s'en souvient! —
Et je réussis à m'enfuir, traînant mon boulet et
emportant mon mort.

J'entrai dans l'hôtel garni que j'avais habité. On
eut peine à me reconnaître; j'avais beaucoup maigri
et pâli, et mes manières aussi avaient changé. J'a-
vais le verbe haut, le ton sec, impérieux, cassant;
je bourrais tout le monde, j'attaquais pour n'avoir
pas à me défendre, je prenais l'offensive du mépris.
Mes hôtes, qui étaient de braves gens, paraissaient
avoir pitié de moi; ils essayèrent de me faire conter
mon histoire. Je les traitai avec hauteur, et je me
sauvai dans ma chambre en chantant :

> Dis plutôt : si tu peux !
> Car Jeanne est la maîtresse.

J'empilai dans mon havre-sac mes nippes, mon
argent. J'aurais voulu partir sur l'heure, à pied;
mais j'aurais dû prendre le chemin par lequel j'étais
venu cinq mois auparavant. Qu'aurais-je dit aux
arbres qui m'avaient vu passer, aux cailloux de la
route qui avaient senti l'allégresse de mon pas, aux
corneilles qui m'avaient entendu chanter? Qui sait?
à travers l'obscurité de la nuit, j'aurais reconnu

peut-être l'endroit où je m'étais agenouillé, cette
motte de terre que j'avais baisée, et ce Dieu des
Sobieski et des Kosciusko à qui j'avais parlé et qui
m'avait répondu. Je n'osai pas tenter cette aventure.
Je me jetai sur mon lit, je ne dormis pas. Peut-être
Casimir dormait-il !

Dès six heures, j'étais à la gare; à sept heures,
je partis. Je me serrai dans un coin du wagon, mon
chapeau enfoncé sur mes yeux. Je n'osais pas les
ouvrir. Il me semblait que les arbres faisaient des
gestes, que les murs des maisons me regardaient,
et qu'il y avait dans la campagne un silence à cause
de moi.

Enfin j'atteignis la frontière, et quand je l'eus
dépassée, je me sentis renaître, je rouvris les yeux,
je respirai, je me remuai, je parlai... Grâce à Dieu,
la Pologne avait une frontière; la Pologne finissait
quelque part. Il y avait dans le monde autre chose
que la Pologne !... Le train s'était remis en marche;
mes doutes et mes épouvantes étaient restés là-bas;
on les avait retenus au passage; je les défiai de me
poursuivre, de me rejoindre, d'empoisonner mon
bonheur. J'étais sur terre allemande; à la station
suivante, le wagon se remplit d'Allemands qui parlaient allemand. Je mis la tête à la portière, je regardai derrière moi. Aussi loin que s'étendait ma
vue, une brume épaisse enveloppait l'horizon; cette
brume montait la garde autour de la Pologne et la
rendait invisible. Était-il bien sûr qu'il y eût une
Pologne ?... Bientôt nous traversâmes une forêt de
sapins. Ce n'étaient pas des sapins polonais; c'é-
taient des étrangers, des inconnus; on ne leur avait
rien dit, ils ne savaient rien. En sortant de la forêt,

je regardai le soleil; mes yeux renouèrent amitié avec lui, il me promit des jours heureux. Peut-
être était-ce un autre soleil; le monde me paraissait
rajeuni, je lui trouvais un air de nouveauté... Oh!
que mon âme est légère! et qui m'a fait ainsi? Je me
sentais capable d'anéantir le passé et de recommencer la vie. Je ne voyais plus que l'avenir, mon
imagination le façonnait et le pétrissait à sa guise,
elle ordonnait les fêtes de mon amour, et j'oubliais
ce mort qui ballottait dans ma poitrine.

## XXII

En arrivant à Munich, j'écrivis à M<sup>me</sup> de Liévitz.
Ma lettre ne contenait que ces mots : « Dans six
jours. » Quelle que fût l'impatience de mes désirs,
je me voyais forcé de leur demander un délai. J'é-
tais dans un piteux équipage; je portais des habits
fripés, flétris, la défroque de Wilson. Ce n'était pas
la livrée de l'amour, et puis ces hardes fanées
avaient vu bien des choses et s'en souvenaient. Je
m'arrêtai quatre jours à Munich. Mon escarcelle
était à peu près vide. Il me répugnait de recourir à
un banquier : il aurait fallu me nommer. Heureusement j'avais emporté de Paris, cachées dans la dou-
blure de mon havre-sac, deux bagues de prix qui
avaient échappé à toutes les perquisitions. Je passai
l'une à mon doigt, je vendis l'autre à un orfèvre, qui
m'en donna quinze cents francs.

Quand je me fus remis à neuf de pied en cap, je
me sentis plus digne de mon bonheur. J'arrivai à

Genève le surlendemain vers midi et je descendis à l'hôtel de la Paix. J'appris que M*** de Liévitz n'avait pas trouvé à s'y loger à sa convenance, qu'elle venait de se transporter dans une pension d'étrangers, appelée la Solitude et située sur la route de Fernex, à vingt minutes de la ville. Je courus à la Solitude. C'est une grande maison carrée, entre cour et jardin, qu'entoure un verger bordé d'un côté par la grande route, de l'autre par un chemin de charroi qui conduit dans les champs et qu'on appelle, je ne sais pourquoi, le chemin des *Pas-Perdus*. M*** de Liévitz était sortie; on ne put me dire où elle était allée. Je laissai ma carte et retournai à l'hôtel. J'y passai quelques heures l'œil au guet, l'oreille aux écoutes; tout bruit de pas dans l'escalier me faisait tressaillir. La nuit tombait. On frappe. Je n'ai pas la force de répondre. La porte s'entr'ouvre; une voix me crie : « Puis-je entrer? » Et je vois flotter une robe dans le crépuscule. Je me laisse glisser sur mes genoux. Un rire mal étouffé m'avertit de ma méprise, et je me relevai précipitamment.

— Vous trouvez donc que je lui ressemble? me dit Hélène en se rengorgeant. Que votre péché vous soit pardonné! Il fait presque nuit.

— Vous avez la même taille, lui dis-je avec confusion.

— Et la même voix?

— Que sais-je?

— Au fait, c'est possible. Elle et moi, nous sommes sœurs de lait, et le docteur Meergraf assure qu'il y paraît.

— Que m'importe votre docteur Meergraf? inter-

rompis-je d'un ton colère. Quel message m'appor-
tez-vous?

— On vous attendra vers dix heures.

— Ah! m'écriai-je avec transport, que désirez-
vous pour votre récompense?... J'ai cru m'apercevoir que vous aimez les colliers?

Elle fit un geste dédaigneux : — J'ai bien affair
de vos cadeaux. Si je lui demandais des perles, elle
m'en donnerait; mais je ne lui demande rien. Il y a
quatre ans, je fus malade à en mourir. Elle m'a veil-
lée quinze nuits de suite... J'aime mieux ça qu'un
collier.

— Vous êtes donc toujours prête à vous jeter au
feu pour elle?

— Elle s'y jetterait pour moi, me répondit avec
fierté cette fanatique cameriste; puis se mettant à
rire : — Tout à l'heure vous tâcherez d'avoir des
yeux et de ne plus vous tromper. — Et là-dessus
elle s'envola.

Dès neuf heures, je courus au rendez-vous. Chemin faisant, je me disais : — Elle se fait adorer de
tous ceux qui l'approchent. Que ne fera-t-elle pas
pour l'homme qu'elle aime? — Quand j'arrivai, le
cœur me battait si fort que je dus m'arrêter quelques minutes sur le perron. Enfin je sonnai. Le valet
de chambre qui m'ouvrit me dit que Mᵐᵉ de Liévitz
n'était pas seule; il parut même douter qu'elle pût
me recevoir. Il me pria d'attendre un instant et alla
présenter ma carte. J'entendis qu'elle répondait : —
Mais certainement. Faites entrer.

J'entrai. Il y avait auprès d'elle, dans un salon
tendu de jaune, deux inconnus, une Irlandaise haute
de six pieds et un jeune peintre de peu d'avenir

auquel M⁰ᵉ de Liévitz, par bonté d'âme, avait commandé un tableau l'année précédente. Ce tableau,
qu'il venait d'apporter, était là, sur une table. Elle
l'examinait ; c'était pour le moment sa principale
affaire. Toutefois elle me tendit la main d'un air
cordial en me disant : *I am glad to see you well,
master Wilson*. Je demeurai confondu. — Que pensez-vous de ce paysage ? — me demanda-t-elle. Je ne
trouvai pas un mot de réponse. J'étais comme pétrifié. Elle se retourna vers le peintre.

— Je n'ai, monsieur Tolain, qu'un reproche à
vous faire, lui dit-elle. Vous finissez trop. Votre peinture est trop précieuse, trop léchée. Regardez cet
arbre, on pourrait en compter les feuilles. C'est un
calcul qu'on est tenté de faire, et il est fâcheux que
vous m'en donniez l'envie. Après cela, peut-être ai-
je tort ; mais il me semble que la principale utilité
de l'art est de nous faire oublier la vie et ses inexo-
rables précisions. Dans la vie, le détail abonde, et
presque toujours il est odieux. Faites-moi oublier,
vous artiste, qu'un arbre se compose de feuilles et
que les heures se composent de minutes. Rien n'est
plus sot qu'une addition. J'en fais tous les jours en
réglant mes comptes ; je demande autre chose à la
musique et à la peinture. Monsieur Tolain, que vos
arbres soient vrais ! mais d'une vérité imaginée, et
c'est avec mon âme que je les regarderai. Ils me
rappelleront les sapins et les poiriers que j'ai vus ;
mais il y aura derrière je ne sais quoi que vous aurez
senti et que vous me ferez sentir. Je me dirai : —
Voilà un arbre qui a l'air de quelqu'un, — et le
cœur me battra... Oh ! ne craignez pas de mentir,
pourvu que je vous croie. Qu'est-ce que l'art ? Un

doux mensonge qui se fait croire, un mystère qui
nous rend heureux, l'escamotage du détail par une
harmonie divine qui nous fait rêver.

Elle était ravissante : elle portait sur son visage
cette harmonie divine qui fait rêver. Tolain, debout
devant elle, l'écoutait d'un air tour à tour chagrin et
béat; peut-être le sermon lui déplaisait-il, à coup
sûr la prêcheuse l'enchantait. Elle s'interrompait par
instant pour me dire : —*Give me right, master Wilson.* — Je me tenais à quatre pour ne pas crever du
poing cette méchante croûte, qui la rendait élo-
quente.

L'Irlandaise eut une heureuse inspiration. Elle
estimait qu'on ne peut trop soigner le détail, et le
tableau lui paraissait charmant. Elle témoigna au
jeune peintre un vif désir de prendre des leçons de
lui et l'emmena dans le fond du salon pour arranger
cette affaire. Pendant quelques minutes, je me
trouvai presque en tête-à-tête avec Mᵐᵉ de Liévitz.
Je me penchai vers elle et la regardai fixement.

— Eh bien ! me dit-elle, que pensez-vous de mon
jeune homme? Il se pourrait faire que ce ne fût
qu'un barbouilleur; mais que voulez-vous? Ce
pauvre garçon a commis la folie de se marier,
il a deux enfants et rien pour faire aller la marmite.

— Que ne suis-je l'un de vos pauvres ! lui répondis-je avec amertume. Je maudirais moins vos bonnes
œuvres.

— Plus bas ! me dit-elle, plus bas ! Puis me regardant avec des yeux qui pétillaient de malice, et se
dressant sur la pointe des pieds pour me parler à
l'oreille  Grand nigaud !

J'allais répondre; elle mit son doigt devant sa bouche : — Tout à l'heure vous sortirez avec lui.....

— Je ne sortirai pas; dussé-je faire du scandale!

Elle se mit à rire : — Oh! que vous êtes violent! Vous sortirez, mais je ne vous empêche pas de revenir. — Et d'une voix plus basse encore : — Au milieu de la voie charrière, il y a une petite porte. Je ne vous empêche pas de l'ouvrir. Peut-être Hélène sera-t-elle là. Je ne vous défends pas de la suivre, mais je vous défends de vous agenouiller devant elle.

A ces mots, elle me tourna le dos, se rapprocha de M. Tolain, et se remit à causer avec lui. Il se retira vers onze heures. Je l'accompagnai jusqu'à la ville. En traversant un carrefour, il prit à droite, je pris à gauche, et je revins sur mes pas. J'éprouvais une joie fiévreuse, mêlée d'inquiétude et d'une sorte d'épouvante. — Quand on aime, me disais-je, se rend-on maître à ce point de sa volonté, de son cœur, de son visage, de sa voix et de ses regards?

Minuit sonnait lorsque j'atteignis l'entrée de la voie charrière. J'avançai, buttant à chaque pas contre les cailloux et des ornières. C'était une nuit sans lune et sans étoiles, noire comme un four. Le chemin était bordé à gauche par un mur, auquel succéda une palissade, et bientôt je sentis sous ma main les ferrements d'une petite porte à claire-voie. Elle céda. J'aperçus à quelques pas devant moi une blancheur, et une voix murmura : « Par ici. » Une main saisit la mienne. Cette fois j'étais prévenu, je ne bal-

sai pas cette main. Précédé par Hélène, je suivis un
sentier sinueux qui serpentait à travers des massifs
de verdure. Mon guide me conduisit à une porte
entre-bâillée, me fit traverser une pièce où l'on ne
voyait goutte, souleva une portière, poussa une seconde porte, et je me trouvai sur le seuil de ce salon
tendu de jaune où j'étais déjà entré.

Avec quelle rapidité toutes mes terreurs s'évanouirent! Mᵐᵉ de Liévitz m'attendait debout, la tête légèrement penchée en avant, pâle, les lèvres frémissantes, s'appuyant d'une main sur la cheminée, dont
ses ongles égratignaient le marbre. Une émotion profonde était empreinte sur tous ses traits. La passion
avait vaincu sa volonté, le masque était tombé,
et je contemplais un visage, celui d'une femme qui
savait aimer. Elle ne put dire que ce mot : « Enfin ! »
Dans ce seul mot il y avait toute une âme, tout un
cœur, un avenir tout entier.

Nous restâmes un instant immobiles; puis je fis un
pas, elle en fit un, elle prit mes deux mains dans les
siennes : — Il est donc vrai que vous voilà ! me dit-
elle. Il est donc vrai que j'ai gagné mon procès! Ah!
j'ai eu de la peine. Vous enfuirez-vous encore?

Elle se laissa tomber dans un fauteuil, et je vis
des larmes, de vraies larmes descendre lentement
le long de ses joues.

Il se fit au fond de mon cœur une subite révolution. Tout à l'heure, en la contemplant debout devant
moi, tous mes sens s'étaient allumés, j'avais ressenti
une fureur d'étreindre dans mes bras son corps souple et charmant, de le meurtrir de mes baisers; il
m'avait semblé que la respiration, la pensée, tout
allait me manquer, si je ne prenais aussitôt posses-

19

sion de mon rêve, et que j'avais à choisir ou de perdre la raison ou de confondre à l'instant mon souffle
avec le souffle de cette femme et sa vie avec la
mienne. Et tout à coup la violence de mon transport fit place à un douloureux attendrissement, ma
mémoire endormie se réveilla en sursaut, je me
souvins que j'avais dû me décider entre une femme
et la Pologne ; ma blessure, que je croyais cicatri-
sée, se rouvrit, et je la sentis saigner dans ma poitrine : avant d'être heureux, j'avais besoin d'être
consolé. Je me précipitai aux pieds de M<sup>me</sup> de Liévitz, je posai ma tête sur ses genoux, j'enfouis mon
visage dans sa robe, et je me pris à sangloter.

Dès que je pus parler : — Tout à l'heure, lui dis-
je, j'étais l'homme qui vous aime et que vous aimez.
Que s'est-il passé ? Je ne veux plus être que l'un de
ces pauvres que vous aidez à vivre, l'un de ces malades que vous aidez à ne pas mourir. Moi qui mau-
dissais vos bonnes œuvres ! c'est de votre pitié que
j'ai besoin. Vous me guérirez, n'est-ce-pas ?... Vous
savez qui je suis, ce que j'avais rêvé de faire, ce
que j'ai fait. J'avais du courage autrefois, il y a longtemps. Vous m'attendiez un soir ; je me suis sauvé,
Je suis allé là-bas, en Pologne, car il y a une Pologne, et je l'aimais passionnément, cette Pologne.
Oh ! si vous saviez ce que j'avais alors dans le cœur !
Le jour où la mitraille a tué un enfant à mes côtés,
il m'est venu dans l'âme un divin mépris de la vie.
Qu'est-il arrivé depuis ? C'est la faute du hasard,
c'est la faute de Dieu. Nous nous sommes revus, et
me voilà. J'ai dû choisir entre la Pologne et vous ;
mais elle, je ne la voyais pas. Avais-je passé mes
mains dans ses cheveux ? Il est vrai qu'elle chu-

chotait tout bas je ne sais quoi.... mais elle ne
m'a pas baisé sur la bouche... Je vous le jure, ce
n'est pas la Sibérie qui m'a fait peur. Je me moque
bien de la Sibérie ! Ce qui m'épouvantait, c'est la vie
sans vous. Je n'ai pas osé affronter ce désert ; j'ai
dit : Impossible !... Ah! nous avons longtemps
causé, ma conscience et moi. Elle me disait que
j'avais le choix entre une inconsolable souffrance et
un inconsolable bonheur. J'ai préféré le bonheur.
Vous êtes là, vous le consolerez, mon bonheur.
Vous savez des paroles qui guérissent, vous me
guérirez... car enfin l'honneur est sauf ; vous me
l'avez dit un jour. C'est qu'apparemment vous en
étiez sûre. Tantôt, quand je suis entré, vous n'avez
pas aperçu de tache sur mon front, ni au fond de
mes yeux, ni sur cette main, qui a signé ?... Il faut
que je vous dise... Il y a deux hommes qui m'ont bien
fait souffrir : l'un a souri; il y avait du mépris dans
ce sourire. L'autre m'a regardé. C'est un nommé
Casimir, un fanatique, un méchant fou. Il m'a semblé que c'était la Pologne qui me regardait, et ce regard m'a traversé le cœur comme une épée;... mais,
Dieu soit loué ! vous voici. Voilà vos genoux, voilà
ma tête, et je sens à mes joues une chaleur qui vient
de vous. Ils auront beau sourire et me montrer du
doigt, je ne les verrai pas, je cacherai mon visage
dans votre robe, et je vous donnerai ma conscience
à garder ; vous la bercerez jusqu'à ce qu'elle s'en-
dorme. Vous n'êtes pas seulement la beauté, vous
êtes la bonté, la miséricorde. Vous serez à la fois ma
maîtresse et ma sœur grise...

J'avais parlé ainsi tout d'une haleine, sans la regarder, ne m'interrompant que pour baiser le bas

de sa robe. D'abord elle avait tenu sa main posée sur
ma tête et ses doigts jouaient avec une boucle de
mes cheveux, puis elle avait retiré sa main. Que faisait-elle? A quoi pensait-elle? Je m'effrayai de son
silence, de son immobilité. Je relevai les yeux; mon
sang se glaça. Elle avait changé de visage ; c'était
une figure de marbre; elle avait un pli menaçant
entre les deux sourcils et aux lèvres je ne sais quel
gonflement superbe; elle attachait sur moi un regard froid et dur comme l'acier ; il me sembla que
ses yeux n'aimaient rien.

Au frisson d'épouvante qui me saisit, elle répondit
par un léger tressaillement. Sa figure se radoucit,
sa pâleur se ranima; elle se pencha sur moi, et, me
frappant trois petits coups sur la joue : — Pauvre
enfant! dit-elle. — Il y avait de la pitié dans son
accent, il y avait aussi de l'amertume et de la hauteur.

— Grand Dieu! murmurai-je en tremblant, dites-
moi toute la vérité. Vous aurais-je offensée?

— Offensée! dit-elle. Vous m'avez affligée. Ah! si
j'avais pu deviner... Je vous croyais plus fort. A
quoi peuvent bien servir les regrets, les remords?
Il faut savoir ce qu'on veut, et, quand on a voulu,
rejeter le passé derrière soi comme un haillon et n'y
plus penser.

Elle avait doucement repoussé ma tête et reculé
son fauteuil. Elle se leva, s'éloigna de quelques pas,
se croisa les bras. Une de ses nattes s'était défaite et
pendait sur sa joue. Elle fit un mouvement de tête
pour la chasser. Ses cheveux se dénouèrent et se
répandirent sur ses épaules. Je sentis tous mes
désirs se rallumer, et je ne compris plus rien à cet

attendrissement qui m'avait jeté à ses pieds, à ces
larmes dont j'avais mouillé sa robe, à ce jaillissement
de sanglots qui m'étaient venus aux lèvres comme
une folie.

A mon tour, je me relevai. — Je suis un misérable fou! lui dis-je. Je mets des fantômes entre le
paradis et moi.

Je courus vers elle, je cherchai à l'attirer dans
mes bras. Elle se dégagea. — A quoi pensez-vous?
me dit-elle avec une ironie amère. Je ne dois être
pour vous qu'une sœur grise.

— Je mentais, repris-je, je suis guéri. Je n'ai
besoin de la pitié de personne. Qui osera me soutenir en face que je ne suis pas heureux? Je méprise leurs regards, leurs sourires, je méprise le
passé, je méprise la honte. Qui osera me soutenir
que je n'aurais pas dû signer? Je leur dirai : La
voici, c'est elle. Regardez ses cheveux. Est-il un
seul de vous qui n'eût commis vingt lâchetés pour
avoir cette femme?... C'est ma maîtresse, elle est à
moi.

Je la saisis par la taille et la pressai sur mon cœur,
elle me repoussa encore. — Demain, plus tard, fit-
elle d'un ton suppliant

— Je ne sortirai pas d'ici, lui répondis-je avec
fureur, avant que vous soyez ma maîtresse.

Elle me jeta un étrange regard qui semblait venir
de très-loin et comme sortir d'un abîme; puis,
couvrant ses yeux de ses deux mains, elle pencha
la tête et demeura quelques instants dans une attitude rêveuse. Elle avait l'air de se consulter. J'attendais. Enfin elle releva la tête, tourna son visage
vers moi, et je vis passer sur ses lèvres un sourire

étincelant dans lequel s'évanouirent ses derniers
refus.

Elle s'approcha de la cheminée, souffla l'une des
bougies qui éclairaient le salon, prit l'autre dans sa
main gauche, et, s'appuyant sur mon bras, elle
m'emmena dans cette chambre que j'avais traversée
pour venir. — Silence! me dit-elle à demi-voix en
me montrant du doigt le plafond et les murs pour
m'avertir qu'il y avait des oreilles autour de nous.
— Et là-dessus elle s'enfuit en emportant la lumière, rentra dans le salon, le traversa, disparut
par une autre porte. Je demeurai seul dans la nuit,
appuyé contre une causeuse, n'osant faire un mouvement, de crainte de heurter un meuble et d'é-
veiller un écho indiscret. J'attendis pendant vingt
minutes ou pendant un siècle. Mon cœur palpitait
avec une telle violence qu'il me semblait que toute
la maison devait retentir de ses battements; je le
pressais de mes deux mains pour le forcer à se taire,
et je comptais les secondes, et je frissonnais d'impatience, et par instants j'avais peur. Enfin j'entendis le faible cri d'une porte qu'on entr'ouvrait
avec précaution, puis le glissement d'un pas sur le
tapis du salon, le frôlement d'une étoffe et de deux
mains qui tâtaient les murailles. J'étendis les bras
devant moi, je murmurai : — C'est ici. — Le pas se
rapprocha. Bientôt je saisis la manche flottante d'un
peignoir dont je pressai les dentelles sur mes lèvres.
— Oh! quel supplice de ne pas vous voir! dis-je
tout bas.

Elle me répondit plus bas encore : — Pas un mot!

Durant quelques secondes, ses bras, raides comme
du fer, me tinrent à distance; mais ils furent pris

d'un tremblement, leur résistance mollit; elle se
laissa venir à moi, je sentis qu'elle s'abandonnait à
mes caresses, je l'entraînai, et j'osai tout.

Il était deux heures, je crois, quand je poussai
l'un des battants d'une porte de bois qui s'ouvrait
sur le jardin. Cette porte était bien dressée; on lui
avait fait sa leçon; elle tourna sans bruit sur ses
gonds savonnés. Le ciel avait dépouillé sa calotte de
nuages; il était plein d'étoiles; une lueur grise entra
dans la chambre. Je retournai la tête pour regarder
la femme qui m'avait signé une promesse d'inconsolable bonheur et qui venait de me donner comme
à-compte une heure de transports aveugles et silencieux. Elle s'était évanouie comme une apparition.

Je me glissai à travers le jardin; je cherchai la
petite porte à claire-voie; ne la pouvant retrouver,
j'enjambai la palissade, et l'instant d'après je courais
les champs. J'étais ivre, mon cerveau bouillonnait,
débordait de joie. Je marchais à grands pas, tournant le dos à la ville. C'est à peine si je trouvais
en rase campagne assez d'air pour que ma folie pût
respirer. Peu à peu la nuit s'éclaircit. Je pris un
chemin montant, qui conduit au village de Pregny.
J'avisai un banc de pierre, au pied d'un vieux mur
dégradé sur lequel se penchait un cerisier en fleur.
Je m'étendis sur ce banc. Il y avait dans l'air une
odeur de violettes, de printemps, de sève montante,
de vie nouvelle, de renaissance. Le cerisier fleuri
formait un dais au-dessus de ma tête, et au travers
de cette vague blancheur je voyais scintiller des
étoiles d'or, qui s'éteignaient l'une après l'autre à
mesure que le jour grandissait. De l'autre côté du
chemin, un rossignol, perché sur la cime d'un mar-

ronnier, chantait à tue-tête et d'une gorge éperdue;
dans mon extase, je croyais entendre chanter mon
cœur, que toute la terre écoutait. Quand je dis-
tinguai mieux ce qui m'entourait, les crevasses du
mur, les cailloux de la route, les arbres des vergers
voisins, je recouvrai la faculté de réfléchir. Je com-
parai ce que je ressentais avec les plus grandes joies
du ciel et de la terre, avec tout ce qui est possible
ici-bas et ailleurs, et je me dis : — Qu'est-ce que
tout cela? Non, il n'y a de vrai que l'amour, que les
enchantements de la passion; il n'y a de vrai que
cette femme, sa beauté, ses caresses, ses baisers, ses
bras nus enlacés autour de mon cou, les agonies de
la volupté, les délices de cette nuit d'ivresse et de
toutes celles qui la suivront. Le reste est mensonge,
chimère, vanité, néant. — Un frémissement passa
dans l'air, le cerisier répandit sur moi comme une
pluie ses fleurs blanches et parfumées. Je les ramassai
dans le creux de ma main, je les pressai follement
sur mes lèvres affamées de baisers, j'en bus la rosée, et je sentis la séve d'un printemps éternel descendre et couler dans mon cœur. Bientôt l'aube
parut. Je me rappelai qu'un jour j'avais vu l'aurore
se lever sur les montagnes du Valais et que j'avais
cru lire au ciel en caractères de feu la promesse de
mon bonheur. L'aurore avait tenu sa parole. J'avais
du bonheur devant moi, de quoi ensoleiller toute
une vie.

Je me secouai, je pris congé de mon banc, de mon
cerisier, de mes rossignols, et je me mis en marche
pour retourner à la ville. Je roulais dans ma tête un
projet. — Il faut que je lui propose un voyage en
Italie, en Espagne, en Algérie... Et pourtant ne

sommes-nous pas bien ici? — Je ne sais, mais je ressentais une hâte fiévreuse de voir un autre ciel, de m'en aller au midi, dans les pays du soleil, et je m'aperçus qu'il entrait dans mon impatience de partir comme une idée de fuite et le besoin de m'éloigner de quelque chose. Je me pris à dire tout haut : — Ah! oui, je ne me sens pas encore assez loin d'*elle*... Elle! Qui donc? Je découvris qu'*elle*, c'était la Pologne!... Je fus épouvanté. Je n'étais donc pas guéri! Combien me faudrait-il de nuits pour délivrer à jamais mon âme de ses syndérèses? — Bah! repris-je, je suis en convalescence; mais il ne faut plus que mon médecin me quitte. Il y a déjà des siècles que je ne l'ai vu. Là-bas je l'aurai à moi tout entier.

Je me souvins que depuis quelques heures je portais à ma main gauche une amulette. Avant de quitter Mᵐᵉ de Liévitz, j'avais voulu faire un troc avec elle. Je lui avais donné ma bague d'or garnie de diamants, et je lui avais ôté du doigt, un peu malgré elle, un anneau que j'avais passé à l'annulaire de ma main gauche. Il était entré sans peine; on m'a toujours dit que j'avais des doigts de femme. En regardant cet anneau, j'éprouvai un mouvement de surprise. J'étais le fils de mon père, je me connaissais en bijoux. — C'est du similor, me dis-je, et les perles du chaton sont fausses. Cela vaut quarante sous. Cependant elle y a fait graver ses initiales et ses armes. Apparemment elle a reçu cet anneau en présent de quelque pauvret qui ne savait comment lui témoigner sa gratitude. Il n'en a que plus de prix : il m'avertit que ma maîtresse est une guérisseuse. — Et je le baisai dévotement.

En rentrant à l'hôtel, je me jetai sur mon lit tout habillé. Je me réveillai vers midi. Quel réveil ! Je fis un bond, je traversai la chambre en courant, j'ouvris la fenêtre et je m'écriai à pleine tête : Elle est à moi ! Le quai était désert; mais sans doute les nuages, ces passants de l'air, m'entendirent. Je fis en hâte ma toilette, je déjeunai sur le pouce et je partis pour la Solitude. Je me disais en marchant : — Je ne la connaissais pas avant cette nuit. Quelle douceur étrange! Qu'avait-elle fait de son orgueil, de sa volonté? Elle n'était plus que l'esclave de mes caprices. Ah ! que n'ai-je pu voir son visage! Ce devait être une autre femme. L'amour l'a domptée. C'est la première fois qu'elle aime. — Les fumées du bonheur flottaient devant mes yeux comme un nuage. Je ne marchais pas, je volais; il me semblait que la terre rebondissait sous moi comme un tremplin. Je buvais le vent. Je ne voyais, je n'entendais rien. Je m'aperçus cependant, en traversant une place, qu'un petit mendiant courait après moi, sa casquette à la main. Je fouillai dans mes poches et je lui jetai une poignée d'or.

J'arrive, je sonne. La porte s'ouvre.

— Mᵐᵉ de Liévitz est-elle visible ?

— Non, monsieur, me répond le valet de chambre, et pour cause. Elle est partie.

— Vous dites?

— Je dis à monsieur que Mᵐᵉ la comtesse est partie.

— Partie? Vous voulez dire qu'elle est sortie, qu'elle est à la promenade.

— Non, monsieur. Elle a reçu ce matin une lettre, et elle est partie par le train de huit heures, tout ce qu'il y a de plus partie. Elle a dit qu'elle reviendrait peut-être dans huit jours.

— Vous confondez. Je vous parle de M<sup>me</sup> de Liévitz.

— Oh! j'ai bien entendu.

— Et vous prétendez... C'est impossible.

— C'est comme je le dis à monsieur.

— Elle n'a rien laissé pour moi?..... Pas de lettre?

— Rien du tout.

En ce moment, l'Irlandaise de la veille traversa l'antichambre. Elle me reconnut et vint à moi. — Vous demandez M<sup>me</sup> de Liévitz? me dit-elle. Elle a plié bagage ce matin, sans tambour ni trompette, et sans me faire ses adieux. Je la regrette beaucoup; c'est une charmante femme. Je ne lui reproche qu'une chose : elle n'aime pas qu'un tableau soit trop fini. On ne peut jamais trop finir un tableau. Cela n'empêche pas que ce ne soit une femme d'un esprit tout à fait supérieur.

Je lui répétai stupidement : — Elle n'a point laissé de lettre pour moi?...

— Je ne pense pas; elle a laissé mille francs que je suis chargé de remettre au jeune peintre que vous avez vu hier. C'est le prix du tableau. Un charmant tableau, quoi qu'elle en dise, car enfin les détails.....

Je poussai un éclat de rire. — En partant, interrompis-je, elle a pensé à M. Tolain, mais elle m'a oublié... Elle méprise les détails...

Le coup était trop violent. Si fort que je sois, je tombai raide sur le carreau. Ce fut la charitable Irlandaise qui me fit respirer des sels et me tira de

mon évanouissement. Quand j'eus repris mes sens,
je lui dis je ne sais quoi, que j'avais marché trop
vite, que le soleil m'avait incommodé.

— Oh! le soleil du printemps est très-dangereux,
me dit-elle. Savez-vous quel est le meilleur antidote?
Avant de sortir, il faut se frotter le visage avec de
l'eau salée.

Elle voulait envoyer chercher une voiture. Je la
remerciai et je me sauvai.

— Que je suis fou! me disais-je. Elle m'a écrit par
la poste. Je vais trouver une lettre à l'hôtel.

## XXIII

Je n'avais point trouvé de lettre à l'hôtel; j'avais
couru à la gare, j'avais questionné tous les employés,
sans pouvoir obtenir aucun renseignement. Un jour,
deux jours se passèrent, et je ne savais rien, sinon
qu'elle était partie. Ce que je ressentais n'était pas
du chagrin, de la douleur, du désespoir; c'était une
morne stupeur, une suspension de vie, un atter-
rement, un foudroiement. Je me disais : C'est impossible. Les rues, les passants, le soleil, les murs
des maisons, les arbres, le printemps, le lac, mes
pensées, mon cœur, tout me paraissait impossible;
je ne pouvais croire que l'univers eût encore trois
jours à vivre, car enfin l'absurde ne peut durer, et
rien de ce que je voyais en moi, hors de moi, n'a-
vait le sens commun. Ce monde n'était qu'une immense folie, et je radotais comme lui. J'allais en-

tendre je ne sais quel formidable craquement, et
tout s'engloutirait dans le néant.

Le cinquième jour, je me réveillai en poussant un
éclat de rire. Une idée m'était venue dans mon
sommeil : M^me de Liévile était à Maxilly. Peut-être
m'y faisait-elle préparer un appartement. Elle me
ménageait quelque surprise. Comment n'y avais-je
pas pensé? Elle veut me surprendre, me dis-je; c'est
moi qui la surprendrai.

Je pris le bateau à vapeur, j'arrivai à Maxilly.
Tout était fermé, silencieux. Je trouvai dans la
grande allée un jardinier qui arrosait des plates-
bandes.

— On ne sait, me dit-il, quand viendra M^me la
comtesse ou si même elle viendra. Elle n'a point
donné d'ordres.

Et il se remit à arroser ses fleurs. Il y avait donc
des plates-bandes et des jardiniers! et ces jardiniers arrosaient ces plates-bandes!... A quoi cela
pouvait-il servir? Et les gens allaient, venaient, travaillaient, vivaient, comme si de rien n'était, comme
s'ils ne savaient pas qu'elle était partie !

Je retournai le même jour à Genève, et dans la
soirée je courus à la Solitude. Le valet de chambre
me dit : — Monsieur avait donc quelque chose d'im-
portant à communiquer à M^me la comtesse!

Je le regardai comme un ahuri et je lui répondis :
— J'avais à lui dire que je n'y comprends plus rien.

— Elle avait dit en partant qu'elle reviendrait
peut-être dans huit jours. Il est donc probable qu'a-
près-demain...

— Bien, marmottai-je entre mes dents. Je tâcherai de vivre jusque-là.

Le surlendemain, comme je m'acheminais vers la Solitude, je me croisai sur le trottoir du quai avec un petit homme ventru, que je crus reconnaître. Je me retournai. Il se retourna, vint à moi. Je lui criai d'une voix terrible : — Où est-elle ?

Le docteur Moergraf — car c'était lui — me répondit avec son flegme ordinaire : — Il est des choses dont on ne parle pas dans la rue. J'allais vous chercher à votre hôtel. Vous plaît-il d'y retourner avec moi ?

Je me mis à marcher à ses côtés. Je me taisais, il ne disait mot. Il tenait à la main une canne à pomme d'ivoire, et tout en marchant il en frottait le bout contre le parapet. Le bruit que faisait ce frottement m'agaçait furieusement les nerfs ; je fus sur le point de lui arracher sa canne et de la jeter au lac.

Il me montra du doigt l'île des Barques et me dit : — Quel est ce bonhomme en bronze, là-bas dans cette île ?

— C'est Jean-Jacques Rousseau.

— Que pensez-vous de M⁰⁰ de Warens ? reprit-il après une pause.

— Au train dont va le monde, je pense que c'était une sainte.

— Peut-être avez-vous raison, fit-il. Dieu lui pardonne son Wintzenried !

Nous arrivâmes à l'hôtel. Je gravis rapidement l'escalier, si rapidement que le docteur avait peine à me suivre. Il s'arrêta sur le premier palier pour reprendre haleine. Je le saisis par le bras, je l'entraînai dans ma chambre, j'en repoussai violemment la porte ; puis je me jetai sur lui, et l'empoignant par le collet de son habit : — J'espère au moins,

m'écriai-je avec un rugissement, que vous venez
m'annoncer qu'elle est morte!

— Ah! permettez, me dit-il en se dégageant. Je
n'y suis pour rien. Que diable! on ne secoue pas
ainsi les gens. Veuillez considérer que je suis parti
de Courlande pour retourner à Francfort, ma ville
natale, où je me propose de finir mes jours, et que
si j'ai pris par Genève pour venir causer avec vous,
ce n'est pas une raison pour me démancher le bras
et pour friper mon habit... Considérez aussi que
dans le temps je vous ai écrit deux billets, vous en
souvient-il? par lesquels je vous avertissais que,
lorsqu'on fait une sottise, généralement on s'en
mord les doigts. Je suis l'ami de la jeunesse. Autant
parler au vent! Comme dit la chanson, la jeunesse
est ignorante.

Il s'installa dans un fauteuil; je m'assis par terre
en face de lui. — Oui ou non, est-elle morte? repris-
je d'une voix sourde.

— C'est lui qui est mort.

— Qui, lui?

— M. de Liévitz.

— Ah! M. de Liévitz... Ainsi cette dépêche... C'est
donc pour cela qu'elle est partie?

— Eh! sans doute. Elle est allée lui rendre les
derniers devoirs. Ce sont quelquefois les plus doux
à remplir. Oui, mon cher monsieur, l'infortuné est
mort sous mes yeux et presque dans mes bras, car
vous savez ou vous ne savez pas que j'ai passé avec
lui deux mois en Courlande. Mᵐᵉ de Liévitz n'avait
pas voulu m'emmener à Saint-Pétersbourg. C'est
fâcheux pour vous. J'aurais peut-être tout empêché... Mais vous n'êtes pas curieux; vous ne me

demandez pas de quoi notre diplomate est mort.
Que sait-on? Ou d'une attaque d'apoplexie ou d'une
lettre qu'il avait reçue, et probablement tout à la
fois de la lettre et de l'attaque. Figurez-vous un
pauvre homme qui est bêtement amoureux de sa
femme, qui s'est réconcilié avec elle contre vent et
marée et qui se dit dans le fond de sa Courlande :
— Elle est à Saint-Pétersbourg, elle y travaille pour
moi, elle rétablira ma situation, elle me fera revenir
sur l'eau. Pourquoi donc ne m'écrit-elle pas? N'est-
il pas vrai, docteur, qu'elle est délicieuse, adorable?
Quels cheveux! quel son de voix! quel esprit charmant! Nous voilà rapatriés pour la vie. Pourquoi
diable ne m'écrit-elle pas?... — Et tout à coup elle
lui écrit; mais la lettre est datée de Genève, et cette
lettre lui apprend que madame est allée à Saint-
Pétersbourg, qu'elle y a remué ciel et terre, qu'elle
a vu l'empereur et qu'elle a employé tout son crédit,
toute son habileté, tous ses amis, à quoi? à obtenir
l'élargissement de douze prisonniers polonais, parmi
lesquels un certain Ladislas Bolski. Ce pauvre
homme avait quelquefois des lueurs. Il me dit : —
Vous verrez que ce Bolski est son amant, que c'est
l'homme que j'ai rencontré une nuit dans un sentier,
près d'un ravin, comme il sortait de chez elle. Je
partirai demain pour Genève et je le tuerai. — Et
le voilà qui devient cramoisi, les yeux lui tournent,
il tombe foudroyé. Cet homme avait le cou très court
et le tempérament apoplectique; il y a quelque
apparence que c'est de cela qu'il est mort, mais la
lettre n'y a pas nui.

J'avais tout compris, je ne soufflais mot. — Il faut
voir le bon côté des choses, reprit-il. Au bout du

compte, c'est une bonne nouvelle que je vous apporte. M. de Liévitz était amoureux et furieux. S'il n'était pas mort, il serait ici; il faudrait en découdre, et vous vous trouveriez dans l'alternative désagréable ou de le tuer ou de vous laisser tuer.

— Que parlez-vous d'alternative? lui dis-je sèchement. Il m'aurait tué.

— Une fois sur le terrain, sait-on bien ce qu'on fait? Auriez-vous pu l'empêcher de s'enferrer? Et dans le cas contraire la belle aubaine! Seriez-vous content d'être mort? C'est à savoir. On ne vit qu'une fois.

Je fis deux tours de chambre; revenant à lui : — Ainsi, m'écriai-je, elle comptait sur moi pour la délivrer de son mari. C'est à cela que je devais lui servir. Elle s'était dit froidement : Ce Polonais est assez brave et très-fou; il n'hésitera pas à me rendre ce petit service.

— C'est à peu près cela, fit-il en ouvrant sa tabatière. Vous brûlez.

— Elle avait d'abord jeté son dévolu sur un autre fou. Il s'est trouvé par malheur que ce Pardenaire est un fieffé maladroit. Alors elle a dit : — Prenons Bolski. C'est Dieu qui me l'envoie. — Mais M. de Liévitz est mort. Elle n'a plus besoin de Bolski. Elle a lâché Bolski... Comme tout cela est simple et naturel !

— Vous allez trop loin, me répliqua-t-il. Pour ce qui est du Pardenaire, honni soit qui mal y pense! La question est de savoir qui avait chargé le fusil. Elle dit que c'est lui, il prétend que c'est elle. Moi, je n'en sais rien. Après cela, on a tant perfectionné les fusils ces dernières années! Peut-être leur a-t-on

appris à se charger tout seule... En ce qui vous concerne... Ah! permettez, si elle ne vous aime plus,
aussi vrai que j'existe, elle vous a aimé. D'abord
vous êtes très-beau, et puis vous avez un caractère
peu commun. Vous avez commencé par l'intéresser;
mais le jour où vous êtes parti en lui brûlant la politesse,... oh! je vous en donne ma parole, ce n'était
plus de l'amour, c'était de la folie, et j'ai dû faire de
véritables prouesses d'éloquence pour l'empêcher
de courir après vous. Le plus beau de mon affaire,
c'est que j'ai su tiré parti de sa fureur d'Armide dé-
laissée pour la réconcilier avec son mari. Le diable
s'est fourré dans mon jeu; elle vous a retrouvé en
Pologne, et on lui a conté je ne sais quelles histoires
qui l'ont renflammée de plus belle. Dans ce moment,
elle aurait vendu sa dernière chemise pour vous. Je
ne dis pas que dans son ardeur à vous reprendre il
n'entrât quelque idée de revanche, un secret désir
de ne pas avoir le dernier et la joie d'une Russe qui
a raison d'un Polonais; mais elle vous aimait comme
elle n'a jamais aimé personne. Vous aviez en main
tous les atouts; vous avez gâté votre affaire comme
à plaisir... Je suis au fait, elle m'a tout raconté il y
a trois jours. Vous savez que je suis quelque peu
son confesseur... Mon cher, vous deviez vous présenter avec le visage d'un maître, et parler haut, et
commander... Qu'avez vous fait? Vous êtes tombé
à ses genoux et vous l'avez assassinée de votre conscience, de vos remords. Et puis des gémissements,
des sanglots! L'homme qu'elle aimait n'était plus
qu'une faiblesse larmoyante, un roseau pleurard...
— J'ai ressenti, m'a-t-elle dit, un effroyable dégrisement. Je le voyais si petit, si petit, que par instants

je ne le voyais plus. — Sur ces entrefaites, elle apprend par une dépêche que M. de Liévitz est mort. Elle est partie bredi-breda. Elle n'avait plus besoin de vous, et secondement elle vous avait pris en horreur; son plus grand défaut est d'exécrer les gens qu'elle n'aime plus.

Je fus saisi d'une frénésie. Je balbutiai je ne sais quoi, et je m'élançai tête baissée contre la muraille. Le docteur Meergraf m'arrêta au passage, il était fort; il réussit à me contenir. — A quoi bon, jeune homme? me disait-il. A quoi bon? — Il m'obligea de me rasseoir.

— Elle m'avait pris en horreur, lui dis-je en me tordant les mains, et cela ne l'a pas empêchée de se donner à moi.

— Que dites-vous donc? fit-il avec surprise.

— Sans doute j'ai rêvé qu'elle a passé plus d'une heure dans mes bras.

— Voilà, par exemple, ce qu'elle ne m'a point dit, reprit-il. C'est ce qui s'appelle voler son confesseur... Eh bien! que voulez-vous? Elle vous savait homme à ameuter toute la maison. Elle a craint le bruit, le scandale... Au surplus, elle n'avait pas encore appris que M. de Liévitz... Cependant vous m'étonnez beaucoup; je ne la reconnais pas là.

— Ce n'est pas une femme, m'écriai-je; c'est la dernière des créatures.

Il hocha la tête : — Encore une exagération. Vous la prenez pour un monstre; je ne crois pas aux monstres. Voulez-vous que je vous dise ce qu'est cette femme? Bons ou mauvais, elle n'a que des instincts, et elle va devant elle comme ils la poussent. Tant pis pour qui se fourre sur son chemin; elle l'écra-

sera, s'il ne se range. Au demeurant, peu de calculs,
peu de réflexion; jamais des scélératesses préméditées.
C'est une volonté qui part de la main et qui tout de
suite prend le galop. Supposons que ce soit elle qui
ait chargé le fusil en question. Cette idée lui est venue
tout à coup, elle n'y pensait pas une demi-heure auparavant; mais il a fallu que cela se fît : elle n'a
jamais résisté à ses idées. Elle fait le bien comme le
soleil brille, elle fait le mal comme tombe la grêle,
c'est fatal. Quant à se juger, oh! que nenni! A proprement parler, elle n'a point de conscience; jamais
elle ne s'est repentie de rien. C'est une puissance
discrétionnaire, qui n'admet pas la discussion et se
met au-dessus des lois... L'autre jour, elle me disait
d'un ton dégagé : — Eh! mon Dieu, oui, je l'ai planté
là. Convenez, Christophe, que c'est bien sa faute. —
Soyez sûr qu'à cette heure elle vous a parfaitement
oublié. Si jamais vous la rencontrez, vous lui ferez
l'effet d'un revenant; elle vous déclarera tout net que
vous n'existez pas.

« Cette femme, mon cher, a le tempérament auto-
cratique. L'empereur Nicolas disait : — Il n'y a de
grand dans mon empire que l'homme à qui je parle
et pendant que je lui parle. — Il n'y a de sacré pour
Mᵐᵉ de Liévitz que la chose qu'elle veut et pendant
qu'elle la veut. Son bon plaisir est son Dieu. Il y a
chez elle de la Catherine; au total, un orgueil immense, une activité dévorante, une peur fiévreuse
de l'ennui, peu de scrupules, un dévoûment à toute
épreuve aux gens qui lui plaisent ou qui l'aident à se
plaire à elle-même, une féroce indifférence pour
tous les autres, avec cela des sens qui ont des orages,
des tempêtes intermittentes... C'est égal; elle préfère

à tout le plaisir de faire sa volonté. Aussi je m'é-
tonne... Enfin vous le dites, il faut bien que cela
soit. Eh bien! telle qu'elle est, tâchez de me trouver
une femme tendre et sensible qui ait jamais fait le
quart du bien que fait tous les jours cette femme
sans cœur et sans conscience! Je n'en finirais pas si
je voulais compter sur mes doigts les indigents qu'elle
a secourus, les malades qu'elle a soignés, les gens
dans l'embarras dont elle a débrouillé l'écheveau,
les gens de talent qu'elle a aidés à percer; car elle
se passionne pour le bien comme pour le mal. Et
quelle vaillance! je lui disais parfois : Vous êtes sublime! Elle me répondait en riant : — Je ne fais que
ce qui me plaît, vous savez bien que je n'aime que
moi... — Un égoïsme féroce et bienfaisant, voilà son
nom. Ah! ces femmes-là, il ne faut pas les aimer
d'amour. Malheureux! elles ne savent ce que c'est...
Bah! il vous reste après tout une consolation d'a-
mour-propre; grâce à vous, elle aura fait dans sa vie
une équipée romanesque. C'est la première, ce sera
la dernière.

Il se leva, boutonna son habit, comme s'il se disposait à partir. — Au demeurant, reprit-il, elle n'aura
plus besoin de s'amuser à des œuvres pies. Elle va
rentrer dans la vie sérieuse, dans la grande vie, et
retourner à ses premières amours, la politique. Dans
un an d'ici, elle épousera son prince Reschnine.

— Son Reschnine? dis-je en me croisant les bras.

— Ah! vous ne savez pas qui est son Reschnine?
Un fort bel homme de quarante-cinq ans, fin comme
l'ambre, très-bien en cour et riche d'avenir. Il a été
ministre plénipotentiaire à Lisbonne. On vient de le
rappeler. Il est question de lui donner une grande

ambassade. Il adore M^me de Liévitz, il venait passer
auprès d'elle en catimini toutes ses vacances. Elle ne
lui a jamais rien accordé, elle s'entend à retourner
le poisson dans la poêle à frire. Il lui écrit toutes les
semaines. Les réponses de la dame sentent d'une
lieue leur Maintenon. Style grave, d'attitude penchée,
couleur feuille-morte; mais on voit pointer là-dessous
les fleurs d'oranger. Enfin, grâce à Ladislas Bolski
et à l'apoplexie, M. de Liévitz leur a laissé le champ
libre. Dès qu'elle aura dépêché son deuil, elle épousera son prince, et, s'aidant l'un l'autre, je ne sais
où ces deux génies s'arrêteront... Les voilà heureux,
tâchons de l'être à notre façon... Mon cher ami, soyez
philosophe comme moi. J'étais fort attaché à cette
femme, je la consolais, je la confessais, je l'anatomi-
sais, et cela faisait le bonheur de ma vie. Eh bien! je
me suis dit l'autre jour : La voilà veuve et heureuse,
non-seulement je ne lui servirai plus de rien, mais
elle m'en voudra de trop la connaître... Et je lui ai
demandé un congé de trois mois; ces trois mois ne
finiront qu'à ma mort. Bref, j'ai fait mon paquet avant
qu'on me le donnât. C'est, je pense, de la philosophie... Soyez aussi raisonnable que moi. N'y pensez
plus. Vous trouverez facilement une femme qui se
chargera de vous consoler.

Je partis d'un éclat de rire. — Ah! vous croyez,
m'écriai-je, qu'elle épousera son Reschnine?

— Qui l'en empêchera?

— Moi.

Il me regarda du coin de l'œil, secoua la tête, fit
une grimace qui signifiait : — Tu n'es pas de force,
mon garçon.

— Oui, moi, répétai-je, aidé de ceci... Et je lui

montrai la bague que je portais à l'annulaire de ma
main gauche.

— Qu'est-ce donc que cette fanfiole? me dit-il.

— Une bague de quarante sous qui ne serait pas
ôc défaite chez un orfèvre, et qui a pour moi un prix
infini. Je l'ai ôtée de son doigt, l'autre nuit, un quart
d'heure avant de la quitter. Elle m'a laissé faire.
Quelle imprudence!

— Et peut-être lui avez-vous donné en échange
une bague de diamants!... La nuit tous les chats sont
&.

Il nous regardait tour à tour, la bague et moi; puis
il dit : — Pauvre garçon! — Et, s'avançant vers la
fenêtre, il se mit à tambouriner sur la vitre.

Pendant quelques minutes, j'arpentai la chambre
en silence. Je me reprochais d'avoir trop vite parlé.

— Bah! lui dis-je en le prenant par le bras, vous
avez raison. Laissons couler l'eau sous les ponts. Le
mépris vient de tuer en moi jusqu'au désir de la vengeance. Qu'elle épouse son Reschnine, et que son
bonheur lui soit léger! Je ne dirai à personne d'où
me vient cette bague; mais je la garderai, et si
jamais je retrouve sur mon chemin « un égoïsme
féroce et bienfaisant, » je me souviendrai... Au surplus, j'ai quelque envie d'aller faire un tour en Amérique.

— Vive Christophe Colomb! s'écria-t-il. En inven-
tant l'Amérique, ce grand philanthrope se proposait
de procurer un refuge à tous les décavés.

Il me prit la main, et me dit avec une sorte de
sensibilité : — On m'avait chargé d'un message pour
vous, je m'en suis acquitté. Je n'ai pas essayé de
vous dorer la pilule, et bien m'en a pris; la vérité

vraie est toujours bienfaisante. Vous voilà presque
guéri... Si jamais il vous revenait quelque idée de
vengeance, rappelez-vous que ce que nous sommes
et ce que nous faisons dépend peut-être uniquement
de la quantité de phosphore que nous avons dans le
cerveau. Cela n'est pas prouvé, mais c'est probable,
et il est bon de le croire: cela aide à pardonner. Se
fâche-t-on contre du phosphore?... Dites-vous : Elle
est ainsi faite, c'était fatal.

Quand il fut sorti, j'ouvris la fenêtre, je m'accoudai
sur le rebord, je regardai longtemps le ciel et le lac.
En refermant la fenêtre, je dis tout haut : Je suis un
homme fini. Je me regardai dans la glace, j'y vis un
condamné qui s'était parjuré pour obtenir sa grâce:
La lettre qu'il avait signée se lisait couramment sur
son front; je répétai : Oui, un homme fini. Je m'a-
dossai contre la muraille, l'œil attaché sur l'une des
rosaces du tapis, puis je me redressai en disant : Il
me reste pourtant trois choses à faire : me confesser,
me venger et me tuer.

Le jour même, je partis pour Paris.

## XXIV

D'abord me confesser, c'était un devoir; je veu-
lais expier. Il me parut aussi que ce serait peut-être
un soulagement. La souffrance volontaire est un antidote contre l'autre; c'est une action, elle occupe,
et puis se confesser, c'est parler de soi, et la parole
nous délivre. Quelqu'un l'a dit, l'espérance est l'éternelle lâcheté du cœur de l'homme. En descendant

au Grand-Hôtel, je me sentis plus calme. Je me disais : — Peut-être seront-ils plus indulgents pour
moi que je ne le suis moi-même; peut-être m'ensei-
gneront-ils le moyen de réparer, peut-être au fond
de l'affreux calice que je vais boire trouverai-je une
consolation.

Apparemment ce que je voulais faire était plus
difficile que je ne pensais. Je balançai longtemps si
j'irais d'abord chez Tronsko ou chez ma mère. Elle
me faisait plus peur que lui. Je décidai de commencer par Tronsko. Je poussai deux fois jusqu'à sa
porte, deux fois je rebroussai chemin. Le seuil de cette
porte me paraissait infranchissable; il était gardé
par je ne sais quoi d'inexorable et de farouche qui
disait : Tu n'entreras pas. Je pris le parti d'écrire.
Dans cette lettre, qui fut l'ouvrage d'un jour et d'une
nuit, je mis tout mon cœur, ce qui m'en restait. Jamais récit ne fut plus fidèle, plus sincère. Point de
déguisements, point d'omissions. Seulement je laissai en blanc le nom de la femme qui m'avait perdu;
je ne pus prendre sur moi d'écrire ce nom. Je relus
ma lettre à tête reposée, et je me dis : Il me croira;
la vérité justifie ceux qui la confessent; je lui paraî-
trai plus malheureux que coupable... Je me sus gré
de ce besoin que je ressentais de dire aux autres ce
que je pensais de moi. L'idée de mentir ne m'était
pas venue, j'étais encore une âme droite. Quand on a
perdu sa vertu, on peut conserver des vertus qui ne
la remplacent pas, mais qui cachent le vide qu'elle
a fait dans l'âme en s'en allant. Je respirai plus li-
brement, je repris courage; je voyais quelque chose
devant moi.

Je fis porter mon manuscrit par un commission-

naire. Il ne me rapporta point de réponse; quelques
heures plus tard, je reçus la carte de Tronsko avec
ces mots : — Sera visible demain après midi, vers
cinq heures. — Ces mots étaient bien de sa main.
Il avait consenti à m'écrire. Je baisai cette carte.
Oh! je ne me faisais pas trop d'illusions. Je m'attendais à essuyer les transports d'une colère sauvage,
des emportements, des insultes; je croyais voir
Tronsko, debout devant moi, haut de six pieds; j'entendais le frémissement saccadé de sa voix, et je
me courbais jusqu'à terre sous le flamboiement de
son regard. Peut-être cependant, après m'avoir
écrasé de ses mépris, se laisserait-il attendrir
par mon humilité, par ma bonne foi. Un peu de
pitié, un conseil, voilà l'aumône que j'espérais de
lui.

Le lendemain, vers midi, ma solitude me fit peur,
et il me prit une irrésistible envie de revoir ma mère.
Je me hasardai dans la rue Taitbout, je la remontai
et la redescendis pendant une heure. Enfin je m'arrêtai devant une porte cochère qui était entr'ouverte.
J'entrai, je gravis l'escalier; de marche en marche,
je sentais ma résolution et mes jarrets fléchir sous
moi. Je demeurai quelques instants sur le palier; je
respirais court. Je rassemblai tout mon courage, je
sonnai. Ce fut notre vieux Jean qui vint m'ouvrir. Il
fut quelque temps avant de me remettre. Reculant
d'un pas et levant les bras au ciel : — Vous, monsieur! madame en mourra de joie!

Je m'appuyai à l'un des montants de la porte : —
Est-elle ici?

— Elle vient de sortir; elle ne tardera pas à rentrer.

— Il est mieux qu'elle soit sortie, lui dis-je. Tu
auras le temps de la préparer.

Il me regardait toujours d'un œil étonné. — Permettez-moi de vous le dire, monsieur, vous avez
bien changé, vous avez vieilli de dix ans. Et, Dieu
me pardonne! il y a des poils blancs à votre moustache. Vous avez donc bien pâti? Ces brigands vous
en ont fait voir de grises?

— Comment se porte ma mère? interrompis-
je.

— Ah! monsieur, vous faites joliment bien d'arriver. Depuis votre départ, elle est comme une enragée après ses pauvres. Il n'y a pas moyen de la tenir.
L'autre jour, en rentrant, elle s'est évanouie de fatigue, et deux heures après elle est ressortie pour
aller faire encore deux ou trois greniers; elle se
tuera.

— Les femmes se ressemblent peu, lui dis-je. Il
en est à qui la charité fait passer le temps; il en est
d'autres qu'elle tue.

— Ah! mon Dieu, que madame va être contente!
s'écria-t-il.

— Pas tant que tu crois. Je lui apporte certaines
nouvelles,... de fâcheuses nouvelles.

— Si fâcheuses qu'elles soient, vous êtes en vie,
monsieur. C'est bien l'essentiel.

— J'ai donc l'air de vivre? Cela n'est pourtant pas
prouvé.

— Il est sûr que vous avez mauvais visage, et cela
fera de la peine à madame. Bah! elle vous aura bien
vite réconforté. Elle lâchera tous ses déguenillés
pour vous. Vous êtes comme votre pauvre père. Il y
avait des moments où il n'en pouvait plus, et tout

à coup, serviteur ! il repartait comme un trait
Parlez-moi de ces bonnes halles élastiques qui ne
font que toucher terre et rebondissent jusqu'au plafond.

Tout en devisant, il m'avait entraîné dans la
chambre de ma mère : — Tenez, vous vous cache-
rez là, me dit-il en me montrant un réduit dont il
ouvrit la porte. Vous pourrez la regarder, si vous
voulez, par le trou de la serrure; mais il ne faudra pas vous montrer avant que je l'aie préparée.
On dit que les trop grandes joies sont dangereuses.
Oh! laissez-moi faire. Pour qu'elle ne soit pas trop
contente, je lui dirai que vous lui apportez des nouvelles qui la chagrineront un peu.

Je tirai de ma poche un pli cacheté; il contenait
le double de la déclaration que j'avais signée. — Ces
nouvelles sont là dedans, lui dis-je. Tu lui remet-
tras ce pli.

— Bien, bien, dit-il. Il y aurait dix plis comme
cela que nous ne l'empêcherions pas d'être folle de
bonheur.

Et il me laissa seul. Je regardai autour de moi.
Dans tout ce qui m'environnait l'âme de ma mère
était présente. Sa chambre lui ressemblait. Elle
poussait l'amour de l'ordre et de la propreté jusqu'au scrupule, jusqu'à la superstition. Un grain de
poussière, un livre ou un bibelot hors de sa place
blessaient ses yeux. Chaque matin, après que sa
femme de chambre avait épousseté et rangé, elle
revoyait tout et mettait elle-même la dernière main
à la toilette de son mobilier. Le blanc était sa couleur. Blancs étaient son tapis et ses fauteuils, blancs
ses rideaux, blanches les tentures de soie des mu-

railles. Ses fenêtres, qui s'ouvraient sur un jardin, étaient tournées l'une au levant, l'autre au midi; le soleil y entrait à toute heure; il semblait se trouver chez lui dans cette chambre où régnait une sorte de pureté immaculée; c'était le sanctuaire d'une âme qui s'était échappée pour quelque temps du sein de l'éternelle lumière et qui avait hâte d'y rentrer.

Je restai debout, n'osant m'asseoir. En face de moi était une statuette d'albâtre posée sur un piédouche, et qui représentait une femme accroupie et enchaînée, avec cette inscription: *Polonia expectans et sperans*, la Pologne qui attend et qui espère. Au-dessus était suspendu un crucifix en ivoire; entre le crucifix et la statuette, mon portrait en médaillon. Ma mère avait rassemblé là toutes ses affections, son Dieu, son pays et son enfant. Que la place de ce portrait me parut étrange! Que lui disaient cette femme enchaînée, ce Dieu crucifié? et que trouvait-il à leur répondre? — Mais quoi! me dis-je; ce portrait, ce n'est pas moi. C'est l'autre, celui qui croyait à quelque chose, celui qui est mort... — Et je pensai à ces trésors d'insondable pitié, à cette manne cachée, à ce pain de vie que contient le cœur d'une mère. Elle allait peut-être me ressusciter.

J'étais là depuis je ne sais combien de temps, lorsque j'entendis un bruit de pas et de voix. Je m'élançai dans le réduit, j'en tirai la porte derrière moi, je ne la fermai pas tout à fait; je voulais entendre.

Ma mère entra accompagnée de Jean : — Te voilà hors de toi! lui disait-elle. Que se passe-t-il? qu'est-ce donc?

— Ah! si vous saviez...

— Mais parle. Qu'est-il arrivé?

— La chose la plus extraordinaire, la plus heureuse...

— Prends garde à ce que tu dis! reprit-elle d'une voix frémissante. Si j'allais croire...

— Croyez seulement. C'est cela même.

Elle poussa un cri : — Il est de retour? Il est ici?

— Il va revenir tout à l'heure. Il est ressorti, il avait une visite à faire. Vous le verrez dans l'instant.

— Lui! fit-elle; lui, mon enfant! mon cher enfant!... Ah! Dieu est bon... Et vous aussi, vous êtes bonne. Vous m'aviez pris tous ceux que j'aimais, vous m'avez rendu celui-là, pour qu'il me remplaçât tout ce que j'ai perdu. Oh! oui, bonne, vous êtes bonne...

Elle parlait, je pense, à cette statuette qui représentait la Pologne enchaînée.

— Remettez-vous, madame, lui dit Jean. Comme vous êtes pâle!

— Pâle! Il y a de quoi, n'est-ce pas? .. Mais est-il bien sûr... Tu l'as vu? tu l'as touché?

— C'est lui, madame, c'est lui, en chair et en os.

— Il est vivant! Je ne me lasserai jamais de le redire... Oui, Dieu est bon, poursuivit-elle d'une voix plus ferme. Il a voulu récompenser mon sacrifice. Il m'avait demandé mon Isaac. Il leur a crié : « Ne mettez pas la main sur l'enfant et ne lui faites point de mal. » Pourquoi donc ai-je douté? Pourquoi ai-je disputé contre Dieu? Je n'entendais pas cette voix qui disait : « Je te prendrai par la main pour te ramener des extrémités de la terre; je t'ai choisi, ne

crains point, parce que je suis avec toi... » Dis-moi,
Jean, quel air a-t-il? Il avait coupé ses cheveux
avant de partir; ont-ils repoussé?

— Je ne dois rien vous cacher, madame. Il a le
visage tout blême et tout défait.

— Je saurai bien le refaire, moi.

— C'est ce que je lui ai dit, madame. Je lui ai promis que vous lâcheriez tous vos pauvres pour lui.

Elle se mit à rire; si les anges ont parfois des
gaités, c'est ainsi qu'ils doivent rire. — Ah! bien
oui, mes pauvres, dit-elle. Je me moque bien de
mes pauvres à présent! Je leur demanderai huit
grands jours de vacances. Je leur dirai : « Vous
comprenez, quand on a un enfant.... car enfin j'ai
un enfant, moi, et puisqu'il a maigri, il faut que je
le remplume. »

— Il faudra aussi que vous le consoliez. Il a le
visage sombre comme une porte de prison. J'ai cru
comprendre que les affaires ne vont pas bien, qu'il
n'a pas réussi.

— Oh! bien, c'est fâcheux, dit-elle. Après tout,
cela ne nous regarde pas. On fait ce qu'on peut, on
n'est pas tenu de réussir... Et parlant encore à la
statuette : — Vous lisez dans les cœurs, vous! vous
regardez aux pensées, aux intentions. Vous le connaissez, n'est-ce pas? Vous savez bien qu'il a fait
l'impossible... Vois-tu, Jean, je le ferai asseoir là, à
mes pieds, et je lui ferai mettre sa tête ici sur mes
genoux, et je lui dirai que quand l'honneur est sauf,
Dieu est content, et que la Pologne est contente, et
que les mères sont contentes, et que j'entends que
tout le monde soit content, et je le forcerai lui-même
à être content... Mais quand reviendra-t-il? Il faut

absolument que je l'embrasse. Oh! que j'ai faim et
soif de lui! Ah çà! j'espère qu'il a toujours son air
un peu fou. Je ne voudrais pas qu'il eût trop changé...
Mon Dieu! où donc est-il allé?

— Patience, il va rentrer... En attendant, il faut
que M°° la comtesse lise ceci. C'est un papier qu'il
m'a prié de vous remettre. Il désire que vous l'ayez
lu avant qu'il vous voie.

— C'est singulier, fit-elle. Il y a donc des choses
qu'il aime mieux écrire que me dire?...

Elle déchira l'enveloppe. Je fus pris d'un frisson.
Bien que le réduit fût sombre, il y avait encore trop
de jour pour mes yeux; je les fermai; je me peloton-
nai, je me ramassai sur moi-même, je collai mes
lèvres contre la muraille, et je crois que je la mordis.
Il se fit un long silence; puis j'entendis un cri ou un
rugissement. Je ne reconnus pas la voix de ma mère.
C'était pourtant bien elle qui venait de crier à la statue : — Il vous a reniée!

Il se fit un nouveau silence, après quoi elle dit encore : — C'est faux. Ladislas Bolski n'a pas signé ces
infamies. Il n'a pas signé, vous dis-je. Il serait mort
dix fois plutôt que de signer... Jean, dis-moi qu'il
n'a pas signé et qu'il est mort!

A ces mots, j'apparus sur le seuil du réduit en
criant : — Vous voyez bien que je vis.

Elle était debout. Son visage ne marqua aucune
surprise; il n'exprimait que l'horreur. Elle me jeta
un regard effrayant, un regard qui n'était plus de
ce monde, un regard inexorable comme la justice
éternelle. — La Pologne et moi, s'écria-t-elle, nous
te maudissons! Je tombai à genoux. Elle dit encore :
— Jean, il faudra laver demain à grande eau..... —

Elle n'acheva pas, mais son doigt montrait le carré du tapis que souillaient mes genoux.

J'essayai de me traîner jusqu'à ses pieds. Elle reculait en me repoussant. Je commençais des phrases; je disais : — Je vous raconterai tout... Quand vous saurez... Cette femme... C'est elle... Je suis encore votre enfant... — Et ma tête battait le plancher.

J'osai enfin relever le front. Elle avait changé de visage, elle me regardait avec d'autres yeux. Il me parut qu'elle faisait un effort convulsif pour appeler un sourire sur ses lèvres et pour mettre son cœur dans ce sourire; elle n'y put réussir, sa bouche se tordait; je ne puis pas dire qu'elle ait souri. Seulement elle fit un pas, pencha la tête vers moi, me tendit brusquement ses deux bras tout grands ouverts; mais au même instant elle les ramena sur son cœur, poussa un sourd gémissement et tomba raide à la renverse.

Nous nous précipitâmes sur elle, Jean et moi. Nous la transportâmes sur son lit. Au bruit qu'avait fait sa chute, sa femme de chambre était accourue. Jean m'entraîna dehors. — Laissez-nous la soigner, me dit-il. Courez chercher le médecin...

Vingt minutes plus tard, j'amenai un docteur. Il entra dans la chambre, où je n'osai le suivre. Il reparut au bout de quelques instants. — Ne craignez rien, me dit-il. Ce n'est qu'un spasme. La surprise, l'émotion, la joie... Je vous réponds de sa vie; mais il ne faut pas qu'elle vous voie. Dans deux heures d'ici, vous pourrez lui parler sans danger.

Je regardai ma montre. Elle marquait quatre heures et demie. — Ah! me dis-je, j'ai quelque chose à faire. Tronsko m'attend. — Et je sortis, je me je-

21

tai dans un fiacre, j'arrivai rue du Vieux-Colombier.

Après ce que je venais de voir et d'entendre, tout m'était indifférent. Cependant l'accueil que me fit Tronsko me surprit. Je trouvai un homme tranquille, enjoué, jovial, qui me tendit la main, — je me trompe, — l'un des doigts de sa main gauche. Un jeune chirurgien polonais était auprès de lui. Il le pria de passer un instant dans la pièce voisine. — Il faut que je taille une bavette avec ce garçon, lui dit-il. Le jeune chirurgien voulait se retirer. — Non, lui dit Tronsko. Vous savez que j'ai un service à vous demander. Je vous rappellerai tout à l'heure.

Quand nous fûmes seuls : — Eh bien! me dit-il en souriant, j'ai lu ta seconde pancarte. C'est encore mieux que la première. Tu as profité de tes deux années d'études; ton récit est d'un tour vif et semé de réflexions qui vont à l'âme. Le style est ton fort, mon garçon. Un joli talent, ma foi! et qui peut servir.

— Vous n'avez pas autre chose à me dire? interrompis-je.

— Comme tu y vas! Je ne fais que de commencer... Au reste je connaissais déjà le gros de l'affaire. J'ai reçu avant-hier deux journaux russes qui parlent de toi. Te voilà célèbre. Ces deux gazettes glorifient à l'envi la magnanimité de ton souverain légitime, l'empereur de toutes les Russies, et elles ne te marchandent pas non plus les éloges à toi... Écoute plutôt

Et prenant sur la table l'un de ces journaux, il m'en lut le passage suivant : « Ladislas Boleki témoigna le repentir le plus touchant; il se battait la poitrine; son visage était baigné de larmes. — Non, s'écriait-il, je ne me pardonnerai jamais d'avoir offensé le meilleur des maîtres, et désormais il n'aura pas de sujet plus fidèle que moi. — Puisse ce jeune homme servir d'exemple à toute la Pologne ! Bon sang ne peut mentir. Un Bolski ne pouvait rester longtemps dans la voie de perdition. Il est des noms qui obligent... »

— Ne baisse pas les yeux ! continua Tronsko. Ne rougis pas ! L'éloge est un peu vif. Que diable ! il ne faut pas être trop modeste.

Je lui arrachai le journal des mains et je le foulai aux pieds.

— Ce qui me fâche, reprit-il de son ton posé, c'est que ni le journaliste ni toi ne m'avez éclairé sur un point. Nous avons appris de source certaine que Casimir est sous clé, et quelques-uns soupçonnent que c'est toi qui l'as dénoncé.

Je le regardai en face. — Vous savez comme moi que c'est un impudent mensonge et une infâme calomnie, lui dis-je froidement.

— Oh ! voilà de gros mots ! Un mensonge ! Je voudrais te croire, mais où sont tes preuves ?

— Je lui répondis avec fureur : — Qui prouve que vous soyez allé au Kamtschatka ?

— Tu as raison, cela n'est pas prouvé, me répliqua-t-il en riant ; mais quand je le dis, on me croit.... Et quand tu diras que tu es un honnête homme, on ne te croira pas, et on te répondra qu'il n'y a que le premier pas qui coûte, qu'en fait de honte qui a bu boira.... J'en suis fâché ; les opinions humaines sont si fantasques !

Je pris mon chapeau, je me dirigeai vers la porte et je m'écriai :

— Il y a quelqu'un qui me croira.

Il courut après moi et m'arrêta par le bras : — Ta

mère? me dit-il en élevant la voix. Oh! j'espère bien
que tu ne t'aviseras pas... Malheureux! si tu lui disais un mot, tu la tuerais!... Et d'ailleurs oserais-tu
contempler ce visage transparent qui laisse voir un
cœur sans tache, cette bouche qui n'a jamais menti,
ce regard doux et profond qui traverse la vie en
courant pour aller plus loin, ces yeux pleins de soleil, de vérité et d'un étonnement de vivre?... Oh! les
yeux de ta mère!... Ces yeux-là se repentent des
fautes que font les autres, et on y voit aussi cette
sainte sauvagerie qui ne peut s'apprivoiser avec le
mal... Je te défie de la regarder en face, je te défie
de toucher un pli de sa robe sans frissonner, je te
défie d'entendre le son de sa voix sans que ta conscience te morde au cœur comme une vipère!

Je sentis qu'il disait vrai. Je fus pris d'un accès
d'atroce désespoir et je m'écriai : —Il est donc certain que je suis un homme fini!

— Ah! certes, fini, me dit-il, complétement fini,
au troisième dessous! Il n'y a pas de petite honte.
On croit que ce n'est qu'une crevasse; elle n'a pas
de fond. Tout déshonneur est un abîme...

Je retombai accablé sur ma chaise. Il alla jusqu'au bout de la chambre et regarda une cage que
je reconnaissais bien. — Tu vois ce chardonneret,
reprit-il en grattant le treillis de son ongle pour
agacer l'oiseau. Ce n'est pas celui auquel jadis tu as
bien voulu rendre quelques soins. Le pauvret s'en
est allé *ad patres*. Je crois vraiment que tu lui avais
porté malheur... Mais voilà ce qu'il y a de gentil
avec les chardonnerets : on en perd un, on en ra-
chète un autre au marché de la Porte-Saint-Martin,
et en définitive c'est toujours le même chardon-

neret. Seigneur Dieu ! il n'en va pas ainsi avec l'honneur.

Et allongeant le bras : — Tu as crevé ta monture. Tu iras à pied toute ta vie. Tu auras beau courir les relais, tu n'y trouveras pas de chevaux de rechange...

Il prit sur la table quelques papiers qu'il enferma dans son secrétaire et deux ou trois volumes qu'il remit soigneusement à leur place sur l'un des rayons de sa bibliothèque; puis, se rapprochant de moi, d'un ton presque amical : — Après tout, je ne t'en veux pas. Ce n'est pas ta faute. Le coupable, c'est moi. Je suis une vieille bête. Pourquoi me suis-je mis en tête, à mon âge, qu'un Bolski pouvait être autre chose qu'un Bolski ? Le moricaud entre noir au bain et noir il en ressort. J'ai cru à la vertu toute-puissante de la lessive. Voilà mon péché. Tu es le fils de ton père, et ton père, était le fils de ton grand-père. Oh ! ces hérédités de famille !... Tout ce qu'on peut te demander, c'est de tirer l'échelle après toi. Sois le dernier des Bolski, et tu auras bien mérité de la Pologne... Et puis voilà que tu pleures ! Imbécile ! quand je te dis que tu es un homme fini, entendons-nous. Autre chose est l'honneur, autre chose le bonheur... Du bonheur ! mais tu en as des provisions sur la planche. Il y a dans ta lettre un article que je ne crois pas. Tu prétends que ta maîtresse t'a planté là. A d'autres ! On ne lâche pas un Apollon tel que toi. Je veux parier qu'elle t'attend là-bas, dans ce joli village où j'ai eu la sottise de t'aller chercher. Va-t'en bien vite la rejoindre... Ah çà ! j'espère qu'elle est jolie, ton infante, et aussi gracieuse que tu es gracié. Les baisers de femme effacent tout.

Quand tu la tiendras sur tes genoux, quand tu pres-
seras de tes deux mains sa taille de nymphe, oh!
oh! tu feras des gorges chaudes en pensant à Ko-
naraki, et tu diras à ta Russe : Entre l'échafaud et
tes baisers, quelle différence! Dire qu'il y a des
fous qui auraient choisi l'échafaud!...

« Non, poursuivit-il, il n'y a dans toute cette affaire
qu'un pauvre diable que je plaigne : c'est moi. Franchement, ma situation est fort désagréable. Je t'ai
cautionné, j'ai garanti ta vertu; tu as fait banque-
route, il faut que je paie, et je n'ai pas d'infante pour
me consoler, moi... Écoute ceci : hier soir, certains
particuliers que tu connais ont été fort durs envers
moi; ils m'ont rappelé d'un ton brutal que je m'étais
porté ton répondant, ils ont rejeté sur moi toute la
faute, ils m'ont imputé, Dieu me pardonne! jusqu'à
l'emprisonnement de Casimir. Me voilà dans de
beaux draps! Quelqu'un s'est permis de me dire en
ricanant : A propos, n'aviez-vous pas donné votre
main gauche à couper que Ladislas Bolski était un
homme de cœur ?... Cela est vrai, je t'ai conté la
chose quand tu es parti. Mon Dieu! je sais bien que
je suis solvable; mais, s'il faut parler net, je tiens à
ma main autant qu'elle tient à mon bras. Tu me diras
que deux mains c'est trop, c'est du luxe, qu'une
seule me suffit pour écrire. Cependant, lorsque mon
chien de rhumatisme me tombe sur le bras droit, il
faut bien que je me serve de l'autre, sans compter
que j'ai besoin de tous les deux pour soigner mon
chardonneret...

— Cessez vos atroces plaisanteries! lui criai-je.
Broyez-moi plutôt le cœur sous vos pieds!

Il bondit sur lui-même comme un léopard; ses

yeux me foudroyèrent. — Tu crois donc que je plai-
sante? s'écria-t-il d'une voix terrible, et par un
mouvement plus rapide que l'éclair, il saisit sous
l'un des coussins du canapé une hache qu'il y avait
cachée; il étendit son bras gauche sur la table,
et avant que j'eusse le temps de courir à lui, la
hache s'abattit. Je fermai les yeux, je sentis comme
un vent humide qui passait sur ma figure, comme
une rosée de sang qui rejaillissait sur mes joues. Je
rouvris les yeux; il y avait sur la table une flaque
rouge et une main.

Il me cria : — Crois-tu qu'après cela on se per-
mette encore de ricaner en me parlant de toi?...
Et il dit encore : — Lave-toi, je t'ai éclaboussé de
mon sang. — Et me montrant la main : —Prends-
la! je te la donne...

Le jeune chirurgien, qui aux éclats de sa voix
avait ouvert brusquement la porte, s'élança vers lui.
Je me sauvai à toutes jambes sans retourner la tête;
je courus, je crois, jusqu'à la rue Taitbout. Je me
rappelle que tout en courant je sentais sur mon
front comme une fraîcheur, et que j'y passais la
main pour essuyer je ne sais quoi. Ce fut Jean qui
m'ouvrit. Il était pâle comme un spectre. Je lui dis :
— Referme vite la porte; il y avait quelque chose
qui montait l'escalier derrière moi. — Je vis la
porte s'entr'ouvrir, je tombai évanoui.

En revenant à moi, j'appris pourquoi Jean était
pâle : ma mère était morte.

## XXV

Je passai trois semaines à Paris. Je ne sais pas bien ce que j'y fis. Je me souviens pourtant que ma mère fut enterrée au Père-Lachaise. Le convoi fut magnifique. Il y avait là tout un peuple de déguenillés qui pleuraient. Deux messieurs, très-bien vêtus, prononcèrent des discours; ils parlèrent un peu de ma mère et beaucoup de la Pologne. Au moment où les premières pelletées de terre tombèrent sur le cercueil, je me tournai vers quelqu'un et je lui dis : — Je vous jure qu'elle voulait m'embrasser. Il est vrai qu'elle a cherché à sourire et qu'elle n'a pas pu; mais elle a tendu les bras. Si elle n'était pas morte, elle m'aurait embrassé.

Il me semble que pendant ces deux semaines que je passai à Paris, je ne souffrais pas trop. J'éprouvais une sorte de somnolence, d'engourdissement bienfaisant; mes souvenirs s'écoulaient par des fuites mystérieuses, il se faisait dans mon esprit des lacunes, des blancs, et je ne voyais plus rien; ma destinée me devenait étrangère; j'étais absent de moi-même. Je me disais : Qui suis-je? ne m'est-il pas arrivé quelque chose? Je cherchais et je ne trouvais pas. Ou bien ma mémoire me retraçait tout à coup certains détails insignifiants de mon enfance, et ces réminiscences m'occupaient des heures durant. Je pensais beaucoup à un pied de giroflée double qu'à l'âge de quatre ans j'avais planté dans mon jardin et qu'un matin j'avais trouvé broui par

la gelée. Je pensais beaucoup aussi à une roue de
noria que mon père m'avait fait remarquer un jour
en se promenant avec moi sur les bords du Rhône.
Cette roue tournait sans cesse devant mes yeux; je
voyais monter les augets pleins, redescendre les
augets vides.

Pendant ce temps, ma machine continuait de
vivre; il y avait en moi un automate qui se chargeait
de me représenter dans le monde; il allait, venait,
questionnait, répondait, traitait d'affaires avec des
banquiers et des gens de loi. Personne ne se doutait
qu'au moment où j'apurais des comptes ou signais des
actes, j'avais en tête une giroflée et la chaîne sans fin
d'une noria; après quoi mes souvenirs rentraient en
moi par une sorte d'infiltration lente, et tout à coup
je tressaillais; je venais de me rencontrer au tournant d'une rue ou de m'apercevoir dans les yeux
d'un notaire. On me disait : Qu'avez-vous? Je répondais : Rien. C'était pourtant bien quelque chose; je me
rappelais que j'étais un tel, dont la mère était morte,
qu'un jour j'avais cru voir une main monter un escalier derrière moi. Alors j'envoyais chercher secrètement des nouvelles de Tronsko. Il était demeuré
trois jours entre la vie et la mort; mais cette âme
de titan polonais était fortement chevillée à son
corps; il commençait à se remettre. Dans le fond, je
ne le plaignais pas beaucoup. N'avait-il pas refusé
de me plaindre, lui, et de me croire? Ce qui me
désespérait, c'est que désormais il ne pouvait plus
m'oublier; mon nom était à jamais écrit sur son
bras mutilé. Cette main, qui lui manquait, racontait
toute une histoire, et, quand j'y pensais il me prenait une impatience furieuse de mourir

Il y avait pourtant dans ce monde quelqu'un qui me plaignait, c'était mon vieux Jean. Que savait-il de mon aventure? Je l'ignore; mais rien n'avait pu décourager ni refroidir son inaltérable tendresse pour moi. Je passais mes soirées avec lui; il répondait avec une miséricordieuse patience à toutes les questions que lui adressait ma folle commençante. — Elle était jaune, cette giroflée? lui disais-je.

— Oui, d'un beau jaune.

— Quel dommage qu'elle ait péri!

— Que voulez-vous, monsieur? Quand le soleil surprend les fleurs après une gelée, il les fricasse.

— Qu'aimerais-tu mieux être, une giroflée ou une noria?

— Les norias, disait-il, cela tourne toujours. Ce n'est pas bien amusant.

— Tu te rappelles bien celle qui est là-bas, dans le Rhône? Je t'assure qu'elle avait l'air heureux.

— Je n'ai pas vu la noria que vous dites; mais il y avait près de notre maison, aux Pâquis, une grande roue de puits que faisait tourner un cheval.

— Il était gris, ce cheval.

— Ou bai, je ne sais.

— Je suis sûr qu'il était gris. Il avait les yeux bandés, et il allait toujours devant lui, sans y voir. Moi, j'y vois. C'est de cela que je mourrai.

Il me baisait les deux mains. — Mourir! ce ne sera pas demain. On ne meurt pas à vingt-trois ans.

Je lui répondais : — Tantôt j'ai traversé le boulevard. Tous les passants se retournaient, et je lisais mon nom dans leurs yeux. Il faut bien que je meure.

J'employai trois jours à rédiger mes dernières dispositions dans la forme d'un testament mystique.

J'instituais la Pologne émigrée mon légataire universel. La fortune que m'avait laissée ma mère montait à près d'un million. Mes exécuteurs testamen-
taires devaient servir à Jean une pension de trois
mille francs et consacrer le reste à la fondation d'un
hospice polonais, dont la façade porterait en lettres
d'or le nom de mon père : Hôpital de Stanislas Bolski.
Je n'avais pu réparer sa faute par ma vie, j'entendais
la racheter après ma mort. Je dis au notaire qui
reçut mon testament clos et scellé : — Vous saurez
bientôt ce qu'il y a dedans.

Le lendemain matin, je me réveillai en me disant :
— Je n'ai plus rien à faire ici, il faut que je me
venge avant de mourir. — J'avais pris jadis le chemin de fer pour devenir un héros, je le pris ce jour-
là pour aller me venger. J'emmenai avec moi mon
vieux valet de chambre: je ne pouvais plus me
passer de lui; il était le seul être vivant qui crût ce
que je lui disais et qui sût que ma mère avait voulu
m'embrasser.

A peine eus-je quitté Paris, ma torpeur se dissipa,
mes idées s'éclaircirent, je repris la libre possession
de mes pensées et de ma volonté. J'avais juré que
Mme de Liévitz n'épouserait pas son Reschnine. Il
fallait le trouver, ce Reschnine, dussé-je l'aller chercher jusqu'au bout de la terre: mais j'avais arrêté
en moi même que je n'aurais pas besoin d'aller si
loin. Il me paraissait peu probable que Mme de Liévitz
passât en Courlande son année de veuvage; sûrement elle en irait attendre l'expiration à Maxilly;
l'endroit lui plaisait; elle y retrouverait ses pauvres
et d'autres amusettes qui l'aideraient à patienter. Or
Maxilly est à quelques lieues de Genève, et Genève

est sur le chemin d'un homme qui, se trouvant à Lisbonne, désire se rendre à Saint-Pétersbourg. Je tenais pour certain qu'elle avait pris rendez-vous avec le prince à Maxilly, que c'était là, sur ce *divin rivage* et près d'une *tour en ruine*, qu'ils conviendraient de leurs plans et savoureraient l'avant-goût de leurs félicités futures. C'est là aussi, m'étais-je dit, que j'irai les déranger, et s'ils n'entendent pas raison, je tuerai quelqu'un.

Je n'avais pas seulement recouvré la netteté ordinaire de mes idées, j'avais acquis une sorte de clairvoyance magnétique; j'étais sûr de mon fait; mes conjectures s'imposaient à mon esprit comme des évidences. Je ne fis que traverser Genève; je m'embarquai. Deux heures plus tard, j'aperçus Évian. Le bateau rangeait la côte, et bientôt des tourelles coiffées de clochetons m'apparurent sur la hauteur; je les voyais glisser derrière les feuillages des châtaigniers. Une éclaircie se fit dans la verdure, et je la vis tout entière, cette maison fatale qui me devait une revanche. Je m'assurai que les contrevents étaient ouverts, que ce château était en vie, qu'on était là. Je me tournai vers Jean et je lui dis :

— Reste à savoir si Reschnine est arrivé.

Il me demanda qui était Reschnine.

— Un prince russe, lui répondis-je, qui aime passionnément les histoires. J'en ai une fameuse à lui conter.

Je débarquai, non à La Tour-Ronde, mais à la station suivante, à Meillerie, réduit sauvage découvert jadis par Saint-Preux. Si son ombre y revient, elle doit se trouver mal à l'aise dans ce lieu vide de ses amours et qu'animent de leur tapageuse activité

tout un peuple de chaufourniers, de carriers et de
mineurs; les bruits et les coudoiements sont désa-
gréables aux fantômes. Mais en perdant sa solitude
Meillerie a gardé toute l'âpreté de son paysage. Là se
termine brusquement le riche coteau qui, sur une
longueur de plusieurs lieues, interpose entre les
Alpes et le Léman ses terrasses successives de vignes
et de châtaigniers. La montagne, qui s'était tenue à
l'arrière-plan, fait un coude, pousse jusqu'au rivage,
l'enserre, l'étrangle et bientôt se met à sa place.
Ce changement à vue est surprenant. A La Tour-
Ronde, le lac est bleu, lumineux, riant; il reflète
des bords enchantés et fleuris; il a une grève om-
bragée de noyers, une plage dont la pente insensible s'enfonce doucement sous l'eau; il éveille des
idées de bains ensoleillés, de parties de pêche, de
promenades en barque; c'est un lac apprivoisé, familier; la vague s'ébaudit et bavarde parmi les galets; quand elle se fâche, la rive inclinée où elle dé-
ferle amortit ses violences. A Meillerie, le lac n'a
plus de rivage, et à deux pas du bord plus de fond.
Enfermé par de hautes murailles rocheuses hérissées
de sapins, qui l'obscurcissent de leur ombre, ses
colères sont noires, ses accalmies sont menaçantes;
quand il parle, il rugit, et ses rochers lui répondent;
quand il se tait, ses glauques profondeurs semblent
méditer de sournois attentats. Les deux hameaux
diffèrent entre eux comme les sites qu'ils occupent.
La Tour-Ronde étale coquettement en éventail ses
murs blancs entourés de jardins à fleur d'eau. Meillerie est bâti dans le creux d'un rocher, sur les
flancs duquel ses maisons en désordre se précipitent
et se bousculent comme un troupeau de chèvres ef-

fardées. On les croirait prêtes à s'écrouler. Le lac les
attend.

J'eus quelque peine à me caser. On m'indiqua
une auberge située à cinq minutes du village. Ce
n'était qu'un bouchon de rouliers. Heureusement le
cabaretier avait bâti depuis peu à l'extrémité de son
jardin un pavillon qu'il réservait pour y recevoir les
touristes huppés et pour les jours de gala. J'obtins
en finançant qu'il consentît à m'y loger. Sur le devant s'étendait une étroite terrasse close de murs et
bordée du côté du lac par un parapet à hauteur
d'appui, lequel était fort dégradé et qu'interrompait
vers son milieu une large brèche. Les Savoyards
bâtissent, ils ne réparent guère; ils laissent les vieux
murs mourir de leur belle mort. Je passai ma tête
dans cette brèche et j'aperçus, à trente pieds au-
dessous de moi, une belle eau verte, enfermée de
trois côtés par les parois à pic d'un rocher creusé
en anse de panier. Quelqu'un regardait comme moi;
c'était un arbousier, qui avait réussi à croître sur un
ressaut de la roche; il se penchait et laissait pendre
ses fleurs rouges dans le vide. Qu'apercevait-il au
fond du gouffre? Il se courbait avec une grâce effarouchée. Il était curieux et il avait peur.

— Ne vous avancez pas trop, me dit l'aubergiste
en me tirant par ma manche. Dame, si le pied venait
à vous manquer... Le fond est de cent brasses, et à
cinquante pas au large, de mille pieds. Ce mur a
donné un coup, il n'est plus d'aplomb. J'avais dit aux
maçons de venir, ils ne sont pas venus.

— La Savoie, lui dis-je, est pleine de vieux murs
qui attendent les maçons.

— C'est égal, monsieur, me dit Jean, quand l'aubergiste se fut retiré; il me semble que nous aurions été mieux à La Tour-Ronde. A vue de pays, c'est plus gai.

— A La Tour-Ronde, lui répondis-je, il y a une maison qui s'appelle Le Jasmin. J'y ai connu quelqu'un qui est mort... Si tu es curieux de voir La Tour-Ronde, c'est à une heure d'ici. Tu t'en iras demain jusque-là, de ton pied gaillard. Tu t'informeras d'un petit garçon qui a nom Fanchonneau, et s'il est encore dans le pays, tu me le ramèneras. — J'ajoutai : Peut-être te fera-t-il des difficultés et te dira-t-il qu'il est en affaires. En ce cas, tu lui mettras dans la main un napoléon. C'est un genre de raisonnement qu'il comprend à merveille, ayant étudié la philosophie à Lyon.

Il fut frappé de mon air de gaîté. — Ah! monsieur, me dit-il, vous n'aviez besoin que de changer d'air. Vous vous portez déjà bien mieux qu'à Paris.

— Je me sens renaître, lui dis je. J'ai trouvé quelque chose à faire.

Le lendemain, vers midi, Fanchonneau frappait à ma porte. Le napoléon que lui avait donné Jean l'avait électrisé, et je crus qu'il allait m'embrasser; mais il s'arrêta dans son élan, me regarda d'un air surpris et comme s'il avait eu peine à me reconnaître. Évidemment j'avais changé. Je le fis asseoir; il me conta qu'il s'était fait pêcheur. Il professait une grande estime pour le poisson. — On croit que c'est bête, le poisson, disait-il, et ça ne l'est pas. C'est plein d'esprit, ça se souvient des endroits où on a failli le pincer, ça évente les piéges. Ah! monsieur, il faut bien plus de façons pour attraper une truite qu'un homme. — Il

n'y a point de scepticisme complet : Fanonnonneau
croyait au poisson. ·

— Que se passe-t-il dans le pays? lui demandai-je.

— Oh bien! on peut dire que les années se suivent
et se ressemblent. Elle est revenue, la tripoteuse,
et elle a toujours ses yeux à crochets. Seulement elle est vêtue de noir. Elle tripote toujours;
qui naît poule aime à gratter. Et son baron de La
Tour trottine toujours autour d'elle comme un
chat autour d'un fromage. Et son petit Livade lui
serine des sonates comme l'an dernier. Il avait
disparu, le greluchon. Ces êtres-là, ça surnage à
tout. Ah! par exemple, où il y a du changement,
c'est que le docteur Meergraf a été mis à pied.
Il avait fait son temps, paraît-il; on lui a donné
son sac et ses quilles. Et puis un autre changement, c'est que M. le curé, qui n'aimait pas trop à
aller dans cette maison, s'y est tout à fait acoquiné.
Cette diablesse de femme vous l'a ensorcelé comme
les autres.

— Et Pardenaire?

— On ne sait où il est. Un jour, j'étais à une fenêtre et lui dans la rue, et je lui dis : — Ohé! Pardenaire, où est ta comtesse? — Il me répond en
roulant les yeux : — Ne me parle plus de cette
femme. Elle a eu le front de dire que c'était moi qui
avais chargé le fusil. — Et voilà un homme qui se
met à sangloter. Depuis lors on ne l'a plus revu.

— Et M^me de Liévitz s'occupe toujours de ses
pauvres et de ses malades?

— Couci, couci. Cela ne va plus bien fort. Elle a
trouvé que c'était toujours la même chose. Pour le

quart d'heure, elle s'est faite maîtresse d'école. Elle
a ramené d'Allemagne un petit bossu qui a des lunettes et une langue qui va toujours. Il paraît que
ce petit vieux a inventé des mécaniques pour instruire la jeunesse. Il fait l'école au château toutes les
après-midi dans une salle qu'on a arrangée pour la
circonstance. Il y a tout le long des murs des cartes
et des pancartes, des globes qui tournent et d'autres
qui ne tournent pas, des images coloriées, des maisons, des bateaux, des bonshommes en terre glaise,
le diable et son train. Cela fait endêver les frères.
Ils ont déjà perdu une douzaine de leurs élèves. Les
petits aiment bien mieux aller faire leurs leçons au
château. Sur le coup de quatre heures, la comtesse leur fait une distribution de tartelettes à la
crème. Les frères n'ont pas tant de crème que cela.
Ils ont crié comme des aveugles; mais elle a le
sous-préfet dans sa manche.

Je lui demandai s'il avait appris par hasard qu'on
attendît au château la visite d'un étranger, d'un
prince russe. Sa science n'allait pas jusque-là. Je
le chargeai d'aller aux informations en lui recom-
mandant de ne point parler de moi, et je lui
promis un second jaunet, s'il réussissait dans sa
mission.

Il revint le soir même. Il avait l'air triomphant et
tenait, disait-il, mon affaire. En arrivant à Maxilly,
il avait observé qu'on faisait des préparatifs dans le
pavillon carré qui est à main gauche de la cour. On
ouvrait les fenêtres pour aérer, on époussetait des
meubles, on battait des tapis. Il avait essayé de faire
causer la cuisine, mais la cuisine n'avait pas causé.

— Cette femme-là, me dit-il, fait le bec à ses gens.

22

Je m'en allais le nez long quand je rencontre dans
la cour la bourgeoise en personne. Elle tenait à la
main une lettre qu'elle tiraillait tout doucement
entre ses doigts. On eût dit qu'elle jouait à la franche
marguerite. — Ah! c'est toi, Fanchonneau! qu'elle
me dit. Il me faudrait pour dimanche une truite de
belle taille. — Madame la comtesse attend du
monde? — Elle me répond en riant : — Eh bien!
eh bien! tu te permets de me questionner? — Et
moi je lui dis : — Oh! c'est que, voyez-vous, il y a
des truites de baron, des truites de marquis, des
truites de prince russe... — Elle me fait sa moue
que vous savez : — Il me faut une truite d'empereur. — Voilà que sa lettre lui échappe d'entre les
doigts et tombe à terre. Je la ramasse bien vite,
car on sait vivre. Et comme le papier était ouvert et qu'on n'est pas manchot des yeux, tout en le
ramassant j'ai guigné la signature. Le reste était en
arabe ou en hébreu, mais la dernière ligne était en
français. Il y avait *votre*, et puis quelque chose
après, et puis tout au bout *Reschnine*. Elle m'a donné
avec la lettre un soufflet sur les deux joues et m'a
tourné le dos. Alors moi, pas bête, j'avise à l'entrée
du jardin cette jolie petite Hélène, vous savez, sa
femme de chambre. En passant devant elle, je lui dis
à tout hasard : — Ah bien! j'ai de la chance, mam-
selle. M^me la comtesse vient de me commander une
truite d'empereur pour régaler dimanche M. Reschnine. — Si tu disais : M. le prince Reschnine,
maroufle! qu'elle me répond. — Sur quoi j'ai filé
mon nœud; je tenais votre affaire. Et dites après
cela que Fanchonneau ignore quelque chose de ce
qui concerne son état.

— Et surtout l'état des autres, ajoutai-je en le congédiant.

J'avais devant moi six jours d'attente. Je les employai de mon mieux. Ma petite terrasse, enfermée entre le pavillon et deux murs, était un lieu très retiré et fort tranquille, où j'étais à l'abri des indiscrets. On ne pouvait m'apercevoir que du lac; mais les pêcheurs qui longeaient la côte étaient trop occupés de leurs filets pour se soucier beaucoup de moi. Je savourais le bonheur de n'être plus regardé; j'avais pris en horreur le regard humain et ses inquiétantes précisions. Le chien du cabaretier, grand épagneul, me rendait quelquefois visite; ses yeux sans pensée me plaisaient. Ces yeux-là ne savaient rien et ne me questionnaient pas; ils ne me demandaient que des caresses et du sucre.

J'avais dressé une cible contre la muraille et je passais une partie de mes journées à tirer du pistolet. J'étais content de moi : ma main ne tremblait pas, je faisais mouche quatre coups sur cinq. Un autre de mes plaisirs consistait à m'asseoir sur le parapet à contempler mon rocher, mon arbousier, mon gouffre. Quand le vent fraîchissait, les vagues brisaient avec un bruit creux; elles m'appelaient. Je leur répondais par un signe de tête. J'avais encore un passe-temps qui n'était pas du goût de mon hôte; je m'amusais à jeter des pierres dans le lac, et c'est au parapet que j'empruntais mes projectiles. Au bout de deux jours, la brèche s'était sensiblement élargie, une brouette y aurait passé. Un matin, en m'apportant mon déjeuner, le cabaretier me surprit dans cette occupation et me fit des reproches. Je lui dis avec colère : — Vous mettrez votre mur sur la

note ; laissez-moi tranquille. — Il se tourna vers
Jean et posa son doigt sur son front. Jean fit un geste
qui signifiait : — Pensez-en ce qu'il vous plaira.

Par intervalles, je me sentais repris de cette somnolence mêlée de rêvasserie que j'avais éprouvée à
Paris ; je retombais en langueur, je ne savais plus
qui j'étais ni ce que je voulais; il n'y avait plus rien
en moi, absolument rien. Alors tout mouvement me
répugnait ; respirer me paraissait une fatigue. Je
m'asseyais au soleil et je regardais mon ombre allon-
gée devant moi. Il me semblait que cette ombre,
c'était lui, cet homme que j'avais connu et qui était
mort, celui qui croyait en quelque chose, celui qui
aimait la Pologne, celui qui avait des fiertés, des
espérances et des fièvres, celui qui courait dans le
monde le front levé, avec des éclairs dans les yeux,
avec des abondances de vie dans le cœur, avec des
bourdonnements de rêves dans les oreilles. Entre lui
et moi s'engageaient des entretiens étranges. Puis je
me redressais, je me frappais le front, je pensais au
prince Reschnine, et je recommençais à tirer du pistolet.

Sur la fin de la semaine, je sentis le besoin de me
remuer. Je courus dans la montagne et sur le penchant des hauteurs qui dominent Maxilly, évitant les
habitations, cherchant les sentiers écartés. Ces lieux
m'étaient bien connus, et je retrouvais toutes choses
telles que je les avais laissées. De la crête du coteau,
j'apercevais la Tour-Ronde à mes pieds. Le lac éta-
lait sous mes yeux toutes ses grâces d'autrefois, gris
le matin, bleu dans le milieu du jour, et vers le soir
s'irisant comme de la nacre et mêlant à ses blancheurs
d'opale des veines d'or et de pourpre. Selon que le

vent fraîchissait ou tombait, il était lisse comme de
la moire, ou se granulait comme une peau de chagrin,
ou se mouchetait d'écume et frissonnait. Tour à tour
il berçait en chantant l'ombre flottante d'un nuage,
ou, traversé dans sa largeur par une traînée de
lumière, il se couvrait d'étoiles qui dansaient sur la
vague. Les collines aussi, les champs et les forêts
avaient gardé toute leur beauté. Les buissons étaient
fleuris et sentaient bon, les châtaigniers filtraient
dans leurs feuillages reluisants une pluie de soleil
qu'ils laissaient retomber goutte à goutte sur les ga-
zons; il y avait des papillons dans les prés, des
oiseaux dans les bois, et dans les nids des couvées
que travaillaient des impatiences de voler, et dans
les haies un remue-ménage d'insectes, et partout sur
le sol et dans l'air des êtres ailés ou rampants qui
avaient quelque chose en tête, des allées et des ve-
nues, des bruissements, des frissons, une hâte de
vivre, des espérances affairées. Les abeilles espéraient
leur miel, les aiglons sans plumes espéraient le soleil,
les pommiers espéraient leurs fruits, les champs s'attendaient à leurs moissons. L'homme mort que j'étais
assistait avec stupeur à ces infatigables recommen-
cements de l'éternelle jeunesse. J'étais fini, et il se
faisait autour de moi comme un immense départ
pour le bonheur.

Le samedi, cédant à une irrésistible curiosité, je
poussai jusqu'à ce fourré où j'avais rencontré pour
la première fois le baron de La Tour. J'écartai les
ronces, et j'aperçus devant moi, par-delà le ravin,
Maxilly, son parc, sa terrasse, ses vignes en berceau,
sa tour ruinée « où croît l'œillet sauvage. » Je vis
paraître trois points noirs au bout de la grande ave-

nue. Je braquai ma lunette, je reconnus M^me de Liévitz accompagnée de M. de La Tour et de Livade.
Elle se promenait et causait avec eux comme l'autre
année, dans le même endroit, près de la même
treille, devant le même lac, sous le même ciel. Et
c'était bien la même femme, les mêmes hommes, et
rien n'avait changé, il ne s'était rien passé, depuis un
an ils n'avaient pas cessé de se promener là, j'avais
fait un mauvais rêve... Je me frappai la poitrine pour
m'assurer que j'existais.

Quatre heures sonnèrent. Une volée d'enfants s'é-
chappa du château avec des gazouillements d'oisillons
qu'on met en liberté, et ils se répandirent dans le
verger. M^me de Liévitz les appela, s'assit sur un banc,
les fit s'accroupir en cercle autour d'elle; un laquais
en livrée apporta un plateau chargé de ces fameuses
tartelettes à la crème et un grand panier plein de
cerises. Elle commença la distribution, elle jetait les
cerises à deux mains, à droite, à gauche; les enfants
les recevaient dans leurs tabliers tendus. Des gaîtés,
des cris, arrivaient jusqu'à moi; je croyais reconnaître sa voix parmi toutes ces voix, son rire parmi
tous ces rires. Cette âme si tendre était heureuse de
faire des heureux; cette âme, chaste comme l'aubé-
pine, se plaisait à la joie de ces innocences rassem-
blées autour d'elle; sa candeur souriait à leur candeur, son ingénuité s'amusait à des idylles, et les
nuages avaient un air de fête, l'air embaumait, les
oiseaux s'égosillaient, le lac était couleur de ciel.

Je crus que j'allais suffoquer. Je n'étais donc
qu'une ombre, qu'une illusion, que le rêve d'un rêve,
puisque je ne laissais aucune trace dans les lieux et
dans les vies où je passais. Je n'étais rien, puisque,

mon cœur et mon honneur, j'avais tout perdu, et
que le lac était bleu, et que les oiseaux chantaient,
et que cette femme jetait à des enfants des cerises
et des sourires!... Si, dans cet instant, quelqu'un lui
avait crié mon nom, il ne l'aurait pas fait tressaillir...
De qui parlez-vous? Je ne le connais pas. Ah! ce
Polonais? Il y a si longtemps que cela s'est passé!
C'était le 7 mai, et nous sommes en juin. Il y a près
d'un mois de cela. Pensez-y donc, quatre quartiers
de lune! mais c'est un siècle... J'avais disparu tout
entier de sa mémoire; rien de moi n'y était resté;
elle avait essuyé sa bouche et son âme; il ne lui en
avait coûté que cela.

Je m'aperçus que j'avais tiré de ma poche un couteau, que j'en regardais la lame au soleil, que j'étais
sur le point de courir à Maxilly et d'aller tuer cette
femme aux insondables oublis, cette femme dont le
cœur était un abîme où tout s'engouffrait sans laisser
de trace; mais entre elle et moi il y avait un ravin et
autre chose encore. Mon père, dont je suis bien le
fils, n'aurait jamais frappé une femme, pas même
avec une rose. Je jetai mon couteau dans un hallier.
— Oh! non, je ne la tuerai pas, me dis-je. Il n'y a
de vivant en elle que sa dévorante ambition. C'est là
que je frapperai. Je soufflerai sur ses espérances, je
saccagerai ses rêves. L'homme sur qui elle compte
pour arriver à tout s'éloignera d'elle avec mépris et
lui crachera ses refus au visage, sinon ce sera lui
que je tuerai.

Je rentrai à Meillerie comme le soleil se couchait.
Au moment où j'atteignais les premières maisons du
village, je fis une rencontre qui me prouva qu'il y a
quelque chose d'infini dans le malheur, qu'il a cent

visages, qu'en vain se flatte-t-on de le connaître tout
entier, il trouve toujours moyen de nous étonner, et
que l'homme qui souffre porte en lui un inépuisable
trésor de douleurs.

Je vis venir à moi un cabriolet; dans ce cabriolet,
il y avait deux hommes en costume de touristes.
En passant devant moi, l'un d'eux dit à l'autre : —
Quelle heure est-il? — L'autre répondit : — Sept
heures et demie, je pense. — Et ils passèrent, et je
demeurai cloué sur la place, éperdu, accompagnant
du regard cette voiture qui roulait et qu'enveloppait
un tourbillon de poussière. Il me semblait que cette
poussière était d'or, et le bonheur de ces deux passants m'épouvantait, car ces deux hommes étaient
nés près de la Vistule, et c'est en polonais que l'un
avait dit : — Quelle heure est-il? et que l'autre avait
répondu : — Sept heures et demie... Parler sa langue maternelle, c'est avoir sa patrie sur les lèvres.
Ces deux hommes pouvaient parler polonais sans
que leur gorge se serrât, sans que leur bouche se
tordît, sans que le rouge de la honte leur montât au
front. Ah! oui, leur insolent bonheur m'épouvantait,
et, quand la voiture eut disparu au premier tournant
de la route, j'éclatai en sanglots, et je me sauvai à
toutes jambes en balbutiant : — La Sibérie! la Sibérie! — Et je voyais se dresser devant moi comme
des spectres des hommes qui vivaient dans la neige,
dans la nuit, et qui avaient des fers aux pieds; mais
ces spectres ne laissaient pas d'être heureux : ils
s'entretenaient de la Pologne en polonais. Grand Dieu!
qu'est-ce donc que les horreurs de dix Sibéries
auprès de l'effroyable malheur de ne plus oser parler
polonais et de ne plus oser penser à la Pologne!

Comme je traversais en hâte le jardin pour rentrer dans mon pavillon, quelqu'un qui était assis sur un banc fourra dans sa poche un volume qu'il méditait en m'attendant, courut à moi, s'élança à mon cou et m'embrassa sur les deux joues. C'était Richardet. Cet excellent garçon avait passé l'hiver et le printemps près de Genève chez l'un de ses parents, claquemuré dans une mansarde, travaillant d'arrachepied à un traité de philosophie de l'histoire. Un matin, il s'était dit : — Ah çà! qu'est devenu ce fou qui m'intéresse, bien qu'il ne croie pas à l'idée? — Il avait écrit à Paris et n'avait point reçu de réponse. Il lui était venu des inquiétudes, il était parti. On lui avait appris que la comtesse Bolska était morte. Il avait couru chez Tronsko et lui avait dit : — Où est-il? — Et Tronsko lui avait répondu : — Parbleu! là-bas, auprès de son infante. — Sur quoi Richardet était retourné à Genève et n'avait fait qu'un saut jusqu'à La Tour-Ronde, où il avait eu de mes nouvelles par Fanchonneau.

J'éprouvai en le revoyant une profonde émotion et pour la première fois je pus verser de vraies larmes, ces larmes tranquilles et abondantes qui soulagent. Nous passâmes la soirée à causer. Je lui racontai toute mon histoire. Lorsque j'eus fini, il rapprocha sa chaise de la mienne et me dit : — Vraiment, vous autres Polonais, vous êtes d'étranges personnages ! Vous poussez le sentiment de l'honneur jusqu'à l'extravagance, jusqu'à la frénésie. Mon cher ami, vous vous croyez à jamais déshonoré. En quoi, je vous prie, a-t-il pâti, votre honneur? Vous vous étiez fait un devoir de risquer votre tête pour votre pays. L'avez-vous risquée, oui ou

non? On vous avait chargé d'une mission. L'avez-
vous remplie? N'êtes-vous pas allé en Pologne au
péril de votre vie? N'y avez-vous pas vu les gens
que vous aviez promis de voir? On vous a fourré en
prison, on vous a tourmenté de cent manières. A-t-
on pu vous arracher une parole que vous vous re-
prochiez? Ce Casimir croit que c'est vous qui l'avez
dénoncé et d'autres le croient comme lui. Que vous
importent tous les Casimirs du monde? Rien de
plus méprisable que l'opinion. Et pour ce qui est de
ce papier que vous avez signé... eh! bon Dieu, on
sait ce que parler veut dire, et vous connaissez le
proverbe : nécessité est de raison la moitié. Vous
avez déclaré que vous étiez le sujet du tsar. Que vous
le vouliez ou non, c'est une vérité géographique;
prenez-là comme telle... Au surplus, dites-vous bien
que les gens qui vous condamnent sont la plupart
de bons vivants, très-amis de leurs aises, et que
pendant que vous risquiez votre peau et que vous
vous jetiez sur des canons chargés à mitraille, ces
Catons qui vous morguent s'arrosaient de vin de
Champagne, le dos au feu, le ventre à table. Après
cela, je reconnais que vous avez eu des malheurs;
mais je ne compte pas dans le nombre le tour que
vous a joué Mᵐᵉ de Liévitz. Vous l'aimiez follement
et sottement; elle vous a guéri en un tour de main;
c'est un précieux service qu'elle vous a rendu.
Elle ressemble à ces beignets à la glace dont les
Chinois raffolent et qui tout à la fois vous incendient
le palais et vous congèlent les dents. C'est du feu
dans de la neige que cette femme; c'est une Sibérie
volcanique; elle a des ardeurs de volonté et un cœur
à la glace; cela se voit dans ses yeux, qui brûlent et

qui font froid. Que cette Catherine au petit pied épouse son Reschnine, si cela lui plaît! Qu'elle devienne ambassadrice et qu'elle gouverne à la baguette la lune et les étoiles! Laissez-la tranquille, oubliez-la. Quant à Tronsko, je vous ai toujours dit que c'était un énergumène, un esprit brutal et tout d'une pièce, qui n'a jamais su ce que c'était qu'une nuance. Dieu les bénisse, lui et sa main droite! Quand je l'ai vu, il était aux trois quarts remis. Il a le diable au corps; je ne serais pas étonné qu'il lui repoussât une main gauche. Vraiment il l'a pris de bien haut avec vous. Qu'a-t-il donc fait, après tout, cet homme rare? Avec tout son courage et tout son Kamtschatka, a-t-il sauvé son pays? Je vous l'ai répété cent fois, les hommes ne sont rien, l'idée est tout. Quand l'idée aura besoin de la Pologne, la Pologne ressuscitera; tant que l'idée ne s'en mêlera pas, tous les héros, tous les martyrs, tous les émissaires du monde y perdront leurs peines et leur tête.

Il s'attendrit, prit mes deux mains dans les siennes. — Votre mère est morte, continua-t-il. Ah! ceci est un malheur, un vrai malheur; mais ne me dites pas que vous l'avez tuée. Vous savez comme moi que ses pauvres avaient ruiné sa santé; elle s'affaiblissait de jour en jour. Ce qui est arrivé était fatal. Et ne me dites pas non plus que vous êtes un homme fini. Vous n'avez pas vingt-quatre ans. Vous avez tout un avenir devant vous. Savez-vous quoi? Je ne vous quitte plus. Dès demain, nous partons ensemble pour l'Amérique; nous nous ferons planteurs, tout ce que vous voudrez. Cela pourra me servir pour mon gros livre. Et si vous éprouvez le besoin de vous réhabiliter dans votre propre estime par de nouvelles extravagances, je vous accompagnerai dans toutes vos aventures; je serai votre Sancho. Vous trouverez bien là-bas des moulins à pourfendre; il y en a partout. Non, vous n'êtes pas un homme fini. Vous avez fait une école. Qui n'en fait pas ? Défiez-vous de vos scrupules; les scrupules énervent la volonté. Il est bon de sentir le poids de sa conscience mais il ne faut pas s'en laisser écraser. Le sage ne consent à subir aucune tyrannie, pas même celle de sa conscience.

Je lui répondis : — Regardez-moi bien. N'ai-je pas l'air d'un homme gracié ?

— Vous avez l'air, s'écria-t-il, du Polonais le plus fier et le plus fou que je connaisse. C'est convenu; nous partons demain.

Je me mis à rire. — Un aiglon, lui dis-je, voulut monter au soleil. Il fit en chemin une fâcheuse rencontre et retomba du haut des airs sur un fumier, la patte cassée, la poitrine ouverte. Une chouette miséricordieuse entreprit de le panser, de le consoler. — Te voilà bien malheureux ! lui disait-elle. Tu as fait une école. Qu'avais-tu besoin du soleil ? Je t'apprendrai à t'en passer. — Et l'aiglon lui répondait : — Ce qui console une chouette ne console pas un aiglon... Mon cher Richardet, ajoutai-je, je suis bien touché de votre amitié. Hélas ! j'emporterais en Amérique mes souvenirs et ma conscience, et là-bas comme ici je ne pourrais penser au soleil sans que ma poitrine ouverte recommençât à saigner.

Il ne se formalisa point de ma comparaison. Il me déclara qu'il ne renonçait pas à son projet, qu'il m'amènerait à composition, qu'il me forcerait à reprendre à la vie. — Je vous prouverai, me dit-il, que les chouettes sont têtues, et que les aigles font bien d'accepter leur charpie et leurs conseils.

En cet instant, l'horloge du village sonna minuit. Je tressaillis. Le dimanche que j'attendais venait de commencer. — Tout compté, dis-je à Richardet, vous avez peut-être raison. Je vous promets de réfléchir à votre proposition; dans vingt-quatre heures, je vous rendrai réponse.

Je l'installai dans la chambre que j'avais fait préparer pour lui et je regagnai la mienne. Je m'assis à ma table, j'écrivis le billet que voici :

« Meillerie, auberge de la Croix-Blanche.

« Vous n'épouserez pas le prince Reschnine. Vous savez bien que c'est impossible. Une femme qui s'est donné à Ladislas Boslki lui appartient. J'ai horreur de toutes les trahisons. Je vous mets au fait, je vous préviens. J'irai trouver le prince, je lui montrerai la bague que je tiens de vous. Il apprendra de moi, madame, où et quand vous me l'avez donnée. Il me serait agréable d'avoir auparavant une explication avec vous. Vous n'y consentirez pas, vous m'avez oublié; mais convenez que je vous fais peur. »

Je dormis jusqu'au matin; je me réveillai en disant : Ah! c'est aujourd'hui ! J'avais acheté la veille, dans un étalage en plein vent, un habillement complet de paysan, une chemise en toile écrue, un sarreau en toile bleue, un gilet et un pantalon de coutil, un chapeau de feutre, de gros souliers ferrés. Quand je me fus équipé de pied en cap, je me plan-

tai devant la glace et je me fis un visage. Ce talent
m'était resté. Un bâton à la main, ma lettre dans
ma poche, je sortis sans réveiller personne.

J'arrivai à Maxilly vers dix heures. Je pris par le
sentier, je passai au pied du vieux château et le
long des treilles. Je trouvai dans la cour Hélène
qui, tête nue, donnait à manger à ses pigeons. Elle
puisait du grain dans son tablier et l'éparpillait autour d'elle. Je ne sais si les pigeons me reconnu-
rent; au bruit de mes pas, ils s'enfuirent à tire-
d'aile sur les toits. Hélène les rappela ; ils ne revinrent pas.

— Mᵐᵉ de Liévitz est-elle chez elle ? lui demandai-je.

— Mᵐᵉ la comtesse est allée à la messe, me répondit-elle avec cet air de nonchalance hautaine
qu'elle avait emprunté à sa maîtresse.

— Depuis quand Mᵐᵉ de Liévitz va-t-elle à la
messe des catholiques ? lui demandai-je.

Elle me toisa de la tête aux pieds : — Apparemment depuis que cela lui plaît.

— Voici une lettre pour elle, lui dis-je.

Elle retira sa main droite de son tablier pour
prendre la lettre, et j'aperçus à l'un de ses doigts
une bague en diamants qui ne m'était point inconnue. Mᵐᵉ de Liévitz avait passé ma bague à sa femme
de chambre ! A quoi bon cette suprême insulte ? Ma
haine pouvait-elle croître ?

Je partis d'un gros éclat de rire : — Eh la jolie
fille, m'écriai-je, la belle bague que vous avez là ! De
qui la tenez vous ?

Elle eut un frémissement, releva la tête, me regarda, et, je pense, me reconnut; car elle se trou-

blé. Sa main gauche, qui soutenait le bout de son tablier, retomba comme morte à son côté; le tablier se déplia, tout le grain se répandit à terre. Elle me regarda encore, rougit jusqu'au blanc des yeux, perdit tout à fait contenance, et, me tournant brusquement le dos, s'enfuit dans la maison.

En ce moment, une voiture de louage remontait l'avenue. Un laquais, qui flânait dans le jardin, s'avança et posa sa main en abat-jour sur ses yeux pour mieux reconnaître la voiture et l'homme qui était dedans. Il dit à demi-voix : — C'est lui. On ne l'attendait que pour ce sòir.

La voiture fit son entrée dans la cour. Le laquais ouvrit la portière en disant : — Madame la comtesse est sortie. Elle pensait que Son Excellence arriverait par le bateau du soir.

Le prince répondit : — J'ai.brûlé une étape. — Et il s'élança à terre. Il promena ses yeux autour de lui; il souriait, son visage me parut rayonnant de bonheur. Il dit encore au laquais je ne sais quoi. Je n'écoutais plus, je regardais. Le vrai prince Reschnine n'était pas celui que j'attendais ; quand je tirais du pistolet, je me le représentais autrement. La figure qui venait de m'apparaître était à la fois très-fine et très-noble, celle d'un homme qui connaît la vie et qui le prend de haut avec elle. Le regard, le sourire, annonçaient une volonté fortement trempée, une grande expérience acquise et une certaine jeunesse de cœur qui avait résisté aux affaires et aux plaisirs. Il me sembla que j'aurais quelque répugnance à tuer cet homme, je formai le souhait qu'il ne me réduisit pas à cette dure extrémité.

— Si son visage ne ment pas, me disais-je en m'é-

loignant, quand il saura qui elle est, il ne voudra
plus d'elle.

Je gagnai le chemin qu'on appelle le chemin d'en
haut et qui conduit directement de Maxilly à la cure.
Je sus bientôt pourquoi M⁰ᵉ de Liévitz était allée à
la messe. Je rencontrai une troupe de paysannes
endimanchées qui sortaient de l'église et qui ne parlaient que de l'orgue magnifique qu'on venait d'é-
trenner. C'était la donatrice elle-même qui en avait
touché. Avec quel succès ! Deux marguilliers qui
vinrent à passer déclaraient n'avoir jamais rien entendu de pareil : une vraie musique de paradis ! disaient-ils. — Les frères n'ont qu'à bien se tenir, pensai-je. Elle aura désormais pour elle le curé, les
marguilliers et le bedeau. Elle doit être heureuse.
Peut-être le sera-t elle moins tout à l'heure. Vraiment je suis un trouble-fête.

Je reculai d'un pas. Je venais d'apercevoir au bout
du chemin le curé qui se dirigeait de mon côté en
compagnie d'une femme en grand deuil. Je rabattis
précipitamment mon chapeau sur mes yeux, et je
m'assis sur le rebord du fossé en tournant le dos à
la route... Elle allait passer près de moi ! Je ressentais une sorte d'émotion qui ressemblait peut-être à
de la peur. M⁰ᵉ de Liévitz parlait d'un ton animé, le
curé l'écoutait bouche béante, et de temps à autre
mettait le pied sur la traîne de sa longue robe noire,
de quoi il s'excusait avec confusion.

Ils s'arrêtèrent à dix pas de moi. — Il faut absolument que vous vous intéressiez à mon école, lui
disait-elle. Mon Dieu ! je ne veux de mal à personne.
J'aime tout le monde, moi ; mais je hais la pédante-
rie et la routine. Dieu nous délivre des cuistres qui

estropient la jeunesse ! Il est grand temps de jeter au panier ces vieux rudiments qui ne présentent à l'esprit de l'enfance que des idées abstraites, de sèches nomenclatures. Monsieur le curé, l'enfant est un voyant; sa pensée est logée dans ses yeux. Si vous voulez que son esprit vous entende, parlez à ses yeux. Apprenez-lui à transformer ses sensations en idées. Tout est là. Le monde est pour lui un livre d'images; montrez-lui donc des images. Monsieur le curé, je suis pour l'enseignement illustré.

Ils s'étaient remis en marche. Je me levai brusquement, j'ôtai mon chapeau et je m'écriai d'une voix stridente : — Madame la comtesse, vous trouverez à Maxilly un prince russe et une lettre qui vous attendent.

Le curé bondit en arrière avec un geste d'effroi. Mᵐᵉ de Liévitz ne sourcilla pas : elle me regarda fixement, et peu à peu son regard devint terrible; mais elle réussit à en éteindre la flamme. Elle me dit en souriant : — Merci, mon brave homme; il n'était pas besoin de crier si fort.

Et à ces mots elle continua son chemin. J'entendis que le curé lui disait : — Qui donc est cet homme? il a l'air d'un braque.

Elle lui répondit tranquillement : — Ou d'un revenant. — Et elle se remit à raisonner sur les cuistres et sur l'enseignement illustré.

## XXVI

J'arrivai à Meillerie vers midi. Je changeai de toilette et j'appelai Richardet, qui m'attendait avec impatience. Nous déjeunâmes ensemble sur la terrasse.
Il m'entreprit de nouveau sur l'Amérique. Je ne répondais ni oui ni non ; je souriais ; je disais : — Nous
verrons.

Quatre heures venaient de sonner. Richardet prit
un peu de relâche ; il arpenta la terrasse en fumant.
Je m'étais accoudé sur le parapet, je regardais le
lac et je pensais à mon père. Je m'étais remis à penser beaucoup à lui. Je l'aimais autrement, mais autant
que jadis ; je l'aimais parce que j'étais son sang et
que je lui ressemblais ; je l'aimais comme une faiblesse aime une autre faiblesse, ce qui n'empêchait
pas qu'il n'y eût encore du respect dans mon amour.
Je ne l'adorais plus comme un héros, comme un
demi-dieu, je l'appelais mon pauvre père ; mais il
était resté pour moi un type de grâce et d'élégance
chevaleresques, un maître dans l'art de vivre. Et
j'interrogeais son souvenir ; je me demandais : Que
penserait-il de ma situation ? que ferait-il à ma place ?
Je m'efforçais de deviner les mots qu'il aurait dits,
les gestes qu'il aurait faits. Le malheur est que j'étais
plus passionné que lui, et l'imprévu de la passion
dérange toutes les mises en scène. Je me disais : Si
tout à l'heure il avait pu se mettre à ma place, il
n'aurait pas interpellé M⁽ᵐᵉ⁾ de Liévitz sur le chemin

d'en haut. Cette brusque sortie n'était pas de bon
goût. — Et je me faisais la leçon.

C'est à cela que je m'occupais quand j'entendis le
roulement d'une voiture sur la route, puis un murmure de voix et de pas dans le jardin. Pendant deux
minutes, je n'entendis plus rien, jusqu'à ce qu'une
porte s'ouvrit derrière moi. Je me dis : Elle a donc
osé venir !.. Je retournai la tête. C'était bien elle.
Richardet tressaillit ; il nous interrogeait du regard
l'un et l'autre. Je lui fis signe de se retirer. Il parut
hésiter. Je lui dis : — Mon cher Richardet, à bientôt.
— Et nous restâmes seuls, elle et moi.

Elle traversa la terrasse de son pas élastique,
légère comme un oiseau, s'arrêta un instant devant la
brèche et dit : — Voilà un merveilleux point de vue.

— Et une terrasse bien solitaire, ajoutai-je, bien
close, bien cachée, où l'on peut faire ce qu'on veut
sans être vu. Désirez-vous que je rappelle M. Richardet ?

Elle fit un imperceptible haussement d'épaules et
dit d'une voix brève : — Je n'ai peur de rien ni de
personne.

Elle avança un fauteuil, elle s'assit. Je restai debout
devant elle, appuyé contre le parapet. Elle s'éventait
et regardait toujours par la brèche.

— Quel est ce village, sur l'autre rive du lac ? me
demanda-t-elle.

— J'ai oublié son nom, lui répondis-je.

— Ah ! c'est Cully. Et plus loin, cette petite ville,
c'est Vevey. J'ai envie d'y conduire demain le prince
Reschnine. Voulez-vous être de la partie ?

Elle prononça ces mots de l'air le plus posé, du
ton le plus naturel du monde. Je frissonnai, mon

sang bourdonna dans mes oreilles. Une possession
si absolue de soi-même témoignait d'une sorte de
grandeur monstrueuse. La femme qui était assise là,
devant moi, n'était pas une femme. Il y avait du
marbre sous cette chair, et au fond de ce marbre il
n'y avait rien qui ressemblât à un cœur. Je levai en
l'air mes poings crispés. Elle me regarda fixement
et sourit. Je fis un effort suprême, je refoulai mon
émotion au plus profond de mon cœur, et je parvins
à dire assez tranquillement : — Vous a-t-on remis
une lettre?

— Certainement, dit-elle.

— Et vous l'avez lue?

— Lue et déchirée.

— Déchirée! elle a donc eu le malheur de vous
déplaire?

— Je déchire tous les papiers inutiles...

Elle ajouta : — Vous êtes un enfant, et votre lettre est un enfantillage.

Et, soulevant négligemment son éventail, elle me
montra dans l'eau l'ombre portée de la montagne :
— Décidément, dit-elle, il y a un lac bleu et un lac
vert. Lequel préférez-vous?

— Non, lui dis-je, je ne suis pas la dupe de votre
insolent sang-froid. Vous n'êtes pas si tranquille que
vous en avez l'air. Cette lettre inutile que vous avez
déchirée vous dérange et vous inquiète. Vous avez
peur, c'est pour cela que vous êtes ici... Vos charités, vos pauvres, vos écoles, ce sont là de bien
maigres divertissements, vous aviez hâte de retourner aux gras pâturages de la politique et de
la diplomatie. Vous avez réussi à vous débarrasser
de votre mari, qui n'était qu'un imbécile, et vous

pensiez vous être délivrée de moi, qui ne suis
qu'un sot. Vous aviez décidé que je n'existais plus,
que vous aviez le champ libre, que rien au monde
ne pouvait vous empêcher d'épouser ce prince
Reschnine, très amoureux, paraît-il, très-ambitieux
et en passe d'arriver à tout. Il se trouve qu'il y a
des revenants. On revient, puisque décidément je
suis revenu et que me voilà. Et je vous le jure, ce
mariage ne se fera pas : non que je vous aime encore... ah! grand Dieu!... mais j'entends me venger,
et je me vengerai.

Elle m'avait écouté en s'éventant, les yeux à demi
clos. Elle les rouvrit et me dit : — Vous m'aviez
écrit que vous désiriez vous expliquer avec moi. Je
suis mal récompensée de ma complaisance. Voilà
donc ce que vous appelez s'expliquer.

— Je serais curieux de savoir, continuai-je,
quelles explications vous lui donnerez, à lui, à ce
pauvre homme! Assurément vous n'êtes pas femme
à rester court. Quelle histoire, quelle fable lui con-
terez-vous? Tâchez d'inventer quelque chose de
vraisemblable. Il ne suffit pas de conter, il faut se
faire croire.

Elle me répondit froidement : — Me serait-il bien
difficile de lui persuader que vous êtes fou? Il suffit
de vous voir, de vous entendre.

Je lui montrai à mon doigt la bague que je lui avais
prise. — Et que pensera-t-il de cette bague? Cette
bague est-elle folle?

— Singulier témoin! fit-elle en secouant la tête.

Elle continuait de s'éventer. Je lui arrachai son
éventail, je le jetai dans le lac; puis je saisis ses
deux poignets et je les tordis dans mes mains. Sûre-

ment je lui fis mal. Son visage n'en marqua rien.
Elle me fit lâcher prise en me disant : — Nierez-
vous encore que vous ne soyez fou ? — Et, tirant de
sa poche un petit miroir, elle l'approcha de mes
yeux. Mon visage me fit peur. Je sentis qu'elle disait
vrai, que la folie était là, frappant à la porte, que
j'étais en quelque sorte au bout de ma raison, qu'elle
vacillait dans ma tête comme une lampe à qui
l'huile vient à manquer, et dont la mèche fumeuse
noircit en crépitant. Je frémis à l'idée que j'allais
devenir fou avant de m'être vengé, et je portai mes
deux mains devant mon front comme pour protéger
contre le vent cette flamme pâlissante et mourante. Je
m'éloignai de quelques pas, je respirai avec effort.
Il me sembla que la lampe se ranimait, je sentis mes
idées s'éclaircir, je relevai la tête et, d'un ton plus
calme :

— Quelle femme êtes-vous donc ? lui dis-je. Il est
possible que vous vous soyez fait une habitude d'oublier le visage et le nom des hommes dont vous
n'avez plus que fa'e; mais vous me regardez, vous
vous souvenez, et peu vous importe ce que je pense
de vous ! Vous n'éprouvez pas le besoin de dire un
mot pour vous justifier? Mentez, mentez un peu,
mentez beaucoup; mentez avec art, avec talent. Le
mensonge est une pudeur. La femme qui ne ment
pas est un monstre.

Elle me répondit : — Monstre, soit ! Je ne sais pas
mentir.

Je repris avec violence : — Il vous est donc indifférent de me laisser croire que vous vous êtes donnée à moi par peur ou par curiosité, en vous disant :
Il ne m'en coûtera jamais qu'une heure de ma vie

et la bagatelle de m'être donnée?... De grâce, mettez un mensonge entre la vérité et moi. C'est une chose effroyable que la vérité. Quoi que vous me disiez, je vous jure de vous croire.

Cette fois ce marbre consentit à s'animer, ce silence consentit à parler. Elle pencha la tête vers moi, il lui monta une rougeur aux joues. Elle me dit :

— Vous voulez donc que je me justifie. De quoi?... De ne pas mentir? C'est un talent qu'on a ou qu'on n'a pas. D'être ce que je suis? Je ne me suis pas faite... Toutefois, en cherchant bien,... oui, je m'accuse d'un tort. Il y a plus d'un an... J'avais eu des contrariétés, je m'ennuyais. Je vous rencontrai à Genève, dans la rue. J'étais en voiture, vous étiez à cheval. Quelqu'un me dit : C'est le comte Bolski, aussi beau et aussi fou que son père. Je vous regardai passer. Quelques jours plus tard, on me parla d'une famille d'émigrés auxquels vous vous intéressiez. Quand on s'ennuie, on a des curiosités. Je vous envoyai mille francs pour vos pauvres dans la pensée que vous m'apporteriez en personne votre refus ou vos remercîments. Vous n'êtes pas venu. J'en ai bientôt pris mon parti... Par malheur, vous vous êtes ravisé, et, si je ne me trompe, vous avez couru après moi jusqu'à Maxilly, vous avez forcé ma porte.

« Est-ce vrai? De quoi vous plaindrez-vous? Ai-je encouragé votre caprice? vous ai-je déguisé mon caractère et mes sentiments? Je crois vous avoir écrit un jour que mes amis me trouvaient féroce. Je vois clair, je me décide très vite, je ne mens pas. Voilà une férocité bien avérée... Vous êtes parti. Pas malheur nous nous sommes revus. Accusez donc un

peu le hasard... Nous aurions dû comprendre qu'il
y avait un abîme entre nous comme entre nos deux
peuples. Vous êtes un homme de sentiment. Moi,
j'admire par-dessus tout une volonté qui pense. Nous
ne pouvions nous convenir longtemps... Ce qui s'est
passé est irréparable. Vous croyez avoir laissé dans
cette prison d'où je vous ai tiré quelques lambeaux
de votre honneur. Il est certain qu'un homme qui
n'a pas fait ce qu'il voulait faire est un homme
amoindri. Il n'est pas moins vrai que les hommes
imposent aux femmes l'opinion qu'ils ont d'eux-
mêmes. Quand je vous ai revu, je vous ai trouvé
diminué d'une coudée. Mes yeux ont bien dû vous le
dire. L'amour était mort; on ne le ressuscite pas...
Ce que je vous dis là, je le dirais devant le premier
venu. On me connaît, et, Dieu merci ! cela n'empêche pas mes amis de m'aimer... Vous n'êtes pas raisonnable, vous avez juré de vous venger. Je vous le
répète, c'est un pur enfantillage. Quand on examine
à distance ses colères, on les trouve bêtes. Et moi
donc, n'aurais-je pas quelque raison de vous en vouloir? Vous me rappelez l'une des cruelles déceptions
de ma vie; mais j'ai tâché de vous oublier, et j'y ai
réussi : faites de même, oubliez-moi. Mon Dieu!
vous n'aurez pas de peine à me remplacer. Du moment qu'il ne s'agit que de les aimer, toutes les
femmes se valent ou à peu près. Les hommes de
sentiment ont beau broder de chimères leur passion,
l'étoffe en est toujours grossière. Ils ont beau jurer
que la femme qu'ils aiment est unique, incomparable; ce qu'ils lui demandent, la première venue le
leur donnerait. Je ne le crois pas, je le sais; je suis
certaine que c'est arrivé... Quand vous serez de

sang-froid, dans quelques jours d'ici, vous me donnerez raison.

Je l'écoutais et je la regardais. Il fallait toujours
qu'en parlant elle froissât quelque chose entre ses
doigts. Je lui avais arraché son éventail, elle avait
détaché de son corsage une rose qu'elle y portait
fixée par une agrafe; elle égratignait cette rose avec
ses ongles, elle l'effeuillait sur sa robe noire et sur
ses pieds. Et comme cette rose, elle effeuillait et
déchirait insolemment ces chimères de la passion
dont le souvenir demeure sacré à qui les a connues.
Jamais je ne l'avais vue plus belle; jamais ces lèvres
qui insultaient l'amour n'avaient respiré une grâce
plus voluptueuse, jamais il n'y avait eu plus de musique dans cette voix qui disait que le cœur est un
mensonge, plus de lumière dans ces yeux dont l'impitoyable regard me donnait le frisson.

Je m'approchai d'elle, je lui criai : — Malheureuse
femme que vous êtes! dites que vos oublis sont un
gouffre où tout s'engloutit. Dites qu'en revanche
votre cœur est bien peu de chose, que vous en avez
bientôt touché le fond, qu'à peine s'est-il donné, il
lui prend d'effroyables lassitudes, et qu'il renie et
maudit son bonheur; mais ne blasphémez pas contre
l'amour. Quoi! cette nuit dont vous refusez de vous
souvenir était pareille à toutes les nuits? Et nous
étions l'un pour l'autre les premiers venus? Ce n'était
pas vous, ce n'était pas moi? Mes baisers ressem-
blaient à tous les baisers? Et quand votre bras s'en-
laçait autour de mon cou, nos âmes étaient absentes,
elles ignoraient tout, il ne s'y passait rien?... Ah!
vous avez beau dire, cette nuit de délices vous est
restée tout entière aux lèvres, et quoi que vous fas-

siez, elle y restera, et ceux qui viendront après moi
diront : Nous ne sommes pas les premiers, quelqu'un
a passé par là.

Elle me répondit en souriant et d'une voix très-
douce, comme si elle eût parlé à un malade, à un
enfant : — Vous ne m'avez donc pas écoutée ? Je
croyais vous avoir dit que mon amour était mort en
vous revoyant...

Je lui saisis le bras, je le secouai avec fureur. —
Oh! je vous avais bien entendue, mais quelque chose
en moi se refusait à croire. Vous avez raison, il y a
un abîme entre nous. Je ne réussis pas à savoir qui
vous êtes... Près d'un chemin montant, ce cerisier...
Il était en fleur. Je me couchai là, et je criais à cet
arbre votre nom, je lui disais qu'il n'y avait qu'une
femme au monde, et que cette femme c'était vous,
et il me croyait, car je lui parlais avec des lèvres
encore chaudes de vos baisers... Et pendant ce temps
vous étiez occupée à essuyer votre bouche et à vous
reposer de cette honteuse comédie que vous veniez
de jouer. Je m'y étais laissé prendre, j'avais pu croire
que vous m'aimiez. Et vous n'appelez pas cela mentir? Ce n'était pas un mensonge que cette nuit...

Je n'en pus dire davantage. Il me prit une défaillance, mes jambes se brisèrent sous moi. Je tombai
à terre. Un banc se trouvait là, je me traînai à genoux
jusqu'à ce banc, j'y appuyai mes coudes, et je posai
ma tête dans mes mains. Elle me regardait. Un éclair
d'orgueil triomphant avait jailli de ses yeux; elle se
disait peut-être que, si elle l'eût voulu, elle aurait
pu m'écraser sous ses pieds; elle se leva, s'approcha
du parapet, regarda le lac, puis se retourna vers moi.
Je pressentis qu'elle allait dire quelque chose de ter-

rible, une de ces paroles qui tuent, et j'attendis le
coup en tremblant.

— Vous ne devinez rien, me dit-elle. Vous croyez
toujours que cette femme c'était moi?... Le docteur
a été trop discret... La bague que vous portez au
doigt... Regardez-la donc, ne voyez-vous pas que
c'est la bague d'Hélène?... — Et partant d'un éclat
de rire aigu, elle s'écria : — Et voilà ce que c'est
que l'amour!

Cette révélation, ce cri, cet éclat de rire... la
foudre m'avait frappé au cœur. Je chancelai, je serais tombé la face contre terre, si je ne m'étais cram-
ponné au banc. Je restai éperdu, à genoux, dans la
nuit. Je me souvenais vaguement que quelque chose
m'avait été dit, que ce quelque chose était vrai,
et j'en trouvais la preuve dans certaines sensations presque effacées, que je n'avais pu m'expliquer... Mais de quoi s'agissait-il? Que m'avait on
dit? Mes pensées venaient d'être comme empor-
tées par un coup de vent et dispersées autour de
moi; ma tête était vide; dans ce vide, je ne voyais
rien. Je me disais : qui suis-je? où suis-je? Tout à
l'heure j'étais en colère. Pourquoi? Quelqu'un me
parlait et il a ri. Qui est-ce donc?... Et il me semblait qu'il y avait partout autour de moi comme un
silence effaré; les murs de la terrasse et les têtes
rondes des marronniers qui les dépassaient me regardaient avec stupeur; les pierres, les arbres, les
rochers de la montagne avaient tout vu, tout
entendu, tout compris, ils se faisaient des signes,
ils étaient convenus de se taire, je ne pouvais savoir ce qu'ils avaient vu, ce qu'ils avaient entendu.
Je tournai mes yeux vers la brèche du parapet,

je reconnus le lac, et j'aperçus au loin une barque qui voguait à pleines voiles. Je me dis : Voilà
une barque qui a chargé des pierres à Meillerie et
qui a mis le cap sur Vevey ; elle a le vent en poupe ;
elle abordera dans une heure... Je me dis aussi :
ce n'est pas cela que je cherche ; qui donc a ri ?...
J'attachai mon regard sur l'arbousier, qui se penchait sur l'eau avec effort ; il avait l'air attentif et
impatient, l'air d'un spectateur qui attend un spectacle. Une mésange s'était posée un instant dans ses
branches ; elle prit son élan, la branche fléchit, et
l'oiseau s'envola à tire-d'aile. Alors je dis tout haut :
— C'est l'oiseau bleu.

Il était là
Et s'envola.

Et le son de ma voix me causa une secousse. Je me
réveillai, et je sus qui était là, derrière moi, qui
m'avait parlé, qui avait ri et pourquoi elle avait
ri. Je me dressai d'un bond sur mes pieds ; me
tournant vers elle : — Oh ! je savais bien que
c'était vous !... Elle était immobile, étonnée ;
elle attendait. Je fis un pas et je lui dis : — Voilà
donc ce que c'est que l'amour ! Dieu m'est témoin
que je ne voulais pas vous tuer ; mais après cela que
voulez-vous que je fasse ?

Je ne sais pas de quel air je la regardais ni ce qui
se passa en elle. Ce qui est certain, c'est qu'elle changea tout à coup de figure. Une flamme sombre s'al-
luma dans ses yeux glacés ; elle rougit, tous les muscles de son visage tressaillirent. Peut-être avait-elle
peur et se disait-elle qu'elle avait trop osé, qu'elle
m'avait trop méprisé, que son insolence l'avait perdue. Je crois aussi qu'il lui revint un caprice pour

un homme qui s'était remis sur ses pieds, qui était
debout devant elle, qui savait cette fois ce qu'il voulait et qui lui faisait peur. Elle dénoua brusquement
les brides de son chapeau, le jeta dans la poussière.
Comme un soir à la Solitude, ses cheveux se défirent
et roulèrent en flots dorés sur ses épaules. Elle secoua
la tête comme pour en augmenter le voluptueux
désordre. Puis elle marcha vers moi, le front penché en avant; elle posa ses deux mains sur mes
deux épaules, elle me dit tout bas : Pourtant, si
vous le vouliez, tout pourrait s'arranger. — Et sa
bouche chercha la mienne.

Je détournai la tête. Je frémissais d'épouvante. Je
me disais que l'amour était cela et qu'à cela j'avais
tout sacrifié. Je sentais aussi que cette femme me
faisait horreur, et que cependant il y avait en moi
comme une lâcheté prête à se rendre; je sentais que
si cette femme me disait une fois encore : — Tout
peut s'arranger; viens !... — peut-être la suivrais-je
jusqu'au bout de la terre, et qu'en dépit de mes remords, de mes deuils et de la Pologne, je recommen-
cerais à croire au bonheur.

Sa bouche ne put arriver jusqu'à la mienne. Je la
repoussai de toute la longueur de mes deux bras; je
lui criai d'une voix forte : — Ma mère ! Tronsko !...
— Je criai encore : — C'est la mort qui est l'oiseau
bleu !... — Et aussitôt je me jetai sur elle, je la saisis
par la taille, je l'emportai dans mes bras. Je la regardais; il me parut qu'elle était divinement belle avec
ses longs cheveux épars, qui traînaient sur mes
pieds. Je ne saurais dire si elle résista, si elle se dé-
battit. Je ne pense pas qu'elle ait jeté un cri. Mes
muscles étaient d'acier; ils la serraient comme un

étau; je la pressais sur mon cœur, dont les battements
la repoussaient. Je sautai sur la brèche et je regardai
une seconde fois ce que je portais dans mes bras.
Elle était pâle, mais elle n'avait plus peur. Son visage était immobile ; il y avait seulement au fond de
ses yeux quelque chose qui remuait, quelque chose
de sombre qui ressemblait à la fureur d'une volonté
vaincue. Elle désirait que son dernier regard m'é-
pouvantât. Je me précipitai avec elle. Je sentis un
grand vent passer dans mes cheveux, qui se dressèrent, et l'instant d'après j'entendis un bruit d'eau
qui rejaillissait. La dernière chose que j'avais vue en
tombant était une main coupée qui criait : — Vive
la Pologne! — Après quoi je ne vis, je n'entendis, je
ne pensai plus rien. La violence du coup m'avait
étourdi, je perdis connaissance. Je crois pourtant
que je la tenais toujours serrée dans mes bras, et je
sentais vaguement que j'étais heureux parce qu'il
me semblait descendre en tournoyant dans un
gouffre sans fond, où la Pologne n'était pas...

Vous savez mieux que moi ce qui suivit. Il paraît que des pêcheurs étaient là, dans leur barque,
de l'autre côté du rocher. Ils n'avaient rien vu, ils
avaient entendu. Ils firent force de rames. Sûrement
quelque épave flottante leur révéla l'endroit où nous
étions tombés. Ils nous repêchèrent. Elle était morte,
je respirais encore, mais j'avais trouvé au fond du
gouffre l'oubli, l'ignorance divine... A quoi donc a
pensé la justice? Il est probable que Richardet a
fabriqué pour me sauver je ne sais quelle fable, quel
pieux mensonge. Il aura dit sans doute que M⁰ᵉ de
Liévitz s'était laissée tomber dans l'eau, que je m'étais
jeté après elle, ou bien il aura juré que j'étais fou

quand je l'ai tuée. Cela n'est pas soutenable. Je vous jure que j'avais toute ma raison. Eh! bon Dieu, c'est l'action la plus raisonnable que j'aie faite de ma vie. Peut-être me direz-vous que mon père, s'il eût été à ma place... J'y ai beaucoup réfléchi depuis quinze jours. Je me fais fort de vous prouver... car enfin...

### SECONDE LETTRE DU DOCTEUR G... A SON CONFRÈRE LE DOCTEUR M...

« Mon cher confrère, nous eûmes dimanche dernier, s'il vous en souvient, un brouillard qui dura tout le jour, l'un de ces brouillards qui rampent à terre et qui mouillent. Il parut s'éclaircir vers midi; le soleil le perça d'un rayon pâle et blême, on aperçut un coin du ciel; bientôt cette trouée se referma; plus de ciel; à deux heures, on n'y voyait goutte.

« Voilà précisément ce qui est arrivé à mon Polonais. Il a eu comme une éclaircie de raison, puis le brouillard l'a repris. Si l'on pouvait obtenir des aliénés qu'ils s'imposassent un travail de longue haleine et intéresser leur amour-propre à le mener à bonne fin, il y aurait quelque chance de les guérir. Tant que la besogne irait, leur raison leur ferait besoin, et ils s'appliqueraient à ne pas déraisonner; mais il faudrait que ce travail fût une toile de Pénélope, qu'il y en eût pour toute la vie. Aussi longtemps que mon Polonais s'est occupé d'écrire son histoire, il a travaillé résolûment à rassembler ses souvenirs, il a battu le briquet pour y voir clair, il s'est défendu comme un beau diable contre la nuit. A peine eut-il écrit sa dernière ligne, sa volonté, qui ne trouvait plus rien devant elle, a défailli, et crac! sa raison a

plié bagage. Pendant une semaine, il a été furieux,
il voulait se couper la gorge, nous avons dû lui mettre
la camisole de force. Puis tout à coup le pauvre enfant est retombé dans son idiotisme placide d'autrefois; il est redevenu le Bolski que vous savez, doux,
obéissant, ne se souvenant de rien, riant aux anges
ou pleurant sans savoir pourquoi, l'œil atone, un
visage qui annonce une complète oblitération des
perceptions internes; comme autrefois aussi, le son
de sa voix l'inquiète, et on a peine à tirer de lui trois
mots dans une journée. Il est aussi maigre que don
Quichotte, ce qui ne l'empêche pas d'être encore
très beau.

« Vous me direz que cette cure me faisait honneur,
et que c'est un mauvais tour qu'il m'a joué. Je lui
pardonne sa rechute, puisqu'elle est un bonheur
pour lui. Il ne souffre pas. Depuis deux jours, le temps
est superbe; il en profite pour se promener dans le
jardin, portant à son chapeau un plumet rouge et
blanc très fripé. Il tient à ce plumet comme à la prunelle de ses yeux, il ne permet pas qu'on y touche.
Je remarquai hier qu'arrivé au rond-point où s'em-
branchent deux allées, il hésita longtemps avant de
savoir laquelle il prendrait. C'était pour lui, semblait-
il, un gros problème à résoudre. Il regardait d'un
côté, de l'autre, se grattait le menton et rêvait. Je
soupçonne que ces deux allées lui rappelaient confusément les deux chemins entre lesquels il a dû choisir
naguère : peut-être au bout de l'une apercevait-il
une femme, — au bout de l'autre la Pologne.

« Au moment où je vous écris, il brouette de la terre
pour un remblai que je fais élever à l'extrémité de la
terrasse. J'y veux faire une plantation de rosiers. Le

pauvre garçon vient de s'arrêter un instant pour observer au soleil l'ombre portée de son plumet; il hochait la tête et regardait remuer cette ombre sur le gravier. Un plumet, selon moi, c'est peu de chose. Qu'est-ce donc que l'ombre d'un plumet? Enfin, puisqu'il y tient!... Le voilà qui se remet en marche. C'est égal, je crains qu'il ne brouette pas longtemps sa vie. Il ne se souvient pas, mais la peur de se souvenir le ronge; il lui tarde secrètement d'aller boire *les flots du lac oblivieux,* comme dit le vieux poète.

« Quand il sera mort et enterré, je ferai graver sur sa tombe cette inscription : « Ci gît un Polonais qui faillit devenir un héros. L'homme propose, la femme dispose. Passant, défie-toi de l'oiseau bleu. »

« Dieu vous garde en santé, mon cher confrère! Vous n'avez rien à craindre de l'oiseau bleu. Il n'a jamais chanté dans votre jardin, lequel, si je ne me trompe, est un potager. »

FIN

# LIBRAIRIE HACHETTE ET Cie

### BOULEVARD SAINT-GERMAIN, 79, A PARIS

# BIBLIOTHÈQUE VARIÉE

### FORMAT IN-18, BROCHÉ

## ROMANS, NOUVELLES, ŒUVRES DIVERSES

### 1re SÉRIE, A 3 FR. 50 LE VOLUME

**About** (Edm.) : *Alsace* (1871-1872); 3e édition. 1 vol.
— *La Grèce contemporaine*; 11e édit. 1 vol.
— *Le turco.* — *Le bal des artistes.* — *Le poivre.* — *L'ouverture au château.* — *Tout Paris.* — *La chambre d'ami.* — *Chasse allemande.* — *L'inspection générale.* — *Les cinq perles*; 7e édit. 1 vol.
— *Madelon*; 11e édit. 1 vol.
— *Théâtre impossible*; 2e édit. 1 vol.
— *Les mariages de province*; 9e édit. 1 vol.
— *La vieille roche* :
1re partie: *Le mari imprévu*; 6e édit. 1 vol.
2e partie: *Les vacances de la comtesse*; 5e édit. 1 vol.
— *Le fellah*; 3e édit. 1 vol.
— *L'infâme*; 3e édit. 1 vol.
— *Le roman d'un brave homme*; 13e mille. 1 vol.
**Barine** (Arvède) : *Portraits de femmes* (Mme Carlyle. — George Eliot. — Une détraquée. — Un couvent de femmes en Italie au xvie siècle. — Psychologie d'une sainte). 7e éd. 1 vol.
— *La jeunesse de la Grande Mademoiselle* (1627-1652). 3e édition. 1 vol.
— *Louis XIV et la Grande Mademoiselle* (1652-1693). 1 vol.
— *Essais et fantaisies.* 1 vol.
— *Princesses et grandes dames*; 7e édit. 1 vol.
— *Bourgeois et gens de peu*; 2e éd. 1 vol.
— *Névrosés.* 1 vol.
— *Saint François d'Assise et la Légende des trois compagnons*; 1re édition. 1 vol.
— *La jeunesse de la Grande Mademoiselle* (1627-1652). 3e édition. 1 vol.

**Barine** (Arvède) (suite) : *Louis XIV et la Grande Mademoiselle* (1652-1693). 1 vol.

**Cherbuliez** (V.), de l'Académie française : *Le comte Kostia*; 15e édit. 1 v.
— *Le grand œuvre*; 4e édit. 1 vol.
— *Le fiancé de Mlle Saint-Maur*; 6e éd. 1 vol.
— *Samuel Brohl et Cie*; 8e édit. 1 vol.
— *L'idée de Jean Téterol*; 9e édit. 1 vol.
— *Amours fragiles*; 4e édit. 1 vol.
— *Olivier Maugant*; 7e édit. 1 vol.
— *La bête*; 8e édit. 1 vol.
— *La vocation du comte Ghislain*; 6e édit. 1 vol.
— *Après fortune faite*; 2e édit. 1 vol.
— *L'Espagne politique* (1868-1873). 1 vol.
— *L'art et la nature.* 1 vol.
— *Jacquine Vanesse.* 3e édition. 1 vol.

**Collin** (P.) et **Hénault** (M.) : *Mémoires du serpent Bourgogne*; 3e édit. 1 vol.

**Coynart** (Ch. de) : *Une sorcière au XVIIIe siècle.* Marie-Anne de la Ville (1680-1725.) 1 vol.
— *Les malheurs d'une Grande Dame sous Louis XV.* 1 vol.

**Daudet** (Ernest) : *Le Roman d'un Conventionnel.* Hérault de Séchelles et les Dames de Bellegarde. 1 vol.

**Du Camp** (M.), de l'Académie française : *Paris, ses organes, ses fonctions, sa vie*; 6e édit. 6 vol.

Du Camp (M.) (suite) : *Les convulsions de Paris*; 8° édit. 4 vol.
— *La charité privée à Paris*; 5° édit. 1 vol.
— *La croix rouge de France*. 1 vol.
— *Souvenirs littéraires*. 2 vol.
— *Le crépuscule*; 2° édit. 1 vol.

Dugard (M.) : *La société américaine*; 3° édit. 1 vol.

Ferry (G.) : *Le coureur des bois*; 13° éd. 2 vol.
— *Costal l'Indien*; 6° édit. 1 vol.

Filon (A.) : *Mérimée et ses amis*. 1 vol.
— *La caricature en Angleterre*. 1 vol.

Funck-Brentano : *Légendes et archives de la Bastille*; 7° édit. 1 vol.
— *Le drame des poisons*; 6° édit. 1 vol.
— *L'affaire du Collier*. 6° édit. 1 vol.
— *La mort de la reine*. 4° édit. 1 vol.
— *Les Nouvellistes*. 2° édit. 1 vol.

Gebhart (E.) : *d'Ulysse à Panurge. Contes héroï-comiques*. 1 vol.

Larchey (L.) : *Les cahiers du capitaine Coignet (1776-1850)*. 1 vol.

Larchey (L.) (suite) : *Journal du canonnier Bricard (1792-1802)*. 1 vol.

Légeard (S.) : *Les grands cœurs, poésies*. 1 vol.
— *Au caprice de la plume*. 1 vol.
— *Rêves et combats*. 1 vol.

Lynch (Miss Anna) : *Histoire très véridique d'une petite fille*. 1 vol.

Ménières (A.), de l'Académie française. *Hors de France*; 2° édit. 1 vol.
— *Morts et vivants*. 1 vol.

Michelet (J.) : *L'oiseau*; 17° édit. 1 vol.

Milet (P.) : *La France provinciale. Vie sociale. — Mœurs administratives*. 2 v.

Ralston : *Contes populaires de la Russie*. 1 vol.

Rosebery (Lord) : *Napoléon, la dernière phase*. 1 vol.

Saintine (X.-B.) : *Picciola*; 64° éd. 1 v.

Valbert : *Hommes et choses d'Allemagne*. 1 vol.
— *Hommes et choses du temps présent*. 1 vol.

Vergonsin : *Saynètes et comédies*. 2 v.

## 2° SÉRIE, A 3 FR. LE VOLUME

Du Mesnil (A.) : *Souvenirs de lectures*. 1 vol.

Erckmann-Chatrian : *L'ami Fritz*; 10° édit. 1 vol.

Galdos (P.) : *Miséricorde*, traduit de l'espagnol. 1 vol.

Pereda (J.-M. de) : *Sotileza*, traduit de l'espagnol. 1 vol.

Tolstoï (comte) : *La guerre et la paix (1805-1820)*. Roman historique traduit par une Russe; 11° édit. 3 vol.
— *Anna Karénine*. Roman traduit du russe; 12° édit. 2 vol.
— *Souvenirs*. 3° édit. 1 vol.

## 3° SÉRIE, A 2 FR. LE VOLUME

About (Edm.) : *Germaine*; 65° mille. 1 vol.
— *Le roi des montagnes*; 84° mille. 1 vol.
— *Les mariages de Paris*; 84° mille. 1 vol.
— *L'homme à l'oreille cassée*; 53° mille. 1 vol.
— *Maître Pierre*; 13° édit. 1 vol.
— *Tolla*; 56° mille. 1 vol.

About (suite) : *Trente et quarante. — Sans dot. — Les parents de Bernard*; 50° mille. 1 vol.

Gérard (J.) : *Le tueur de lions*; 14° édit. 1 vol.

Joliet (Ch.) : *Mille jeux d'esprit*; 5° édit. 1 vol.
— *Nouveaux jeux d'esprit*. 1 vol.

Zaccone : *Nouveau langage des fleurs*, avec 12 gravures en couleur. 1 vol.

## 4ᵉ SÉRIE, A 1 FR. LE VOLUME

Arnould (A.) : *Les trois poètes.* 1 vol.

Barnum : *Les millions de Barnum.* 1 vol.

Bernardin de Saint-Pierre : *Paul et Virginie.* 1 vol.

Berthet (Élie) : *Les houilleurs de Polignies;* 7ᵉ édit. 1 vol.

Chapus (E.) : *Le turf;* 2ᵉ édit. 1 vol.

Cherbuliez (V.), de l'Académie française : *Prosper Randoce;* 6ᵉ éd. 1 vol.
— *Paule Méré;* 8ᵉ édit. 1 vol.
— *Le roman d'une honnête femme;* 15ᵉ édit. 1 vol.
— *Meta Holdenis;* 8ᵉ édit. 1 vol.
— *Miss Rovell;* 13ᵉ édit. 1 vol.
— *Profils étrangers;* 3ᵉ édit. 1 vol.
— *L'aventure de Ladislas Bolski;* 10ᵉ édit. 1 vol.
— *La revanche de Joseph Noirel;* 6ᵉ éd. 1 vol.
— *Noirs et rouges;* 9ᵉ édit. 1 vol.
— *La Ferme de Choquard;* 10ᵉ éd. 1 vol.
— *Une Gageure;* 8ᵉ édit. 1 vol.
— *Profils étrangers;* 3ᵉ édit. 1 vol.

Enault (L.) : *Les perles noires;* 3ᵉ édit. 3 vol.
— *Un amour en Laponie;* 2ᵉ édit. 1 vol.
— *Le baptême du sang;* 2ᵉ édit. 2 vol.
— *L'amour et la guerre.* 2 vol.
— *Un drame au Marais.* 1 vol.

Guizot (F.) : *Édouard III et les Bourgeois de Calais;* 7ᵉ édit. 1 vol.

Houssaye (Arsène) : *Galerie de portraits du dix-huitième siècle :* Sculpteurs. — Peintres. — Musiciens. 1 v.

Las Cases : *Souvenirs de l'Empereur Napoléon Iᵉʳ;* 8ᵉ édit. 1 vol.

Marco de Saint-Hilaire (E.) : *Anecdotes du temps de Napoléon Iᵉʳ.* 1 vol.

Töpffer (R.) : *Nouvelles genevoises.* 1 vol.
— *Rosa et Gertrude.* 1 vol.
— *Le presbytère.* 1 vol.
— *Réflexions et menus propos d'un peintre genevois, ou Essai sur le beau dans les arts.* 1 vol.

Trognon : *Histoire de France.* 5 vol.

# PETITE BIBLIOTHÈQUE DE LA FAMILLE

## PREMIÈRE SÉRIE

Format in-16, illustré, à 3 fr. 50 le volume broché.
Relié en percaline, tranches dorées, 5 fr.

Armand-Blanc (Ney) : *Bibelot.* 1 vol. avec 44 gravures.
— *La maison des roses.* 1 v. avec 36 grav.

Beauregard (G. de) : *Ordre du roi.* 1 vol. avec 58 gravures.

Caro (Mme E.) : *Aimer c'est vaincre.* 1 vol. avec 40 grav.

Crawford (Marion) : *Insaisissable amour.* 1 vol. avec 64 gravures.
— *Le baiser sur la terrasse.* 1 vol. avec 60 gravures.

Dourliac (A.) : *Le supplice d'une mère.* 1 vol. avec 35 gravures.
— *Liette.* 1 vol. avec 35 gravures.

Filon (Aug.), *Michelina.* 1 v. avec 15 grav.

Fogazzaro : *Un petit monde d'autrefois.* 1 vol. avec 56 gravures.

Harraden (Béatrice) : *L'oiseleur.* 1 vol. illustré de 40 gravures.

Legrand (Mlle B.) : *L'eau dormante.* 1 vol. avec 30 gravures.
— *L'amour fait peur.* 1 v. avec 35 grav.

Lescot (Mme) : *Un peu, beaucoup, passionnément.* 1 vol. avec 32 gravures.
— *Fleur d'âme.* 1 vol. avec 36 grav.
— *Vaines promesses.* 1 vol. illustré de 48 gravures.

Longard de Longgarde (Mme) : *Une reine des fromages à la crème.* 1 vol. avec 47 gravures.
— *Jouets du destin.* 1 vol. avec 44 grav.
— *Une réputation sans tache.* 1 vol. avec 44 gravures.

Moral (Jacques) : *Muets aveux.* 1 vol. avec 30 gravures.

Pape-Carpantier (Mlle) : *Kernevez.* 1 vol. illustré de 36 gravures.

Rosny (J.-H.), de l'Académie des Goncourt : *Les Retours du cœur.* 1 vol. illustré de 56 gravures.

## DEUXIÈME SÉRIE

Format petit in-16, à 2 fr. le volume broché.
Relié en percaline gris-perle, tranches rouges, 2 fr. 50.

Arthez (D. d') : *Une vendetta.* 1 vol.

Borius (Mlle) : *Une perfection.* 1 vol. Ouvrage couronné par l'Académie française.
— *Dernier rayon.* 1 vol.

Castella (Yan de) : *Le moulin du diable.* 1 vol.

Chabrier-Rieder (Mme) : *Les écolières de Crescent-House.* 1 vol.

Dombre (R.) : *La garçonnière.* 1 vol.
— *Un oncle à tout faire.*

Fleuriot (Mlle Z.) : *La vie en famille;* 12e édit. 1 vol.
— *Tombée du nid;* 5e édit. 1 vol.
— *Raoul Daubry, chef de famille;* 5e édit.
— *L'héritier de Kerguignon;* 8e édit. 1 v.
— *Réséda;* 12e édit. 1 vol.
— *Ces bons Rosace!* 5e édit. 1 vol.
— *Le cœur et la tête;* 3e édit. 1 vol.
— *Au Galadec;* 2e édit. 1 vol.
— *Bengale;* 3e édit. 1 vol.
— *Sans beauté;* 10e édit. 1 vol.
— *De trop;* 2e édit. 1 vol.
— *La clef d'or;* 8e édit. 1 vol.
— *Loyauté;* 3e édit. 1 vol.

Fleuriot (Mlle Z.) (suite) : *La glorieuse.* 1 vol.
— *Un fruit sec.* 1 vol.
— *Les Prévalonnais.* 1 vol.
— *Sans nom;* 7e édit. 1 vol.
— *Souvenirs d'une Douairière.* 1 vol.
— *Faraude.* 1 vol.
— *La Rustaude.* 1 vol.
— *Le théâtre chez soi. Comédies et proverbes;* 2e édit. 1 vol.

Fleuriot-Kérinou : *De fil en aiguille.* 1 v.
— *Zénaïde Fleuriot, sa vie, ses œuvres, sa correspondance.* 1 vol.

Girardin (J.) : *Les théories de Wurtz.* 1 vol.
— *Miss Sans-Cœur;* 5e édit. 1 vol.
— *Les braves gens.* 1 vol.
— *Mauviette.* 2e édit. 1 vol.

Léo Dex : *Vers le Tchad. Voyage aérien au long cours.* 1 vol.

Maël (P.) : *Fleur de France.* 1 vol.
— *Le trésor de Madeleine.* 1 vol.

*D'autres volumes sont en préparation.*

Heimbourg : *L'autre*, traduit de l'allemand. 1 vol.
— *Le roman d'une orpheline.* 1 vol.

Hope : *Service de la reine*, traduit de l'anglais. 1 vol.

Hume (F. G.) : *Le mystère d'un hansom cab*, traduit de l'anglais. 1 vol.
— *Miss Méphistophélès.* 1 vol.

Hungerford (Mrs) : *Molly Bawn*, traduit de l'anglais. 1 vol.
— *La conquête d'une belle-mère.* 1 vol.
— *Premières joies et premières larmes.* 1 vol.

Manzoni : *Les fiancés*, traduit de l'italien. 2 vol.

Marchi (E. de) : *Démétrius Pianelli*, traduit de l'italien. 1 vol.
— *L'accusateur imprévu.* 1 vol.

Mayne-Reid : *La piste de guerre*, traduit de l'anglais. 1 vol.
— *La quarteronne.* 1 vol.
— *Le doigt du destin.* 1 vol.
— *Le roi des Séminoles.* 1 vol.
— *Les partisans.* 1 vol.

Neera : *Thérèse*, traduit de l'italien. 1 vol.

Ouida : *Amitié*, traduit de l'anglais. 1 vol.

Rider-Haggard : *Jess*, traduit de l'anglais. 1 vol.
— *Le colonel Quaritch.* 1 vol.

Savage : *Un mariage officiel*, traduit de l'anglais. 1 vol.

Smith (J.) : *L'héritage*, traduit de l'anglais. 3 vol.

Thackeray : *La foire aux vanités*, traduit de l'anglais. 2 vol.

Tolstoï : *Les Cosaques*, traduit du russe.

Tourgueneff (I.) : *Mémoires d'un seigneur russe*, traduit du russe. 2 vol.
— *Scènes de la vie russe.* 1 vol.
— *Nouvelles Scènes de la vie russe.* 1 vol.

Van Vorst (Mrs J. et M.) : *La fille de Bagsby.*

Wilkie Collins : *Œuvres*, traduites de l'anglais.
    *La morte vivante.* 1 vol.
    *La piste du crime.* 2 vol.
    *C'était écrit.* 1 vol.

# LIBRAIRIE HACHETTE ET Cie

## BOULEVARD SAINT-GERMAIN, 79, A PARIS

# Lectures pour Tous
## Revue universelle
### Populaire
#### Illustrée

Les *Lectures pour Tous* s'adressent à tous ceux qui recherchent avec avidité dans la lecture le profit d'une passionnante et utile curiosité.

Travailleurs, lettrés, paysans, ouvriers, jeunes filles, mères de famille, enfants et jeunes gens, tous veulent, à notre époque, puiser aux sources fécondes des connaissances humaines les plus précieuses et les plus saines émotions.

Toutes les variétés de l'Image capables de frapper l'imagination, de toucher la sensibilité, d'éveiller l'activité intellectuelle, reproductions des chefs-d'œuvre de l'art à travers les âges, scènes de dévouement et d'héroïsme, figures qui traduisent les grandes découvertes scientifiques, toutes les représentations gravées qui peuvent faire passer en notre âme le frisson du beau, développer des sentiments d'énergie et de bonté, seront répandues à profusion dans ces pages qui réaliseront ainsi la plus abondamment illustrée des Revues populaires.

Pas un des principaux articles ne sera conçu en dehors de ces règles qui font la force et la noblesse d'une nation, foi ardente dans les idées généreuses et amour invincible de la Patrie.

Sans doute, notre époque, dévorée d'activité, veut connaître sans retard les mille découvertes de la Science, les grandes questions qui passionnent votre temps. Mais le lecteur exige aussi une grande distraction de l'esprit. Il aime les surprises de l'imagination, il se prend volontiers aux aventures, aux douleurs, aux remords et aux joies des héros et des héroïnes; les fictions de la poésie, du roman, du drame ou de la comédie l'émeuvent et le captivent. Nous donnerons satisfaction à ces aspirations légitimes.

Tous nos articles pourront être lus par des jeunes filles. Plusieurs seront destinés aux enfants qui aiment les récits d'aventures et les contes qui les transportent dans le monde d'imagination où ils se plaisent.

## Le Livre du mois pour cinquante centimes.

Les *Lectures pour Tous* paraissent le 1er de chaque mois depuis le mois d'Octobre 1898 et contiennent

**96 pages de texte et 110 Gravures.**

Chaque Numéro, format grand in-8° à deux colonnes, imprimé sur papier de luxe, renferme environ dix ou douze articles variés. Il se vend **50 centimes**; franco par la poste en France, **60 centimes** et pour l'Union postale **75 centimes**.

*EN VENTE*

# LES SIX

# PREMIÈRES ANNÉES (1899-1904)

Six magnifiques volumes grand in-8

ILLUSTRÉS CHACUN DE PLUS DE 1 360 GRAVURES

Chaque année, reliée, 9 fr.

## *ABONNEMENTS*

UN AN. — Paris, 6 fr.; Départements, 7 fr.; Étranger, 9 f.
SIX MOIS. — Paris, 3 fr. 50; Départements, 4 fr.; Étranger, 5 f.

Coulommiers. Imp. PAUL BRODARD. — 6-05-1940.

COULOMMIERS

Imprimerie Paul BRODARD.

www.ingramcontent.com/pod-product-compliance
Lightning Source LLC
Chambersburg PA
CBHW050319030726
47505CB00003B/773